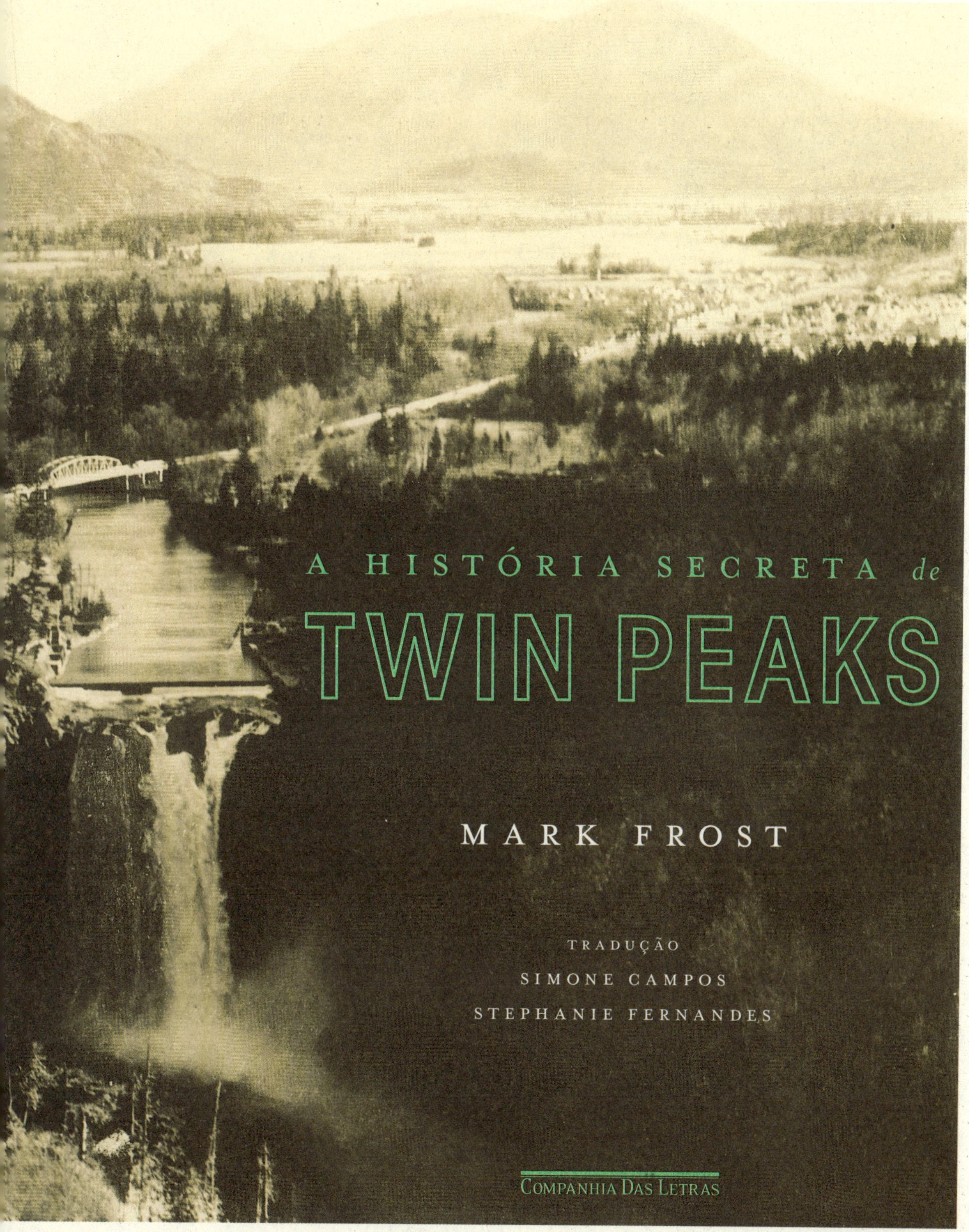

A HISTÓRIA SECRETA *de*

TWIN PEAKS

MARK FROST

TRADUÇÃO
SIMONE CAMPOS
STEPHANIE FERNANDES

COMPANHIA DAS LETRAS

AGRADECIMENTOS A

Bob Miller, Colin Dickerman, Ed Victor, Paul Kepple, Max Vandenberg, Bart's Books em Ojai, John Broesamle, Bob Getman, Anthony Glassman, Stephen Kulczycki, Gary Levine, Marlena Bittner, James Melia, Elizabeth Catalano, David Lott, Vincent Stanley, Caleb Braate, David Correll, Dean Hurley, David Nevins, Rick Rosen, Ken Ross, Sabrina Sutherland… e David Lynch.

Copyright © 2016 by Mark Frost

Todos os direitos reservados

Grafia atualizada segundo o Acordo Ortográfico da Língua Portuguesa de 1990, que entrou em vigor no Brasil em 2009.

Título original The Secret History of Twin Peaks

Capa e projeto gráfico Paul Kepple e Max Vandenberg / Headcase Design

Foto de capa Clifford B. Ellis

Preparação Ana Cecília Agua de Melo

Revisão Ana Maria Barbosa e Angela das Neves

Dados Internacionais de Catalogação na Publicação (CIP)
(Câmara Brasileira do Livro, SP, Brasil)

Frost, Mark
  A história secreta de Twin Peaks / Mark Frost ; tradução Simone Campos, Stephanie Fernandes. — 1ª ed. — São Paulo : Companhia das Letras, 2017.

  Título original: The Secret History of Twin Peaks
  ISBN 978-85-359-2887-7

  1. Ficção policial e de mistério (Literatura norte-americana) I. Título.

17-01692   CDD-813

Índice para catálogo sistemático:
1. Ficção : Literatura norte-americana 813

[2017]
Todos os direitos desta edição reservados à
EDITORA SCHWARCZ S.A.
Rua Bandeira Paulista, 702, cj. 32
04532-002 — São Paulo — SP
Telefone: (11) 3707-3500
www.companhiadasletras.com.br
www.blogdacompanhia.com.br
facebook.com/companhiadasletras
instagram.com/companhiadasletras
twitter.com/cialetras

ESTA OBRA FOI COMPOSTA POR ACOMTE EM CAECILIA E IMPRESSA PELA GEOGRÁFICA EM OFSETE SOBRE PAPEL PÓLEN BOLD DA SUZANO PAPEL E CELULOSE PARA A EDITORA SCHWARCZ EM MAIO DE 2017

CRÉDITO DAS IMAGENS

Imagens da sobrecapa e da página de abertura de Clifford B. Ellis, cortesia de Susan Yake • Imagem da capa de um corujão-orelhudo © Jean Murray • Imagem no verso da sobrecapa "A Clearing Winter Storm" © William Toti • A caligrafia foi cortesia de Beth Lee • Todas as imagens de *Twin Peaks* são cortesia de Lynch/Frost Productions • p. 30: Avental maçônico do mestre maçon, 1855-65, Reason Bell Kraft, Kentucky, coleção do Scottish Rite Masonic Museum & Library, presente do Vale do Lowell em homenagem ao irmão Starr H. Fiske, 32°, 85.6.2. Fotografia de David Bohl • p. 36: Imagem do monumento Merriwether Lewis cortesia de NPS Photo • p. 39: Imagem de Shahaka (Sheheke ou Grande Branco, *c.* 1766-1812), chefe dos Mandans, por Saint-Memin, cortesia de New York Historical Society • p. 55: Fotografia tirada por Edward Curtis do Chefe Joseph, cortesia da National Portrait Gallery, Smithsonian Institution/ Art Resource, NY • p. 57: Estátua de bronze de John "Come-Fígado" Johnson, cortesia do Buffalo Bill Center of the West, Cody, Wyoming • p. 72: Cortesia de Grampound with Creed Heritage Project • pp. 99-101: Uso do artigo sobre Kenneth Arnold e da capa da *Fate Magazine*, edição nº 1, cortesia da *Fate Magazine* • p. 110: Fotografia dos "três vagabundos", Allen, William. [*Os "três vagabundos" sendo escoltados para o escritório do xerife*], fotografia, 22 nov. 1963; (http://texashistory.unt.edu/ark:/67531/metapth184799/. Acesso em: 27 abr. 2016), Livraria da Universidade do Norte do Texas, The Portal to Texas History, http://texashistory.unt.edu; crédito ao The Sixth Floor Museum em Dealey Plaza, Dallas, Texas • p. 118: Fotografia, vista aérea da fumaça da Tillamook Burn, ago. 1933. (Imagem: Library of Congress) • p. 134: Fotografia de um homem no campo segurando uma espingarda e a coleira de um setter gordon, década de 1930, de H. Armstrong Roberts/ClassicStock/Getty Images • p. 242: Fotografia de L. Ron Hubbard sentado à sua mesa, cortesia de Los Angeles Daily News Negatives, UCLA Library. Copyright Universidade da Califórnia, UCLA Library • p. 268: "Cientista aeronáutico morto em explosão em Pasadena" 18 jun. 1952, reproduzido mediante a permissão do *Los Angeles Times*.

A marca FSC® é a garantia de que a madeira utilizada na fabricação do papel deste livro provém de florestas que foram gerenciadas de maneira ambientalmente correta, socialmente justa e economicamente viável, além de outras fontes de origem controlada.

A HISTÓRIA SECRETA *de* TWIN PEAKS

FEDERAL BUREAU OF INVESTIGATION
Filadélfia, Pensilvânia

Escritório do vice-diretor

MEMORANDO INTERNO

DATA: 4-8-2016

DE: GORDON COLE, vice-diretor

PARA:  agente especial

Cara agente

O material a seguir é confidencial e destina-se a sua apreciação exclusiva.

O dossiê anexo foi obtido no dia 17/7/2016 em uma cena de crime cuja investigação ainda está em andamento. Todos os detalhes a respeito dessa situação estão classificados três níveis acima de ultrassecreto.

A você estão sendo confiadas a análise, a catalogação e a referência cruzada com todas as bases de dados conhecidas, segundo as medidas do Código Vermelho. Precisamos saber e confirmar quem foi(foram) a(s) pessoa(s) responsável(is) pela montagem deste dossiê e precisamos para ontem!

Breve histórico: o conteúdo do dossiê parece guardar alguma relação com uma investigação realizada no norte do estado de Washington num passado não tão distante pelo agente especial Dale Cooper, que à época trabalhava sob minhas ordens.

O caso envolvia uma série de homicídios em uma cidadezinha chamada Twin Peaks e em seus arredores, especialmente o assassinato de uma jovem cujo nome era Laura Palmer. O caso é considerado encerrado, mas certos aspectos podem ser relevantes para o seu trabalho, de forma que também estamos lhe franqueando acesso a todos os arquivos e fitas do agente Cooper.

Também em anexo há um documento indicando o processamento prévio do dossiê por funcionários da Agência.

Pode arregaçar as mangas e pôr mãos à obra — estamos correndo contra o relógio — e me informe de suas descobertas o mais rápido possível.

Atenciosamente,

Gordon Cole

vice-diretor Gordon Cole

P.S.: Quando terminar, procure-me imediatamente. Até lá talvez eu tenha mais serviço para você.

FEDERAL BUREAU OF INVESTIGATION
Filadélfia, Pensilvânia

CONFIDENCIAL

DATA:	ASSUNTO:	APRESENTADO POR:
4/8/2016	LINHA DO TEMPO DE PROCESSAMENTO DO DOSSIÊ	GORDON COLE

RESUMO DOS FATOS:

O dossiê que se segue foi obtido em ▬▬▬.

Horário e local são conhecidos, mas serão disponibilizados ESTRITAMENTE segundo comprovada necessidade.

Agentes de Campo ▬▬▬ e ▬▬▬ descobriram o dossiê enquanto cumpriam missão em ▬▬▬. Foi obtido em uma cena de crime confidencial e ainda não solucionada que pode estar ligada a um ou mais crimes anteriores, de 1991, igualmente confidenciais.

Dossiê apresentado ao DIRETOR em 17/7/2016.

Dossiê encaminhado pelo DIRETOR à Seção de Apoio a Investigações e Operações em 20/7/2016.

Agente especial T▬▬▬ P▬▬▬ iniciará análise e relatório sobre a validade do material. O trabalho será inteiramente realizado e o dossiê permanecerá o tempo todo em uma sala blindada no QG do FBI.

DECLARAÇÃO DE PRIORIDADE: Identificar a(s) pessoa(s) que compilou(aram) o dossiê.

CONFIRMAÇÃO: Agente especial TP passou por todas as verificações de antecedentes necessárias e apresentou os formulários SF-86 e FD-258 devidamente preenchidos.

CONFIRMAÇÃO: Agente especial TP autorizada para nível de segurança ultrassecreto e aprovada para atuar como agente de ligação junto à Força-Tarefa Especial B▬▬▬ e todos os arquivos conexos, de acordo com os padrões da Criptoautorização 12.

CONFIRMAÇÃO: Agente especial TP irá se reportar exclusivamente ao chefe da Força-Tarefa Especial B e ao DIRETOR.

CONFIRMAÇÃO: Agente especial TP dará início à análise preliminar em 5/8/16.

Todos os comentários e anotações serão anexados e rubricados com iniciais.

APROVADO: *Gordon Cole*

NÃO ESCREVA NESTES ESPAÇOS

SERIADO ___ / INDEXADO ___ /
SERIADO ___ / ARQUIVADO ___ /
21 AGO 2016
FBI — FILADÉLFIA

CÓPIA EM ARQUIVO
89-69-2041

CONFIDENCIAL

OBSERVAÇÕES INICIAIS DA ANALISTA:

Os parágrafos seguintes contêm minhas impressões gerais após breve exame do conteúdo do dossiê, antes de iniciar o serviço propriamente dito:

Os meios, a metodologia e a motivação para a compilação desses documentos e impressos serão comentados no decorrer da leitura e rubricados com minhas iniciais (TP) como notas às margens das páginas. Todo o conteúdo está apresentado aqui na ordem em que aparece no dossiê original, sem revisões. Numa primeira averiguação, a ordem desses documentos parece ser cronológica e, assim sendo, dá uma impressão direta, ainda que intermitente, de narrativa histórica. Quanto ao teor da narrativa, como disse, apresentarei meus comentários à medida que prosseguir na leitura.

O(s) autor(es) se identifica(m) no decorrer do manuscrito como "Arquivista". Dada a extensão do dossiê e a maneira como o(a) Arquivista o organizou, procurarei fornecer breves resumos no corpo do texto conforme for avançando.

O dossiê foi descoberto dentro de um cofre de aço-carbono, de 43 × 28 × 8 cm. O cofre não era de tamanho-padrão e não parece ser de nenhuma fábrica conhecida. Além disso, conta com um triplo mecanismo de fechadura altamente sofisticado que demandou grande esforço para ser violado.

Sou de forte opinião de que esse cofre pode ter sido fabricado pela própria pessoa identificada como Arquivista dentro desse dossiê.

O dossiê se encaixa perfeitamente no interior do cofre, outro indício de que foi fabricado sob medida para acomodar os papéis.

O dossiê está encadernado em um volume de tamanho livro-caixa, que também parece ter sido fabricado artesanalmente, com grande sofisticação. A capa em relevo é feita de madeira e revestida com tecido verde-escuro.

Federal Bureau of Investigation
Filadélfia, Pensilvânia

O volume parece bastante desgastado, sugerindo eventual exposição às intempéries. No entanto — felizmente —, após abrir o fichário para melhor examiná-lo, descobri que um revestimento vulcanizado vedava as margens superior, inferior e lateral, tal e qual uma caixa, impedindo o conteúdo de sofrer qualquer tipo de dano.

A única ornamentação visível em todo o volume aparece na lombada, conforme imagem à direita.

Medindo pouco mais de 1 centímetro e aparentando ter sido feita à mão, ela apresenta uma série de triângulos, cujo propósito ou significado são, à primeira vista, obscuros.

DENTRO DO VOLUME PROPRIAMENTE DITO

Os documentos presentes no volume parecem ser excelentes fac-símiles dos originais. Uns poucos aparentam ser originais, frágeis pela passagem do tempo, mas todo o conteúdo será devolvido exatamente no estado em que o recebi.

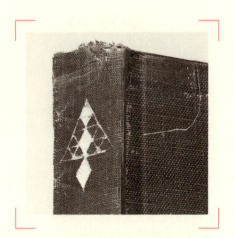

Cada página está protegida por uma membrana de plástico transparente (de 5 micrômetros de espessura, medida com micrômetro digital), aparentemente de fabricação industrial, embora o tamanho fora do padrão sugira que as membranas também foram feitas sob medida.

Essa membrana é o que conserva todos os documentos no respectivo lugar. Nenhum tipo de cola ou fita adesiva foi utilizado para afixar os documentos às páginas de cores neutras, todas elas constituídas de papel de idêntica e uniforme espessura, similar a cartolina.

Exame mais detido das extremidades tanto das membranas quanto das páginas sugere que foram cortadas à mão, e não produzidas em série.

As páginas, em sua maioria, ostentam um único documento, sendo os espaços em branco, acima e abaixo, usados para anotações, possivelmente do(a) próprio(a) Arquivista. Estas aparecem com regularidade ao longo de todo o dossiê.

O dossiê se divide em seções facilmente identificáveis, com subtítulos. Serão aqui apresentadas em sua forma e ordem originais. Meus comentários serão acrescentados nas margens, incluindo verificação de fatos, análises e, ocasionalmente, reações ou comentários pessoais. Sempre que possível, vou consultar a suposta fonte original dos documentos para verificá-los. Tomarei nota de eventuais documentos que possam oferecer especial resistência à verificação.

Assim procedendo, tenciono que a análise do conteúdo obtenha o resultado desejado: a determinação da identidade do(a) Arquivista.

O DOSSIÊ

*** DECLARAÇÃO INTRODUTÓRIA:[1]

Um sábio certa vez me disse que o mistério é o ingrediente mais essencial à vida, pelo seguinte motivo: mistério gera espanto, que leva à curiosidade, que por sua vez abre caminho para nosso desejo de compreender quem e o que somos na realidade.

A busca por um sentido no âmago da vida nos leva a contemplar um enigma eterno. Mistérios são as histórias que contamos para enfrentar a resistência da vida à nossa ânsia por respostas. Sobram mistérios. Este continente, este país, nossas próprias origens nesta Terra estão crivados deles, entremeados à nossa existência, anteriores a todas as nossas pueris noções de "história". A mitologia precede nosso acesso a fatos históricos ou científicos e, como sabemos hoje, cumpria quase a mesma função nas civilizações que nos antecederam -- criava sentido face a um universo indiferente e impiedoso -- mas, na ausência de fatos cientificamente verificáveis, às vezes é necessário entender que em essência se trata de uma coisa só.

De maneira que é melhor começar do começo.

Por ser verdade, assino e dou fé:

ARQUIVISTA[2]

[1] Não há folha de rosto, indicação de autor, sumário, índice nem apêndices em parte alguma da pasta. Nada a não ser os frequentes comentários interpretativos introduzidos pelo(a) "Arquivista" e a seguinte declaração introdutória, que funciona como uma espécie de "prefácio" antes da primeira "seção" — TP

[2] Esta é a única parte manuscrita do dossiê e a letra de fôrma impossibilita a identificação pela caligrafia. As partes datilografadas parecem ser produto da mesma máquina de escrever manual, muito provavelmente uma Corona Super G, um modelo popular, leve e portátil fabricado a partir dos anos 1970.
   Na sequência, o dossiê simplesmente tem início com a primeira série de documentos — TP

A HISTÓRIA SECRETA
△△ *de* TWIN PEAKS

I EXCERTO DOS DIÁRIOS DA EXPEDIÇÃO DE WILLIAM CLARK E MERIWETHER LEWIS. 20 DE SETEMBRO DE 1805

[1] Confirmo que se trata, de fato, de uma entrada dos célebres diários. O papel e a tinta — aplicada, ao que tudo indica, com uma pena — parecem compatíveis com o período. É um fac-símile notável da caligrafia de William Clark, de seus diários originais, ou talvez seja o próprio original. Contatei o Arquivo Nacional e aguardo verificação do caso — TP

[2] Esta passagem descreve o primeiro encontro de Clark com a tribo que viria a ser conhecida como Nez Percé, ou "Nariz Perfurado", presença significativa no território. Esse nome lhes foi atribuído pelos antigos exploradores franceses por causa do gosto acentuado por joias e outros adornos afixados através do nariz.

O encontro ocorreu logo após a expedição cruzar as terras do leste daquilo que hoje corresponde ao estado de Washington, não muito ao sul da atual Twin Peaks. No dia seguinte, os homens descritos no relato conduziram Clark até outro chefe de tribo, cujas tendas encontravam-se rio abaixo. O chefe se chamava Cabelo Trançado — TP

20 de setembro de 1805

A uma distância de 1,5 quilômetro do abrigadouro, avistei três indiozinhos. Quando se deram conta de minha presença, correram e se esconderam no matagal. Desmontei, entreguei a arma e o cavalo a um dos homens, vasculhei o matagal e encontrei dois dos meninos. Dei-lhes pequenos pedaços de fita e os dispensei para a aldeia. [1]

Um homem se acercou de mim com muita cautela e me conduziu a uma cabana grande e espaçosa. Segundo me relatou, recorrendo a sinais, era o antigo pouso do chefe da tribo, que partira havia 3 dias com todos os guerreiros do povo rumo à guerra e prometera retornar dali a 15 ou 18 dias no máximo. Os poucos homens que permaneceram na aldeia e as numerosas mulheres reuniram-se ao meu redor com ar de quem tem medo, e pareceram gostar de mim. Formavam um bando robusto, formoso e bem-vestido. [2]

2 EXCERTO DOS DIÁRIOS DA EXPEDIÇÃO DE WILLIAM CLARK E MERIWETHER LEWIS. 21 DE SETEMBRO DE 1805

21 de setembro de 1805

Com muito entusiasmo, Cabelo Trançado desenhou para mim um mapa do ~~—~~ rio ~~—~~ sobre a pele de um alce branco. Explicou que as águas ~~—~~ se ramificavam rio ~~—~~ acima, em um trecho remoto, e cruzavam duas montanhas, onde havia uma grande cascata entre as pedras. Não formei ~~—~~ uma ideia precisa do que o local significa, mas o nosso guia, da tribo Shoshone, acredita ser algo relacionado ao fascínio peculiar que os índios da região parecem cultivar por espíritos. Enviei um homem de volta — Reubin Fields —, na companhia de um índio, para se reunir com o capitão Lewis e orientá-lo a nos encontrar aqui, neste acampamento. [1]

[1] Recebi o telefonema de um especialista que atestou a autenticidade da caligrafia de William Clark nesta seção; de fato é um trecho conhecido dos diários historicamente publicados; os dois comandantes da expedição haviam mesmo dividido a comitiva alguns dias antes para buscar provisões — TP

A HISTÓRIA SECRETA
de TWIN PEAKS

3 EXCERTO DE UMA CARTA ESCRITA
POR MERIWETHER LEWIS PARA
O PRESIDENTE THOMAS JEFFERSON.
DATADA DE 25 DE SETEMBRO DE 1805

Após receber notícias de R. Fields, desloquei minha comitiva para nos encontrarmos com o capitão Clark na aldeia de Cabelo Trançado. Passamos os dias seguintes coletando provisões e descansando no acampamento de Cabelo Trançado. Na primeira noite, interpelei-o sobre o mapa que ele desenhara para o capitão Clark, das cachoeiras e montanhas ao norte. Ele disse que, perto das cachoeiras, moravam "pessoas brancas", com quem ele obtivera três estranhos artefatos, que me mostrou. Ninguém da comitiva os reconheceu ou foi capaz de decifrar seu fim ou uso, exceto por um objeto.

O chefe retirou o anel de uma pequena algibeira, amarrada com um cordão de couro bovino, que ele trouxe de sua cabana. Embora a tribo use diversos modelos sofisticados de adornos, este dá testemunho de um trabalho manual cujo avanço está ausente dos demais artefatos de manufatura nativa. O anel e a cravação foram manufaturados com esmero a partir de algum metal precioso ou liga de bronze, e o mineral incrustado é uma pedra jade muito bem lapidada e polida, trabalho digno de um ferreiro versado.

Quanto às "pessoas brancas" com quem o artefato supostamente foi auferido, até o presente

[1] Esta carta como um todo é problemática. Não há vestígios dela nos diários originais de L & C, tampouco referências a ela na extensa correspondência que Lewis destinou ao presidente Jefferson.

Antes da expedição, Lewis trabalhou como secretário de Jefferson durante dois anos, morou na Casa Branca e, nesse período, tornou-se um de seus confidentes mais fiéis. O pai de Jefferson era parceiro de negócios do avô de Lewis, e o presidente conheceu Lewis quando este era um menino que vivia nas imediações da famosa propriedade de Jefferson na Virgínia.

Consciente de que Lewis tivera bastante contato com povos ameríndios na juventude e cultivara um relacionamento cordial com eles, chegando a defender a causa indígena, Jefferson fez dele sua escolha pessoal para liderar o Corpo de Desbravadores. Lewis então designou, como capitão conjunto da expedição, seu antigo oficial comandante, William Clark, militar e explorador mais experiente.

A opção de Jefferson por Lewis foi mantida em sigilo, bem como a expedição em si. A Compra da Louisiana ainda não fora concluída durante esse estágio de planejamento, e o Corpo de Desbravadores estava prestes a explorar um território hostil, que três

momento, nenhuma evidência indica que americanos ou europeus tenham antecedido a nossa comitiva nessa parte do território. Ademais, o capitão Clark depreendeu dos relatos do chefe da tribo que fomos os primeiros americanos brancos que os índios conheceram. Afigura-se que tal pressuposto está a pedir novo exame. Talvez o chefe da tribo só queira nos ludibriar, e o anel foi obtido por meio de uma transação ou escambo com algum explorador francês de passagem pela região.

Cabelo Trançado ficou inquieto quando o instei a dar detalhes acerca do caso. Ele apontou para o símbolo gravado no anel, virou-o de cabeça para baixo e balbuciou qualquer coisa que o guia Shoshone não foi capaz de traduzir, algo sobre uma coruja. Visto daquele ângulo, o símbolo lembrava mesmo a ave. Era tudo que ele estava disposto a revelar. Pouco depois, o guia me contou, em sigilo, que o chefe mencionara que o anel estava ligado, de alguma forma, ao "mundo dos espíritos" venerado nestas paragens. O tal "mundo dos espíritos" faz parte do sistema de crenças pagãs da tribo e, pelo que pude inferir, não tem nenhuma relação com o Deus cristão; por exemplo, se compreendi bem, os índios ocasionalmente enxergam algo de divino em corujas ou outros animais. Pareceu-me não só que o chefe da tribo resguardava informações mais aprofundadas, como também que nem ele nem o guia estavam dispostos a se alongar no assunto.

Senhor presidente, creio que este tópico possa ser pertinente à questão que discutimos em particular antes da minha partida.

¹ É meu intento me aventurar ao norte com o guia e um grupo seleto de homens a fim de localizar e explorar a área ilustrada pelo mapa de Cabelo Trançado. O capitão Clark permanecerá neste posto com o restante da comitiva para construir novas canoas. Eles lançarão mão de um novo método que nos foi apresentado pelo chefe da tribo e seus homens. O chefe me concedeu o anel já mencionado para que eu o leve nessas veredas, mas me instruiu, com gestos enfáticos, a jamais retirá-lo da algibeira e jamais colocá-lo no dedo, em circunstância alguma.

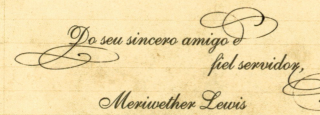

Do seu sincero amigo e fiel servidor,

Meriwether Lewis ²

---

potências europeias — França, Espanha e Inglaterra — miravam em suas próprias ambições de expansionismo colonial. A jornada implicaria perigo do início ao fim. A segurança era crucial, e não havia tempo a perder.

A referência cifrada de Lewis a uma conversa em particular com Jefferson requer uma investigação mais detalhada. Ele se alonga um pouco mais na questão na passagem a seguir — TP

² À primeira vista, esta carta apresenta todos os traços de uma fraude elaborada... contudo, análises confirmam com segurança quase total que a caligrafia pertence a Lewis. Como se trata de um dos raros documentos "originais" do dossiê, solicitei a laboratórios independentes datação por carbono e exames químicos do papel e da tinta para verificar se pertencem mesmo ao período estabelecido, início do século XIX.

Nos diários publicados, não há menção de que Lewis tenha feito excursões paralelas durante o referido intervalo de tempo. Entretanto, os diários oficiais não contêm entradas correspondentes aos seis dias seguintes, nem de autoria de Lewis nem de Clark.

Os especialistas em Lewis sustentam que o período em questão foi dedicado à construção de canoas, descanso e convalescença, pois a maioria dos membros da expedição havia desenvolvido distúrbios intestinais associados à malária — TP

[1] Em primeiro lugar, notifico que não há cópias ou registros dessa carta entre os documentos presidenciais oficiais. Contudo, a caligrafia e as análises químicas do papel e da tinta mais uma vez indicam que foi redigida por Thomas Jefferson.

Meus esforços para rastrear essa carta me conduziram a um calhamaço secreto de escritos sortidos, supostamente "perdidos", uma coleção de manuscritos não registrados descoberta nos arquivos de Monticello, em 1870, pelo mais velho dos filhos vivos do presidente, Thomas Randolph Jefferson. O calhamaço foi transferido para os cuidados do Departamento de Estado por volta da mesma época, em uma caixa com a etiqueta "Arquivos Particulares — Não Inspecionados".

Tive acesso à coleção — que, na década de 1940, foi deslocada para uma seção da biblioteca do Congresso americano com entrada restrita e classificação máxima de segurança — e fiquei surpresa. Diversos escritos jamais foram divulgados ao público, visto que contêm divagações do presidente sobre uma série de assuntos estranhos, disparatados e esotéricos, como o papel da franco--maçonaria na vida dos pais fundadores dos Estados Unidos, o "perigo real e iminente" na jovem República, a maçonaria ela mesma, os Antigos e Iluminados Profetas da Baviera, liderados por Adam Weishaupt — eterna paranoia e bicho-papão conspiratório —, e o fascínio de Jefferson pelos elementos sobrenaturais da mitologia dos povos ameríndios.

Tanto Jefferson quanto Lewis eram maçons de alto escalão e longa data, membros de uma organização fraterna que emergiu no século XV. Ao que parece, o propósito original da sociedade era regulatório, isto é, ela deveria estabelecer padrões profissionais de qualidade para alvanéis e servir de intermediário entre estes e clientes ou autoridades, tal e qual uma guilda ou sindicato moderno. Ao longo dos séculos, a franco-maçonaria tornou-se uma companhia fraterna internacional e se expandiu, para além de seus membros artesãos, até a diplomacia e mesmo o núcleo de governos, o dos Estados Unidos inclusive, assumindo uma aura de confidência e misticismo. Os rituais ultrassigilosos e o simbolismo da organização fazem dela uma das "sociedades secretas" mais antigas de que se tem notícia.

continua na pág. 19

4 EXCERTO DE UM DIÁRIO ENCONTRADO ENTRE OS DOCUMENTOS PARTICULARES DO PRESIDENTE THOMAS JEFFERSON. SEM DATA EXATA: FINAL DE 1805 (?)[1]

Sem notícias de Lewis há semanas, dado que
suas missivas, desde abril, traçam o caminho de volta
à civilização ao sabor das caudalosas e impiedosas
correntes irregulares que compõem o tráfico fluvial, para
em seguida rumar a leste de coche a partir da
cidade de St. Louis.

      Todavia, no malote que hoje recebi, isto.
O que será?

      Resta-me conjecturar que é algo relacionado
ao seguinte caso: além da missão explícita, declarada a
público, do Corpo de Desbravadores, em segredo instruí
L. a permanecer atento às ocasiões para experiências
que pudessem alargar o conhecimento das tradições
espirituais e xamânicas dos povos tribais do Nordeste.

      A instrução em parte se prende ao nosso estudo
mútuo de alguns volumes sob a guarda da biblioteca
da Sociedade Filosófica Americana, que sugeriam que
um arcano geológico peculiar poderia ser encontrado por
aquele que viajasse em direção ao oeste, para além
das fronteiras do Território da Louisiana, entre as terras
virgens de Oregon. A esse respeito, parece que L. excedeu
em um grau deveras preocupante os termos literais do
segundo objetivo.

Após ler seu ofício meia dúzia de vezes ao longo da manhã, mantenho a firme convicção de que foi escrito no transe de uma febre, quiçá depois de ingerir um composto herbáceo ou vegetal, por acidente ou por lhe ter sido oferecido por algum nativo não identificado que cruzou seu caminho.

Não vejo outra explicação possível para tais desvarios e fabulações desconexas.

Começa com um relato mais ou menos objetivo de um trajeto de três dias rumo ao norte, da campanha principal do Corpo de Desbravadores a "certa localidade" que, segundo Lewis, lhe foi revelada em um mapa nativo traçado pouco antes. A essa altura, sou regalado com um sortimento de passagens disparatadas que resistem à categorização, i.e:

"Luzes do céu, as esferas, as esferas prateadas... música, como um coro celestial... fogo que queima, mas não consome... cores jamais vistas ou imaginadas emanando de todas as coisas... dourado, tudo dourado, resplandecente..."

Isso vai escrito num garrancho ligeiro. Muitas palavras ilegíveis. Quase uma página inteira de bravatas acerca do "profundo segredo da cor vermelha". Referências nebulosas a estatuária clássica, linhas pretas e um discurso exaustivamente incoerente sobre "a misteriosa força que B. Franklin viu de repente". Por fim, uma menção fragmentada e febril a um insólito encontro com um "homem silencioso".

Eis as últimas palavras nesse estilo, ponto em que L. parece alterar o curso e navegar de volta à razão:

"Eu deveria ter dado ouvidos à advertência dele."

L. prossegue e conta que destruiu o mapa nativo, bem como qualquer resquício de sua passagem pelo norte.

Que advertência, eu me pergunto, e de quem? Do chefe da tribo, Cabelo Trançado? Ou do "homem silencioso"?

No ofício seguinte que dele recebi — posto um intervalo de muitos meses, devo frisar —, L. escreve:

"De novo com Clark, 3 de outubro. Todos os nossos homens progridem em saúde e no trabalho com as canoas. Logo avançaremos em direção ao oeste. Não disse uma única palavra sobre a experiência que tive nas quedas-d'água. Entre os homens que me acompanharam, parece que ninguém se recorda de nada. Por vezes, quase escapa da minha memória, como um vislumbre prateado de um peixe no rio. Eu poderia ter devolvido aquilo ao chefe da tribo, mas preferi, por ora, guardá-lo comigo."

Não compreendo bem o "aquilo" a que ele se refere. Contudo, parece que L., a essa altura, retornou às raias de uma mente sã, coisa que me foi confortadoramente confirmada pelos ofícios subsequentes que recebi dele há pouco, quase um ano depois.

O que quer que tenha acontecido durante a "distração" de L., depois de meses de vigorosa mas não raro infrutífera peregrinação, a expedição reencetou a jornada para o oeste com infalível confiança. Em questão de dias eles fizeram uma serena e segura travessia através do rio Columbia e poucas semanas depois alcançaram o oceano Pacífico. Hoje, quase dois anos e meio depois da partida, estão de volta a Saint Louis, sãos e salvos.

continuação da pág. 14

Enquanto se preparava para a expedição, sob as instruções do presidente, Lewis dedicou bastante tempo a leituras na biblioteca da Sociedade Filosófica Americana, na Filadélfia, fundada por Benjamin Franklin — outro maçom de alta patente. Lewis passou semanas estudando as diversas ciências físicas de que viria a lançar mão na empreitada, e sabe-se lá mais o quê. Na época, corriam rumores de que a sociedade coletara o maior acervo de literatura esotérica da América do Norte, com documentos antiquíssimos sobre tópicos ocultistas, como alquimia e "transmutação".

No entanto, em nenhum dos arquivos supracitados, públicos ou privados, fui capaz de encontrar uma cópia do excerto a seguir. Ou seja, existe a intrigante possibilidade de a cópia contida nesse dossiê ser um documento original desconhecido até então — TP

[2] Uma atualização aparece numa página adjacente; a crer na palavra do presidente, foi redigida aproximadamente um ano após a entrada anterior — TP

[3] "Aquilo" é o anel descrito e desenhado por Lewis na carta anterior? — TP

[4] A seguir, dois itens adicionais do dossiê, relacionados ao período de Lewis no cargo — TP

COMENTÁRIO DO ARQUIVISTA

Os líderes do Corpo de Desbravadores retornaram a Washington em 1807, onde Lewis e Clark foram saudados como heróis. A vasta coleção de amostras de plantas e animais que trouxeram consigo manteve cientistas ocupados por anos a fio. Suas observações celestiais e geográficas preencheram o mapa do território que logo se tornaria o Oeste dos Estados Unidos. A expedição foi considerada um sucesso retumbante.

Como recompensa imediata por seus anos de serviço, Jefferson designou, em 1807, Lewis governador do Território da Alta Louisiana, cargo que o fez retornar a St. Louis. Sobrevieram dois anos difíceis e inquietantes.

Duas narrativas flagrantemente divergentes emergem desse período: ou Lewis mergulhou numa espiral de alcoolismo e desvario incipiente, ou se tornou alvo de intrigas elaboradas por inimigos poderosos, entrincheirados no Oeste do país para minar sua posição.[4]

5 JORNAL THE MISSOURI GAZETTE, 21 DE SETEMBRO DE 1808

POR THOMAS MASTERSON

As autoridades anunciaram que, na presente data, foi concedido o alvará para a fundação da primeira Loja Maçônica de St. Louis, a Loja 111. Meriwether Lewis, célebre explorador e atual governador do Território da Alta Louisiana, é mencionado no documento como primeiro Mestre da organização.

A outra coisa agora é saber

Esta nota se encontra no rodapé da terceira página do jornal, como um item de menor importância. Pouco tempo depois, Lewis iniciou William Clark na Loja de St. Louis. Mais tarde, o próprio Clark fundou a Loja de Missouri I2 e seguiu ativo em círculos maçônicos até o fim da vida. É provável que o próprio Jefferson tenha iniciado Lewis na ordem fraterna secreta.[1]

Essas teorias sugerem que duas organizações esotéricas disputavam o futuro controle da nação florescente: uma com intenções democráticas positivas para os cidadãos (franco-maçons) e outra com planos malignos (os Illuminati da Baviera), interessados apenas em enriquecer a elite às custas da população. Ideologias opostas, pode-se dizer, que colidem até hoje.

É importante salientar que Lewis, logo ao chegar, financiou e organizou a publicação do Gazette, o primeiro jornal do território, exercendo uma influência civilizatória sobre uma rústica colônia de fronteira que, na época, não somava mais do que trezentos habitantes. O que sugere que o próprio Lewis pode muito bem ter escrito esse artigo.[2]

Vez ou outra sublinhei trechos que me pareceram relevantes para detalhes temáticos coerentes.

[1] Teorias sobre a influência arcana dos maçons nos primórdios do governo americano não faltam. Por exemplo, não poucas vezes se sugeriu que o desenho do Grande Selo dos Estados Unidos — a pirâmide e o símbolo do olho que figuram na nota de um dólar — caiu nas mãos de Jefferson numa noite escura por artes de uma misteriosa figura encapuzada que sumiu com a mesma rapidez. Quase um terço dos presidentes do país era ou é maçom. Pelo que descobri, seria possível encher uma biblioteca com livros sobre o assunto — TP

[2] Difícil determinar o significado que o criador do dossiê atribui à participação dos dois homens na franco-maçonaria, mas a passagem a seguir deixa algumas pistas — TP

6 RESULTADOS DA INVESTIGAÇÃO SOBRE A MORTE DE MERIWETHER LEWIS, 1989[1]

Na noite de 10 de outubro de 1809, Meriwether Lewis viajava sozinho, a cavalo, quando resolveu pernoitar em uma estalagem à beira da trilha de Natchez, passagem primitiva sulcada nas matas do estado do Tennessee, cerca de cem quilômetros ao sudoeste de Nashville.

Ainda no cargo de governador do Território da Alta Louisiana, Lewis partira de St. Louis e estava a caminho de Washington, capital do país, com dois objetivos: o primeiro, protestar pessoalmente contra -- e quem sabe reverter -- as recusas, por parte do Departamento de Estado, do reembolso de diversas despesas com seu gabinete, justificáveis e efetuadas com recursos próprios, que deixaram suas finanças em situação precária.[2]

Lewis planejava combater o revés de forma direta: finalmente havia organizado todos os diários que ele e Clark tinham mantido durante a Expedição dos Desbravadores. Estava prestes a entregá-los a um editor da Filadélfia em troca do montante prometido em um contrato anterior à sua posse em St. Louis.

O segundo propósito da viagem, mais sigiloso -- segundo fontes descobertas recentemente --, era entregar a Jefferson e ao novo presidente eleito, James Madison, evidências de uma trama conspiratória corrupta e usurpadora, elaborada pelos inimigos políticos da nova nação no Território da Louisiana.[3]

Este correspondente acredita que, no exercício do mandato em St. Louis, o governador Lewis descobriu que o general James Wilkinson -- delator dos planos de Burr -- na verdade era um dos líderes do conchavo traiçoeiro e expôs o ardil de Burr apenas para salvar a própria pele.

---

[1] Não há cabeçalho original que identifique o responsável pela "investigação", conduzida aproximadamente duzentos anos após o incidente. O(A) Arquivista desponta como candidato(a) mais provável — TP

[2] Esse tipo de reclamação era comum entre as autoridades que cumpriam mandato nos territórios do Oeste americano; como na época o nascente governo dos Estados Unidos enfrentava uma escassez contínua de fundos, os burocratas da nova capital ganharam fama por atrasar reembolsos — TP

[3] Essa passagem é uma referência à trama pérfida maquinada pelo infame vice-presidente de Jefferson, Aaron Burr — que fugiu para o Oeste após matar o ex-secretário do Tesouro Alexander Hamilton em um duelo histórico às margens do rio Hudson — e outros conspiradores e desbaratada em 1805. A facção planejava assumir o controle de uma vasta área do Texas, do México e da Louisiana para criar uma nova República independente, governada por Burr no papel de monarca feudal.

Wilkinson, general comandante do Exército dos Estados Unidos, servira de agente duplo para a Coroa espanhola durante décadas, período em que impiedosamente destruiu a carreira de inúmeros rivais por meio de calúnias, códigos secretos e outras torpezas. Tais informações só vieram à tona após a morte de Wilkinson, em 1825.

Ademais, ele já havia tentado assassinar Meriwether Lewis. Wilkinson traíra a confiança de Jefferson ao revelar a expedição secreta do Corpo de Desbravadores para seus superiores espanhóis. Enquanto Lewis e Clark estavam em campo, a Espanha ordenou a Wilkinson que os impedisse, custasse o que custasse. Em três episódios distintos, companhias de assassinos espanhóis, com mais de duzentos homens no total, adentraram as pradarias do Norte em busca do Corpo de Desbravadores. Em um dos casos, não emboscaram a expedição por questão de dois dias, nas proximidades do rio Platte. Caso esses homens tivessem logrado êxito, o curso da história dos Estados Unidos teria sido completamente diferente.[4]

Lewis saiu de St. Louis em posse de amplas evidências acerca do passado de Wilkinson e da tramoia em curso, pretendendo entregá-las a Jefferson e Madison. Originalmente, Lewis planejava viajar rio abaixo até New Orleans e, de lá, seguir de barco a Washington. Por temer que Wilkinson -- à época, oficial comandante de uma New Orleans corrupta -- descobrisse seus verdadeiros propósitos, abandonou a rota no meio da jornada, afastou-se do rio na altura do forte Pickering -- próximo à atual cidade de Memphis -- e adentrou o matagal a cavalo.

No forte, Lewis escreveu uma carta para o presidente Madison, explicando a mudança de planos: "o medo de que documentos originais, relacionados ao meu mandato, caíssem nas mãos de inimigos induziu-me a alterar a rota e seguir por terra, através do estado do Tennessee, rumo a Washington".[5]

O general James Wilkinson, comandante-chefe das Forças Armadas do país — antes de os presidentes passarem a ocupar esse cargo — e antecessor de Lewis no governo da Alta Louisiana, enviou uma carta a Jefferson alertando-o para a intriga, o que resultou na prisão de Burr e seu julgamento por traição em 1807 — TP

[4] Atesto que essa acusação tem fundamento. Herói da Guerra da Independência e comandante-chefe do Exército americano sob a tutela de três presidentes, Wilkinson hoje é descrito por historiadores como "o mais consumado praticante da arte da traição que a nação já produziu". Ao lado de Burr e Benedict Arnold — ambos próximos de Wilkinson, com quem ele conspirou e em quem passou a perna —, forma um triunvirato de traições e fraudes inigualáveis.

Esses homens também estão invariavelmente ligados à estirpe conspiratória dos Illuminati — TP

[5] Informações verificadas. Essa carta existe — TP

A HISTÓRIA SECRETA *de* TWIN PEAKS

O homem que acompanhou Lewis do forte Pickering até Nashville no encargo de guia e protetor foi o major James Neely. Pouco tempo antes, Neely fora nomeado agente responsável pelas relações com os povos indígenas Choctaw no oeste do Tennessee.

Nomeação recente que fora feita -- sem o conhecimento de Lewis -- por ninguém mais, ninguém menos que James Wilkinson.

*A ÚLTIMA NOITE DE LEWIS

Na noite de 10 de outubro de 1809, Meriwether Lewis chegou sozinho à choupana conhecida como Grinder's Stand -- lar de John Grinder, que estava fora a negócios. Sua esposa, Priscilla Grinder, acolheu o hóspede. Os criados de Lewis, que ele havia despachado para reaver os animais de carga que fugiram naquela manhã, apareceram mais tarde. A sra. Grinder notou que Lewis carregava duas pistolas, uma espingarda, um facão e uma machadinha presa ao cinto.

Lewis mal tocou o jantar que a sra. Grinder preparou. Parecia agitado. Depois da refeição, segundo Grinder, ficou andando para lá e para cá na choupana, fumando um cachimbo e divagando sozinho. A sra. Grinder contou que ele "discursava como um advogado" e bradava contra seus "inimigos".

Ela também notou que Lewis "não deixava quieta" uma pequena bolsa amarrada ao pescoço por um cordão de couro bovino.

Já tinha anoitecido. Quando entrou na estalagem, Lewis aparentava lucidez e conversou com ela cordialmente. No entanto, quando ela lhe preparou uma cama, ele se recusou a dormir ali, preferindo montar, de frente para a porta de entrada, um estrado recostado à parede, com uma manta de pele de búfalo e suas pistolas ao lado.

Depois de acomodar os criados de Lewis no celeiro, a sra. Grinder foi se deitar com os filhos, em uma cabana adjacente. Ela acordou às três da madrugada com ruídos de luta no cômodo vizinho -- objetos pesados derrubados, berros, e então um tiro, seguido de outro.

Ela ouviu Lewis esbravejar "Oh céus" -- mas alegou estar assustada demais para socorrê-lo quando ele chamou por ela, implorando por água. Ela também alegou ter visto Lewis pelas fissuras da parede da cabine, cambaleando sob a luz da lua.

A sra. Grinder acordou os criados do governador assim que rompeu a alvorada, e Lewis foi encontrado ainda com vida, estirado numa poça de sangue. Ele havia levado dois tiros, na nuca e no abdômen, e seu pescoço e seus braços haviam sido dilacerados com uma faca ou uma navalha. Segundo o depoimento da sra. Grinder, Lewis, antes de se aquietar e vir a óbito, ainda pediu que usassem seu rifle para dar cabo de sua agonia.

O agente indígena que fazia a sua escolta, o major James Neely, chegou à estalagem na manhã após o incidente, pouco antes do meio-dia. Ele se apresentou a Grinder como sócio de Lewis e comentou que o acompanhara desde o forte Pickering, mas que ficara para trás no dia anterior -- por insistência de Lewis --, para procurar os dois cavalos que se perderam na mata. Ninguém perguntou e tampouco ele esclareceu por que chegou doze horas depois dos criados de Lewis -- responsáveis pela mesma incumbência.

Neely não se propôs a alertar as autoridades locais. Inspecionou a cena do crime, reclamou todos os bens de Lewis e supervisionou seu enterro, em um caixão feito às pressas, em uma propriedade próxima. Alguns dias depois, Neely escreveu a seguinte carta a Thomas Jefferson, que enviou de Nashville:[6]

[6] Informações verificadas — TP

PROPRIEDADE DA
BIBLIOTECA do CONGRESSO
Divisão de Manuscritos

Senhor,

Nashville, Tennessee
18 de outubro de 1809

É com profundo pesar que informo a morte de Sua Excelência Meriwether Lewis, governador da Alta Louisiana, que faleceu na manhã do dia 11, lamento dizer, por suicídio.

Major James Neely

ANEXO 1
BIBLIOTECA DO CONGRESSO
CÓPIA

DOCUMENTO # 33522

Jefferson emitiu uma declaração pública em resposta, aceitando
sem questionamentos a trágica versão dos fatos oferecida por Neely.
Como resultado, o suposto suicídio logo foi -- e ainda é -- tido
como a causa mortis de Lewis.

A opinião de Jefferson baseou-se, exclusivamente, no relato de Neely sobre
o depoimento da sra. Grinder, única testemunha da tragédia. E, mais tarde,
em um novo informe.

*AS CARTAS DE RUSSELL

O parecer de Jefferson sobre a perturbação de Lewis foi reforçado por
uma única fonte: uma carta protegida do olhar do público por quase duzentos
anos, que descreve a jornada de Lewis de St. Louis a Nashville. A carta,
dirigida a Jefferson, era assinada pelo comandante do forte Pickering,
o major Gilbert Russell, amigo de Lewis, e datada de dois anos após a morte
do governador.

Segundo o ofício, Lewis saíra de St. Louis e chegara ao forte em um
"estado de desordem mental", causado pelo desespero com problemas
econômicos e manifestado sob a forma de surtos de alcoolismo. Ao que parece,
o capitão do barco confidenciara a Russell que Lewis tentara se suicidar
duas vezes entre St. Louis e o forte Pickering. Pouco depois, Lewis
incorreu em nova tentativa de suicídio e, portanto, o major Russell achou
de bom-tom mantê-lo encarcerado até ele "recobrar os sentidos".
A carta termina narrando que, ao recuperar o equilíbrio, Lewis partiu para
Nashville com o major Neely.

O tom e o estilo desse ofício estão em total desacordo com uma carta mais
antiga, escrita por Russell e enviada a Jefferson poucas semanas após
a morte de Lewis. A primeira carta não menciona tentativas de suicídio
nem "desordem"; ao contrário, pinta um retrato amigável de Lewis, mais
consistente com tudo o que se sabe dele. Diz que, semanas antes de sua
morte, Lewis parecia concentrado, determinado e resoluto. No final dessa
carta, Russell se refere à morte de Lewis como um "assassinato".

A primeira carta que Jefferson recebeu é do próprio Russell; a autenticação não deixa margem a dúvidas.[7]

Recentemente, uma investigação oficial sobre a morte do governador Lewis, conduzida pelo estado do Tennessee, concluiu que a segunda carta de Russell, descoberta dois séculos mais tarde, é falsa.

A segunda carta não só é uma fraude, como procede diretamente do gabinete do general James Wilkinson. Especialistas em caligrafia notaram a equivalência perfeita com a letra do escrivão de Wilkinson, que redigia todos os seus ofícios. A carta forjada não foi só enviada a Jefferson; providenciou-se uma cópia destinada aos arquivos de Wilkinson, prática comum antes do advento da cópia automatizada. Lá permaneceu até sua recente descoberta.[8]

Mas por que essa segunda carta foi enviada somente dois anos após a morte de Lewis? A resposta está na fria lógica; a carta foi escrita justamente quando Wilkinson foi levado à corte marcial acusado de traição por ter tomado parte na conspiração de Burr. A acusação foi retirada em última instância por falta de provas.

Embora Wilkinson tenha escapado da condenação nessa e em duas outras acusações de traição, por fim descobriram, depois de sua morte, que ele tinha sido agente duplo para a Espanha desde 1787.

Portanto, uma conclusão razoável: após ser acusado de traição, Wilkinson forjou a carta para fazer crer que Lewis estava predisposto ao suicídio durante sua jornada. Desse modo ele livraria a própria cara caso fosse questionado sobre uma eventual responsabilidade nessa morte tão trágica.[9]

*OS PERTENCES DE LEWIS

O major Neely e os baús com os pertences de Lewis chegaram a Nashville uma semana após a morte do governador. Os baús foram encaminhados para Monticello e entregues no fim de novembro. Um homem chamado Thomas Freeman -- sob as ordens de seu superior de longa data, o general James Wilkinson -- os transportou para a propriedade de Jefferson.

---

[7] Informações verificadas — TP

[8] Confirmado — TP

[9] Essa conclusão me parece sensata. É com certo pudor que admito que desconhecia os detalhes da vida de Lewis e Wilkinson — e eu me formei em história — TP

Resta apenas um inventário dos pertences de Lewis, um rol elaborado pelo secretário de Jefferson, Isaac Coles, quando os baús chegaram a Monticello. O inventário de Cole não menciona os 220 dólares que Lewis certamente carregava quando deixou o forte Pickering. Tampouco inclui menções às suas pistolas, faca de caça, dois cavalos e um relógio de ouro.

O major James Neely se apoderou do melhor cavalo de Lewis após a morte do governador e foi visto em público com a faca e as pistolas de Lewis no próprio coldre e o relógio de ouro no bolso. (Podemos presumir que ele também embolsou o dinheiro? Afirmativo.) Por alguma razão, o caso chegou aos jornais locais e chamou a atenção da família de Lewis. Pouco tempo depois, Neely foi confrontado pelo cunhado de Lewis, que solicitou a devolução dos itens pessoais. O cunhado recuperou apenas o cavalo, logo antes de Neely sumir da face da Terra.

Também faltou no inventário: uma cota substancial dos papéis de Lewis, que, segundo Coles, foram completamente revirados. A papelada incluía indícios da corrupção de Wilkinson na Louisiana, que Lewis mencionara na carta a Madison -- além de muitos diários da Expedição dos Desbravadores. É fato estabelecido que Lewis deixou o forte Pickering em posse desses documentos.

Também ficou de fora um instrumento criptográfico sofisticado, criado pelo próprio Jefferson, que Lewis utilizava para codificar as mensagens que enviava ao presidente.[10]

Grande parte dos papéis perdidos jamais foi recuperada. Quando a edição "definitiva" dos diários de Lewis e Clark foi publicada, ninguém mencionou ou explicou a curiosa ausência -- cobrindo mais da metade dos dois anos da missão -- de incontáveis entradas redigidas por aquele letrado encarregado da missão.[11]

Também consta no inventário: pequena bolsa de couro que estava pendurada no pescoço do governador -- vazia.[12]

Por último, entre os pertences catalogados, o mais curioso: amarrotado no bolso do casaco de Lewis, seu avental maçônico, manchado de sangue.

[10] Informações verificadas — TP

[11] Os relatos definitivos da expedição de Lewis e Clark foram publicados em 1814. De acordo com diversos acadêmicos, muitos diários privados que Lewis certamente escreveu durante a expedição jamais foram recuperados — TP

[12] Ao que parece, esse trecho descreve a algibeira em que, antes, estava o anel de jade — ou seja, é provável que Neely também tenha furtado o anel — TP

* estado atual do avental
  maçônico manchado
  de sangue de Lewis

A HISTÓRIA SECRETA
△△ _de_ TWIN PEAKS

Esclarecimentos: todo iniciado aceito na Ordem Maçônica recebe essa vestimenta cerimonial no momento da admissão. Uma versão simbólica da cinta de ferramentas do artesão, um "avental", na linguagem da época, deve ser trajado em todas as reuniões e rituais maçônicos e permanecer em posse do iniciado em tempo integral. Feito de seda e forrado com linho, contém os símbolos arcanos da Ordem pintados à mão -- inclusive "o olho que tudo vê", que também adorna a nota de um dólar.

Esse objeto extremamente pessoal foi restituído por Jefferson -- companheiro maçom -- à mãe de Lewis. Passou por três gerações de descendentes antes de ser doado à Grande Loja Maçônica, situada em Helena, Montana, onde permanece exposto até a presente data. Sua procedência é incontestável.[13]

Com a permissão da Loja, este correspondente obteve acesso ao avental para realizar uma inspeção completa. Testes conduzidos nas manchas de sangue ainda visíveis na peça apresentaram os seguintes resultados:

O exame de DNA confirma -- por meio de comparações detalhadas com amostras de sangue de parentes vivos -- que o sangue no avental não pertence a Meriwether Lewis. Pertence a dois outros indivíduos -- não identificados.

Será que, após assassiná-lo, os agressores limparam o próprio sangue na peça, sagrada para o maçom que era Lewis, como ato de profanação? E não será tal ato, no caso, revelador de certa antipatia à organização; em outras palavras, não seria ele uma pista para o autor e o motivo do crime?

*INQUÉRITOS OFICIAIS ACERCA DA MORTE DE LEWIS

Embora nenhum registro dos procedimentos tenha sido conservado, um condado do Tennessee abriu um inquérito local sobre o caso logo após a morte de Lewis. Segundo as narrativas orais preservadas pela população do condado, o casal Grinder

[13] Informações verificadas — TP

e "sujeitos não identificados" foram indiciados, mas as acusações foram retiradas, pois o júri "temia retaliação".[14]

Pouco tempo depois, os Grinder deixaram o Tennessee. Após, pelo que se conta, terem conseguido "uma quantia expressiva de dinheiro".

*CONCLUSÕES

À data do falecimento, Meriwether Lewis tinha 35 anos de idade, era um indivíduo forte e robusto, calejado por anos de serviço no Exército e na selva. Lewis sobreviveu a privações inimagináveis para o homem moderno. Durante a expedição, defendeu a si e a seus homens com bravura, em batalhas contra oponentes agressivos, e certa vez chegou a matar quatro agressores sozinho. Prestou um dos mais notáveis serviços à nação e a Thomas Jefferson, seu amigo e patrono. Somente uma combinação de Charles Lindbergh, John Glenn e Neil Armstrong produziria uma figura do século XX com tal impacto sobre a psique americana.

Durante seu mandato, Lewis provou ser um apto líder político, capaz de, um dia, suceder seu mentor como presidente, cargo para o qual muitos creem que Jefferson o preparava. Apenas os posteriores assassinatos de Lincoln e Kennedy poderiam nos fornecer ocasiões mais chocantes de perda de uma figura pública tão estimada.

Sob ordens confidenciais do presidente, Lewis atravessou terras virgens indomadas e retornou triunfante. Com base em minhas descobertas recentes, cabe admitir que Jefferson enviou Lewis à expedição não só para encontrar "uma passagem ao norte" para o Pacífico -- como reza a narrativa-padrão da história --, como também para investigar estranhos rumores e relatos que rondam essa região: uma tribo desconhecida de "índios brancos", a existência de minas lendárias de ouro e prata, a possível existência de mastodontes, monstros marítimos e outras criaturas míticas, bem como vestígios de civilizações antigas extintas, incluindo uma misteriosa raça de gigantes.[15]

[14] Confirmado — TP

[15] De fato, entre o século XIX e o início do XX, jornais dos quatro cantos do país estamparam histórias sobre a descoberta de inúmeros "esqueletos gigantes" — geralmente, de 2,15 a 2,75 metros de altura — em túmulos antigos. Acredita-se que pré-datam qualquer civilização norte-americana conhecida. Curiosamente, na maioria dos casos, os ossos foram recolhidas pela Smithsonian Institution... e nunca mais foram vistos — TP

A HISTÓRIA SECRETA de TWIN PEAKS

[16] Do que concluímos, enquanto traçamos o perfil do(a) Arquivista, que ele conhecia pessoalmente a região — TP

[17] Nova descoberta fundamental sobre os propósitos pessoais do(a) Arquivista. Determinar a identidade deste(a) autor(a) ainda é a prioridade número um — TP

[18] Informações verificadas — TP

[19] De acordo — TP

[20] Ao que eu ainda acrescentaria: que fim levou o anel da algibeira de Lewis depois de Neely aparentemente tomar posse dele? E o que aconteceu com o próprio Neely, que desapareceu para todo o sempre poucos meses depois? Por que Cabelo Trançado alertou Lewis para jamais pôr o anel no dedo?
A seção relativa a Meriwether Lewis me instigou a pesquisar mais. Descobri que, por insistência dos descendentes de Lewis, o estado do Tennessee abriu um novo inquérito oficial em 1996, presumo que depois de o dossiê ser compilado. Após ouvir o depoimento de doze especialistas em disciplinas forenses, balística e

Em pelo menos uma ocasião, já mencionada no dossiê, Lewis parece ter se deparado com os decantados mistérios desse confim do mundo, o extremo noroeste. Mistérios que, conforme este correspondente pode atestar, persistem até hoje.[16]

Pela autoridade outorgada a mim por uma patente confidencial, comprometo-me, de coração aberto, a dar continuidade ao trabalho iniciado pelo capitão Lewis: o espírito de destemida investigação dos grandes mistérios aplicado à busca pelas verdades antigas que transcendem e desafiam a sabedoria convencional. Este dossiê ecoa os frutos da empreitada.[17]

Quanto ao "suicídio" do governador... Baseada estritamente em "relatos" difamatórios oferecidos por inimigos políticos, essa ideia tornou-se a narrativa predominante acerca do trágico fim de Lewis. À época, havia tão pouco conhecimento sobre a natureza dos transtornos mentais, que fica difícil imaginar um destino mais degradante para um herói de sua envergadura. Essa ideia chocante envolveu sua reputação numa aura tão sombria que quase bloqueou os inquéritos.

Quase.

Em 1848, um comitê parlamentar requisitou uma investigação sobre o caso. Também votaram erguer um monumento sobre o jazigo, que lá está até hoje. Antes da edificação do monumento, o caixão foi recuperado, reconhecido e aberto por alguns instantes. Um médico contratado pelo comitê examinou o corpo, que àquela altura ainda se encontrava notavelmente bem preservado, e declarou, no relatório oficial, que "tudo indica que o governador Lewis morreu nas mãos de um assassino".

Visto que as técnicas científicas evoluíram no século XX, descendentes de Lewis pressionaram o governo para exumar os restos mortais e conduzir uma análise forense extensiva. Um estudo dessa natureza poderia anular a calúnia que assombra a reputação de Lewis há duzentos anos.

Mais dois detalhes reveladores obtidos no inquérito parlamentar: a sra. Grinder alegou ter visto Lewis se arrastando do lado de fora da cabana, implorando por água, sob a luz da lua. Examinei os registros das fases da lua naquele ano: era uma noite sem lua.

O outro detalhe: mais tarde, o carpinteiro que confeccionou o caixão rudimentar em que Lewis foi enterrado às pressas contou ao comitê que chegou a ver o corpo e notou um ferimento na parte traseira do crânio.[18]

Isso levanta uma questão: o governador Lewis ganhou fama por ser um dos maiores atiradores de sua era. Como acreditar, então, que ele tentou se suicidar com um tiro na nuca... e falhou? Que atirou no próprio peito e, mais uma vez, falhou em concluir o serviço, prolongando suas horas finais em um sofrimento quase que incompreensível?

É muito mais provável que Lewis tinha bons motivos para temer perseguições, conforme sugere o seu comportamento quando chegou à estalagem. É igualmente provável que ele tenha sido vítima de uma ofensiva de agressores desconhecidos, que lhe infligiram lesões severas e fatais. Os cortes em sua garganta e braços assemelham-se àquilo que a ciência forense costuma chamar de "ferimentos defensivos".[19]

Dado que o sangue de dois homens não identificados foi encontrado no avental maçônico, Lewis provavelmente lutou até o fim de suas forças para se defender de múltiplos agressores.

Questões finais: o que motivou o general Wilkinson e os espanhóis a tentar exterminar o Corpo de Desbravadores? O que eles tanto receavam que Lewis e Clark encontrassem na costa do Pacífico, a noroeste?

Será que Lewis relatou algum segredo mais profundo nos diários desaparecidos? Será que havia algo além de evidências incriminatórias no pacote que levava a Washington, algo que inspirou assassinos a seguir seu rastro em meio à natureza selvagem, assassiná-lo brutalmente e forjar indícios de que se tratou de um suicídio para burlar os inquéritos?[20]

investigações criminais, um grande júri definiu que os restos do governador Lewis deveriam ser exumados e examinados com o intuito de determinar a causa mortis exata.

Anos depois de negar o pedido em primeira instância, o Serviço Nacional de Parques dos Estados Unidos reverteu, em 2008, a própria decisão judicial e recomendou a exumação. No entanto, em 2010, a agência fez nova reversão e indeferiu o pedido do grande júri para reaver os restos mortais. A única explicação que ofereceram foi que o procedimento causaria "danos incalculáveis" a um monumento histórico consagrado. Contudo, jamais entraram nos méritos das contribuições de um estudo desse teor para restaurar a reputação do homem que o monumento homenageia.

Portanto, dois séculos após sua morte, o corpo de Meriwether Lewis, herói nacional, segue em decomposição no jazigo, ao pé da antiga estrada conhecida como Trilha de Natchez. É um local pouco visitado, no meio de um trecho ainda remoto da selva americana. Difícil imaginar um "tributo" mais melancólico que esse — TP

* Aqui vemos a coluna do monumento quebrada, projetada para simbolizar a tragédia de uma vida notável que foi abreviada.

* À esq.: Meriwether Lewis; à dir.: o general traidor James Wilkinson

*CONSIDERAÇÕES FINAIS DO ARQUIVISTA

Recentemente, averiguei mais um aspecto curioso desta história. Quando Jefferson enviou Lewis ao noroeste, pediu a ele que atentasse para os diversos fenômenos estranhos frequentemente aludidos em rumores que corriam na região -- entre eles, uma tribo de "índios brancos" e uma raça de gigantes. Nos jornais americanos do século XIX, encontrei dezenas de referências misteriosas a esqueletos humanos de 2,15 a 2,75 metros de altura, descobertos em túmulos. Eis um dentre muitos exemplos:

TÚMULO DE WISCONSIN ABERTO.

ENCONTRADO ESQUELETO DE UM HOMEM DE MAIS DE 2,75 METROS DE ALTURA, COM UM CRÂNIO GIGANTE.

MAPLE CREEK, Wisconsin, 19 de dez. — Um dos três túmulos descobertos recentemente na cidade foi aberto. Dentro dele, autoridades encontraram o esqueleto de um homem de proporções colossais. Os ossos mediam, dos pés à cabeça, 2,75 metros e estavam em ótimo estado de conservação. O crânio parecia cobrir meio alqueire. Hastes refinadas de cobre temperado e outras relíquias repousavam perto dos ossos.

O túmulo de onde essas relíquias foram retiradas mede três metros de altura, 2,5 metros de comprimento e varia de 1,80 a 2,45 metros de largura.

Os dois túmulos menores serão explorados em breve.

[21] Todas as informações foram verificadas. Hei de concordar que tudo é mesmo muito estranho.

O dossiê continua na próxima página, marcando o início de uma nova "seção" — TP

Também não restam dúvidas de que, quando Lewis e Clark retornaram ao leste, trouxeram consigo Sheheke-shote, chefe da tribo Mandan, dos Dakotas, também conhecido como "Branco Grandão". Os Mandans costumam ser associados a um rumor disseminado naquele primeiro período de expansão: de que, em algum lugar no alto Meio-Oeste, vivia uma tribo de "homens brancos", falantes de galês, supostos descendentes de um

príncipe galês do século XII, chamado Madoc -- ou Madog ab Owain Gwynedd, em galês. Reza a lenda que o príncipe navegou até a América e seguiu as correntezas do rio Mississippi rumo ao norte do território, fundando diversas colônias pelo caminho. Possíveis evidências do caso são as estruturas onde viviam os Mandans, similares a casas, e as naus incomuns que a tribo usava, análogas ao "coracle", embarcação galesa.

Fato: o chefe de tribo Sheheke-shote tinha pele bastante clara, olhos azuis ou verdes, e media pelo menos dois metros de altura. Sheheke, esposa e filho seguiram com Lewis e Clark até Washington, D.C., onde Lewis o apresentou para Thomas Jefferson.

Após uma ausência de dois anos e duas tentativas de restituí-lo a seu povo, com direito a uma escolta militar de mais de seiscentos soldados através de territórios hostis, Sheheke por fim conseguiu chegar a seu vilarejo Mandan.

Caso triste, dizem que os Mandans não acreditaram nas histórias de Sheheke sobre a nova grande civilização e os líderes que ele conhecera. Como resultado, Sheheke perdeu sua posição na tribo e, muito abatido, morreu durante um ataque Sioux poucos anos depois.[21]

*** A HISTÓRIA DOS NEZ PERCÉ

I A HISTÓRIA DO
CHEFE IN-MUT-TOO-YAH-LAT-LAT
(CHEFE JOSEPH) DOS NEZ PERCÉ

Na década de 1870, mineradores brancos descobriram ouro no vale Wallowa no noroeste do Pacífico -- atual região central do estado de Washington --, um tradicional território dos Nez Percé, tribo contatada inicialmente por Meriwether Lewis. Pouco tempo depois, sob a alegação de que o governo dos Estados Unidos já havia adquirido os direitos ao vale em um tratado firmado com outra tribo, o general Oliver Howard foi enviado com uma brigada para escoltar os Nez Percé até uma reserva. Isso foi uma flagrante violação do tratado então vigente entre o governo e os Nez Percé.[1]

1 Atesto que o que segue é a declaração dada pelo Chefe Joseph em resposta à exigência de Howard de que abandonasse suas terras e levasse seu povo para uma reserva — TP

A HISTÓRIA SECRETA
de TWIN PEAKS

64   OS APUROS DOS NEZ PERCÉ

"Talvez você pense que o Grande Chefe Espiritual tenha lhe mandado até aqui para que faça de nós o que bem entender. Se eu acreditasse que você foi mesmo mandado aqui pelo Grande Chefe Espiritual, eu poderia até ser convencido de que você tem direito a fazer de mim o que quiser. Peço que não me entenda mal, e sim que abra seu coração para compreender a afeição que meu povo tem por esta terra. Eu nunca disse que esta terra me pertencia para eu fazer dela o que quisesse. O único que tem direito de fazer dela o que quiser é aquele que a criou. Só me reservo o direito de viver na minha própria terra e concedo-lhe a regalia de retornar à sua.

"Em assembleias sobre tratados, os comissários alegaram que nossa terra fora vendida por outros ao seu governo. Imagine que um homem branco venha até mim e diga: 'Joseph, gostei dos seus cavalos. Quero comprá-los'. Eu lhe respondo: 'Não, meus cavalos me convêm. Não vou vendê-los'. Então ele vai até meu vizinho e lhe diz: 'Joseph tem excelentes cavalos. Quero comprá-los, mas ele não quer vendê-los'. Meu vizinho responde: 'Pague-me o preço que eu lhe vendo os cavalos do Joseph'. O homem branco vem ter comigo de novo e diz: 'Joseph, comprei seus cavalos, agora você tem que entregá-los a mim'.

"Se vendemos nossas terras para o governo, foi assim que elas foram compradas." [2]

Chefe Joseph foi cercado nas montanhas Bear Paw, no norte de

2   Conferido — TP

Nunca antes os Nez Percé tinham sido uma "tribo hostil" aos colonos americanos. Depois da recusa de Joseph, apesar dos esforços deste para conservar a paz, deflagrou-se o conflito e o governo convocou a cavalaria para terminar o serviço. Para evitar um massacre na própria terra ou a ida forçada para uma reserva, o Chefe Joseph guiou seu povo -- um grupo de mais de setecentos homens, mulheres e crianças, entre os quais apenas duzentos guerreiros -- numa desesperada fuga em direção ao Canadá.

2 FALA DO CHEFE JOSEPH AO SEU POVO ANTES DA RETIRADA, NO VERÃO DE 1877

"Tentei poupar-nos a todos do sofrimento e da tristeza. Somos poucos. Eles são muitos. Podemos abarcar tudo o que temos num relance de olhos. Eles têm mantimentos e munição em abundância. Precisamos arcar com esta grande tribulação e esta derrota.

"Agora irei ao lugar que nossos ancestrais conheceram, tão pouco visitado, o lugar de muita névoa perto das grandes cataratas e montanhas gêmeas, para buscar o alento do Grande Chefe Espiritual nesta hora de grande necessidade."[1]

Isso me parece uma referência a um dos principais mitos deles, comum a muitas nações indígenas da região Noroeste e ligado a relações ancestrais com seres misteriosos a quem chamam de "Povo Celeste".

Nunca antes o Chefe Joseph tinha sido chamado à responsabilidade de servir seu povo como líder militar. Seu papel era mais próximo do de um líder espiritual ou ancião da tribo. Apesar da falta de experiência militar, quando retornou dessa misteriosa "peregrinação", o Chefe Joseph liderou seu povo em uma das maiores retiradas estratégicas da história, durante a qual eles tomaram parte em uma série de treze batalhas ou contendas contra mais de 2 mil soldados, cavalaria e artilharia sob o comando do general Howard.

[1] Parece haver alguma semelhança com o local visitado por Lewis e pelo Chefe Cabelo Trançado, ancestral de Joseph — TP

A HISTÓRIA SECRETA de TWIN PEAKS

3 MISSIVA DO GENERAL OLIVER HOWARD PARA O CORONEL NELSON MILES NO FORTE KEOGH, AGOSTO DE 1877

"Joseph e seu bando escaparam de nossas tropas e agora ele continua a se retirar em direção à Colúmbia Britânica. Nunca me esquecerei do desfiladeiro por que ele passou, na bacia Clark, perto da montanha Hart. Ele parecia estar se deslocando através da própria montanha -- trilhando o leito seco daquilo que normalmente é um riacho, cujas laterais são tão escarpadas que era como atravessar um gigantesco e rústico túnel de trem. Segundo meus batedores, havia água corrente nesse riacho poucos dias antes.

"Conforme as instruções, minhas tropas estavam a postos nas montanhas Hart, prontas e alertas à chegada deles, mas, assim que raiou o dia, uma gigantesca nuvem de poeira ou fumaça assomou a leste. Meus homens dispararam a galope, certos de que todo o grupo de Joseph os havia ultrapassado, e seguiram essa longa trilha de pó, abandonando a boca do desfiladeiro. Assim que as tropas avançaram, Joseph e seu povo saíram do túnel que cortava a montanha. Quando conseguimos voltar ao local, passado um dia inteiro, o canal estava repleto d'água novamente.

"Cremos que ele pretende pedir refúgio a Touro Sentado. Ele viaja com mulheres, crianças e feridos, vencendo cerca de quarenta quilômetros por dia, mas regula seu passo pelo nosso. Vamos reduzir nossa marcha a uns vinte quilômetros por dia, e ele há de desacelerar conosco. Por favor, tome agora mesmo um curso diagonal para cortar o caminho dele, levando todas as forças sob seu comando, e quando o tiverem interceptado, avise-me imediatamente para que me reúna a vocês a passo forçado."[1]

[1] Conferido – TP

4 A HORA DA VIRADA, SEGUNDO CORONEL MILES, O COMANDANTE QUE INTERCEPTOU A RETIRADA DE JOSEPH

> OS APUROS DOS NEZ PERCE

"Num ponto particularmente desalentador de nossa busca, nossas forças encontraram um homem daquelas montanhas, uma figura conhecida que vivia ali havia décadas, chamado Johnson 'Come-Fígado'. Johnson, que alegava ser versado nos costumes indígenas e no que chamava de 'fonte do poder de Joseph', nos guiou a passo forçado por um caminho tortuoso até um local nas montanhas Bears Paw onde na certa interceptaríamos a retirada de Joseph para o norte."

Após II semanas, sem perder uma batalha sequer contra essa força vastamente superior, a apenas cinquenta quilômetros da fronteira canadense e da liberdade, o Chefe Joseph foi cercado nas montanhas Bears Paw, no norte de Montana. Depois de uma batalha de cinco dias, restaram somente 87 de seus guerreiros. Para não arriscar a vida das 350 mulheres e crianças que sobreviveram, Joseph decidiu se entregar.[1]

[1] Conferido — TP

[1] Confirmado como o relato do capitão Wood sobre a rendição de Joseph. Se me permitem, aí vai uma observação pessoal: parece que estamos diante de uma clara mitologização — i.e. amplificação — do ato de autêntico heroísmo que foi essa luta do Chefe Joseph. Querem que acreditemos que uma "peregrinação" para consultar uma divindade totêmica — talvez parte do "Povo Celeste" anteriormente mencionado? — conferiu a Joseph o poder de atravessar montanhas e criar nuvens de pó itinerantes para desorientar seus inimigos. Ao que parece, ele se refere ao mesmo local, ou a outro semelhante, antes visitado por Lewis — onde se deu o encontro alucinógeno sobre o qual escreveu a Jefferson —, supostamente nas imediações de Twin Peaks.
Que fique registrado que sou secular e cética por natureza. Sinais do sobrenatural são sempre mais fáceis de relatar ou sugerir do que de verificar, especialmente no caso de acontecimentos ocorridos há mais de 150 anos. Mostre-me dados científicos, por favor — TP

5 DISCURSO DO CHEFE JOSEPH AO SE RENDER AO GENERAL HOWARD, A 5 DE OUTUBRO DE 1877[1]

Assim terminou a última guerra entre os Estados Unidos e uma nação ameríndia.

Chefe Joseph (*à esq.*) falou em nome de seu povo ao general Howard (*à dir.*)

De repente, Joseph desmontou do cavalo, envolveu-se com sua manta e, com a espingarda sob um dos braços, abandonou a postura cabisbaixa com que escutava, endireitou-se e, com um orgulho sereno, sem sinais de desafio, foi andando até o general Howard e estendeu-lhe a espingarda em sinal de submissão. Embora falasse inglês bem, para poder ser compreendido por seu próprio povo, Joseph preferiu dirigir-se a Howard por meio de um intérprete:

"Diga ao general Howard que sei como ele se sente. Aquilo que ele me disse antes, guardo em meu coração. Estou cansado de lutar. Nossos chefes estão sendo mortos. Os anciãos estão todos mortos. Meu irmão, que liderava os jovens, está morto. Faz frio e não temos cobertores. Nossas crianças pequenas estão congelando, a ponto de morrer. Meu povo, parte dele, fugiu para as montanhas e não tem cobertores nem alimento. Ninguém sabe onde estão — talvez, congelando a ponto de morrer. Quero ter tempo para procurar minhas crianças e ver quantas delas consigo encontrar. Talvez eu as encontre já entre os mortos.

"Meus chefes, ouçam: estou cansado. Meu coração adoeceu, tristonho. Eu lutei, mas deste ponto do sol no firmamento até a eternidade, não mais lutarei."

6 DEPOIMENTO DO AJUDANTE
DO GENERAL HOWARD,
CAPITÃO CHARLES ERSKINE WOOD

Joseph e quatrocentos seguidores foram transportados em vagões de trem sem aquecimento até Fort Leavenworth, Kansas, onde foram retidos em um campo para prisioneiros de guerra por oito meses. No verão seguinte, os sobreviventes foram levados de trem até uma reserva em Oklahoma que era pouco mais que um campo de concentração. A essa altura, mais da metade dos Nez Percé havia sucumbido a epidemias.

Durante os 31 anos seguintes, o Chefe Joseph lutou pela causa de seu povo e se encontrou com três presidentes diferentes para defendê-la. O capitão Erskine Wood, fiel a sua palavra, tentou levar adiante tal luta por justiça. Deu baixa do Exército, advogou em Portland e lutou para propor o tema ao Congresso. Mais tarde, angariou fundos para que Joseph fosse até Washington e falasse por si próprio.[1]

[1] Conferido — TP

O coronel Miles já conversara com Joseph por duas vezes antes de chegarmos. Nesses encontros, ele prometera em termos bem claros que, caso Joseph se rendesse, ele e seu povo seriam reconduzidos às suas terras. Tal promessa, uma vez feita, inevitavelmente se tornava condição para toda e qualquer rendição; Miles deveria restituir os Nez Percé às suas antigas terras. Os pretextos usados para não fazê-lo — que era para o bem-estar dos próprios índios, que os brancos iriam querer se vingar deles depois, que a volta acabaria gerando outra guerra indígena —, embora talvez fossem até bons motivos, claramente eram desleais para com os índios e invalidavam as condições da rendição.

O general Howard instruiu-me a tomar o Chefe Joseph como prisioneiro de guerra, conduzindo-o ao acampamento e garantindo que fosse bem tratado, mas sob estrita vigilância para que não fugisse. Pedi que Chapman traduzisse isso para Joseph, acenei amavelmente ao chefe indígena e tentei assumir um ar de quem estava entre amigos. Chamei-lhe com um gesto para que viesse comigo, ele obedeceu de imediato e caminhamos de volta. Quando chegamos a sua tenda, disse-lhe que eu mesmo viria ter com ele em uma próxima oportunidade. Desejei-lhe boa sorte, com esperança de que seus problemas chegassem ao fim, e deixei-o.

Note-se que, observando os costumes indígenas, Joseph não havia falado em nome de nenhum de seus demais chefes. Naquela noite, o Chefe Pássaro Branco, sua família e alguns de seu grupo conseguiram fugir e por fim se juntar a Touro Sentado no Canadá.

O general Howard afirmou que, ao permitir essa fuga, Joseph tinha violado os termos da rendição, de forma que o governo não mais estava obrigado a reconduzir os índios às suas terras.

O general Howard e eu sempre discordamos nesse ponto. Ele defendia que não tinha autoridade para formular nenhum termo específico, que isso cabia exclusivamente ao secretário de Guerra e ao presidente. Ademais, Joseph teria desrespeitado os termos ao permitir que Pássaro Branco escapasse. Tais argumentos não me parecem e nunca me pareceram sólidos.

Antes de deixar o acampamento, Johnson, o homem das montanhas, me contou que o homem branco, violando as muitas promessas feitas ao Chefe Joseph, havia despertado "entidades poderosas" no território dos Nez Percé. Como resultado, ele vaticinou, um dia "haveria um acerto de contas" com aqueles que explorassem e habitassem o território roubado dos Nez Percé.

[1] Tudo verificado. Difícil imaginar definição mais profunda do significado da palavra "liberdade" — TP

7 DISCURSO FEITO PELO
CHEFE JOSEPH NO SALÃO LINCOLN,
EM WASHINGTON, D.C., 1879[1]

UM APELO À PAZ E À IGUALDADE

IN-MUT-TOO-YAH-LAT-LAT

"CHEFE JOSEPH"

dos

ÍNDIOS NEZ PERCÉ

fala no

LINCOLN HALL
WASHINGTON CITY, D.C.

14 DE JANEIRO DE 1879

O Chefe Joseph discursou para uma plateia repleta de membros de gabinete, diplomatas e congressistas no auditório do Lincoln Hall na cidade de Washington, D. C. Ao longo de quase uma hora e vinte minutos, ele transmitiu a história de seu povo, as muitas promessas não cumpridas e as agruras e horrores suportados por seu povo.

Esta transcrição do discurso eloquente e comovedor de Joseph é distribuída como uma mensagem de utilidade pública por

INDIAN RIGHTS ASSOCIATIONS
Filadélfia, Pensilvânia

Impresso por LEA & BLANCHARD, Rua Chestnut

"AMIGOS, pediram-me que falasse a vocês com o coração. Agrada-me ter a oportunidade de fazê-lo. Não carecemos de muitas palavras para dizer a verdade. Quero que o povo branco compreenda o meu povo. Alguns de vocês pensam que o índio é como um animal selvagem. Vou falar-lhes do meu povo, e então vocês poderão julgar se o índio é ou não um homem. Acredito que muita confusão e sangue seriam poupados caso abríssemos mais nossos corações. NÃO CARECEMOS DE MUITAS PALAVRAS PARA DIZER A VERDADE.

Meu nome é In-mut-too-yah-lat-lat, Trovão Que Corre Sobre as Montanhas. Sou o chefe do clã Wal-lam-wat-kin dos Chute-pa-lu, ou Nez Percé. Nasci há 38 invernos. Meu pai foi chefe antes de mim. Ele faleceu há alguns anos, deixando um bom nome sobre a terra.

Os primeiros homens brancos do povo de vocês que vieram à nossa terra chamavam-se Lewis e Clark. Trouxeram consigo muitas coisas que nosso povo nunca havia visto. FALAVAM COM FRANQUEZA, e nosso povo lhes ofereceu um grande banquete para mostrar que se agradou deles. Eles deram presentes aos nossos chefes e nosso povo lhes deu presentes também. Tínhamos muitos cavalos, dos quais lhes demos os que careciam, e em troca eles nos deram armas e tabaco.

Todos os Nez Percé fizeram amizade com Lewis e Clark. Nossos chefes lhes ensinaram como falar ao Grande Chefe Espiritual sobre os vários mistérios de nossa terra. Com sua bênção, meu povo concordou em deixá-los atravessar esta terra e jurou nunca travar guerra contra o homem branco. Os Nez Percé jamais descumpriram essa promessa.

Nossos pais nos transmitiram muitas leis, as leis que eles haviam aprendido de seus pais. Eram boas leis. Diziam que deveríamos TRATAR TODO HOMEM TAL E QUAL NOS TRATASSE; que nunca deveríamos ser os primeiros a romper um pacto; que mentir era uma infâmia; que só deveríamos falar a verdade; que era vergonhoso um homem tomar a propriedade de outro sem pagar por ela.

Ensinaram-nos a crer que o Grande Espírito tudo vê e tudo ouve, e que ele nunca se esquece de nada; que depois de tudo ele concederá a todo homem uma morada espiritual de acordo com seus méritos: caso ele tenha sido um bom homem, terá uma boa casa; caso tenha sido mau, terá uma casa ruim. Nisto eu creio, assim como todo o meu povo.

Se o homem branco quer viver em paz com o índio, ele pode viver em paz. Não há necessidade de desentendimentos. QUE SE TRATE TODO HOMEM DA MESMA FORMA. Que sejam dadas a todos as mesmas leis. Que seja dada a todos a chance de crescer e vicejar.

Todos os homens foram criados pelo Grande Chefe Espiritual. Ele me deu a conhecer seu coração. SOMOS TODOS IRMÃOS. A terra é a mãe de toda a gente, e toda a gente deve ter os mesmos direitos sobre ela. Esperar que um homem que nasceu livre vá se dar por feliz enjaulado e sem liberdade para ir aonde lhe convém é como esperar que as águas corram rio acima.

Perguntei aos Grandes Chefes Brancos de vocês de onde emana sua autoridade para dizer ao índio que ele deve ficar em um lugar, se o índio vê homens brancos indo aonde lhes convêm. Eles não têm o que responder. Só o que peço é ser tratado como todos os outros. Se eu não puder ir para o meu próprio lar, permitam-me morar em uma terra onde meu povo não vá morrer tão rapidamente. QUANDO PENSO NAS CONDIÇÕES QUE PADECEMOS, FICO COM O CORAÇÃO AMARGURADO. Vejo homens da minha raça sendo tratados como foras da lei, perseguidos de pouso em pouso, ou abatidos a tiros feito animais.

Pedimos apenas para sermos reconhecidos como homens. Permitam-me ser um homem livre, livre para viajar, livre para trabalhar, livre para comerciar onde quiser, livre para seguir a religião dos meus ancestrais, livre para falar, pensar e agir em meu próprio nome — e hei de obedecer a toda lei ou aceitar a penalidade que me couber. Quando os brancos tratarem o índio tal e qual se tratam um ao outro, nunca mais teremos guerra. Todos seremos irmãos de um só pai e mãe, com um só céu sobre nossas cabeças, e uma só terra à nossa volta, e um só governo para todos.

Então o Grande Chefe Espiritual que nos governa lá de cima irá sorrir para nós e mandar a chuva que irá lavar as manchas de sangue deixadas pelos meus irmãos feridos sobre a face da terra.

POR ESTA HORA É QUE A RAÇA INDÍGENA ESPERA E REZA."

IN-MUT-TOO-YAH-LAT-LAT
"Chefe Joseph"

[2] A essas anomalias, ou coincidências, intrigantes, devo acrescentar mais uma, de minha própria lavra. Segundo minha pesquisa, o misterioso homem das montanhas chamado Johnson Come-Fígado, a que se refere o depoimento do capitão Wood, serviu de inspiração para o personagem de Robert Redford no filme *Mais forte que a vingança*, de 1972 (excelente filme, por sinal).

Depois de ter passado a vida em zonas despovoadas, o Johnson real faleceu em um asilo para veteranos do Exército em Santa Monica, Califórnia, em 1900. Seu corpo foi transladado para Cody, Wyoming, onde foi novamente sepultado em 1974, logo depois da estreia do filme, o que não foi coincidência. Seu sepulcro é assinalado pelo monumento exibido nas páginas seguintes.

Uma última observação: após a rendição do Chefe Joseph, Johnson disse ao capitão Ernest Wood que, pela forma como o Exército lidou com os Nez Percé, algum dia "chegaria o acerto de contas". Creio que a natureza desse acerto acabará por se revelar. — TP

COMENTÁRIO DO(A) ARQUIVISTA

Em resposta angustiantemente vagarosa ao apelo de Joseph, seis anos depois permitiu-se que seu povo se mudasse do Território Indígena em Oklahoma para uma reserva no nordeste de Washington. Lá chegados, os Nez Percé descobriram que seriam obrigados a viver ao lado dos parcos remanescentes de outras onze tribos. Nunca mais foi permitido a Joseph e seu povo visitar sua terra natal, no vale Wallowa.

Joseph faleceu no estado de Washington em 1904, com a idade de 64 anos. Segundo o seu médico, ele morreu por causa do coração partido.

* CONCLUSÃO

A misteriosa "peregrinação" de Joseph pouco antes de sua retirada é uma réplica ou eco da experiência de Meriwether Lewis de "busca pela visão" no "lugar das grandes cataratas e montanhas gêmeas".

Será possível que tanto Lewis quanto o Chefe Joseph tenham tido ali algum tipo de intercâmbio -- físico, metafísico ou de outro gênero -- com o "Grande Chefe Espiritual que nos governa lá de cima"?

Se de fato ocorreu, será que o encontro foi direto ou exigiu que viajassem até um local sagrado que porventura estivesse assinalado no antigo mapa Nez Percé mostrado a Lewis?[2]

EDWARD CURTIS TIROU ESTE RETRATO DE

JOSEPH EM SEATTLE, EM 1903

A HISTÓRIA SECRETA
de TWIN PEAKS

JEREMIAH JOHNSON,
também chamado Johnson Come-Fígado

56

O SEPULCRO
DE "JOHNSON
COME-FÍGADO"
em Cody, Wyoming

57

*** A CIDADE DE

T W I N P E A K S :

I A CAVERNA DA CORUJA

Avançando no tempo, é importante aprender a distinguir entre mistérios e segredos. Mistérios precedem a humanidade, estão à nossa volta e nos impelem a investigar, a descobrir e a nos maravilhar. Já os segredos são obra da humanidade, uma forma dissimulada e muitas vezes insidiosa de adquirir, manter ou impor o poder. Nunca confunda a busca pelos primeiros com a manipulação exercida pelos segundos.

Em alguns pontos, por motivo de o manuscrito ser quase ilegível, datilografei os trechos para facilitar a leitura.[1]

[1] O foco do(a) Arquivista agora passa a ser a história e o desenvolvimento da cidade em si. Os trechos seguintes parecem ter sido retirados de um diário original, escrito à mão. Quanto a seu autor e ao incidente em questão, não encontro nenhuma outra fonte que os verifique, mas tudo indica que se trata de obra de uma personalidade vil e criminosa. As entradas não são indicadas por datas, mas por um simples travessão. Tanto a página quanto a tinta datam autenticamente do período 1875-80 — TP

—Seis dias a norte de Spokane. Escolhi um lugar pra acampar bem na beira dum rio grande. ~~Fa~~ Faisquei aluvião e achei sinal de ouro. Montei barraca e levantei um abrigo de madeira de pinha, que aqui tem muita. DB ~~M~~ está demarcando terreno, e depois vamo dar entrada com o pedido da terra nas autoridades. Não sei onde DB aprendeu, mas parece que entende do riscado.

— Uma semana correndo atrás dessa mina e concerteza não é onde disia ~~M~~ no mapa que a gente arrancou daquele tipo em Yakima. Uma caverna cheia de veio de ouro, tudo grosso feito cabo de ponte, foi o que ele falou. Até agora, nem cheiro. Mas tem uns pontos de referência no mapa que já achamo, então seja lá quem

dezenhou ele — sabemo que não foi ele,
ele falou que um bugre deu ~~isso~~ pra ele
— sem dúvida que já andou por aqui
antes. O Denver Bob acha que marcaram
a caverna meio fora do lugar porque
assim nenhum palerma de primeira viajem
ia conseguir achar.

~~Isso~~ aqui é terra de bugre mesmo. Não
encontramo nenhum ainda ~~ele~~ mas vimo umas
esquizitices pelo mato, como espantalhos
e pedras arrumadas de um jeito estranho,
e em lugar alto umas plataformas de
quatro apoios de madeira, amarradas com
couro. O Denver Bob acha que é túmulo ou
algum cacareco religioso deles.
Deve ser. Duas tinham cadáveres em
cima, enrugados feito múmia, tudo
comido até os olhos, coisa de urubu,
que também vimo muito por aqui.

-- Ainda tem mantimento pra treis semanas, e tem caça no mato e peiche no rio. Demo busca nuns dez quilômetros quadrados, ainda não demo sorte mas o DB disse que trabalho assim carece paciência então vamos seguir procurando. Muita gruta espalhada nessas montanhas então é certo que algum dia a gente acaba achando.

-- Achamo uma coisa mas não sabemo o que ainda. Achamo que pode ser a mina. Uma grota funda, que por dentro se conecta com várias passajens, parece. Fica na parte alta da floresta, a um kilômetro e meio a leste do acampamento, na base de um rochedo. A boca da caverna é escondida na floresta, e tem um monte de pedra empilhada na entrada, então parece mesmo que alguém estava tentando esconder ela. Achei uma das tal plataforma esquisita na entrada, foi assim que achamo o lugar. Não tinha nenhum morto em cima, mas uma fieira de traquitana de bugre, graveto e erva amarrado em maço, osso de bicho nanico. Desinteligente colocar esse troço assim tão perto da gruta, mas que mais esperar dos bugres. Levamo o dia todo tirando pedra da frente então a gente está ezausto. DB tentou ver a bússola pra marcar o lugar -- não deu jeito, a porcaria da agulha só fasia rodopiar sem parar. Isso pro DB quer diser que tem depósito de algum metal ali perto, o que ele falou que era bom sinal.

Já era noite mas mesmo cansado como a gente estava o Denver Bob não quis esperar não. É a tal febre do ouro, disem, e digo mesmo porque também peguei ela. Acendemo os lampiãos e o Denver Bob entrou primeiro. Fedia feito o demo. A gente foi decendo uma passajem comprida feito cobra, uns trinta metros direto. Nada de ouro na pedra, pelo menos não aqui. Mas parece que cavocaram essa passajem. Com machado ou formão, parece. Escuro feito breu aqui dentro.

Tudo bem. A passajem se abriu pruma câmara grandona. Não dava pra ver o teto com a luz da lanterna, é grande assim. Caverna natural, pelo que achamo. O Bob chegou bem perto do paredão com o lampião de um lado, e eu fiquei com o outro.

Nada de ouro mas o DB me chamou e a gente alumiou de perto com os lampiãos. No lado dele o paredão todo está coberto de pinturas, dá pra chamar assim. Tem de várias cores. Não é como se fosse uma figura só, mas uma confusão de formas e símbolos esquizitos, primitivos. Coisa de bugre, concerteza, que eles não sabem dezenhar direito. Chegamo a conclusão que é um negócio sem pé nem cabeça.

Olhei o mapa de Yakima e não deu outra, achei umas figuras bem parecidas com as da parede. A gente achamo que está no caminho certo mas sei lá que diabos quer dizer essas garatujas — ouro não é, isso concerteza. O Denver Bob fez uma ~~fofofo~~ fogueira com uns resto de madeira e enquanto isso vou copiando uma parte no meu caderno.

Duas pessoas, uma grande, outra pequena. Duas montanhas. Algo que é ou chuva ou cachoeira. Talvez um lago. Uma porção de círculo ~~c~~ por toda a parte, um que parece sol, outro ~~🌙~~ a lua, acho. Um símbolo parecido com fogueira. Um círculo de coisas que parecem árvores.
   Esse símbolo aparece algumas veses: ᛝ

Parece um pássaro, acho eu, mas não dá pra saber, parece dezenho de criança. Teria poupado muito trabalho pra gente se os bugres soubessem escrever nossa língua direito. Ora, mas o que...

-- Arre, alguma coisa deu um guincho lá dentro no escuro depois saiu vuando em cima da gente, do nada. A gente deu no pé feito louco, quase esborrachei os miolos na parede no susto. DB deixou cair o lampião. A gente sentia o bicho atrás da gente bufando no cangote. Quando conseguimo sair era noite fechada. O bicho passou por cima da nossa cabeça e demos de cara no chão. Era pássaro concerteza, talves morcego. DB achou que era coruja. Se era, era a maior que já vi na vida, e não faço a menor questão de ver de novo.

-- A gente passou o acampamento mais pra perto do rio porque ouvimo vindo da caverna um assovio estranhíssimo e um barulho que achei que parecia gemido. DB achou que era vozes e ficou se borrando de medo. Falei que devia ser o vento pra ver se ele acalmava, mas acho que não era não. Agora toda vez que tento dormir vejo o olho do tal bicho. Estranho, porque não lembro de ter visto olho nenhum na hora, mas agora sempre que tento pregar o olho tá lá ele me encarando.

-- Acordei e Denver Bob não estava. Simplesmente foi embora durante a noite, acho eu. Deixou os cacarecos todos pra trás, até a carabina, e ele nunca ia a parte alguma sem a Spencer dele. Ela fica comigo até ele aparecer. Que vá pro diabo essa história toda. Ainda tenho minha bússola e conheço a trilha. Picando a mula pra Spokane agora mesmo.[2]

[2] Nas anotações do agente Cooper sobre o caso, encontrei uma referência a um local próximo a Twin Peaks e descrito de forma similar. Era chamado de Caverna da Coruja — TP

A HISTÓRIA SECRETA
△△ *de* TWIN PEAKS

COMENTÁRIO DO(A) ARQUIVISTA

Esse diário estava soterrado nas estantes do templo maçônico de Spokane quando foi descoberto. Segundo os registros, alguns madeireiros depararam com ele por acaso em um acampamento abandonado em 1879, num alforje sobre o cadáver ressequido de uma mula. Não foram encontrados restos mortais humanos no local. Havia no alforje uma carabina Spencer com as iniciais DB gravadas na coronha, que depois, porém, foi extraviada.

O referido "mapa de Yakima" não foi localizado. Não há nome no diário, mas um morador de Spokane lembrou-se de ter visto esse alforje em um cavalo pertencente a um homem chamado Wayne Chance, um indivíduo desprezível que andava na companhia de um certo Denver Bob Hobbes. Nunca mais se teve notícia de nenhum dos dois, o que a comunidade não parece ter lamentado muito.

A caverna mencionada é a que conheço como Caverna da Coruja, nas montanhas a leste de Twin Peaks, parte da atual Reserva Nacional de Ghostwood. Os povos nativos a conheciam havia tempos, mas como Lewis nunca fala dela, parece ter sido essa a primeira vez que foi visitada por colonos. Geologicamente, faz parte de um extenso sistema de canais de lava ligados à extinta atividade vulcânica da serra local. Até hoje, boa parte dessas cavernas é inexplorada.[3]

Por que o diário acabou indo parar em uma loja maçônica -- em vez de ir para uma biblioteca local ou sociedade histórica -- não se sabe. Os maçons estiveram presentes desde os primórdios da ocupação da região, o que, assim como em muitas partes do munto através dos séculos, levou a rumores sobre participação em estranhos rituais arcaicos. Talvez estivessem fazendo suas próprias investigações. É curioso que o símbolo mais empregado pela "loja" rival dos maçons -- os citados Illuminati -- seja precisamente a coruja.[4]

[3] Mais uma indicação de que o(a) Arquivista conhece pessoalmente a área — TP

[4] Confirmado, e a ilustração é autêntica — TP

2 A FEBRE DA MADEIRA

Com a chegada da "civilização", foi inevitável que seus novos habitantes começassem a explorar a terra.

[1]

TODOS BEM SABEM COMO, nas últimas décadas, a indústria regional tem avançado tal qual um azougue. Este sucesso de nossa comunidade não é nenhum mistério, já que qualquer bebum atoleimado é capaz de desfiar causos e mais causos sobre a bravura, a determinação e a força de vontade dos nossos pioneiros. A verdade nua e crua, como sempre, é mais dura de engolir: uma marcha a passo forçado e a toque de caixa dita a rapinagem desenfreada do recurso mais vivaz e ubíquo do nosso belíssimo estado: as luxuriantes florestas que adornam nosso território.

Imagine o leitor um manto verde, macio e vistoso estendendo-se até onde a vista alcança. Foi essa a paisagem árcade que deu as boas-vindas a nossos ancestrais. Eles se lançaram sobre o verde virgem com cifrões nos olhos, serra e machado na mão, como ressurgentes famintos se empanturrando em um banquete de casamento.

A ceifa avança sem trégua. Aquilo que o ser humano voraz não conseguiu colher com as mãos, destruiu por puro capricho e desleixo. A terrível Queimada de Yacolt, lembrança não tão distante assim para quem mora um pouco mais a oeste, incinerou 80 mil hectares de terras de primeira, levou 39 almas, além de destruir 30 milhões de metros cúbicos de boa madeira.

Não nos esqueçamos de um surto anterior ao da exploração da madeira, o outrora pujante comércio de peles que, três gerações depois, dizimou as populações locais do castor e da marta americana a uma fração ínfima de sua antiga exuberância nessa região. Acresça-se a esse terrível balancete a perpétua febre do ouro e da prata que até hoje não quer ceder por aqui.

É chegado o momento de parar e perguntar: "Que fazer para pôr freio a essa insana busca por Mamon e começar a conservar nossas preciosidades locais?". Há alguns anos, a Northern Pacific Railway vendeu ao madeireiro alemão Friedrich Weyerhaeuser 400 mil hectares de nossas magníficas florestas. Dando emprego a muitas almas — tratadas com toda a lisura, segundo dizem —, ao mesmo tempo em que industrializava os recantos mais remotos de nosso estado, ele encheu os cofres dos magnatas da madeira e dos bancos de muitas de nossas pequenas comunidades mais queridas. Mas, na alvorada deste novo século, será que por fim chegamos ao estágio em que é de bom aviso pôr a mão na consciência e perguntar: "A que preço?".

Veja-se, por exemplo, a calamidade que há pouco atingiu uma pequena comunidade rural a norte de Spokane. Em Twin Peaks, serrarias rivais, operando cada uma de um lado do rio, foram tomadas por um frenesi de competição. Duas casas, Packard e Martell, iguais em seu valor, instruíram os respectivos enxames de lacaios a encher o rio com seus despojos, o que terminou por despir as colinas dos arredores.[2]

Assim procedendo, essas serrarias obstruíram o curso d'água com um caudal de toras de tal monta que onze quilômetros rio acima ficaram recobertos, até as célebres cascatas, o que a rigor impediu todo tráfego rio abaixo.

[1] Isto parece ser um antigo editorial de algum jornal não identificado, muito provavelmente o *Spokesman-Review* de Spokane, mas não há identificação do autor, nem do jornal — TP

[2] Os Packard e os Martell estavam entre as proeminentes famílias fundadoras de Twin Peaks — TP

Este troncudo impasse persistiu por duas semanas a fio, impérvio a toda e qualquer medida que as companhias procurassem aplicar. Até que, por fim, em certa noite de inverno atipicamente cálida, ao mesmo tempo em que uma fascinante aurora boreal tingia o céu de cores que os moradores alegavam ser inéditas – cobalto e carmim não fazem parte da aquarela tradicional deste fenômeno –, irrompeu uma catastrófica faísca. A maioria das pessoas sustenta que se tratou de um raio seco de uma tempestade que passava por perto. Já outras testemunhas juram que colunas de fogo desceram do céu; mas seja lá qual tenha sido a origem, deu no mesmo: a frota estática de pinha e pinheiro incendiou-se.

Tal e qual terrível profecia bíblica, o rio ardeu por sete dias e sete noites, fazendo-se ver a quilômetros de distância. Dizem que seu flamejar coruscante se desenhava no horizonte em estados vizinhos, até do outro lado da fronteira com o Canadá.

Quando o vento começou a soprar, o fogo espalhou-se para ambas as margens do rio. Os pobres habitantes da aldeia, que para enfrentar o incêndio contavam apenas com uma exígua brigada de combate ao fogo composta de voluntários, puseram-se a observar impotentes as chamas varejarem as colinas ressequidas, a tudo destruindo sem piedade.

Mais da metade das construções de madeira da pequena cidade de Twin Peaks – uma comunidade de robustos pioneiros, comerciantes e proprietários rurais – foi perdida. Seis pessoas pereceram no incêndio, assim como grande número de cabeças de gado e mantimentos foram consumidos pelas chamas. Por fim, no oitavo dia, vieram as chuvas que afinal controlaram o fogo. O único ponto positivo de tudo isso, note-se, foi o completo aniquilamento das toras que antes poluíam o curso do rio. Mas a que preço?

Passada a turbulência, como é da natureza humana, não faltaram dedos apontados em uma miríade de direções, ávidos para atribuir culpa. Sem dúvida, as consequências hão de reverberar em nossos tribunais por anos a fio. No calor do momento, há quem tenha se lembrado de associar a calamidade a uma maldição que teria sido lançada por um chefe espiritual indígena (ou pelo menos é o que reza a lenda) quando essas terras foram arrancadas das tribos nativas pelo nosso governo.

Há, porém, uma maldição ainda mais perniciosa que aflige a humanidade desde os seus primórdios e parece ser um culpado muito mais provável: a besta a que chamamos Cobiça, e que reside, ainda que dormente, em cada coração humano. O saudoso Chefe Joseph certa vez perguntou como o homem branco pretendia sobreviver nessa terra se era o amor pelo dinheiro que preenchia o seu peito. A batalha mais árdua que precisamos travar, agora que nosso jovem estado e nossa nação encaram o futuro, só pode ser aquela entre a fera voraz que nos habita e a porção mais angélica de nossa natureza. Se o Chefe Joseph estava com a razão ao dizer que "somos todos parte do Grande Espírito e precisamos ouvir quando o Grande Espírito fala conosco", será que algum dia será tarde demais para mudar o curso que traçamos para o futuro?

* * A noite do rio ardente; ação humana ou maldição ancestral?[3]

[3] Verifiquei, a partir de outros registros existentes, que o evento aqui detalhado de fato aconteceu no perímetro do município ainda não emancipado de Twin Peaks na noite de 24 de fevereiro de 1902. As toras acumuladas no rio pegaram fogo, que se espalhou para a terra. O número de mortos mais tarde subiu para oito, já que poucos dias depois duas vítimas morreram em decorrência dos ferimentos — TP

3 ANDREW PACKARD

O seguinte artigo foi publicado no primeiro
jornal da cidade, quinzenal, o Twin Peaks
Gazette, em maio de 1927.

TWIN PEAKS
GAZETTE

Edição 18, volume 5 — TWIN PEAKS, WASHINGTON — 14 de maio de 1927

NOSSA ESTRANHA EXCURSÃO

Andrew Packard

UMA EXCURSÃO PRIMAVERIL da tropa de escoteiros 79 se revelou uma aventura maior que a encomenda para os seis meninos e o chefe escoteiro Dwayne Milford, de 21 anos. Há duas semanas, com o intuito de montar acampamento, eles alçaram suas mochilas às costas e puseram-se a marchar na direção da floresta. O escoteiro de primeira classe Andy Packard, de 16 anos, escreveu o seguinte relato com exclusividade para o *Gazette* assim que retornou:

"Partimos bem cedo na sexta-feira e subimos uns vinte quilômetros pela trilha para Ghostwood, depois dobramos à esquerda no córrego Fat Trout. Rumávamos para o nosso tradicional local de acampamento, próximo aos lagos Pearl, onde planejávamos passar o fim de semana pescando, explorando os arredores e cumprindo tarefas para obter nossos distintivos de especialidade.

Era um lindo dia de primavera e parecia que teríamos tempo bom; dias não muito quentes, noites frescas, mas não muito frias. Depois de uma parada para um revigorante

Escoteiro Andy Packard (16 anos) encontra algo estranho na floresta

almoço, fomos seguindo o rio na direção norte até chegar ao local de acampamento, às margens do lago Big Pearl, às três da tarde. Montamos nossas barracas, recolhemos lenha para a fogueira e nos permitimos um revigorante mergulho no lago, que, devo confessar, ainda estava bem gelado.

Alguns, incluindo o autor deste relato, estavam ansiosos para completar os requisitos de nosso distintivo de acampamento durante as atividades do fim de semana. Cada um de nós levou uma lista das tarefas que restavam por fazer, determinados, em um espírito de competição amigável, a obter os distintivos Estrela, Vida e Águia antes do final do ano. Dividimo-nos em dois grupos e, enquanto o primeiro cuidava de armar as barracas, coletar lenha e organizar o jantar, o chefe escoteiro Milford adentrou mais a floresta com este que vos fala e dois outros escoteiros para uma escalada.

Como desejávamos cumprir o requisito do distintivo de percorrer mais 300 metros na vertical após montar o acampamento, o chefe escoteiro Milford nos precedeu ao longo de uma ladeira íngreme a leste. Foi uma ascensão paciente e cautelosa, pois seguimos uma trilha gasta que ziguezagueava pela encosta, variando entre 7 e 10 graus de inclinação.

Depois de atingir o cume, adentramos um bosque fechado em meio a um amplo planalto, por uma trilha que o chefe escoteiro Milford disse ser um antigo caminho indígena. Pouco antes de chegarmos a uma clareira, ele nos pediu para ler nossas bússolas e registrar os dados nos mapas que estávamos confeccionando como parte da tarefa para obter o distintivo.

Foi essa a primeira coisa estranha que encontramos: nenhum de nós conseguia ler a bússola. As agulhas bailavam feito loucas — a minha praticamente girava em círculos — e não paravam de jeito nenhum. O chefe escoteiro Milford disse que já observara esse fenômeno uma vez, em uma excursão de escotismo naquele mesmo local, e que não nos preocupássemos; provavelmente era algum tipo de perturbação magnética, talvez originada por algum depósito mineral ali perto.

"Excursão" continua na pág. 6

SERRARIA PACKARD EM

Continuação de "Excursão" da pág. 1

Entramos na clareira, local onde pensávamos parar para descansar um pouco. Havia um círculo de árvores bem no centro, que identificamos como plátanos. Não eram árvores adultas ainda, estavam mais para adolescentes, mas eram de tamanho uniforme e em número de doze. Havia também um estranho cheiro pelo ar, feito óleo queimado de um motor em pane com um leve toque de enxofre. Percebi uma poça de algo que parecia lodo grosso e negro brotando no centro do círculo e confirmei que era essa a fonte do odor. Especulamos que aquilo devia ter manado de algum depósito de petróleo.[1]

Após alguns instantes no interior do círculo, Rusty e Theo se queixaram de tontura, de forma que o chefe escoteiro Milford nos conduziu para fora do círculo e de volta para as franjas da floresta.

A essa altura, uma coluna de nuvens negras havia se deslocado muito rapidamente por sobre o planalto, vinda do oeste. Apesar de não ter havido previsão de chuva, parecia o anúncio de uma tempestade, de forma que vestimos nossas capas. Como vocês talvez já saibam, escoteiros estão sempre preparados para acontecimentos desse gênero.

A atmosfera ao nosso redor foi ficando visivelmente mais escura. De repente também ficou muito mais frio — registrei uma queda de cerca de seis graus no meu termômetro — e começou o vento, forte, em rajadas, agitando as árvores ao nosso redor.

Olhei para trás e flagrei o que parecia ser algo se mexendo na vegetação densa do outro lado do círculo de plátanos. O chefe escoteiro Milford sugeriu que talvez fosse melhor voltar para o acampamento. Falei que a agitação nas árvores podia ter sido obra do vento. Ele concordou, mas disse com toda a calma que, como ursos, lobos e até pumas às vezes eram vistos na região, era melhor prevenir do que remediar.

(O chefe escoteiro Milford, note-se, conserva um semblante calmo em toda e qualquer circunstância, e prevejo que um dia ele será líder não mais de escoteiros, mas de homens.)

Enquanto descíamos a ladeira para retornar ao acampamento, a chuva começou a cair. Ouvi um curioso assovio proveniente da floresta acima de nós, e, quando o mencionei, os outros também o perceberam. Não se parecia com nenhum dos cantos de pássaro que eu conheço, o que me surpreendeu, já que possuo um distintivo na especialidade

"O chefe escoteiro Milford, note-se, conserva um semblante calmo em toda e qualquer circunstância..."

Chefe escoteiro Dwayne Milford, 21 anos

Mateiro, que requer extenso conhecimento da flora e da fauna locais.

Chegamos ao acampamento por volta das 17h, onde descobrimos nossos companheiros já reagindo no melhor espírito escoteiro à súbita e inesperada tempestade: todos os nossos mantimentos haviam sido resguardados. Enquanto começava a chover a cântaros, recolhemo-nos à maior das duas tendas de que dispúnhamos. (Juntei-me aos demais, mas só depois de ter deixado um pluviômetro do lado de fora.)

O aguaceiro que nos surpreendeu logo ganhou proporções diluvianas, uma força da natureza percutia e fazia estremecer nossas barracas. O trovão reboava, e, espiando por uma fresta, vimos o relâmpago iluminar o céu escuro; a tempestade estava vindo em nossa direção. A superfície do lago Pearl tremulava sob a saraivada da chuva.

Passamos o tempo recordando a história de nossa caminhada. O chefe escoteiro Milford acendeu um lampião a querosene e nos entreteve com uma das histórias de fantasmas da região, o caso da Caverna da Coruja e do desconhecido de um braço só, mas quando Sherm, nosso escoteiro mais jovem, mostrou-se visivelmente abalado, ele teve a sabedoria de não contar o impressionante desfecho. (Eu já ouvira a história em outra oportunidade e posso atestar que, apesar de divertida, é bem sinistra.)

Duas horas depois, a chuva mal havia perdido força, de forma que ficou claro que não haveria como dispor de uma fogueira para o preparo de nosso lanche vespertino. Portanto, servimos uma seleção de carnes e sardinhas em lata, além de alguns sanduíches que haviam sobrado. Nossa refeição improvisada recebeu um delicioso reforço quando o chefe escoteiro Milford revelou que trouxera consigo seis refrigerantes Nehi sabor laranja, tendo tido o cuidado de mergulhá-los mais cedo no lago para que ficassem gelados. (Típico de sua natureza generosa: ele trouxera um refrigerante para cada um de nós, sem pensar em si próprio um momento sequer.)

Ofereci-me para ir buscar os refrescos, coloquei a minha capa e desci para o lago, no ponto que o chefe escoteiro Milford havia especificado. Percebi que o crepúsculo se aproximava, embora, com o céu escuro de tempestade, já estava praticamente preto feito piche.

Encontrei os refrigerantes Nehi exatamente onde o chefe escoteiro Milford dissera que estariam, protegidos da água turbulenta por um círculo de pedras. Quando eu estava retirando a última garrafa do lago, um relâmpago assustador serpeou pelo céu e acertou a copa de um grande abeto-de-douglas à beira do lago, a pouco menos de cinquenta metros de onde eu estava.

Quando olhei na direção do estrondo, vislumbrei no clarão alguém parado na franja do bosque, não muito longe de onde o raio inflamara o pinheiro por um breve momento. A silhueta era de um homem, embora a imagem tenha desaparecido rapidamente. Ele parecia ser bem alto, com no mínimo 2,10 metros, pela minha estimativa. Não lembro que roupas ele usava, mas no escuro não foi possível registrá-las de qualquer modo.

Minha lembrança mais vívida do vulto é o modo como ele olhava diretamente para mim. Seus olhos possuíam grande intensidade, como se dentro deles houvesse lâmpadas acesas. Ele não deu o menor sinal de sobressalto com o relâmpago, que caíra bem mais próximo dele do que de mim, nem com minha presença no local. O pinheiro alto a seu lado, inflamado por um átimo antes de ser apagado pela chuva, o iluminou um segundo mais, o suficiente para que eu o visse dar de costas e sumir bosque adentro.

Primeiro pensei, num esforço para apreender o sentido desses acontecimentos, que o homem devia ser um lenhador surpreendido pela tempestade, coisa que, depois, percebi que não fazia sentido; estávamos a grande distância da área de corte mais próxima. Recolhi rapidamente os refrescos e corri de volta para a tenda, mas, na pressa, deixei cair uma das garrafas, que se quebrou.

Uma vez lá dentro, enquanto distribuía os Nehis contei aos outros o que havia visto. Meu relato foi recebido com o ceticismo de sempre e zombarias juvenis sobre "estar vendo coisas", porém o chefe escoteiro Milford interessou-se vivamente pelo meu relato e me instou a fornecer maiores detalhes.

Dando uma olhadela pela porta da barraca, percebi que ele desabotoava o coldre de sua faca de acampamento. Ele tentou iluminar as árvores no limite da floresta com sua lanterna, porém o feixe de luz pouco adiantou àquela distância, e nem ele, nem eu notamos nada fora do comum. Embora ainda estivesse inquieto com aquilo tudo, procurei pensar em outra coisa enquanto me sentava para desfrutar de nosso jantar "enlatado". (Como fui o responsável pelo Nehi quebrado, distribuí as garrafas aos demais escoteiros e me arranjei com a água de meu cantil mesmo.)

Enquanto jantávamos, a chuva continuava caindo sem cessar. Passamos o resto da noite jogando cartas e estudando nossos manuais de escoteiro, antes de nos recolhermos precisamente às dez da noite. Confesso que mesmo depois de tantos acontecimentos exaustivos, tive dificuldades para adormecer. Uma ou duas vezes pensei ter escutado um baque grave e ritmado fora da barraca, como se alguém estivesse batendo um longínquo tambor que parecia abalar de leve as rochas sob nossos corpos, porém no fim o chapinhar contínuo da chuva me transportou ao reino dos sonhos.

Fui o primeiro escoteiro a despertar. Conferi meu relógio e passava pouco das 6h. Calcei minhas botinas e fui rapidamente lá fora atender ao chamado da natureza. A tempestade havia passado, deixando a paisagem com uma aparência renovada e vibrante sob a luz do alvorecer, uma verdadeira promessa de dia agradável.

O chefe escoteiro Milford estava de pé junto ao local reservado à fogueira que nem sequer tivéramos a ocasião de usar na noite anterior, olhando para algo no solo. Fui até ele e nos pusemos a observar.

Embora tenhamos armado as barracas sobre lâminas de granito em uma parte mais alta do terreno, junto ao lago, o buraco para a fogueira tinha sido cavado na terra, rodeado de tocos baixos para assento. Ao lado do buraco, impressa no solo barrento de chuva, havia uma pegada. Não uma pegada normal, mas uma de imensas proporções que seria condizente, digamos, com um ser de mais de 2,10 metros de altura. A pegada era uma depressão de dez centímetros na lama, indicando força e peso consideráveis. Conforme fomos andando para a floresta, notamos outras pegadas como aquela impressas na lama, porém a distância entre elas sugeria uma passada muito ampla, maior até mesmo do que se poderia estimar para uma figura tão descomunal. O chefe escoteiro Milford perguntou-me com toda a calma se eu trouxera minha câmera Brownie, e quando respondi afirmativamente, ele me pediu para ir buscá-la.

Reproduzo aqui a foto da primeira pegada que encontramos:

Ofereço esta história e minha fotografia não como prova irrefutável para persuadir o público a aceitar sem questionamentos meu relato como a verdade sobre o que ocorreu. Recomendo a cada um dos leitores que forme sua própria opinião sobre essa inusitada aventura. No que me diz respeito, porém, sei que me ficou a impressão de que, parafraseando o Shakespeare que estudamos nas aulas de inglês da sra. Loesch este ano, com certeza há mais coisas entre o céu e a terra do que sonha a nossa filosofia.

— *Escoteiro de Primeira Classe* (e espero que em breve *Águia*) ANDREW PACKARD[2]

COMENTÁRIO DO(A) ARQUIVISTA

Quanto à veracidade do encontro de Andrew com esse suposto "Pé Grande" humanoide, não ofereço nenhum apoio ou confirmação. Deve ter vendido muito jornal. Pouco depois, o Noroeste do país ficaria conhecido como o berço do mito do Pé Grande, um gigante recluso geralmente apresentado como uma espécie de vestígio de um "elo perdido" entre o ser humano e o homem primitivo. Os povos indígenas da região, e aliás os do mundo todo, contam diversas histórias sobre criaturas do gênero, como o wendigo dos povos algonquinos ou, na Ásia, o yeti. Até hoje, de tempos em tempos, esse tipo de ser é avistado.[3]

Muito tempo depois, o caminho de Andrew daria uma estranha e drástica guinada para o ilícito, o que pode lançar uma sombra sobre esse encontro da mocidade, mas vamos nos abster de mais comentários por ora.

Quanto ao chefe escoteiro Milford, ele também teve uma proeminente carreira local. Trabalhou muitos anos na farmácia fundada por sua família e, em decorrência do falecimento do pai, pouco depois da Segunda Guerra Mundial, assumiu o negócio como proprietário e farmacêutico. Está longe de ser esta a última vez em que ouviremos falar nesses homens.[4]

O fragmento seguinte foi descoberto em meio aos documentos pessoais de Andrew Packard, após sua primeira "morte", em 1987. Este correspondente pode atestar, por experiência pessoal com o indivíduo em questão, que a frase escrita à mão no cabeçalho da página ostenta a caligrafia do próprio Packard.[5]

---

[1] Há um local parecido nas anotações de Cooper sobre o caso, um lugar chamado bosque Glastonbury. Também verifiquei todas as cartas geológicas pertinentes, e não há notícia de nenhuma reserva de petróleo na área descrita — TP

[2] Obtive confirmação de que Andrew Packard então frequentava o segundo ano do Colégio Twin Peaks. Ele pertencia a uma proeminente família local, não raro lembrada na cidade como uma das "primeiras famílias de Twin Peaks".

No final da década de 1880 os Packard haviam fundado a Serraria Packard, a maior da região, da qual ainda eram proprietários e que foi mencionada anteriormente na história sobre o "rio ardente". Quando este artigo foi publicado, e ainda por décadas a fio, a Serraria Packard era a maior geradora de empregos do município.

Segundo todos os testemunhos de seus contemporâneos, Andrew era um indivíduo exemplar, digno de confiança. Mais tarde, ele viria a passar décadas como presidente dos negócios familiares dos Packard, além de assumir diversos cargos importantes em organizações comunitárias, entre elas o Rotary, a Junta Comercial, o Clube do Otimismo, o Elk Lodge e — curiosamente — a Loja Maçônica local — TP

[3] A maioria desses avistamentos, se não todos, claro, acaba por se revelar fraudes ou meros boatos — TP

[4] Segundo os registros municipais, a partir de 1962, Dwayne Milford começou a cumprir o primeiro de catorze mandatos consecutivos de dois anos como prefeito de Twin Peaks — sob quaisquer pontos de vista, um pilar da comunidade — TP

[5] Que fique registrado que o(a) Arquivista alega ter sido próximo de Packard o bastante para reconhecer sua assinatura, fato inédito. Também investiguei essa curiosa menção à "primeira morte", e os resultados iniciais foram nulos, mas vejamos se o detalhe reaparece — TP

4 REGISTRO DE DIÁRIO ÍNTIMO
ANDY PACKARD
21 DE JUNHO DE 1927

21/06/1927

Querido Diário

Esta é a parte de minha
história que deixaram de fora
da edição impressa do Gazette.
À época, disseram-me que
faltou espaço, mas creio que
o corte deve ter tido muito
mais relação com o fato de
que Douglas Milford estava,
então, vivendo em pecado com
Pauline Cuyo, a filha com quem
o proprietário do Gazette
rompera relações.

Examinamos as pegadas na lama, e bati minhas fotografias. O chefe escoteiro Milford, olhando na direção da floresta, contou-me, então, uma história sobre uma excursão que seu irmão mais novo, Douglas, fizera ao mesmo local seis anos antes, para acampar.

Embora ambos os irmãos tenham trabalhado com os escoteiros por anos a fio, Douglas não era mais chefe escoteiro. O chefe escoteiro Milford revelou-me que a razão era Douglas ter sido convidado a deixar os escoteiros após um incidente comprometedor -- relacionado à citada excursão -- que teria posto a nu, nas suas palavras, um "lamentável defeito de caráter" do irmão. Não era segredo entre os escoteiros que os irmãos Milford tinham um relacionamento complicado, de forma que me limitei a ouvir, sem fazer perguntas.

Naquele mesmo ano, Douglas voltou da dita excursão com uma história excêntrica sobre um encontro com "um gigante" na floresta. Como Douglas sempre exibira uma tendência a "exagerar na fantasia e na imaginação", a última de suas "histórias de pescador" mereceu, da parte de Dwayne e de todos os demais, pouca ou nenhuma atenção.

O descrédito incitou Douglas a dar um testemunho ainda mais enfático, que incluia o mirabolante caso de uma "coruja andante", "quase da altura de um homem", avistada na mesma excursão. Douglas também jurou ter obtido provas fotográficas da existência de ambas as criaturas, mas se constatou que o filme da câmera fora exposto prematuramente. Ele culpou o quarto escuro da farmácia da família Milford, insinuando que Dwayne tinha misturado errado os produtos químicos.

Douglas disse também que as fotos pouco importavam, pois tinha memória fotográfica -- coisa que Dwayne confirmou; seu irmão de fato tem uma memória praticamente eidética -- e lembrava-se dos mínimos detalhes. Nas semanas seguintes, Douglas se entregou a sumiços periódicos. Dwayne acredita que seu irmão possa ter feito rondas na floresta às escondidas.

No mês seguinte, Douglas trouxe o incidente à baila no Conselho Regional de Escotismo em Spokane, quebrando o protocolo e sustentando que, a não ser que os escoteiros abrissem um inquérito minucioso sobre a questão, ele levaria o caso ao Conselho Nacional de Escotismo. Dwayne tentou acalmar seu agitado irmão, mas infelizmente a noite terminou com Douglas acertando Dwayne em cheio com um cruzado de direita, o que justificou sua imediata retirada, entre tapas e pontapés, do Salão Escoteiro.

Seguiu-se uma resolução unânime do conselho de anular o titulo de chefe escoteiro de Douglas e expulsá-lo da organização. O "charivari" resultante deixou consternada a comunidade escoteira do leste de Washington -- para não falar, evidentemente, na família Milford --, e todos os presentes concordaram em extirpar aquela ocorrência das atas da assembleia.

O chefe escoteiro Milford confessou-me então que, desde aquele episódio, ele e seu irmão caçula mal se falavam. Contou-me que Douglas sempre fora a "ovelha negra" da familia, sem demonstrar qualquer interesse nos negócios familiares e fazendo fiasco no curso de farmácia em Yakima, mas surpreender o irmão com um soco na frente de 23 membros do conselho sênior regional era um novo patamar de rebelião. Desde o incidente, disse Dwayne, a vida do irmão prosseguira na sua espiral de decadência; agora, Douglas era gerente de um salão de bilhar próximo à ribanceira barrenta na parte ruim da cidade, onde "se amancebara com uma mulher de má fama", e creio que tenho uma boa ideia do que ele quis dizer com isso.

Porém, depois de tudo o que testemunhamos com nossos próprios olhos, o chefe escoteiro Milford se perguntava se não teria sido muito duro com seu irmão. Ou isto ou, disse ele, talvez Douglas tenha nos seguido até o meio da mata e simulado aquele incidente por rancor, coisa que, ele admitia, "seria do feitio dele".

Repliquei que, a não ser que Douglas tenha descoberto uma maneira de dar pulos de mais de 4 metros, 12 vezes seguidas, usando calçados tamanho 54, não via meios de ele ter encenado o que víamos à nossa frente.

Também acrescentei que, fosse como fosse, aquele clarão tinha me mostrado um sujeito de pé ao lado do abeto-de-douglas fulminado que não tinha chance de ser o irmão dele equilibrado sobre pernas de pau.

5 DOUGLAS MILFORD[1]

Muita gente na cidade até hoje acredita que não foi o fantasma do bosque, ou "Pé Grande", que fez a vida de Douglas Milford degringolar, e sim o demônio do rum. As histórias contadas por quem viveu ali naqueles anos, o auge da Lei Seca, diga-se de passagem, com frequência juntam Douglas e bebidas na mesma frase. Por um bom tempo, no fim dos anos 1920, para falar com toda a franqueza, o caçula Milford foi o bêbado da cidade.

Douglas deixou Twin Peaks após o crash de 1929, quando a Grande Depressão bateu à porta. Saltou de trem em trem, foi de pouso em pouso, um homem sem teto, família ou qualquer propósito aparente, destino comum entre os homens marginalizados na trágica década de 1930. Pouco se sabe de Douglas até ele aparecer em San Francisco, onde se alistou no Exército no dia seguinte ao bombardeio de Pearl Harbor, em 1941. Durante a guerra, ele trabalhou no almoxarifado de uma brigada, no Corpo Aéreo do Exército dos Estados Unidos, à deriva no Pacífico, de ilha em ilha, enquanto os Aliados viravam o jogo contra os japoneses.

Em novembro de 1944 -- embora os arquivos da época da guerra, para nossa decepção, estejam incompletos --, ao que tudo indica, enquanto servia em Guam, o então sargento Douglas Milford foi acusado de traficar no mercado negro itens roubados do Exército, sobretudo bebidas alcoólicas e cigarros.

No entanto, em vez de enfrentar o protocolo-padrão de uma corte marcial, D. Milford aparentemente aceitou a oferta para "ser voluntário" em um destacamento especial em território americano.[2]

Após deixar os postos do Pacífico, ele se apresentou como soldado raso em Alamogordo, Novo México, no Campo de Teste de Mísseis de White Sands, em 1945.[3]

O que exatamente ele fazia nesse "destacamento especial" permanece incerto, mas uma teoria se sobressai. Embora a existência do

[1] Agora vem uma seção sobre o irmão "rebelde", Douglas Milford — TP

[2] Confirmo que as acusações foram retiradas — embora ele tenha perdido a patente, conforme consta no documento a seguir — e que Milford foi transferido para a base mencionada abaixo — TP

[3] White Sands foi onde o Exército realizou os primeiros experimentos com armas nucleares, nos estertores da Segunda Guerra Mundial — TP

1º 18   Batalhão   1º C.O.   Regimento

Número 3033574

VOLUNTÁRIO DA FORÇA AÉREA DOS ESTADOS UNIDOS

FORMULÁRIO DE ALISTAMENTO NA FORÇA AÉREA

(............................... primeira .... classe)

1. Sobrenome: MILFORD

2. Nome de batismo: Douglas

3. Endereço atual: Box 12, San Francisco, Califórnia

4. Número de Serviço Militar: 800255

5. Data de nascimento: 11 de agosto de 1909

6. Local de nascimento: Twin Peaks, Washington

7. Casado, viúvo ou solteiro: Casado

8. Religião: Católica

9. Profissão: Madeireiro

10. Nome do parente mais próximo: Nenhum

11. Grau de parentesco: —

12. Endereço do parente mais próximo: —

13. No presente é membro da milícia: Não

14. Detalhes de serviço militar ou naval prévio, se houver: Não

15. Exame médico durante o serviço militar: —

(a) Local: San Francisco (b) Data 8 de dezembro de 1941 (c) Categoria   A2

DECLARAÇÃO DO RECRUTA

Eu, Douglas Milford _____, solenemente declaro que os detalhes acima se referem a mim e são verdadeiros.

(assinatura do alistado)

DESCRIÇÃO NO MOMENTO DA CONVOCAÇÃO

Idade aparente: 32 anos 4 meses.

Altura: 1 m. 80 cm.

Medidas do tórax { completamente expandido _____ cm.

amplitude de expansão _____ cm.

Cor da pele: Branca

Olhos: Castanhos

Cabelo: Castanho

Sinais particulares e marcas sugestivas de características congênitas ou doença prévia.

nada

IMPRESSÃO DO POLEGAR DIREITO

O. C. _____ Batalhão

_____ Regto.

Local San Francisco   Data 8 de dezembro de 1941

M.B.W 133
500M—8.17
1772—39—1158

destacamento em questão jamais tenha sido comprovada, essa talvez seja a unidade militar responsável pelas missões mais perigosas do Projeto Manhattan, dado o risco de exposição à radiação.[4]

Se esse for mesmo o caso, Douglas saiu ileso, visto que, em seguida, apresentou-se na base aérea de Roswell, situada também no Novo México, em julho de 1947. Documentos indicam que ele trabalhava na cooperativa de consumo da base na época, já com a patente de cabo do Corpo Aéreo, mas perdura a dúvida sobre o que ele realmente fazia ali.

[4] Informações não confirmadas, mas a possível existência dessa unidade, por sua vez, jamais foi abordada em autos oficiais — TP

[5] Autenticidade confirmada — TP

[6] Milford talvez se refira à supracitada união estável com Pauline Cuyo, que ele deixara em Twin Peaks havia pelo menos quinze anos. Não há evidências de que Milford tenha formalizado a união nesse ínterim — TP

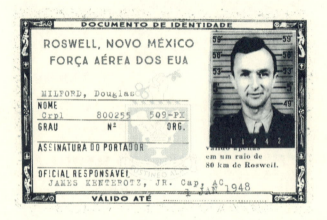

O que é incontestável é que ele estava na base na hora do famoso "incidente com óvnis" em Roswell e seu nome figura na lista de testemunhas entrevistadas por oficiais militares nos dias depois que sabe-se-lá-o-que aconteceu ali.

Segue anexa a única transcrição da entrevista com Douglas Milford que, a duras penas, este correspondente foi capaz de obter.[5]

A entrevista foi conduzida pouco depois da "colisão", dia 8 de julho. Ao que parece, o entrevistador era um tenente qualquer do Exército americano, não identificado no excerto obtido. O documento também dá a entender que, àquela altura, Douglas estava sob uma espécie de custódia informal.

000-73

FORMULÁRIO DE ENTREVISTA

INT-F-000399

Nº DE REFERÊNCIA **221-912**

ENTREVISTADOR

DATA 8 DE JULHO 1947

ENTREVISTADO CABO DOUGLAS MILFORD

ENTREVISTADOR: Nome e endereço, por favor.

DOUGLAS MILFORD: Cabo Douglas James Milford, Corpo Aéreo do Exército.

ENTREVISTADOR: Onde você reside?

DOUGLAS MILFORD: Aqui na base, no Campo Roswell.

ENTREVISTADOR: Você é casado, sr. Milford?

DOUGLAS MILFORD: Sou casado, sim, mas não levo a coisa muito ao pé da letra. (risos)[6]

Ei, camarada, posso tomar uma xícara de café? Na brigada, só servem água de barrela.

(pausa; som de café sendo servido)

ENTREVISTADOR: Por favor, descreva o que você testemunhou dia 5 de julho de 1947.

DOUGLAS MILFORD: Bom, eu trabalho no turno da manhã, no caixa. Logo cedo, ainda no alvorecer, corria à boca pequena que uma aeronave-teste ultrassecreta, ou outra coisa ainda mais estranha, havia caído no deserto durante uma tempestade...

ENTREVISTADOR: De quem você ouviu isso?

DOUGLAS MILFORD: De todo mundo, ninguém em particular, de qualquer oficial que cruzasse meu caminho. Fazia dias que o pessoal vinha falando de espectros estranhos no radar, mas naquela manhã aconteceu algo bombástico mesmo, dava pra sentir. Cerca de uma hora antes de o sol nascer, a polícia militar e um estrelinha

[1]

da Força Aérea deram as caras na loja e cortaram a luz. Shhh. Silêncio no quartel.

ENTREVISTADOR: Você registrou o nome ou a patente desse oficial?

DOUGLAS MILFORD: Era um major, se não me engano, a julgar pela insígnia de latão na gola da camisa, mas nunca o vi mais gordo, e se estava usando identificação, não percebi.

ENTREVISTADOR: Como você reagiu?

DOUGLAS MILFORD: Ajudei a fechar o estabelecimento e me retirei para os fundos para fumar um cigarro, mas não consegui parar de pensar naquilo. É sempre assim. A curiosidade me mata. Toda a base se borrando nas calças, ficamos extremamente alertas. Então, peguei um jipe Willys emprestado da frota de veículos, saí de fininho pelo portão dos fundos e dirigi até o local para dar uma espiada.

ENTREVISTADOR: Como você sabia da localização?

DOUGLAS MILFORD: Notei que um comboio de veículos se esgueirava a noroeste. Ainda estava escuro, então segui a caravana a uma distância discreta, camuflado.

ENTREVISTADOR: Quantos quilômetros você percorreu?

DOUGLAS MILFORD: Cerca de 55. Dava pra ver as luzes no topo das colinas, à frente, então assim que me aproximei, saí da estrada e peguei um atalho rumo ao rancho de criação de ovelhas para onde todos se dirigiam.

ENTREVISTADOR: O que você viu lá, sr. Milford?

DOUGLAS MILFORD: Bom, subi uma colina — por fora da estrada — e, ao olhar para baixo, vi destroços espalhados por um vale de duzentos, talvez trezentos metros de extensão.

ENTREVISTADOR: Que tipo de destroços?

DOUGLAS MILFORD: De um acidente aéreo, isso ficou claro. A colisão abriu uma cratera no solo, do tamanho de um campo de futebol. Dava para escutar o zunido de um gerador, e contornando o campo, umas luzes que os militares instalaram mostraram que tinha umas peças brilhantes de metal, um material estranho, de aspecto pouco

000-73   221-912

convencional, pra dizer o mínimo. Estavam cercando o local, e à
distância, avistei um baita de um tumulto, oficiais da Força Aérea
amontoados ao redor de algo.

ENTREVISTADOR: Deu para ver o que estavam fazendo, exatamente?

DOUGLAS MILFORD: Escuta, camarada, dá pra me arrumar um cigarro?

(pausa; barulho de papel celofane, estalo e silvo de um isqueiro,
longa expiração de fumaça)

Obrigado. Então, eu estava relativamente longe, a meio
quilômetro, mas eles tinham se juntado em volta de uma
espécie de aeronave, intacta, o bico atolado num aclive.
Parecia mais uma asa, na verdade, como a asa de um avião
Curtis. Saquei meu binóculo e focalizei. Notei que tentavam
levantar o trambolho com uma grua para transportar para um
terreno plano.

ENTREVISTADOR: Era um avião?

DOUGLAS MILFORD: Não sei dizer.

ENTREVISTADOR: (pausa) O que mais você observou?

DOUGLAS MILFORD: Soldados perfurando o solo, um cenário caótico, e
percebi que estavam usando máscaras de gás. Alguns vasculhavam os
rastros dos destroços, outros recolhiam as peças que estavam perto
da aeronave.

ENTREVISTADOR: Você identificou o que eram essas peças?

DOUGLAS MILFORD: (longa pausa) Sei tanto quanto você. Menos até.

ENTREVISTADOR: O que fizeram com elas?

DOUGLAS MILFORD: Colocaram na carroceria de ambulâncias estacionadas
no local.

ENTREVISTADOR: E você não chegou a ver o que eram.

DOUGLAS MILFORD: Não, senhor. Algumas peças eles colocaram em
sacos, e uma ou duas carregaram em macas. Então, do nada, surgiu
um carrão preto com uma moto de escolta e parou por ali. Àquela
altura, a aeronave já estava acomodada no terreno plano e coberta

[3]

com uma lona. Um homem saltou do veículo, todo empinado, examinou a aeronave e caminhou até as ambulâncias.

ENTREVISTADOR: Você reconheceu o oficial?

DOUGLAS MILFORD: Quem disse que era um oficial?

ENTREVISTADOR: (pausa) Você reconheceu o homem que saiu do carro?

DOUGLAS MILFORD: Não à primeira vista. Mas, quando voltei, reparei numa foto dele pendurada no quartel.

ENTREVISTADOR: Quem era?

DOUGLAS MILFORD: Tudo bem dizer?

ENTREVISTADOR: Apenas relate o que você viu, por favor.

DOUGLAS MILFORD: Tinha todo o jeito de ser o general Twining.

ENTREVISTADOR: O general Nathan F. Twining? Comandante do setor de equipamentos da Força Aérea?

DOUGLAS MILFORD: Sim, senhor, o próprio.

(A gravação é interrompida nesse momento, e então prossegue assim:)

ENTREVISTADOR: O que o general fez quando chegou ao local?

DOUGLAS MILFORD: Deu uma olhada nas ambulâncias e começou a vociferar ordens. Fecharam as portas dos veículos e saíram dirigindo. Sem sirenes, mas com pressa. Depois ele caminhou até os destroços. Naquele momento, parece que um bando de militares despencou da colina em cima de mim e eu levei uma paulada na cabeça. Dali pra frente, só sei que me puseram algemado na traseira de uma viatura. (Longa pausa.) Escuta, sem querer faltar com o respeito, mas o senhor se importaria se eu conversasse com o seu superior?

ENTREVISTADOR: Por quê?

DOUGLAS MILFORD: Diga a ele que não é a primeira vez que testemunho algo do gênero.

[4]

COMENTÁRIO DO(A) ARQUIVISTA

A transcrição cessa nesse ponto, só nos restando conjecturar sobre o que Milford estava de fato falando -- será que ele se referia ao incidente dos lagos Pearl? O que aconteceu quando Milford conversou com o superior do tenente, se é que lhe deram autorização para isso? Até que ponto da cadeia de comando ele chegou?

A presença do general Nathan Twining no local do acidente não é surpresa. Um dos oficiais mais condecorados da Segunda Guerra, no rescaldo de Roswell, ele acompanhou de perto a criação do Projeto Sign em setembro de 1947, a primeira de três incumbências da Força Aérea dedicadas à investigação oficial de objetos voadores não identificados.[7]

Pelo que sabemos sobre o que estava para acontecer com Douglas Milford, é provável que ele tenha tido uma conversa -- talvez com o próprio general Twining -- um trampolim para um cargo no grupo que logo se tornaria o Projeto Sign.

O trabalho do grupo começou com esforços imediatos para alterar a percepção pública acerca do que acontecera de fato em Roswell. Relatórios iniciais após o incidente incluem detalhes cuja exposição ao público nenhum oficial militar em sã consciência jamais teria autorizado, incluindo a menção aos destroços de um "grande disco metálico" e o resgate de corpos não identificados. Em questão de dias, todos esses relatórios foram recolhidos, testemunhas foram silenciadas com intimidações ou subornos, e o incidente passou a ser descrito como "a queda de um balão meteorológico ultrassecreto". Essa maquinaria de descrédito logo se tornaria o protocolo-padrão, e Doug Milford estava envolvido até o pescoço.[8]

A vida de Milford estava prestes a sofrer uma reviravolta e tanto; conforme o leitor ainda verá, é como se ele tivesse pichado um "Milford esteve aqui" nos mais diversos fenômenos esotéricos. E, semanas antes de Roswell, uma série de eventos estranhos -- detalhes abaixo -- chamou Milford à sua terra natal, o estado de Washington.

Por um motivo bem específico e em um cargo completamente diferente. A história começa assim:

[7] Confirmo que, pouco depois do incidente de Roswell, o general Nathan Twining ajudou a compilar e analisar os dados referentes ao primeiro relato consistente de óvnis em Roswell, o que levou à criação do programa descrito acima, oficialmente conhecido como Projeto Sign.
Mais tarde, em 1953, Twining foi nomeado chefe de Estado-Maior da Força Aérea e se tornou membro da Comissão de Chefes de Estado-Maior — TP

[8] Documentos da Força Aérea evidenciam que houve mesmo pânico generalizado entre os militares, que imaginaram que o "veículo" acidentado poderia ser um avião soviético de espionagem, uma aeronave dotada de avanço tecnológico desconhecido no Ocidente. No contexto da Guerra Fria, que multiplicava as tensões entre os dois países, a possibilidade de sigilo e encobrimento parece muito mais verossímil que um "disco voador" — TP

A HISTÓRIA SECRETA
△△ *de* TWIN PEAKS

[1] Confirmo que a reportagem a seguir figurou na edição de 25 de junho de 1947 do jornal *Pendleton East Oregonian,* no rodapé da primeira página — TP

*** L U Z E S   N O   C É U :

I   O   I N C I D E N T E   D E   K E N N E T H   A R N O L D

Em dezembro de 1946, um avião militar de transporte da Marinha americana desapareceu. Ao que se supõe, o tempo ruim motivou sua queda sobre o monte Rainier. Desde então, pilotos militares e voluntários civis estão à cata dos destroços... e da recompensa de 5 mil dólares oferecida pelo Exército americano. Um dos pilotos era Kenneth Arnold.[1]

não havia muitas possibilidades,
Continua na página 20, col. 6

quartel-general do Quarto Data-
lhão do Exército anunciou um teste

ao ocorrências justificaram um
julgamento em tribunal militar.

IMPOSSÍVEL! Talvez, mas é ver para crer, diz piloto

Pendleton, 25 de junho —
O DESTACADO empresário Kenneth Arnold, do estado de Idaho, trabalhava com a brigada de controle de incêndio da cidade de Boise e voava ao sul de Washington ontem à tarde, em busca do avião da Marinha desaparecido desde o ano passado, quando fez uma parada por aqui, no caminho para Boise, e contou uma história insólita — ele não espera que acreditem, mas jura ser verdade.

Arnold alega ter avistado nove aeronaves em forma de disco, extremamente brilhantes — como se fossem niqueladas —, voando em formação às 3 da tarde de ontem, a uma velocidade altíssima. Segundo seus cálculos, estavam entre 9500 e 10 mil pés de altitude e, pela cronometragem do trajeto do monte Rainier ao monte Adams, Arnold estimou a velocidade extraordinária de 1900 quilômetros por hora. A envergadura de cada aeronave seria de pelo menos 30 metros de diâmetro.

"Parecia mentira", disse ele, "mas estava lá — sou obrigado a acreditar no que meus olhos viram."

O aviador pousou na cidade de Yakima pouco tempo depois e indagou pelas aeronaves, mas não descobriu nada a respeito. Ao conversar sobre o caso com um morador de Ukiah cuja identidade ele não obteve, já na cidade de Pendleton, na manhã de hoje, Arnold se surpreendeu ao descobrir que o homem viu os mesmos objetos aéreos ontem à tarde sobre as montanhas, nos arredores de Ukiah!

De acordo com ele, durante o voo, as naves pareciam ziguezaguear, fazendo e desfazendo a formação. "A primeira coisa que notei foi uma série de clarões que ofuscavam meus olhos como se um espelho estivesse refletindo a luz do sol na minha direção. Percebi que os clarões vinham de uma série de objetos voando muito rápido. Eram prateados e brilhantes e pareciam travessas de bolo. O que me intrigou mais foi que nenhum deles tinha cauda.

"Contei nove aeronaves à medida que sobrevoavam o cume do monte Rainier e desapareciam. A velocidade era tão alta, que resolvi cronometrar. Tirei o relógio do bolso e marquei um minuto e 42 segundos no percurso entre o monte Rainier e o topo do monte Adams. Os objetos permaneceram dois minutos à vista, se tanto, desde que me dei conta deles."

COMENTÁRIO DO(A) ARQUIVISTA

Registrada menos de duas semanas antes de Roswell, a aventura ufológica de Kenneth Arnold não escapou ao radar dos meios de comunicação e logo chegou às manchetes nacionais e internacionais.

Mais uma vez, a inteligência do Exército americano e, então, pela primeira vez, profissionais do FBI foram enviados ao local para averiguar o caso. Os principais investigadores protocolaram o seguinte relatório, jamais divulgado ao público:

CONFIDENCIAL
CÓPIA

LOCALIZAÇÃO: Hotel Owyhee, Boise, Idaho

INCIDENTE: 1208 I 4º Batalhão da Força Aérea

INTERROGATÓRIO
CONDUZIDO: 12 de julho de 1947

MEMORANDO PARA O OFICIAL NO COMANDO:

     1.   Dia 12 de julho de 1947, o sr. Kenneth Arnold, Caixa Postal 387, Boise, Idaho, foi interrogado a respeito de seu relato, no qual alega ter avistado 9 objetos estranhos sobrevoando a Cordilheira das Cascatas, no estado de Washington, dia 25 de junho. O sr. Arnold voluntariamente se prontificou a fornecer ao entrevistador um relatório escrito do que testemunhou na data supracitada. O relatório escrito do sr. Arnold encontra-se anexado a este documento como Evidência A.

OBSERVAÇÕES DO AGENTE: O sr. Arnold é um homem de 32 anos de idade, casado, pai de dois filhos. É benquisto na comunidade onde vive, o típico homem de família e, pelo visto, um excelente provedor. Recentemente, o sr. Arnold adquiriu uma propriedade no subúrbio de Boise e um avião de 5 mil dólares, que utiliza para conduzir seus negócios. Tudo isso está detalhado na evidência anexa.

Os entrevistadores compartilham a opinião pessoal de que o sr. Arnold de fato viu o que alega ter visto. É difícil acreditar que um homem de caráter e integridade como o sr. Arnold afirmaria ter avistado os objetos e escreveria um relatório oficial detalhado como o que escreveu caso não os tivesse avistado. Ademais, se o sr. Arnold foi capaz de redigir um relatório como este em falso testemunho, o entrevistador acredita que ele está no ramo errado e que deveria escrever ficção científica.

                                   continua

REVISTO SISTEMATICAMENTE
POR JCS DIA _21 de maio de 84_
CLASSIFICAÇÃO: CONTINUA

Incl: #1

CONFIDENCIAL
CÓPIA

ULTRASSECRETO TRATAMENTO ESPECIAL

CONFIDENCIAL
CÓPIA

4B 1208 I

O sr. Arnold é muito articulado e demonstra insatisfação com os líderes das Forças Aéreas dos Estados Unidos e do FBI por não terem investigado o caso antes. Compilar todas as declarações do sr. Arnold neste documento geraria um volume bem grande. De qualquer forma, após checar os mapas aeronáuticos da região onde o sr. Arnold alega ter visto os objetos, determinou-se que tudo o que foi afirmado pelo sr. Arnold a respeito das distâncias envolvidas, velocidade, trajeto e tamanho dos objetos pode muito bem ser verdadeiro. As distâncias mencionadas pelo sr. Arnold em seu relatório fazem jus às distâncias das cartas aeronáuticas da região, embora ele jamais tenha consultado as cartas aeronáuticas do Exército.

O sr. Arnold revelou que seus negócios sofreram graves prejuízos desde seus relatos do dia 25 de junho devido ao fato de que, nas viagens de trabalho, a cada cidade multidões o aguardam querendo saber detalhes do que ele viu. O sr. Arnold acrescentou ainda que, se ele, no futuro, avistar qualquer outro objeto no céu ou, em suas palavras, "se avistar um prédio de dez andares pairando no ar, jamais direi uma palavra sobre o caso", já que foi ridicularizado pela imprensa a ponto de se tornar praticamente um idiota aos olhos da maioria da população dos Estados Unidos.

1 "Evidência A" Inclusa

FREDERIC NATHAN, AGENTE ESPECIAL DO FBI

DOUGLAS MILFORD. Centro de Inteligência
4º Batalhão da Força Aérea[2]

CONFIDENCIAL
CÓPIA

ULTRASSECRETO TRATAMENTO ESPECIAL

A HISTÓRIA SECRETA de TWIN PEAKS

COMENTÁRIO DO(A) ARQUIVISTA

A presença de Douglas Milford como um dos investigadores listados entre os agentes especiais do Comando Aéreo Continental, unidade de onde saiu boa parte do pessoal que foi trabalhar no Projeto Sign, confirma que ele passou a fazer parte do esquema.

Portanto, podemos inferir o seguinte: na esteira do evento de Roswell, Milford foi recrutado e admitido imediatamente em um cargo não especificado -- e foi enviado ao norte o mais rápido possível para investigar o incidente de Arnold. A ata de uma reunião de 8 de julho no gabinete do chefe da Inteligência da Força Aérea determina que "relatos de discos voadores sejam investigados por observadores de óvnis mais experientes". Desde Roswell, Douglas Milford parece preencher esse requisito.

2 KENNETH ARNOLD E EDWARD R. MURROW

Pouco depois do encontro com os óvnis, Ken Arnold concedeu uma entrevista ao respeitado repórter da rede CBS e locutor de rádio Edward R. Morrow. A entrevista foi transmitida a todo o território nacional. Eis a transcrição:

ARNOLD: Não consegui entender, na época, o alvoroço com os nove objetos voadores, pois não pareciam ser uma ameaça. Primeiro, imaginei que fosse algo relacionado ao Exército ou à Força Aérea.

MURROW: Em três ocasiões distintas, então, você foi interrogado pela inteligência militar, que tinha dúvidas sobre a veracidade de suas observações.

ARNOLD: Pois é. O problema é que alguns relatos eles tiraram de jornais que não me citaram devidamente, e naquele pandemônio todo, um jornal aqui e outro jornal acolá misturaram os fatos, e ninguém entendeu muito bem, acho.

MURROW: Mas foi assim que nasceu a expressão "disco voador", não?

[2] Verificado; o memorando acima é autêntico, o que leva a crer que o(a) Arquivista deve ter algum grau de acesso a documentos governamentais — TP

ARNOLD: Sim. Esses objetos como que trepidavam, como eu posso dizer, como barcos em águas turbulentas ou em algum tipo de corrente de ar revolta, e quando descrevi como voavam, comentei que era como se você pegasse um disco e fizesse ele deslizar aos saltos na superfície de um lago. A maioria dos jornais não compreendeu bem e não me citou direito. Disseram que eu disse que pareciam discos; eu disse que voavam de um jeito que lembrava discos voando.

MURROW: Foi um equívoco histórico. Ninguém mais se lembra da explicação original do sr. Arnold, mas a expressão "disco voador" caiu na boca do povo. Poucas pessoas sabem, sr. Arnold, que você alega ter visto os mesmos objetos estranhos no céu mais três vezes depois daquela ocasião.

ARNOLD: Verdade. Alguns pilotos conhecidos meus, do Noroeste do país, relataram outros oito casos distintos.

MURROW: Qual é a sua opinião sobre a natureza dos objetos que você e seus colegas viram?

ARNOLD: Não sei muito bem como explicar. Mas se eles não são obra da ciência ou das Forças Aéreas, estou inclinado a acreditar que têm origem extraterrestre.

MURROW: Origem extraterrestre? Quer dizer que você acredita que eles vieram do espaço, de outro planeta? Imagino que para as pessoas é um pouco difícil levar isso a sério.

ARNOLD: Bom, o que posso dizer é: nem eu nem os demais pilotos gostamos de ser motivo de chacota. Para começo de conversa, relatamos o que vimos essencialmente porque acreditamos que, se o governo não sabe do que se trata, é nosso dever abrir o jogo para a nação. Acho que é do interesse de todos os americanos e acho que não há necessidade de histeria. Essa é minha sincera opinião.

MURROW: Então foi assim que tudo começou, o gatilho. A história de Kenneth Arnold tomou conta dos meios de comunicação. Estações de rádio e jornais cobriram o caso, e em poucos dias o país sofreu uma enxurrada de "avistamentos de discos".[1]

[1] Confirmo que esta entrevista foi de fato transmitida a todo o país pela rádio CBS. Resta especular quanto da aparente amargura de Arnold era resultado de suas interações com Milford — TP

BUICK		CHEVY

TELEFONE SE7-0775   28ª Av. Noroeste, 12528, Seattle, WA, 98125   TELEFONE SE7-0775

PEDIDO Nº _____ DATA __14 de julho__ 19 __47__

COMPRADOR: __Douglas Milford__

ENDEREÇO: __Twin Peaks__
__Washington__   VENDEDOR: __Bob J. Hart__

VENDA			DEVOL.		RECEB. EM	
DINHEIRO	VALOR	PAGO	DINHEIRO	CRÉDITO	CONTA	NOTA

QTD	CÓD. PEÇA	DESCRIÇÃO	PREÇO	TOTAL
1		1947 Buick Roadmaster 4 portas sedã		
		Motor# 14787169		1 949,00
		Carlsbad preto		
		Câmbio manual; três marchas		
		Ar-cond. & aquec.		
		Entrada		1 949,00
		Quantia a parcelar		0
		Taxa de serviço		8,75
		Preço inclui taxa do Estado de WA		
		RECEBIDO POR	TOTAL	$1 957,75

554   TODAS AS RECLAMAÇÕES E DEVOLUÇÕES DEVEM SER FEITAS COM ESTA NOTA

COMENTÁRIO DO(A) ARQUIVISTA

Pouco tempo depois de interrogar Arnold em Boise, Doug Milford aparentemente voou até Seattle. Este correspondente encontrou o recibo de um Buick Roadmaster sedã 1947 preto, comprado em uma concessionária nos arredores de Seattle dia 14 de julho. O comprador era Douglas Milford, e o pagamento foi realizado em espécie.

O que Milford fazia na região? E onde ele arrumou dinheiro para um carro novo? Leia mais:

3 OUTROS CASOS DE ÓVNIS EM SEATTLE

É digno de nota o fato de que, nas semanas seguintes, no verão de 1947, mais de 850 relatos de avistamentos de óvnis figuraram na mídia americana. Muitos podem ser considerados "avistamentos meméticos" -- fenômeno psicológico conhecido. Contudo, mais de 150 resistiram a um escrutínio mais rigoroso e foram protocolados pela Inteligência Técnica da Força Aérea, o gabinete que em breve coordenaria o Projeto Sign.[1]

Entre os casos classificados como legítimos estava um avistamento datado de 5 de julho. Ao conduzir um voo comercial de DC-3 de Boise a Seattle, o piloto veterano da United Airlines Emil J. Smith identificou nove discos prateados -- os discos de Arnold também eram nove -- voando em formação, e os monitorou durante mais de dez minutos. O copiloto de Smith e a comissária de bordo também os observaram. Voltaremos a Smith em breve.

4 MAURY ISLAND

Alguns dias antes do encontro de Kenneth Arnold nas imediações do monte Rainier, um incidente de consequências ainda mais inquietantes foi relatado a oeste, nas águas do porto do estuário de Puget, entre Seattle e Tacoma, perto da ilha Maury. Foi ali que o caso dos avistamentos de 1947 teve início e que o papel de Douglas Milford começou a ficar mais nítido:

[1] Um dos casos pertinentes a este dossiê é o avistamento no início de setembro de 1947 envolvendo "discos voadores" sobre Twin Peaks, Washington. Darei início a uma investigação suplementar — TP

A HISTÓRIA SECRETA
△△ *de* TWIN PEAKS

Dia 2I de junho, Harold Dahl, explorador marinho habilitado, seu filho de dezesseis anos de idade e o cachorro da família estavam retirando troncos submersos — ameaça oculta à navegação; as operações de coleta de troncos rendiam uma bela comissão — do estuário de Puget, próximo à ilha Maury. Em torno das onze da manhã, notaram seis embarcações aéreas não identificadas pairando no céu sobre suas cabeças. Alarmado, Dahl imediatamente dirigiu-se para a costa e dali observou os discos com binóculos, além de tirar uma série de fotografias.

Conforme relatado por Paul Lantz em seu artigo publicado no Tacoma Times no dia seguinte, Dahl descreveu as embarcações como douradas ou prateadas, com um anel de seis escotilhas no contorno. As embarcações não emitiam som, não apresentavam meios visíveis de propulsão, e, segundo os cálculos de Dahl, tinham cerca de sessenta metros de diâmetro:[1]

[1] A reportagem a seguir de fato foi publicada na edição de 22 de junho do *Tacoma Times*, assinada pelo repórter Paul Lantz — TP

no céu, ele disse.

"Cinco naves voavam ao redor de uma sexta, que parecia estar em pane e perdendo altitude", contou Dahl. "Então uma explosão irrompeu na nave danificada e uma enorme quantidade de duas substâncias diferentes se precipitou nas águas, caindo a nossa volta. Uma das substâncias era um metal branco e muito fino que parecia leve e lembrava papel-jornal. A outra era uma espécie de rocha vulcânica, negra e quente, que despencava aos montes. Uma parte atingiu o barco, destruiu a ponte de comando, partiu o para-brisa e abateu a buzina. Uma rocha esfolou e queimou o braço do meu filho, outra atingiu e matou meu cachorro.

"Enquanto eu observava, as demais aeronaves se lançaram até o veículo danificado, que oscilava no ar tal e qual uma folha em queda. Imagino que estivessem tentando ajudar", Dahl prosseguiu. "Uma delas encostou a quilha na nave que perdia altitude — o que me pareceu uma tentativa de manobra de 'arranque'. A nave recuperou a estabilidade, e as seis alçaram voo em um piscar de olhos, sem emitir um ruído sequer, e desapareceram."

Dahl recolheu de seu barco e da água amostras das duas substâncias, e imediatamente se dirigiu à costa e reportou o acidente a seu supervisor, Fred Lee Crisman. Ele mostrou a Crisman um punhado de fragmentos metálicos que tinha encontrado a bordo e guardado em uma caixa de Corn Flakes. Também entregou o filme da máquina fotográfica a Crisman.

Na mesma data, em Tacoma, um correspondente da United Press fisgou a história de Lantz e a mencionou no boletim da UP. Foi o que bastou para ela chamar a atenção de todo o país.

Naquele mesmo dia Dahl entregou a Fred Lee Crisman os fragmentos metálicos e rochosos. À tarde o filho de Dahl foi atendido para tratar de queimaduras de segundo grau no braço direito. Após telefonar para o Tacoma Times e conceder a história ao repórter policial Paul Lantz, Crisman também contatou um amigo do Meio-Oeste, chamado Ray Palmer.[2]

5 RAY PALMER

Ray Palmer era o editor de uma popular revista pulp pseudocientífica de Chicago, de distribuição nacional, intitulada Amazing Stories. No ano anterior, Palmer fizera sua revista atingir o ápice da circulação ao publicar uma série de artigos sensacionalistas escritos por um tal de Richard Sharpe Shaver, soldador da Pensilvânia, ex-morador de rua, que alegava ter adquirido conhecimento secreto acerca de uma antiga raça "progenitora" de seres chamados "lemurianos". Palmer escolheu para a série de artigos o título de "O mistério de Shaver".

Shaver dizia que tudo tinha começado no início dos anos 1930, quando uma frequência peculiar emanou de sua máquina de solda e permitiu que ele ouvisse os pensamentos de seus colegas de trabalho. Não demorou muito até ele conseguir captar sinais telepáticos mais obscuros -- com efeito, chegou a "baixar" diálogos extensos, como se fossem transcrições -- dos lemurianos, citados acima.

Segundo a misteriosa narrativa de Shaver, os lemurianos viviam em amplas cidades subterrâneas -- acessíveis somente através de cavernas e túneis de lava e não raro encravadas nas profundezas, sob vulcões dormentes ao redor do mundo, entre os quais o monte Shasta e o monte Rainier. Os lemurianos

[2] Nenhuma relação com a família Palmer de Twin Peaks — TP

A HISTÓRIA SECRETA *de* TWIN PEAKS

[1] Dado que Richard Shaver apresentava os sintomas clássicos da esquizofrenia paranoide, não admira que tenha passado grande parte da vida adulta entrando e saindo de instituições psiquiátricas. O que não necessariamente desqualifica suas histórias, mas induz a certo espírito de ceticismo. Shaver faleceu em 1975, aos 68 anos — TP

formavam uma raça cruel e sanguinária em posse de tecnologias extremamente avançadas, que usavam para escrutinar a vida humana. Não raro se punham no caminho de humanos, às vezes para atormentá-los, torturá-los e ocasionalmente jantá-los. Entre os principais poderes que Shaver atribuiu aos lemurianos estava a telepatia, a capacidade de se comunicar em silêncio com a mente dos outros, mesmo a longas distâncias -- método pelo qual Shaver alegou ter tomado conhecimento deles.[1]

Shaver escreveu que os lemurianos também desenvolveram armas avançadas, às quais ele curiosamente se referia como "pistolas de raio", muito semelhantes ao hoje corriqueiro raio laser, que ainda estava a quinze anos de ser inventado por humanos.

Ainda mais perigosa que as armas, declarou Shaver, era a capacidade telepática das criaturas de influenciar a mente dos seres humanos sem que percebessem, forçando-os a agir contra a vontade. A série de artigos também sustentava que havia muito os lemurianos eram combatidos por uma segunda raça de alienígenas pacíficos -- os "teros" -- com quem travavam uma batalha eterna. Originários de algum ponto da longínqua constelação das Plêiades, os tais "teros" eram indivíduos humanoides o suficiente para passar despercebidos em meio à raça humana. Shaver escreveu que, ocasionalmente, eles se revelavam e confiavam seus segredos a humanos para obter ajuda na batalha.

Assim que as histórias dos lemurianos emergiram, cerca de um ano após o incidente da ilha Maury, Ray Palmer publicou uma carta de Fred Lee Crisman na revista Amazing Stories. Nela, Crisman afirmava que, na Segunda Guerra Mundial, durante uma missão ultrassecreta na Birmânia, se viu numa das tais "cavernas lemurianas", de onde escapou por pouco.

*** CARTA DE CRISMAN À REVISTA <u>AMAZING STORIES</u>

AMAZING STORIES   161

O MISTÉRIO DA CAVERNA

Prezados:

Conduzi minha última missão de combate aéreo dia 26 de maio de 1945. Fui alvejado em Baçaim e abandonei meu veículo na ilha de Cheduba. O capitão ████████ e eu caminhamos até Rutog através da passagem de Khesa rumo às colinas ao norte de Caracórum. Encontramos o que procurávamos. Sabíamos o que estávamos procurando.

Parem de mexer com isso, pelo amor de Deus, vocês estão brincando com fogo. Meu companheiro e eu lutamos para escapar da caverna com submetralhadoras. Ostento duas cicatrizes de 23 centímetros no braço esquerdo deixadas por algo que se aproximou de mim em silêncio absoluto. Os músculos quase foram arrancados. Como? Não sei. Meu companheiro ficou com um rombo do tamanho de uma moeda de 10 centavos no bíceps direito. O corte estava cauterizado por dentro. Como, não sabemos. Mas nós dois acreditamos que sabemos mais sobre o Mistério de Shaver do que qualquer outra dupla. Imagine meu pavor quando abri a revista e vi que vocês estavam fazendo sensacionalismo com o assunto.

Não publiquem o nosso nome. Não é que sejamos covardes; não somos malucos.

De fato, esta nova informação é impactante

A HISTÓRIA SECRETA
de TWIN PEAKS

[2] Confirmo que Fred Crisman foi de fato oficial do Gabinete de Serviços Estratégicos em serviço na Europa e na Ásia durante a guerra, além de piloto licenciado da Reserva da Força Aérea na época do incidente na ilha Maury — TP

Consegui verificar que, durante a guerra, Fred Crisman serviu no Gabinete de Serviços Estratégicos -- organização americana de inteligência precursora da CIA -- em diversas localidades e conduziu uma série de missões de combate aéreo no Extremo Oriente. À época do incidente na ilha Maury, Crisman ainda era atuante como oficial da Reserva da Força Aérea dos Estados Unidos e, além de seus negócios em exploração marinha, trabalhava para o Departamento de Assuntos de Veteranos.[2]

Essa carta acabou por aproximar Crisman e Palmer. Quando Crisman falou a Palmer sobre os fragmentos metálicos do barco de Dahl, Palmer pediu que ele lhe enviasse pelo correio parte dos artefatos recolhidos entre os destroços, o que Crisman fez no mesmo dia. Palmer também sugeriu que convocassem o piloto e homem de negócios Kenneth Arnold -- que havia pouco tinha estado nas manchetes por seu encontro com óvnis no monte Rainier -- para conversar com eles sobre o caso.

O texto a seguir é o relato de Kenneth Arnold sobre o encontro, publicado mais tarde na primeira edição da Fate, a nova revista de Ray Palmer, lançada na primavera de 1948:

FATE

VOLUME I   NÚMERO I

PRIMAVERA 1948
25¢

A VERDADE SOBRE OS ÓVNIS
POR KENNETH ARNOLD

MARK TWAIN E O COMETA HALLEY
POR HAROLD M. SHERMAN

SERES INVISÍVEIS ENTRE NÓS
POR R. J. CRESCENZI

20 MILHÕES DE MANÍACOS
POR G. H. IRWIN

E muitos outros artigos eletrizantes

OS DISCOS VOADORES

KENNETH ARNOLD EM TACOMA

[3] Verificado. O avistamento de Smith foi mencionado no relatório supracitado da Força Aérea — TP

[4] Ver as referências anteriores a Paul Lantz, o repórter da região que trouxe à tona a história de Dahl — TP

[5] Verifiquei os detalhes do acidente do B-25. Como ocorreu após a meia-noite, no dia em que a Força Aérea se tornou um serviço independente, Davidson e Brown entraram para a história como as primeiras baixas da Força Aérea dos Estados Unidos. Continua inexplicado por que não conseguiram agir como os demais e saltar de paraquedas em segurança do avião danificado — TP

[6] O leitor há de se lembrar de que Douglas Milford comprara um Buick preto antes dessa data. A descrição física do homem, embora genérica, poderia corresponder a Milford na época — TP

Recebi um telefonema de Ray Palmer em Chicago — eu não o conhecia —, que me perguntou se eu gostaria de investigar um incidente recente, ocorrido em Tacoma, e escrever uma reportagem sobre o caso para sua revista. Aceitei a oferta de 200 dólares pelo trabalho. Sem contar para ninguém além de minha esposa, voei até Tacoma no fim da tarde de quarta-feira, 30 de julho, e me hospedei no quarto 502 do Hotel Winthrop. Havia uma reserva em meu nome, feita à minha revelia.

Imediatamente liguei para Fred Crisman e me encontrei com ele e Harold Dahl no quarto do hotel ainda naquela noite. Depois de ouvir seus relatos e ver os fragmentos metálicos brancos que recolheram no local, sugeri que compartilhássemos a história com uma pessoa especializada em investigações do gênero. Eles concordaram, e contatei um piloto experiente da United Airlines, amigo meu, chamado Emil J. Smith, que recentemente também avistara discos voadores, para compartilhar as informações com ele. [3]

Também achei melhor contatar os investigadores da Inteligência Militar e do FBI — Milford e Nathan — que haviam me interrogado recentemente em casa, em Boise, sobre minha experiência perto do monte Rainier poucos dias antes.

Na manhã seguinte, voei para Seattle para buscar o capitão Smith e levá-lo a Tacoma. Quando chegamos, outros dois investigadores da Inteligência Militar, contatados por Milford e Nathan, haviam deixado sua base em San Francisco — capitão Davidson e tenente Brown — e nos esperavam no saguão. Naquela noite, nós quatro nos reunimos com Fred Crisman em meu quarto, no Hotel Winthrop, e ele compartilhou sua história conosco. Harold Dahl recusou o convite para participar da reunião, mas não nos disse por quê.

Depois que Crisman foi embora, estávamos debatendo os eventos enigmáticos do dia quando, às 00h30, recebi um telefonema de um homem que se identificou como "Paul Lantz, do *Tacoma Times*". [4]

Lantz me avisou que um informante anônimo havia acabado de contatá-lo no jornal para comunicar que uma reunião acerca dos fragmentos do disco da ilha Maury estava em curso no quarto 502 do Hotel Winthrop. O informante descreveu tudo que havíamos discutido com Crisman naquela noite, e tudo que Davidson, Brown, Smith e eu havíamos

"Nunca mais vou voar sem uma câmera", declara Kenneth Arnold ao lado de seu avião, um dia depois de ter observado nove misteriosos discos voadores.

acabado de debater, após a saída de Crisman. As informações de Lantz eram assustadoramente precisas no que dizia respeito ao conteúdo das conversas, e agradecemos o aviso. Desligamos, alarmados, e Davidson e Brown sugeriram que nos transferíssemos para o corredor, pois suspeitavam que nosso quarto estivesse sob vigilância eletrônica.

Ainda alarmados, Davidson e Brown sugeriram que deixássemos de 25 a 30 fragmentos metálicos com eles por precaução. Comentaram que pretendiam iniciar uma investigação sobre o caso imediatamente, mas precisavam voar de volta à sua sede, a Base Aérea de Hamilton, na Califórnia, ao norte de San Francisco, naquela mesma noite, para assistir a uma cerimônia agendada para o dia seguinte, 1º de agosto: as Forças Aéreas do Exército dos Estados Unidos seriam oficialmente transferidas para um novo serviço militar independente, a Força Aérea dos Estados Unidos.

Após entregar a eles a caixa de Corn Flakes com os fragmentos metálicos, nos despedimos, e Davidson e Brown logo partiram para o aeródromo mais próximo, a Base de McChord, onde planejavam embarcar em um B-25 rumo à Califórnia por volta da 1h da manhã.

Bem cedo no dia seguinte fui despertado por um telefonema aflito de Fred Crisman. Ele tinha acabado de ouvir no rádio que o B-25 que conduzia o capitão Davidson e o tenente Brown pegara fogo meia hora após a decolagem. A uma altitude de 10 mil pés, as outras duas pessoas da tripulação — o comandante e um sargento de licença, de carona para casa — saltaram de paraquedas e sobreviveram, mas o avião caiu logo em seguida, próximo a Kelso, Washington, com Davidson e Brown a bordo. Profundamente consternado, relatei o ocorrido ao capitão Smith, e decidimos esperar por Crisman no hotel. A notícia chegou a nós 12 horas *antes* de a Força Aérea divulgar o nome das vítimas. [5]

Assim que chegou, Crisman nos contou que havia conversado novamente com o repórter Paul Lantz, do *Tacoma Times*, que alegou ter recebido outro telefonema anônimo de manhã cedo, informando que o B-25 que caíra naquela noite fora sabotado ou alvejado. O informante afirmou também que o avião militar de transporte que caíra no monte Rainier em dezembro do ano anterior — aquele que eu procurava quando avistei os discos voadores pela primeira vez, dias antes — fora igualmente derrubado. Crisman telefonou para Lantz, que imediatamente se dirigiu ao Hotel Winthrop para discutir essas notícias comigo e com o capitão Smith. Lantz já havia redigido uma matéria sobre o telefonema anônimo e o acidente, para publicar ainda naquele dia, e compartilhou o texto conosco. Também nos contou que as duas ligações não duraram mais de 30 segundos, aparentemente porque quem estava do outro lado da linha temia que a ligação fosse rastreada. Ele acrescentou ainda que o Exército já havia isolado o local do acidente do B-25,

Keneth e a sra. Arnold ao lado do Callair, avião de três lugares usado no histórico "voo do disco".

bem como um raio de 60 hectares ao redor, interditando a área a civis, inclusive à Patrulha Aérea Civil.

Crisman também nos repassou a informação aterradora que lhe chegara de Harold Dahl na noite anterior e explicava a ausência deste na reunião:

Dahl disse que, na manhã seguinte à primeira reunião conosco, um homem de terno preto batera à sua porta. Declarando ser uma espécie de autoridade do governo responsável pela investigação do incidente na ilha Maury — Dahl imaginou que fosse do FBI, embora o homem não tenha apresentado credenciais —, o homem convenceu Dahl a acompanhá-lo a um café nas redondezas. De acordo com Dahl, era um tipo comum na altura e na aparência. Os dois se dirigiram ao café no automóvel do homem, um Buick sedã preto novinho em folha. [6]

Então o homem descreveu a experiência de Dahl no barco em detalhes tão vívidos, que era como se tivesse testemunhado tudo. "Não era para você ter visto aquilo", disse o homem, segundo Dahl. E acrescentou que, se Dahl "amava mesmo a mulher e os filhos e não queria que nada afetasse o bem-estar deles, melhor não discutir mais o ocorrido". E caso alguém aparecesse com perguntas, ele deveria se limitar a dizer que "inventara tudo". Dahl voltou para casa e logo descobriu que seu filho Charles havia sumido.

O repórter da United Press, Ted Morello, também telefonou durante a reunião, para verificar informações sobre o acidente e nosso encontro com Brown e Davidson e para nos dizer que ele também tinha recebido um telefonema anônimo bem cedo naquela manhã, com a notícia de que o B-25 fora alvejado. Do outro lado da linha ainda lhe mandaram alertar "Arnold e Smith de que a mesma coisa podia acontecer com eles". Nesse ponto, parecendo assustado, Fred Crisman foi rapidamente embora do hotel.

COMENTÁRIO DO(A) ARQUIVISTA

O jovem Charles Dahl permaneceu desaparecido durante cinco dias, até que supostamente telefonou para o pai, a cobrar, de um motel da cidade de Missoula, em Montana. De volta a Tacoma são e salvo, Charles contou que passara alguns dias em Missoula, mas "não fazia ideia de como fora parar lá".[7]

Cerca de uma hora após Crisman deixar o estabelecimento, Arnold e Smith perceberam que alguém havia feito deslizar por debaixo da porta do quarto 502 a notificação de que o Sindicato de Cozinheiros, Garçonetes e Barmen, Local 6I, Federação Americana do Trabalho, havia declarado greve, e que os serviços do hotel, incluindo elevadores e central telefônica, seriam suspensos por tempo indeterminado. Piquetes logo se amontoaram na porta principal, proibindo entrada e saída. Exceto por um ou outro hóspede, o hotel estava praticamente vazio.

Desse ponto em diante, na certeza de que estavam sob vigilância -- e talvez em perigo --, Arnold e Smith trancaram as portas do quarto 502, abriram todas as torneiras, ligaram o rádio no volume máximo e conversaram apenas em voz baixa. Arnold saiu do hotel somente uma vez ao longo do dia, para comprar um exemplar do jornal da tarde. Conforme Paul Lantz prometera, o artigo estava estampado na primeira página da edição vespertina do Tacoma Times, encabeçado pela manchete exibida na página seguinte.

Às 5h30 daquela tarde, Arnold e Smith receberam mais uma ligação do repórter Ted Morello, que alegou ter acabado de receber outro telefonema do mesmo informante anônimo. Arnold e Smith pediram para discutir pessoalmente o caso, pois não confiavam mais em conversas pelo telefone ou no quarto do hotel. Eles fecharam a conta do Hotel Winthrop e foram encontrar Morello em um depósito da estação de rádio local, a KMO, onde o repórter trabalhava meio período.

Morello os puxou de lado e disse que o informante havia telefonado para avisar que Fred Crisman fora detido por militares à tarde e que tinha "acabado de ser despachado em um voo da Força Aérea para o Alasca".

---

[7] Se interpretei esse trecho do dossiê corretamente, na linha do tempo da história dos óvnis, esta é a primeira aparição registrada dos chamados "homens de preto", indivíduos misteriosos que, dizem, se apresentam a testemunhas de óvnis após os avistamentos e as intimidam com ameaças veladas sobre o que pode acontecer caso revelem o que viram. A implicação mais óbvia aqui é que o homem de preto maquinou o desaparecimento de Charles Dahl para coagir o pai a manter silêncio.

Se foi isso mesmo que aconteceu, surge a pergunta: É possível que o primeiro "homem de preto" tenha sido Douglas Milford? — TP

The Tacoma Times

O ÚNICO JORNAL INDEPENDENTE DE TACOMA

TACOMA, WASHINGTON, QUINTA-FEIRA, 1º DE AGOSTO DE 1947

SUSPEITA DE SABOTAGEM NO ACIDENTE DO BOMBARDEIRO MILITAR EM KELSO

Paul Lantz

O MISTÉRIO dos "Discos Voadores" mais uma vez causou furor ontem, quando o *Tacoma Times* foi informado de que a queda de um avião militar em Kelso pode ter sido causada por sabotagem. Em uma série de telefonemas misteriosos, o informante do *Times* relatou que o veículo foi sabotado ou "alvejado" para impedir o transporte de fragmentos de um disco voador para a Base Aérea de Hamilton, na Califórnia, para análise. As peças, segundo o informante, pertencem a um dos objetos voadores misteriosos que por pouco não mergulharam recentemente no estreito perto da ilha Maury.

Os dois sobreviventes do acidente relataram que um dos motores explodiu e o aparato contra incêndios instalado no motor, projetado para emergências do gênero, não funcionou.

Smith imediatamente acionou um contato da Base Aérea McChord e descobriu que um avião da Força Aérea havia decolado para o Alasca menos de uma hora antes, mas não conseguiu obter a lista de passageiros. Crisman não foi encontrado em casa. Smith e Arnold ligaram para Harold Dahl, que não sabia do paradeiro de Crisman. Muito exaltado, Dahl disse que não queria mais ouvir falar deles, que estava cansado da história toda e que se as autoridades o indagassem novamente sobre o caso, negaria ter visto qualquer coisa no porto e juraria que tudo tinha sido uma farsa. Em seguida, desligou.

Morello disse o seguinte a Arnold e Smith: "Vocês estão envolvidos em algo que está fora da nossa órbita de investigação. Escutem bem o meu conselho. Arredem o pé desta cidade até a poeira baixar. Vocês me parecem bons rapazes, e se depender de mim, nada acontecerá com vocês".

Smith e Arnold saíram da estação e foram ao encontro de Harold Dahl para questioná-lo uma última vez. Quando chegaram ao endereço que ele lhes fornecera no início da semana, descobriram, chocados, uma casa deserta, destrancada, coberta de teias de aranha; estava claro que ninguém morava ali havia meses. Profundamente abalados, os dois homens seguiram direto até a Base Aérea McChord. No trajeto, Arnold percebeu que um Buick sedã preto os seguia.

Antes de deixar a cidade, eles marcaram uma última reunião com um major da Inteligência do Exército em McChord. Como quem não quer nada, o oficial sorridente apreendeu todos os pedaços de rocha restantes que Crisman havia dado a eles, prometendo uma análise do material "pelo bem da minuciosidade". Arnold ficou com um fragmento e estava prestes a guardá-lo no bolso quando o oficial estendeu a mão: "Não podemos negligenciar um pedacinho sequer".

"Entreguei meu fragmento a ele", disse Arnold. "O major tinha lábia, mas não o bastante para me convencer que os fragmentos não eram importantes. De repente, me dei conta de que nada disso era brincadeira."

Os dois seguiram direto até o aeródromo civil. Arnold levou Smith a Seattle de avião, o deixou na cidade, decolou novamente e voou rumo ao leste, a caminho de casa, em Boise. Este é seu relato do que ocorreu a seguir:

6 O VOO DE KENNETH ARNOLD PARA CASA

A CHEGADA DOS DISCOS VOADORES

Dei a partida no avião, aqueci bem os motores, chequei ambos os magnetos em aceleração máxima, chequei as linhas e válvulas de combustível e outros detalhes. Tudo parecia estar em perfeitas condições. Embora já fosse fim de tarde, o voo para Boise duraria apenas quatro horas. Quando recebi o boletim meteorológico pelo rádio, concluí que teria um vento de cauda de trinta a cinquenta quilômetros por hora nas altitudes mais elevadas.

Estava ansioso para dar no pé! Pressionei o botão de aceleração até o painel de instrumentos e decolei, me sentindo um tanto inseguro por tudo o que se passara, mas contente por voltar, enfim. Enquanto subia em círculos, contornando o aeroporto, ainda pude ver o capitão Smith me seguindo com o olhar. Tomei o caminho de casa.

Atingi uma altitude de 8 mil pés. Me senti mais confiante depois de cruzar as Cascatas e comecei a descer sobre o rio Colúmbia com o intuito de pousar em Pendleton, Oregon, para abastecer. Tudo corria bem.

Pousei em Pendleton, e o pessoal de lá encheu o tanque. Saí da cabine de comando para esticar as pernas, mas me mantive perto do avião. Assinei a nota do cartão de crédito e, de tanque cheio, estava pronto para decolar, agora para casa. Sem delongas, pois as horas do dia estavam contadas. Eu tinha luzes de navegação, mas não uma bateria dentro do avião para operá-las, então precisava chegar antes de escurecer.

Lembro-me de acionar os controles para indicar ao operador da torre que eu estava prestes a decolar. Ele me conhecia e sabia que eu tinha um radiotransmissor. Caso, por alguma razão, eu precisasse aguardar, ele entraria em contato. Tudo parecia tranquilo. Meu avião funcionava bem. Mais uma vez pressionei o botão de aceleração até o fim. O motor roncou e decolei.

Atingi a altitude aproximada de cinquenta pés, creio. O motor cessou por completo repentinamente, como se todos os pistões tivessem congelado. Sequer chegou a tossir.

Decolar e enfrentar uma parada de motor a uma altitude tão baixa é provavelmente a coisa mais perigosa que pode acontecer com um avião. A velocidade não está alta o bastante para escorá-lo em um pouso comum.

A CHEGADA DOS DISCOS VOADORES

A única opção de descida é seguir em frente, sem potência, e com pouca ou nenhuma sustentação nas asas.

Instintivamente, mergulhei o avião com tudo em direção ao solo até chegar a cerca de dez pés da pista, então puxei a alavanca de controle o mais rápido possível na tentativa de nivelar o avião sem causar uma parada abrupta. Meu teco-teco deu conta do recado. Perdi altitude rápido, mas consegui descer sobre os três pontos de apoio.

Foi um baque e tanto. O trem de pouso esquerdo envergou bastante e a longarina esquerda se partiu ao meio. Na hora, não entendi o que tinha acontecido. Pensei que o motor havia congelado. Não me machuquei. Saltei da cabine de comando, corri até o nariz do avião e girei a hélice. Estava frouxa. O pessoal se aproximou correndo para ver qual era o problema.

Estava curioso para ver se meu motor ligaria de novo. Dei uma olhada na asa e retornei à cabine de comando. Foi onde descobri o que havia feito o motor parar. Guardei esse segredo até agora. A válvula do combustível estava fechada. Instantaneamente, eu me dei conta de que apenas uma pessoa poderia ter fechado a válvula — eu mesmo.

Abri a válvula de novo. Um rapaz impulsionou a hélice. O motor funcionou imediatamente, suave. Taxiei o avião, um tanto manco, até o hangar. Estava paralisado de medo.

Não relatei o ocorrido para ninguém pelo simples motivo de que ninguém acreditaria em mim. Nunca, em hipótese alguma, eu fechava a válvula de combustível, exceto quando o avião estava com vazamento na cuba de nível constante ou quando o deixava parado no armazém. Optei por não abrir a boca para ninguém até ter em mente uma razão lógica para explicar como fui capaz de fazer algo tão ridículo. Os cuidados e precauções que sempre prezei antes de decolar e que por três anos tinham sido minha rotina falharam por algum motivo.

A possibilidade de meus pensamentos ou minha mente terem sido estranhamente controlados ou sugestionados, ou de uma força externa ter gerado o incidente, soaria perfeitamente ilógica para qualquer pessoa que não passou pelo que passei.

COMENTÁRIO DO(A) ARQUIVISTA

Com o avião em ordem, Arnold voltou para casa em segurança, e nos anos seguintes -- até publicar o livro, em 1952 -- não falou sobre o que aconteceu. Ele se candidatou a tenente-governador de Idaho em 1962, sem sucesso, e faleceu em 1984.

7 HAROLD DAHL

Harold Dahl deixou Tacoma logo depois do caso da ilha Maury e levou uma vida pacata até sua morte, em 1982. Nunca mais se pronunciou em público sobre esses eventos, exceto para sustentar que inventara tudo.[1]

8 FRED CRISMAN

Crisman retornou a Tacoma após a misteriosa viagem para o Alasca e, no mês seguinte, precisamente dia 8 de setembro, a Força Aérea revogou sua patente da Reserva.[1]

De volta a Tacoma, poucos meses depois Crisman redigiu uma segunda carta para a revista Amazing Stories, de Ray Palmer, na qual relatou que, em determinado momento de sua incursão no Alasca, descobrira uma segunda caverna congelada no estilo "lemuriano". Na ocasião, estava na companhia de um soldado que ele identificou somente como "Dick". Mais uma vez, escapou por pouco, mas o companheiro "Dick", afirmou ele, não teve tanta sorte e morreu em decorrência das feridas provocadas por uma "pistola de raio" empunhada pelos seres não especificados que encontraram.[2]

Crisman escreveu uma terceira carta para a segunda revista de Palmer, Fate, em 1950, na qual negou veementemente que o incidente da ilha Maury era uma farsa; a queda do B-25 e a morte de dois oficiais atestavam sua veracidade. Também alegou ter concedido aos dois oficiais evidências fotográficas dos discos, obtidas por Harold Dahl no primeiro avistamento. Nenhum vestígio dessas fotos ou fragmentos dos materiais da ilha Maury foram encontrados nos destroços.

[1] Não sai da minha cabeça este pensamento incômodo sobre Harold Dahl: talvez tenha sido tudo uma farsa mesmo, talvez não, mas quem é que machucaria o próprio filho e mataria o próprio cachorro para vender uma história? — TP

---

[1] Insinua-se aqui que Crisman sofreu repreensão ou castigo de sua unidade de reserva pelo envolvimento com o incidente. Verifiquei que havia prisões militares no Alasca no período, usadas para interrogatórios "fora dos padrões" mais comumente associados a técnicas empregadas no início do século XXI — TP

[2] Um palpite: se tudo isso não passou de invenção, Crisman está com toda a cara de ser o grande orquestrador — TP

3 Enquanto investigava Fred Crisman, esbarrei num detalhe esquisito que talvez só interesse a mim: ao longo dos anos 1940 e 1950, há inúmeras referências a um "aparelho telefônico de trabalho" que Crisman esconderia sob o painel de controle de seu carro. Como Crisman conseguiu o seu décadas antes de equipamentos do tipo se tornarem corriqueiros?

O que me faz pensar: E se o próprio Crisman for o autor não identificado das chamadas para Lantz e Morello? Seria bem do feitio dele, se o que se segue for verdade — TP

4 Ao que parece, Ray Palmer chegou à mesma conclusão, visto que, numa edição posterior, associou Crisman ao assassinato do presidente do Vietnã do Sul, Ngo Dinh Diem, três semanas antes de Kennedy ser baleado, em 1963 — TP

5 O mesmo pode ser dito da atuação nebulosa e controversa de Garrison — Shaw foi absolvido —, etiquetada pela história como um excesso da promotoria e lembrada hoje mais como o foco de *JFK*, o filme de Oliver Stone, de 1991. Entretanto, não há dúvidas de que Garrison cutucou um vespeiro tóxico e corrupto de conspirações,

Embora sua patente militar tenha sido revogada, Crisman foi convocado para o serviço ativo na Guerra da Coreia e serviu como piloto de caça durante dois anos e meio. Já na vida civil, entre os anos 1950 e 1960, Crisman trabalhou como professor, coordenador de escolas, escritor autônomo e redator de discursos para diversos figurões políticos. Também apresentou um programa de entrevistas no rádio, em Puyallup, Washington, sob o pseudônimo de Jon Gold, geralmente promovendo causas da extrema direita.[3]

Embora este correspondente não tenha conseguido confirmar o fato, rumores do envolvimento de Crisman com a CIA como agente ultrassecreto -- da Segunda Guerra Mundial até os anos 1970 -- o acompanharam por toda a vida. Se for mesmo o caso, provavelmente Crisman executou missões, ou serviu de "intermediário", como um canal discreto que facilitava o contato entre oficiais de alta patente e agentes secretos autônomos em campo, oferecendo a ambos os lados negação plausível de qualquer transação duvidosa. No jargão da CIA, esses homens eram "agentes extensivos".[4]

Tal histórico acabaria por fazer de Crisman um "alvo de interesse" na investigação do assassinato de John F. Kennedy. Quando o ousado promotor público de Nova Orleans Jim Garrison prendeu Clay Shaw, homem de negócios da região, em 1967, por conspirar para matar o presidente, consta nos registros que a primeira pessoa que Shaw contatou após ser detido foi Fred Crisman, com quem ele supostamente servira na Seção de Apoio a Investigações e Operações durante a Segunda Guerra.

A corte intimou Crisman pouco tempo depois. Ele se apresentou diante do grande júri e foi interrogado acerca de sua relação com um número surpreendente de alvos da investigação de Garrison. Então, vieram à tona mais alguns detalhes esquisitos das atividades obscuras de Crisman: ele voara de Tacoma a Nova Orleans e Dallas 84 vezes nos três anos anteriores ao assassinato de JFK. Tinha um passaporte diplomático, reconhecido por um senador da Comissão de Inteligência.

Revelou-se também que Jim Garrison trabalhara para o FBI depois da guerra, no Noroeste do Pacífico, na época do incidente da ilha Maury.

Contudo, além desses detalhes, o depoimento de Crisman em New Orleans não teve maiores consequências, e nenhuma acusação, de espécie alguma, foi registrada pelo grande júri.[5]

Com 56 anos de idade, Fred Crisman faleceu em 1975 no Hospital de Veteranos de Seattle, por complicações renais. Uma autópsia foi solicitada por razões que permanecem incertas.

Três anos depois, o nome de Crisman emergiu mais uma vez durante a investigação da Câmara sobre o assassinato de JFK. Uma testemunha-chave dos julgamentos identificou Crisman como um dos infames "três vagabundos", os vadios que foram detidos em um barranco gramado próximo ao parque Dealey Plaza logo após os disparos. Análises fotográficas concluíram que Crisman de fato apresentava um grau mais do que razoável de semelhança com o mais baixo dos três, o que este correspondente ratifica.[6]

Aqueles que sustentam que os tiros foram disparados do barranco tradicionalmente acreditam que os "vagabundos" podem ser os assassinos. Os três alegaram que estavam "saltando de trem em trem" e que passaram a noite em um abrigo para moradores de rua, mas o fato é que estavam bem-vestidos, de barba feita, no momento da prisão. Foram liberados pouco tempo depois. Segundo a polícia de Dallas, os registros de prisão se perderam.

Depoimentos de colegas de trabalho do colégio onde Crisman lecionava na época, em Rainier, Oregon, aparentemente lhe concederam um álibi póstumo para 22/II/63.

Seja lá qual for o papel "oficial" de Crisman como agente secreto -- e a esta altura o rastro já está emaranhado e difuso demais para levar a conclusões absolutas --, não há sombra de dúvida de que ele é uma das peças da engrenagem de conspirações e mistérios perenes da segunda metade do século XX.[7]

grupos marginais de direita, exilados cubanos e rumores de alianças perversas entre figuras do mundo do crime e agências de espionagem, tudo pairando ao redor do fantasma pálido de Lee Harvey Oswald — TP

[6] Em diversos momentos, os ladrões do caso Watergate e ex-agentes secretos E. Howard Hunt e Frank Sturgis — que se encaixam no mesmo perfil obscuro de agente intermediário de Crisman — também foram identificados como dois dos "vagabundos". Curiosamente, ao lado do criminoso reincidente e suposto capanga da Máfia, Charles Harrelson — já falecido. Antes de morrer na prisão, ele chegou a confessar o assassinato de JFK, mas poucas pessoas lhe deram crédito. Também ficou conhecido como o pai ausente do célebre ator Woody Harrelson! — TP

[7] Verifiquei parte destas informações. Entre documentos da CIA recém-abertos, Fred Crisman conta com um vasto arquivo — com muitas informações suprimidas — que confirma que ele trabalhou como agente ativo do Gabinete de Serviços Estratégicos durante a Segunda Guerra, como ligação com a Força Aérea Real Britânica, depois

continua ná página 112

* Os três vagabundos em Dealey Plaza, 22 de novembro de 1963

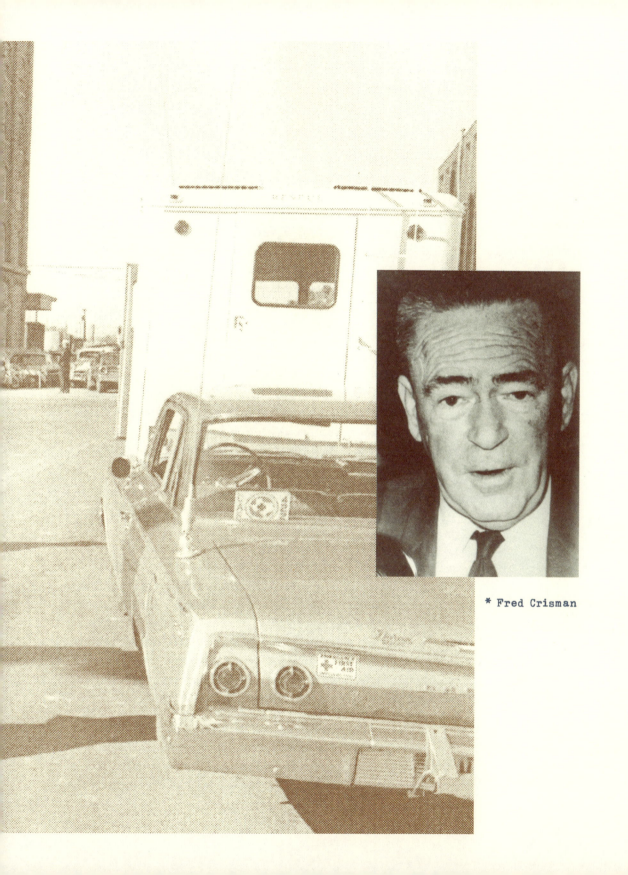

* Fred Crisman

A HISTÓRIA SECRETA
△△ *de* TWIN PEAKS

continuação da página 109

como agente ativo da CIA, designado como "investigador especial geral" no Noroeste do Pacífico. O serviço como piloto de caça na Guerra da Coreia foi basicamente uma cobertura para suas missões de espionagem na região, incluindo o Japão.

Sua vida civil como professor e administrador escolar também veio a propósito como cobertura ideal para as suas atividades em curso na CIA. O mesmo pode ser dito do cargo que ele assumiu na empresa Boeing durante dois anos no início da década de 1960. A lista de operações de intermediação e "mutretas" em que estava envolvido é extensa. A ciência desses fatos torna suas motivações no caso da ilha Maury ainda mais suspeitas — TP

[1] Observação pessoal sobre Palmer: pela importância de suas revistas na popularização da ficção científica, Palmer foi homenageado pela DC Comics, que em 1961 batizou com seu nome o alter ego de um novo super-herói, o Eléktron — TP

[2] O que levanta a questão: Será que Douglas Milford abriu caminho até Chicago? — TP

9 RAY PALMER

O editor de revistas Ray Palmer, de Chicago, falecido em 1977, acrescenta ao dossiê um último detalhe digno de nota.[1]

Logo após o incidente na ilha Maury, Fred Crisman enviou a Palmer uma caixa de charutos com alguns dos objetos metálicos e rochosos que Harold Dahl coletara. Segundo Palmer, poucos dias depois da queda do B-25, um agente da Inteligência o procurara em seu escritório, sozinho e sem aviso prévio. Se o homem chegou a mencionar a agência que representava, Palmer não especificou. Ele o descreveu como um "tipo comum", de terno preto, que "como quem não quer nada fez perguntas sobre o incidente na ilha Maury e os artigos de Shaver a respeito dos lemurianos".

Palmer disse que lhe mostrou a caixa enviada por Crisman, mas o agente -- cujo nome Palmer não identificou -- parecia "notavelmente desinteressado", o que o fez guardá-la de volta em um gabinete de arquivos lacrado. Na manhã seguinte, Palmer soube que seu escritório havia sido saqueado e a caixa com os fragmentos, furtada do gabinete "onde o agente o viu guardá-la".[2]

10 A QUEDA DO B-25

A ampla investigação da Força Aérea sobre a queda do B-25 resultou em poucas respostas satisfatórias. Por exemplo, depois que os outros dois membros da tripulação saltaram de paraquedas, a uma altitude estimada de 7 mil a 10 mil pés, por que o capitão Davidson e o tenente Brown não os seguiram, em vez de morrer no acidente? Também vale ressaltar que sequer tentaram notificar alguém pelo rádio sobre o avião em perigo. Talvez não tenham tido tempo para reagir, ou talvez o que quer que tenha provocado o incêndio também tenha cortado a energia dos sistemas de comunicação.

O chefe da tripulação declarou que "todas as pessoas a bordo se prepararam para o salto de emergência depois que os esforços para extinguir as chamas se provaram inúteis". É mais provável que o capitão Davidson, um autêntico homem da Força Aérea, tenha permanecido no avião para desviá-lo de áreas populosas e evitar baixas civis e perdido o controle antes de conseguir abandonar a aeronave. Nesse caso, ele seria não só a primeira baixa da Força Aérea, como um verdadeiro herói americano.

E o incêndio no motor esquerdo, que desembocou na queda? O relatório concluiu: "Causa indeterminada".

II O QUE HAVIA DENTRO DA CAIXA DE CORN FLAKES?

Dois tipos de materiais foram coletados por Harold Dahl na ilha Maury: uma rocha negra, de formato similar ao chifre de um cervo, e o metal branco e fino supracitado.

Apesar de a amostra que Crisman enviou a Ray Palmer, em Chicago, dentro de uma caixa de charutos, ter sido roubada e apesar de o conteúdo desconhecido da caixa de Corn Flakes ter desaparecido no acidente do B-25, o repórter Ted Morello escreveu um último artigo sobre uma terceira leva de amostras, que Dahl deixou com ele logo após o acidente, por precaução.

Morello entregou os fragmentos a um professor de química da Faculdade de Puget para análise. No dia 8 de agosto, o repórter Paul Lantz escreveu sobre as descobertas do professor no Tacoma Times:

> Embora o material rochoso não passe de um resíduo comum, nenhum metalúrgico seria capaz de explicar a outra substância metálica. Não existe na natureza, tampouco pode ser duplicada. Seus dois ingredientes misteriosos são cálcio concentrado, que oferece proteção contra materiais radioativos por absorver rádio, e titânio.

Apesar de descoberto em 1791, o titânio só foi extraído e isolado de minérios compostos em forma pura e aproveitável em 1925. Na época do acidente, em 1947, o uso industrial e comercial, se existia, era bem limitado.

Pouco tempo depois da queda do B-25, com o advento da Guerra Fria nos anos 1950, tanto a União Soviética quanto os Estados Unidos passaram a usar titânio extensivamente na aviação militar. Àquela altura, os EUA o classificaram como "material estratégico" e começaram a estocá-lo no Centro de Armazenamento do Departamento de Defesa.

Na indústria aeroespacial dos dois países, o titânio logo se tornou um componente-chave no desenvolvimento de foguetes, mísseis e aeronaves resistentes o bastante para suportar as pressões atmosféricas da exploração espacial.

12 PAUL LANTZ

Tragicamente, esse viria a ser um dos últimos artigos assinados pelo repórter Paul Lantz. Dali a poucos meses, no dia 10 de janeiro de 1948, aos 29 anos de idade, Lantz morreria subitamente.

Muitos anos depois, a viúva de Paul Lantz, em carta a Ted Morello, amigo e colega de profissão do marido, revelou a seguinte história sobre um incidente que teria ocorrido na casa deles em meados do outono de 1947:

Numa tarde de domingo, tínhamos voltado da igreja e estávamos nos sentando para almoçar quando Paul recebeu a visita de dois homens vestidos de preto, que bateram à porta e se identificaram como agentes do FBY. Pensei já ter visto um deles antes, mas não tinha certeza. Deixei os dois conversando na sala de estar e fui preparar um café. Logo em seguida, alarmada pelas vozes alteradas no outro cômodo, tentei escutar a conversa, que já durava mais de uma hora. Os dois homens exigiam que Paul parasse — não deu para ouvir o que ele tinha que parar, mas pude imaginar —, mas Paul respondeu em tom de desafio que não faria tal coisa e que ninguém poderia impedi-lo de realizar o seu trabalho. Os dois homens deixaram a casa poucos minutos depois, nervosos, imagino, pois se deram conta de que aquela tentativa de intimidar e silenciar o meu marido não tinha dado certo.

Lantz, um homem pequeno e corajoso que sobrevivera à poliomielite na infância, fez muitos amigos no período em que trabalhou no caderno policial de Tacoma. Em seu funeral estiveram não só familiares, amigos e colegas, mas também a maioria do Departamento de Polícia de Tacoma. Sua trágica morte prematura permanece envolta em mistério.[1]

I3 A SOMBRA DE DOUGLAS MILFORD

Ele relampeja nas histórias de Roswell e da ilha Maury como um vulto. Sabendo tudo que sabemos agora, parece que é de propósito, com intenções que agora começamos a vislumbrar.

Em julho de I947, não há dúvida de que Milford está trabalhando para alguém. Certamente uma organização ou agência, não um indivíduo. O candidato mais provável é o incipiente Projeto Sign, para o qual ele estaria investigando avistamentos, mas também suprimindo informações, intimidando testemunhas e obstruindo inquéritos. Na pior das hipóteses, é culpado de sabotagem e até mesmo de assassinato.

Douglas Milford é um enigma. Será que, assim como Crisman, ele era um provocador de carteirinha, pegando carona em conspirações interligadas, acobertando trapaças com outras trapaças? Ou será que tinha um propósito mais específico e direcionado?

Seguiremos seu rastro a partir deste ponto para ver no que dá. Inevitavelmente, a trilha conduz de volta à sua cidade natal, Twin Peaks.[1]

Mas antes de mais nada, vou expor uma interessante teoria alternativa a respeito do incidente da ilha Maury. Talvez esteja aí outra explicação para o estranho comportamento de Fred Crisman.

Um dos primeiros complexos nucleares a produzir plutônio para fabricação de armas localiza-se em Hanford, Washington. A 320 quilômetros a leste de Tacoma, às margens de um trecho sem vegetação, quase desértico, do rio Colúmbia, a Fábrica de Artilharia Hanford -- muitas vezes chamada, mais benignamente, de Companhia de Engenharia Hanford -- tem quase metade do tamanho de Rhode Island. Em I942, o governo desapropriou essas terras em nome do interesse público, um direito constitucional

---

[1] Se o corpo de Paul Lantz foi submetido a autópsia, não consegui localizar nada nos autos. Relatos contemporâneos afirmam que Lantz morreu em decorrência de uma "doença breve não especificada" que aparentemente intrigou os médicos. Segundo o atestado de óbito, a causa mortis foi meningite, mas nenhum dos relatos que encontrei sequer menciona tal doença — TP

[1] Milford estava trabalhando para o Projeto Sign — TP

que a maior parte dos cidadãos nem sequer sabe que existe. Mais de 1500 pessoas foram "transferidas" de duas comunidades agrícolas próximas, o que criou cidades-fantasmas que existem até hoje.[2]

Também foram removidos povos de três nações ameríndias, inclusive os velhos amigos de Lewis e Clark, os Nez Percé. Sim, tratava-se de uma reserva indígena, de forma que foi julgada "ideal" pelos poderosos para seus objetivos. No século XIX, um tratado já tinha expropriado os Nez Percé de sua terra, e repetir o feito foi ainda mais fácil. Dessa vez, com uma guerra mundial em curso, o patriotismo venceu o bom senso; nem mesmo os "índios" poderiam se recusar a fazer sua parte para salvar o mundo. Depois que o Projeto Manhattan conseguiu partir o átomo, o Reator B construído pelo governo em Hanford produziu a maior parte do plutônio utilizado na bomba lançada em Nagasaki, assim como a maior parte do composto empregado nas armas que os Estados Unidos continuaram a fabricar durante toda a Guerra Fria.[3]

Como resultado, Hanford produziu também uma enorme quantidade de lixo nuclear, uma ameaça de contaminação para os aquíferos subterrâneos e demais recursos naturais da área, antes que o país tivesse desenvolvido um plano coerente para armazenar ou confinar esses detritos.

Então, o que foi feito deles? Documentos recém-abertos ao público revelam que, em 1949, pouco depois da guerra, oficiais de Hanford despejaram grandes quantidades de combustível de urânio bruto e irradiado nos arredores da fábrica. Os níveis registrados em um raio de 320 quilômetros ao redor de Hanford ultrapassavam o limite diário estabelecido de iodo-131 em mais de mil por cento.[4]

Os direitos sobre a água e a terra que tinham sido cedidos aos Nez Percé ficaram comprometidos por gerações. Porém, dessa vez não houve realocação; em lugar disso, os cidadãos da região passaram a ser rotineiramente examinados para se averiguar quais efeitos teriam os contaminantes sobre eles, e nos anos seguintes, os índices de doenças da tireoide e câncer dispararam. Nessa altura, os oficiais de todas as patentes negaram que qualquer radiação acima do aceitável tivesse sido emitida. Eu me pergunto o que o Chefe Joseph teria a dizer ao governo caso ficasse sabendo dessa situação.

[2] Verificado – TP

[3] Verificado – TP

[4] Confirmado – TP

* As instalações nucleares de Hanford

5 Verificado — o Projeto Paperclip fez exatamente isso — TP

6 Verificado — o que me faz pensar o seguinte: e se os EUA tiveram acesso a esses projetos e estavam tentando desenvolver suas próprias "asas voadoras" em White Sands, Novo México, ou em Hanford, no Noroeste do Pacífico? Seriam protótipos de "asas voadoras" os objetos avistados no céu por Kenneth Arnold, Emil Smith e inúmeros outros? E se eram de origem norte--americana, será que os militares poderiam estar usando essas naves — que talvez pudessem voar e pairar, como muitas das aeronaves atuais — para descarregar sem alarde lixo nuclear de Hanford no estuário de Puget? Será que é esta a insinuação que o(a) Arquivista está fazendo aqui? — TP

À luz dessas revelações, será possível que o que Harold Dahl encontrou naquele dia no estuário de Puget fossem aeronaves norte-americanas -- de cujo tamanho e origem tratarei daqui a pouco -- ilicitamente "descarregando" lixo nuclear em pleno estuário de Puget? Isso explicaria as "queimaduras" que o filho de Dahl sofreu e também a morte do seu cão. Explicaria até mesmo, talvez, por que as fotografias tiradas por Harold Dahl naquele dia ficaram embaçadas e superexpostas. Parece que jamais passou pela cabeça de ninguém testar se as amostras coletadas por ele continham radioatividade. Será possível que as amostras transportadas a bordo do B-25 ocasionaram alguma perturbação aos sistemas eletrônicos do avião, contribuindo assim para o acidente?

Quando Dahl procurou Fred Crisman com sua história, este não poderia ter sido instruído por seus contatos na CIA a "camuflar" a verdade com uma história falsa mais sensacional ainda sobre "discos voadores"? Naquela época, a história de óvnis de Kenneth Arnold era onipresente na imprensa local e seria uma ótima cortina de fumaça. Isso explicaria muitas das atitudes de Crisman -- Dahl talvez nem soubesse de seus verdadeiros motivos --, assim como a versão única dos militares para o caso todo. Talvez explique até mesmo todos os atos subsequentes de Milford, especialmente o silenciamento de Dahl e as tentativas de intimidar Paul Lantz e Ray Palmer.

Quanto aos "discos voadores", há indicações, nos arquivos de Crisman na CIA, de que logo após a guerra ele esteve intensamente envolvido em certo Projeto Paperclip, o esforço secreto dos Aliados para trazer aos Estados Unidos importantes cientistas nazistas envolvidos nos programas de mísseis e caças de Hitler. Muitos desses cientistas -- entre eles o ilustre Wernher von Braun -- se tornaram figuras proeminentes no programa norte-americano de foguetes espaciais, sediado na Base de Mísseis White Sands, no Novo México. Como contrapartida da troca de lado, nenhum desses homens jamais foi processado por seus possíveis crimes de guerra.[5]

Alguns, porém -- especialmente os irmãos Horten, Walter e
Reimar -- resistiram às ofertas do Ocidente. Um dos irmãos
Horten e muitos outros nazistas linha-dura fugiram para a
Argentina depois da guerra. Na opinião de muitos, eles eram os
melhores e mais talentosos engenheiros aeronáuticos do mundo.
Quase no fim da guerra, haviam projetado uma asa voadora
chamada Horten Ho 229. Embora tenha chegado tarde demais para
servir efetivamente à Luftwaffe, essa aeronave foi a origem
dos rumores de que, nos meses derradeiros, os alemães estavam
desenvolvendo "aeronaves alternativas", entre elas caças em
formato de disco e de asa voadora. Não é difícil estudar os
protótipos Horten que sobreviveram e entrever os bombardeiros
B-I e B-2 surgidos dali a quarenta anos.[6]

Muitos desses cientistas também colaboraram com os soviéticos.
Boa parte das intrigas e subterfúgios sobre óvnis no
Exército americano foi motivada pelo medo de que essas naves
desconhecidas e avançadas que de súbito voavam nos céus
ocidentais pudessem ser soviéticas. Se os russos de fato as
possuíam, considerando o lado soviético da Guerra Fria, a
estratégia faz perfeito sentido:

Oferecer um elenco de aeronaves tecnologicamente avançadas
para operar às claras sobre os Estados Unidos, contra as quais
não teríamos nenhuma possibilidade de defesa, seria uma forma
de nos intimidar e diminuir a confiança em nossas novas armas
atômicas -- coisa que os soviéticos não possuíam ainda. Não
se sabe como eram essas naves, mas não resta dúvida de que
espalharam pânico e incerteza entre os militares.

E se a narrativa sobre "balões meteorológicos" em Roswell tiver
sido uma tentativa apressada e canhestra de encobrir a queda de
uma dessas naves espiãs soviéticas? Do mesmo modo, será que as
histórias de óvnis do Noroeste do país foram um disfarce para os
esquadrões que operavam abertamente em nosso espaço aéreo?[7]

Existe, é claro, outra possibilidade, embora improvável:
O que dizer da conclusão original do Projeto Sign, de que essas

[7] O raciocínio é sólido, exceto pelo fato de que... um enxame de histórias similares sobre óvnis correu na Rússia no mesmo período. Também existem rumores de que os nazistas recuperaram um disco voador acidentado em 1937 e de que a tecnologia obtida dos destroços foi a base de seu programa de aeronaves de "asa fixa". É um jogo de espelhos.

Segundo verifiquei, um relatório recém-aberto da sede do 4º Batalhão da Força Aérea, em San Francisco, informa que pelo menos três óvnis foram avistados precisamente sobre Hanford em janeiro de 1945. De acordo com o piloto que perseguiu um deles, tinham o aspecto de "uma bola de fogo tão brilhante que você mal conseguia olhar diretamente para ela". Após o incidente, as altas autoridades tiveram a iniciativa de instalar fileiras de holofotes e enviaram caças extras para constantes patrulhas noturnas pela área. Desde então, pelo menos mais um óvni foi avistado — TP

8 Verificado – TP

9 Verificado – TP

10 De fato, existem relatos verificáveis de todos os incidentes que ele menciona. O que não faz deles fatos, é claro – TP

11 Imagino que tudo isso se explica melhor como descrição do exterior de uma nave – TP

12 O.k., admito que minha cabeça está a mil. Já passam das três da manhã e estou tão zonza que é como se eu estivesse oscilando na beira de um precipício. Parece claro que o(a) Arquivista, ao explicar passo a passo ao leitor essas teorias mais razoáveis – só para descartá-las pela simples lógica – está nos induzindo a aceitar o impossível, mas vou precisar de mais tempo para digerir tudo isso antes de começar a acatar metateorias que fazem picadinho das bases da minha educação e da filosofia ocidental. Das duas uma: ou corto o cafezinho ou começo a tomar litros a mais. Até amanhã, com outro capítulo – TP

misteriosas aeronaves "não tinham origem terrena"? De que sua tecnologia estava "fora do alcance da ciência norte-americana, e até mesmo do desenvolvimento de foguetes e aeronaves alemães e soviéticos"?

Há numerosas referências a avistamentos de estranhas aeronaves no Norte da Europa, depois na Grécia, em Portugal, na Espanha e na Itália ainda em 1946. À época, os pilotos as chamavam de "foguetes fantasmas" e elas foram avistadas mais de duzentas vezes, sempre com registros de radar.[8]

Além disso, existem os "foo fighters", estranhas bolas de luz voadoras e outros fenômenos aéreos testemunhados pelos pilotos aliados. Imaginava-se que se tratava de algum tipo de arma secreta do Eixo –– até que veio à tona, após a guerra, que eles também foram vistos por pilotos alemães e japoneses.[9]

E a coisa não para por aí. Na década de 1970, um autor europeu chamado Erich von Däniken –– muitas vezes ridicularizado, por bons motivos, como um escrevinhador fraudulento –– completou o quebra-cabeças. Ele vinculou o fenômeno dos óvnis às fontes mais remotas da história. O fato é que há referências ainda mais antigas a contatos visuais com objetos voadores, do tempo bíblico –– deem uma olhada no encontro de Ezequiel com as "carruagens angelicais", no século VI a.C., onde hoje é o território do Iraque –– até a Idade das Trevas e a Renascença, praticamente em todos os países do mundo, incluindo "misteriosos navios alados" que pairaram sobre o Oeste norte-americano no século XIX, estranhos relatos de abduções, colisões de objetos no Texas e no Missouri seis anos antes de Roswell e uma epidemia de avistamentos em Los Angeles no começo da década de 1940.

Toda a questão se resume ao seguinte: Se alguém se atreve a erguer a tampa, o gênio nunca mais volta para a lâmpada mágica.[10]

Segue uma tradução moderna de Ezequiel I,10-16 –– que não lembro de terem me ensinado na escola dominical ––, caso você precise de alguma coisa para ficar acordado à noite:

EZEQUIEL

4 Olhei e vi uma tempestade que vinha do norte: uma nuvem imensa, com relâmpagos e faíscas, e cercada por uma luz brilhante. O centro do fogo parecia metal reluzente, 5 e no meio do fogo havia quatro vultos que pareciam seres viventes. Na aparência tinham forma de homem, 6 mas cada um deles tinha quatro rostos e quatro asas.

7 Suas pernas eram retas; seus pés eram como os de um bezerro e reluziam como bronze polido. 8 Debaixo de suas asas, nos quatro lados, eles tinham mãos humanas. Os quatro tinham rostos e asas, 9 e as suas asas encostavam umas nas outras. Quando se moviam, andavam para a frente, e não se viravam.

10 Quanto à aparência dos seus rostos, os quatro tinham rosto de homem, rosto de leão no lado direito, rosto de boi no lado esquerdo, e rosto de águia. 11 Assim eram os seus rostos. Suas asas estavam estendidas para cima; cada um deles tinha duas asas que se encostavam na de outro ser vivente, de um lado e do outro, e duas asas que cobriam os seus corpos. 12 Cada um deles ia sempre para a frente. Para onde quer que fosse o Espírito eles iam, e não se viravam quando se moviam.[11]

13 Os seres viventes pareciam carvão aceso; eram como tochas. O fogo ia de um lado a outro entre os seres viventes, e do fogo saíam relâmpagos e faíscas.

14 Os seres viventes iam e vinham como relâmpagos. 15 Enquanto eu olhava para eles, vi uma roda ao lado de cada um deles, diante dos seus quatro rostos. 16 Esta era a aparência das rodas e a sua estrutura: reluziam como o berilo; as quatro tinham aparência semelhante. Cada roda parecia estar entrosada na outra. 17 Quando se moviam, seguiam nas quatro direções dos quatro rostos, e não se viravam enquanto iam. 18 Seus aros eram altos e impressionantes e estavam cheios de olhos ao redor. 19 Quando os seres viventes se moviam, as rodas ao seu lado se moviam; quando se elevavam do chão, as rodas também se elevavam. 20 Para onde quer que o Espírito fosse, os seres viventes iam, e as rodas 21 os seguiam, porque o mesmo Espírito estava nelas.[12]

*** AVISTAMENTOS DE ÓVNIS, DESAPARECIMENTOS E ABDUÇÕES EM TWIN PEAKS:

I PROJETO SIGN

Mistérios são tão intrínsecos à natureza quanto o nascer do sol. Podem não ceder a nossas investidas, mas estão ao dispor de todos que quiserem medir forças com eles. Armazenar e sonegar conhecimento "secreto" é a marca registrada de sociedades ocultas e de governos, sempre com a finalidade de concentrar poder e recursos nas mãos de uma elite poderosa, os poucos e bons contra a multidão. Esses polos estão em oposição direta; mistérios revigoram a vida, segredos a sufocam. A batalha segue até hoje, e o fluxo de informações -- em qualquer sociedade "livre" -- depende do seu desenlace. Quanto ao fenômeno dos óvnis, tal conflito estava prestes a irromper no governo e no Exército dos EUA.

A natureza programou nosso cérebro para detectar padrões. Passei décadas disciplinando o meu para reconhecer e eliciar padrões onde à primeira vista não parece haver nenhum. Porém até mesmo um olhar amador consegue pressentir a emergência de um curioso padrão característico de uma área geográfica como a de Twin Peaks. Uma amostragem de tamanho similar, retirada da história de qualquer comunidade do gênero -- cheguei a compilar mais de uma dúzia delas, ao acaso, à guisa de exercício --, não rende nada parecido com o catálogo de infortúnios exibido aqui.

O desafio é rastrear, caso possível, suas origens. Isso se traduz na busca por fios entrecruzados. Um desses fios, o indivíduo chamado Douglas Milford, nós já identificamos. Resta acompanhá-lo.

Após o incidente da ilha Maury, em 1947, Douglas Milford reaparece, poucos meses depois, na recém-inaugurada Base Aérea Wright-Patterson, em Ohio, para a primeira assembleia "oficial" do Projeto Sign.[1]

[1] Trata-se de um documento autêntico — TP

413 – NÚMERO DO ARQUIVO

CONFIDENCIAL

INFORMAÇÃO RESUMIDA
ASSUNTO:

Primeira assembleia do projeto Operação Sign da divisão de pesquisa técnica e desenvolvimento (T-3, ou divisão de engenharia do Comando de Equipamentos Aéreos).

A assembleia foi convocada às 8h de 9 de dezembro de 1947. Sala de conferências C, Ala de Comando, Base da Força Aérea Wright-Patterson, em Dayton, Ohio.

Presentes: Comandante-General em Exercício da USAF, Gen. Hoyt Vanderberg; Comandante do Setor de Equipamentos da Base Aérea, Gen. Nathan Twining; Diretor de Inteligência no Escritório de Inteligência (AFOIN), Gen. Charles Cabell; Diretor de Inteligência do AMC, Cel. Howard McCoy; Chefe Executivo do Setor de Arrecadação, Cel. Robert Taylor; Oficial de Arrecadação, Ten.-Cel. George Garrett; Oficial de Análise, Maj. Aaron J. Boggs; Oficial de Análise, Maj. Douglas Milford; Oficial de Análise, Maj. Dewey Fournet; Agente de Ligação com o FBI, Agente Especial S. W. Reynolds.

A assembleia iniciou-se com um relatório do Tenente-Coronel Garrett:

Ten.-Cel. Garrett: Para fins de análise, dezoito dos nossos avistamentos de "discos voadores" mais confiáveis foram selecionados para apresentação de relatórios pormenorizados. Nenhum deles foi anteriormente descartado como fenômeno natural. Cada relato recebeu um número e cada número aparece na coluna à esquerda dos dados nas páginas que se seguem.

Quatro relatórios, os de número 2, 4, 17 e 18, ainda não foram totalmente analisados. Os itens em que cada ocasião foi pormenorizada são:

CONFIDENCIAL

CONFIDENCIAL //   //

413 - NÚMERO DO ARQUIVO

RELATO	DATA	*HORÁRIO	LOCALIZAÇÃO
1	19 de maio	1215	Manitou Springs, Colorado
2	22 de maio		Oklahoma City, Oklahoma
3	22 de junho	1130	Greenfield, Massachusetts
4	24 de junho		Mt. Rainier, Washington
5	28 de junho	2120	Base Aérea Maxwell, Alabama
6	29 de junho	1330	Próximo a White Sands, Novo México
7	1° de julho		Bakersfield, Califórnia
8	4 de julho	2015	Emmett, Idaho
9	6 de julho	1345	Clay Center, Kansas
10	6 de julho		Fairfield-Suisun, Califórnia
11	7 de julho	1145	Koshkonong, Wisconsin
12	7 de julho	1430	East Troy, Wisconsin
13	8 de julho	1550	Mt. Baldy, Califórnia
14	9 de julho	2330	Grand Falls, Newfoundland
15	10 de julho	1600	Harmon Field, Newfoundland
16	12 de julho	1830	Elmendorf Field, Alasca
17	4 de setembro	1930	Twin Peaks, Washington
18	8 de setembro	1430	Twin Peaks, Washington

**Horário-padrão local

RELATO	NOME DO OBSERVADOR	PROFISSÃO	OBSERVADO EM
1	▮▮▮▮▮	Funcionário da ferrovia	Em terra
		" " "	" "
		" " "	" "
2	▮▮▮▮▮	Executivo e piloto	Em terra
3	▮▮▮▮▮	*Não declarada	Em terra
4	▮▮▮▮▮	Executivo e piloto	No ar
5	▮▮▮▮▮	Cap. da Força Aérea dos EUA	Em terra
		" " " " " "	" "
		1° Ten. da Força Aérea dos EUA	" "
6	▮▮▮▮▮	Func. do Lab. de Pesq. Naval	Em terra
		" " " " "	" "
		" " " " "	" "
		Esposa de ▮▮▮▮▮	" "
7	▮▮▮▮▮	Piloto civil	Em terra
8	▮▮▮▮▮	Piloto da United Air Lines	No ar
		Copiloto " " " "	" "
9	▮▮▮▮▮	Major da Força Aérea dos EUA	No ar
10	▮▮▮▮▮	Cap. da Força Aérea dos EUA	Em terra
11	▮▮▮▮▮	Instr. da Patrulha Aérea Civil	No ar
		Aluno da Patrulha Aérea Civil	" "
12	▮▮▮▮▮	Piloto da Patrulha Aérea Civil	No ar
		Passag. da Patrulha Aérea Civil	" "
13	▮▮▮▮▮	1° Ten. do Com. Aéreo da	No ar
14	▮▮▮▮▮	Guarda Nacional da Califórnia	
		Chefe da Chefatura de Polícia de Newfoundland	Em terra
15	▮▮▮▮▮	Repres. da Trans World Airlines	Em terra
		" " Pan American Airways	" "
16	▮▮▮▮▮	Major da Força Aérea dos EUA	Em terra
17	▮▮▮▮▮	Cap. da Força Aérea dos EUA	
18	▮▮▮▮▮	Major da Força Aérea dos EUA	

*Pela carta recebida, o observador é visivelmente bem-educado.

CONFIDENCIAL /▮▮▮▮▮ // ▮▮▮▮▮

413 - NÚMERO DO ARQUIVO

RELATO	DESVIO DA LINHA RETA NO DECORRER DO VOO	COR	TAMANHO
1	Subiu, mergulhou, pairou acima do observador, retomou curso original	Prata	Aparentemente pequeno
2	▆▆▆▆▆▆▆▆▆	▆▆▆▆▆▆▆▆▆	▆▆▆▆▆▆▆▆▆
3	Nenhum declarado	Prateado, muito brilhante	Pequeno
4	▆▆▆▆▆▆▆▆▆		▆▆▆▆▆▆▆▆▆
5	Trajeto em zigue-zague "semelhante a um besouro-de-água"	Brilho pouco mais forte que o de uma estrela	Não declarado
6	Nenhum declarado	Um pouco de reflexão especular solar	Não declarado
7	▆▆▆▆▆▆▆▆▆		▆▆▆▆▆▆▆▆▆
8	Nenhum declarado	Próximo ao anoitecer; indistinguível	Impossível determinar
9	Nenhum declarado	Muito brilhante e de cor prateada	10-15 m de diâmetro
10	Nenhum declarado	Reflexo do sol	Comparável a um C-54 a 10 mil pés
11	Desceu lateralmente, parou a 4 mil pés e assumiu posição horizontal. Continuou voando na horizontal por 15 segundos, parou de novo, depois desapareceu	Não declarada	Não declarado
12	Nenhum declarado	Não declarada	Não declarado
13	Nenhum declarado	Superfície refletora de luz	Aparentava a profundidade de um P-51
14	Nenhum declarado	Cor fosfórea	Não declarado
15	Nenhum declarado	Prateado	Envergadura idêntica à de um C-54 a 10 mil pés
16	Seguiu os contornos de montanhas a 8 quilômetros dos observadores	Similar a um balão acinzentado	Aproximadamente 3 m de diâmetro
17	Perseguido pelo piloto do caça por 20 minutos, fez manobras evasivas	Branco prateado	1-2 m de diâmetro
18	Ascensão rápida, desaparecendo	Prateado	Tão grande quanto uma p**** de uma casa

CONFIDENCIAL / ▆▆▆▆▆▆▆▆▆▆▆▆▆▆▆▆▆▆▆▆ // ▆▆▆▆▆▆▆▆

413 — NÚMERO DO ARQUIVO

RELATO	FORMATO	SOM	TRILHA	COND. CLIMÁTICAS
1	Não foi determinado um formato definido	Nenhum	Nenhuma	Céu claro e sem nuvens
2	▮▮▮▮▮▮▮	▮▮▮	▮▮▮	▮▮▮▮▮▮
3	Irregular; arredondado, não pareceu ter forma particularmente discoide	Nenhum	Nenhuma	Não declaradas
4	▮▮▮▮▮▮▮	▮▮▮	▮▮▮	▮▮▮▮▮
5	Não declarado; parecia uma luz brilhante	Nenhum	Nenhuma	Luar brilhante
6	Sem detalhes exceto que a forma era uniforme, sem protuberâncias	Nenhum	Possível trilha de vapor	Céu claro e sem nuvens
7	▮▮▮▮▮▮▮▮			

RELATO	FORMATO	SOM	TRILHA	COND. CLIMÁTICAS
8	Nenhum definido, mas parecia chato na base, com topo de contorno um pouco irregular	Nenhum	Nenhuma	Céu claro e sem nuvens
9	Redondo, formato discoide	Nenhum	Nenhuma	Céu claro e sem nuvens
10	Não havia forma distinguível	Nenhum	Nenhuma	Ensolarado
11	Não declarado, mas o relato faz diversas referências a "disco"	Nenhum	Nenhuma	Céu claro e sem nuvens
12	▮▮▮▮▮▮▮	Nenhum	Nenhuma	Céu claro e sem nuvens
13	O mesmo do relato nº 11	Nenhum	Nenhuma	Não declaradas
14	Objeto chato, de superfície refletora de luz, aparentemente sem estabilizador vertical ou asas visíveis	Nenhum	Nenhuma	Céu claro e sem nuvens
15	Forma ovoide, ou feito o fundo de um barril. De forma circular, feito roda de carroça	Nenhum	Trilha azul-escura com mais de 20 km de compr.	Céu claro com cúmulos esparsos entre 8 mil e 10 mil pés de altura
16	Parecia um balão	Nenhum	Nenhuma	Não declaradas
17	Formato discoide	Nenhum	Nenhuma	Céu limpo e sem obstrução
18	Circular	Nenhum	Nenhuma	Nuvens em grande altitude

CONFIDENCIAL / ▮▮▮▮▮▮▮▮▮

413 - NÚMERO DO ARQUIVO

RELATO	FORMA COMO DESAPARECEU	OBSERVAÇÕES
1	Subiu muito rápido, desaparecendo em seguida	Não foi possível determinar uma forma definida e nem mesmo com auxílio de 4 a 6 poderosos binóculos foi possível focalizá-la
2	██████████████	██████████████
3	Obscurecida por um aglomerado de nuvens	Pela carta escrita por esse observador, ele parece alguém bem-educado. Não quer publicidade alguma.
4	██████████	██████████
5	Sumiu em meio ao brilho da lua	Observadores (2 militares, 2 intel. aérea) ligaram para Operações em Campo para confirmar se não havia nenhum voo de nave experimental agendado nas imediações. Carta celeste anexada ao re[latório?]
6	Não soube explicar, disse apenas que talvez o ângulo de reflexão possa ter mudado repentinamente	Observador é assist. admín. no Setor de Foguetes de Sondagem do Lab. de Pesquisa Naval. Dois outros "cientistas" e a esposa de um deles estavam junto e observaram o mesmo
7	██████████	██████████
8	Não sabem se houve um tremendo aumento repentino na velocidade, ou se os objetos se desintegraram. Mas com certeza desapareceram na direção do pôr do sol	Os observadores eram piloto e copiloto do voo agendado DC-3 da United Airlines. Aeromoça também viu objetos. Sugere leitura de depoimentos muito detalhados.
9	Não explicado	À primeira visão do objeto próximo ao horizonte, observador conferiu mapa no colo para verificar a posição. Quando voltou a olhar pela janela, objeto estava na direção de sua asa esquerda, na posição de 11h.

CONFIDENCIAL //████████████

413 - NÚMERO DO ARQUIVO

RELATO	FORMA COMO DESAPARECEU	OBSERVAÇÕES
10	Desapareceu a um ângulo de cerca de 30° acima da superfície da Terra	Rolou de um lado para o outro 3 vezes em seu trajeto pelo céu. O sol era refletido pela parte de cima, mas nunca pela parte de baixo, mesmo quando estava virando
11	Não explicada	Nenhuma
12	Não explicada	Nenhuma
13	Piloto (a 480 km/h) tentou manter o objeto em vista, mas não conseguiu	Observador contatou bases na área, q[ue?] não relataram nenhuma nave no ar no momento
14	Não explicada	Primeiros 4 discos voando em fila
15	Não explicada	Parecia estar cortando as nuvens ao atravessá-las. Trilha parecia o rastro residual após uma luz de pouso muito forte ser apagada.
16	Não declarada	Objeto foi observado em paralelo ao curso de um C-47, depois pousando.
17	Piloto não conseguiu acompanhar	Sucessivas investidas e paradas
18	Sumiu nas nuvens	Claramente metálico, velocidade variável, rápido pra c******

CONFIDENCIAL /████████████████████████████████████ //████████

413 — NÚMERO DO ARQUIVO

OBSERVAÇÕES

A partir do estudo detalhado dos relatórios sele-cionados por sua aparência de veracidade e confia-bilidade, foram tiradas várias conclusões:

(a) Esta situação de "discos voadores" não é nem um pouco imaginária nem exagero a partir de algum fenômeno natural. De fato há alguma coisa voando em nosso espaço aéreo.

(b) A falta de investigações provenientes do topo da cadeia de comando, em comparação com os inqué-ritos rápidos e persistentes que surgiram a partir de ocorrências anteriores, concede um peso incomum à possibilidade de que se trate de um projeto doméstico, sobre o qual o presidente e outros têm conhecimento.

(c) Seja lá o que forem esses objetos, pode-se afirmar o seguinte quanto ao aspecto físico:

1. A superfície desses objetos é metálica, indicando no mínimo uma cobertura metálica.

2. Quando se observa uma trilha, ela é de cor clara, uma fumaça azul-amarronzada, similar à exaustão de um motor de foguete. Ao contrário de um foguete de tipo sólido, uma das observa-ções indica que o combustível pode ser contro-lado por um regulador de pressão, o que indica-ria um motor de foguete movido a combustível líquido.

3. Quanto ao formato, todas as observações sus-tentam que o objeto é circular ou, no mínimo, elíptico, de fundo chato e levemente abaulado no topo. As estimativas de tamanho o situam no tamanho de um C-54 ou no de um Constellation.

4. Alguns relatos descrevem duas abas, locali-zadas na traseira e simétricas em relação ao eixo do movimento do voo.

5. Relatos descrevem de três a nove naves mantendo boa formação conjunta em voo, com velocidades sempre acima de 300 nós.

6. Os discos oscilam lateralmente enquanto voam, o que pode ser uma forma de furtividade.

CONFIDENCIAL /

Há muito o que esmiuçar aqui: em primeiríssimo lugar, Milford agora está sendo chamado de major da Força Aérea dos EUA. Obviamente, ele foi promovido, talvez por seu eficiente serviço durante o incidente da ilha Maury.

O óvni de Kenneth Arnold é o de número 4 nessa lista; o do seu amigo, o piloto de companhia aérea E. J. Smith, é claramente o de número 8. Também notamos que o desnorteante incidente da ilha Maury não entrou na lista. Entenda como quiser.

Bem mais interessante, na opinião deste correspondente, são os dois últimos avistamentos listados, ocorridos nas imediações de Twin Peaks no começo de setembro. Pois a ata deixa claro que a testemunha do incidente número 18 estava presente naquele dia; ninguém menos que Doug Milford em pessoa.[2]

Em uma busca mais aprofundada por relatos secundários desses dois avistamentos de óvnis, encontrei o seguinte no jornal quinzenal da cidade de Twin Peaks:

[2] Identifiquei uma série de altos oficiais da Força Aérea que garantem terem tido eles próprios contato visual com óvnis. Não é nenhuma surpresa serem eles os militares mais receptivos à possibilidade de os óvnis terem origens extraterrestres — TP

TWIN PEAKS

DESDE 1922

APENAS 35¢

GAZETTE

Edição 252, volume 25   TWIN PEAKS, WASHINGTON   Sábado, 6 de setembro de 1947

OLHEM PARA O CÉU

Do repórter do Gazette
Robert Jacoby [3]

UM MORADOR LOCAL que passeava com o cachorro na tarde de 4 de setembro, quinta-feira passada, acabou desfrutando de mais do que um dos nossos famosos pores do sol "momento dourado". O funcionário de serraria aposentado Einer Jennings, de 63 anos de idade, estava fazendo uma caminhada na trilha perto de Sparkwood e da Autoestrada 21 quando olhou para oeste e lá viu um objeto reluzente, talvez refletindo os últimos raios do sol, que riscou os ares de sul a norte. O objeto se deslocava sem fazer ruído e era muito rápido, disse Jennings, parecendo oscilar levemente pelo ar.

Momentos depois, ele ouviu o forte ronco de um motor a jato, e um avião da Força Aérea dos EUA irrompeu do sul e fez o mesmo trajeto em tão baixa altitude que Jennings conseguiu ler a insígnia em sua fuselagem. Parecia-lhe que o caça, que Jennings identificou como um McDonnell FH Phantom, estava perseguindo o primeiro objeto. Tendo se detido para observar, Jennings disse que o primeiro objeto mostrou uma desconcertante habilidade de parar de repente, mudar de direção e acelerar até a velocidade máxima quase instantaneamente. O caça, por outro lado, precisava manobrar, girar e virar nos termos daquilo que Jennings chamou de "regras normais da gra-

Einer Jennings (63 anos) e seu cachorro, Rover.

vidade", de modo que era a duras penas que acompanhava o objeto.

"Era quase como um jogo de 'bobinho'", disse Jennings, "ou um combate aéreo das antigas, só que sem tiros. E para mim estava claro que o jato não tinha a menor chance de apanhar aquela coisa. A mim pareceu mais que esse outro objeto, seja lá o que for, estava brincando com o caça."

Jennings disse que ficou assistindo àquela estranha perseguição se desenrolar bem à sua frente, riscando o horizonte, durante mais ou menos trinta segundos. Nessa altura, o objeto prateado simplesmen-

te acelerou para o alto no céu sem nuvens até sumir. O jato tentou ascender atrás dele, mas depois de cerca de dez segundos, Jennings disse tê-lo visto dar meia-volta e voltar para o sul, na direção de onde viera, presume-se que para a Base Aérea Fairchild.

Pelo menos uma dúzia de outras pessoas do oeste da cidade relatam ter visto ou ouvido o jato sobre nossa área naquele fim de tarde — mas nenhuma outra, até agora, mencionou ter visto o objeto prateado.

O sr. Jennings abreviou sua caminhada e voltou para casa. Embora, segundo seus amigos, ele seja figura carimbada nos botequins locais desde sua recente aposentadoria, Jennings jurou pela vida de sua mãe a este repórter que avistou o objeto quando ainda não havia bebido um único gole, mas admitiu de bom grado que depois foi direto ao "Woody's by the Water" para dividir sua experiência com os demais frequentadores e entornar uma ou duas bebidas de adulto.

Não se sabe ao certo se esse incidente se relaciona de alguma forma com a recente epidemia do que alguns chamam de "objetos voadores não identificados". Nossos telefonemas para o oficial de informações da Base Aérea Fairchild nada obtiveram a respeito do primeiro objeto, porém confirmaram que um caça a jato da Base sobrevoou nossa região quinta-feira passada para o que se classificou como "patrulha de rotina".

Caso alguém mais tenha histórias a compartilhar sobre este ou quaisquer outros "objetos no céu", peço que tenha a bondade de se dirigir a este repórter no *Gazette*. Toda ajuda é sempre bem-vinda e o anonimato é garantido.

O REPÓRTER ROBERT JACOBY
quando jovem

[3] Confirmei que quem assina este artigo é de fato o irmão mais velho do dr. Lawrence Jacoby, um psiquiatra que aparece com destaque nas anotações do agente Cooper sobre o caso Laura Palmer.

A família Jacoby havia se mudado em 1939 de Twin Peaks para Pearl Harbor, onde o pai, Richard, fora lotado pela Marinha. Ele e sua esposa se divorciaram abruptamente em 1940. No ano seguinte, Richard retornou a Twin Peaks com o filho mais velho, Robert, enquanto o mais novo, Lawrence, permaneceu no Havaí com a mãe, Esther, que pouco depois do divórcio mudou oficialmente seu primeiro nome para "Leilani" — TP

COMENTÁRIO DO(A) ARQUIVISTA

Nenhuma outra testemunha ocular se apresentou, mas esse artigo faz clara referência ao incidente nº 17 na lista do Projeto Sign, que ficou conhecido como "duelo com o óvni". O piloto do Phantom era o tenente Dan Luhrman.

Segue um trecho de seu relato nos arquivos do Projeto Sign:

"Eu estava havia dez minutos fazendo patrulha quando avistei um objeto de forte luminosidade no horizonte ao norte de minha posição, voando aproximadamente na mesma altitude. Depois de me certificar de que o radar não acusava nenhuma outra aeronave conhecida por perto, decidi me aproximar para determinar sua identidade. Chegando à velocidade máxima, percebi que o objeto conservava a mesma distância de mim e era rápido demais para ser alcançado em um trajeto reto, de forma que desci para uma altitude de cerca de 500 pés. Comecei a fazer várias acrobacias, com o intuito de interceptar o objeto, mas ele continuou a se esquivar de mim com uma série de manobras realizadas sem o menor esforço. Quando ele deu uma repentina guinada vertical para o alto, tentei segui-lo, até que meu avião estolou a 14 mil pés. O objeto sumiu do meu campo visual e retornei à base."

Depois que a curiosidade tomou conta da imprensa local, o oficial de informações de Fairchild emitiu um comunicado segundo o qual o jato perseguira o nosso familiar pau-para-toda-obra da Aeronáutica, um "balão meteorológico à deriva".[4]

Estabelecida em 1942 como depósito e oficina de aeronaves danificadas que retornavam da Frente do Pacífico na Segunda Guerra, no verão de 1947 a Base Aérea Fairchild foi transferida para o Comando Estratégico Aéreo, e com isso passou a abrigar o 92º e o 98º Grupamentos de Bombardeiros. A 24 quilômetros a oeste de Spokane, no sudeste de Washington -- a menos de meia hora de jato de Twin Peaks --, ela abrigava o bombardeiro B-29 Superfortress, componente essencial da defesa aérea dos EUA durante a Guerra Fria. Também corriam rumores sobre a presença de silos de mísseis nucleares intercontinentais na Base.[5]

O segundo avistamento confirmado em Twin Peaks ocorreu quatro dias depois, em 8 de setembro. Como veremos em breve, esse acontecimento só chegou ao jornal local indiretamente, mas foi objeto do seguinte relatório, feito pelo major Douglas Milford durante a primeira assembleia na Base Aérea Wright-Patterson:[6]

[4] Verificado — TP

[5] Essa é a primeira ocorrência do que logo se revela um claro padrão ao longo de duas décadas de avistamentos de óvnis sobre silos de mísseis nucleares — TP

[6] Fico curiosa para saber como o(a) Arquivista obteve acesso a esses arquivos confidenciais — e o que isto nos diz sobre sua identidade — TP

DEPARTAMENTO DA FORÇA AÉREA
FORÇA-TAREFA MJ-12

PROJETO SIGN
Tenente-coronel
Milford

RELATÓRIO DE CAMPO — INCIDENTE Nº 18

TEN.-CEL. GARRETT:
Agora o major Milford vai apresentar o seguinte relatório, que será incluído na ata. Major?

MAJOR MILFORD:
Depois que o "duelo aéreo" avistado em 4 de setembro chegou ao jornal local, imediatamente voei de Seattle para Fairchild e, dali, fui de carro para a minha cidade natal, Twin Peaks. Como eu conhecia a única testemunha ocular, Einer Jennings, desde a infância -- ele foi colega de escola de meu pai, além de ser pai de um grande amigo meu, Emil Jennings --, decidi não abordá-lo de forma oficial, mas sim como um velho amigo da família.[7]

Depois de ouvir a história de Einer -- a essa altura, já lapidada por algumas performances no balcão do bar --, alertei-o amavelmente, falando como amigo, sobre os perigos que rondaram algumas testemunhas de incidentes parecidos no oeste de Washington -- Dahl, Arnold etc. --, seguidas ou ameaçadas por "visitantes misteriosos". Ressaltei o caso de Arnold, que escapou por pouco da morte ao ser vítima de uma aparente sabotagem em sua aeronave.

Einer empalideceu, de modo que ao final de nossa conversa mentalmente eu tiquei o item "missão cumprida" ao lado do nome dele. Sendo Einer quem era, um dos maiores candidatos a "bêbado da cidade" -- fazia tempo que o clã dos Jennings era uma família "zero à esquerda" naquelas bandas e, se a folha corrida de Emil quer dizer alguma coisa, assim será para todo o sempre --, logo percebi que sua história não tinha como fazer muito sucesso com a gente do lugar, especialmente depois que Fairfield soltou a versão do "balão meteorológico".[8]

Para satisfazer minha curiosidade, no dia seguinte -- 8 de setembro --, visitei a área onde Jennings avistou o objeto e refiz seu trajeto. Sem dar com nenhuma evidência material, eu já estava voltando para o meu carro quando a imagem mental de um lugar a quilômetros de distância, do outro lado da cidade, se apossou da minha mente com

DEPARTAMENTO DA FORÇA AÉREA
FORÇA-TAREFA MJ-12

alarmante intensidade. Era um lugar próximo aos
lagos Pearl, na Reserva Nacional de Ghostwood, que
eu conhecia intimamente da minha época de
escoteiro. Com ele voltaram também lembranças
soterradas havia muito tempo, creio que de forma
inconsciente. Eu tivera ali, vinte anos antes, uma
estranha experiência.

Na hora senti o impulso de ir até a Reserva de carro
e depois caminhar pela região, e não exagero ao dizer
que praticamente senti que não me era dado escolher.

Enquanto eu avançava pela floresta, rumando para
um planalto sobre o lago Pearl, mesmo sem ter
percebido qualquer mudança no tempo, a tarde
límpida de outono escureceu como se tivesse caído a
noite. Havia no ar um estranho zumbido elétrico
pulsante, que abafava todos os outros ruídos, e
mais senti do que vi uma movimentação nas árvores
a cinco metros de onde eu estava. Logo depois um
grupo de luzes brilhantes — quase ofuscantes —
eclodiu de repente acima de mim, diferentes cores,
vermelho, branco, verde, oscilando e girando no que
pareciam ser padrões rápidos e regulares.
Alarmado, me ajoelhei e fui me arrastando até ficar
atrás de um tronco caído. Pude então perceber que as
luzes pairavam sobre uma clareira iluminada de
forma intermitente pelos raios de luz.

Daquele posto de observação mais adequado, também
consegui ver que os raios saíam de um objeto parado no
ar a menos de dez metros acima da clareira, mas abaixo
das copas das árvores. Pela escuridão que ele criava em
volta, só pude inferir sua forma — amplo e redondo,
com talvez uns trinta metros de circunferência —, pois
as luzes eram tão ofuscantes que tive que colocar meus
óculos escuros de aviador para conseguir enxergar
alguma coisa. Creio que a forma podia corresponder a
algum tipo de nave; nesse caso, aquele zumbido
pulsante, que ao que parecia era ela que emitia, era sua

02

[7] Se ele não se apresentou a Jennings como um oficial da Força Aérea, acaba cumprindo uma função parecida: a de intimidar uma testemunha — TP

[8] Milford estava coberto de razão sobre Emil Jennings ter sido agraciado com um gene ruim do pool genético local: em 1964, ele bebeu até cair e se afogou no tonel de aço do equipamento de cervejaria artesanal no porão de sua casa. Seu filho único, Hank Jennings — que chegou a astro de futebol americano no Colégio Twin Peaks High, segundo o livro do ano de 1968 —, depois da formatura compilou uma folha corrida ainda mais impressionante, incluindo uma temporada de cinco anos na Penitenciária Estadual de Washington por homicídio no trânsito — TP

DEPARTAMENTO DA FORÇA AÉREA
FORÇA-TAREFA MJ-12

PROJETO SIGN
Tenente-coronel
Milford

fonte de energia. Então, na clareira, bem debaixo daquele enigma, talvez porque meus olhos tivessem se ajustado às lentes escuras, percebi que havia alguém de pé ali.

Três alguéns, para ser preciso. Crianças. Dois meninos e uma menina, todos, calculo, com uns sete ou oito anos de idade. Estavam de costas para mim, imóveis, braços estendidos ao longo do corpo, e pareciam olhar fixamente para a forma obscura acima deles. Momentos depois, as várias luzes pareceram se mesclar em um só raio branco, grande e contínuo, apontado diretamente para as três silhuetas feito um daqueles holofotes de Hollywood, só que cem vezes mais forte — mesmo de óculos escuros, fechei os olhos e virei a cabeça para o outro lado, para não correr o risco de ficar cego. O zumbido opressivo também mudou nesse momento, ficando mais agudo e mais intenso, a ponto de eu ser obrigado a tampar os ouvidos. Então, de repente, o som parou e o raio de luz desapareceu. Passaram-se alguns momentos até meus olhos se adaptarem, mas percebi que foi porque eu estava usando meus óculos escuros; quando os tirei, notei que de repente era dia de novo. Agora a área ao meu redor parecia completamente normal. A coisa que havia pouco pairava sobre a clareira tinha sumido.

E as crianças também. Esquadrinhei o local à procura delas, mas não encontrei sinal da presença de ninguém. Tampouco vi o mínimo resquício de alguma evidência material da passagem de uma nave do tamanho da que pensei ter identificado. Percebi que os pensamentos irresistíveis que pareciam ter me conduzido até ali com tanta urgência tinham desaparecido também. Tive presença de espírito suficiente para usar minha câmera fotográfica Minox para tirar fotos da área, que naquela altura eu já sabia ser uma velha conhecida da minha infância. Já havia estado naquela clareira muitas vezes antes e, certa ocasião, tivera ali uma experiência insólita. Não muito longe ficava a entrada de uma antiga caverna que meus amigos e eu costumávamos explorar quando crianças. Diziam que era um velho local de pouso indígena com desenhos e pictogramas nas paredes. Nós a chamávamos de Caverna da Coruja.

Tomado por uma sensação extrema de pavor, o pulso acelerado enquanto um turbilhão de lembranças desagradáveis assaltava minha mente, saí de lá às pressas, de volta ao meu veículo.

COMENTÁRIO DO(A) ARQUIVISTA

Como se vê, a experiência pessoal de Douglas Milford com óvnis foi muito além das outras I7 histórias da lista inicial do Projeto Sign, desembocando naquilo que parece ser o primeiro caso oficialmente registrado de "abdução" por óvnis ou, no jargão do posterior Projeto Blue Book, um "contato imediato de terceiro grau".

Infelizmente, não há nenhum registro de como a história de Milford foi recebida pelos demais oficiais presentes na reunião do Wright-Patterson. Tampouco fica claro se Milford lhes mostrou alguma das fotografias tiradas naquele dia na floresta, ou se havia capturado qualquer coisa de interessante nelas.[9]

[9] Será que isso de fato foi um contato com um "óvni", ou outra coisa totalmente diferente? Milford nunca se refere a ter avistado especificamente uma nave, apenas uma zona escura que infere ser algo do gênero. Será que ele estava predisposto a encontrar o que estava procurando? Embora isso pareça um bocado subjetivo — e dada a antiga reputação de fantasista exagerado pespegada a Milford —, acho problemático aceitar seu relato ao pé da letra. O caso requer confirmação independente — TP

2 TRÊS ESTUDANTES DESAPARECEM

TWIN PEAKS GAZETTE
SEXTA, 12 DE SETEMBRO DE 1947

[1] Quando o major Milford conta como esse acontecimento lhe trouxe de volta um "turbilhão de lembranças" e o que soa como um princípio de ataque de pânico, me ocorre uma pergunta: será que Douglas Milford também passou por algo do gênero "contato imediato" naquele mesmo local em 1927? O incidente mencionado no relato de seu irmão Dwayne, no qual ele alega ter se encontrado com um gigante e uma "coruja andante da altura de um homem", que teria resultado em sua briga com o conselho regional dos escoteiros e com Dwayne?

Além disso, nenhuma continuação aparece na edição seguinte do *Gazette*, nem em nenhuma outra, deixando em aberto se Douglas teria feito uma visita ao repórter Robert Jacoby – TP

Número 266, Volume 26 — TWIN PEAKS, WASHINGTON

TUDO ESTÁ BEM QUANDO TERMINA BEM

Do repórter da *Gazette*
Robert Jacoby

TODOS SÃOS E SALVOS! O drama que deixou esta cidade de pernas para o ar na segunda-feira à noite terminou bem na terça-feira pouco antes do meio-dia. Os três alunos de escola primária que haviam se separado sem aviso prévio de uma excursão da terceira série emergiram da floresta em segurança, perto do lago Pearl, a alguns quilômetros de onde haviam desaparecido, mas sem danos.

As três crianças — dois meninos e uma menina, cujos nomes permanecem em sigilo a pedido dos pais — se desgarraram durante o passeio. Quando o professor e os assistentes deram pela falta delas, poucos minutos depois, começaram uma busca tão frenética quanto infrutífera. A polícia e a guarda florestal foram avisadas, e logo equipes de busca e resgate, além de dezenas de voluntários, se prontificaram para vasculhar a floresta a noite inteira. Um par de cães farejadores foi mandado de Wind River.

O dia já tinha raiado, e a equipe, exausta, prosseguia em seus esforços, estando prestes a expandir o âmbito da busca quando, vejam só, o jovem trio foi avistado por uma solerte equipe de escoteiros Águia — a tropa local 541 —, próximo ao local de acampamento do lago Pearl. O chefe escoteiro Andrew Packard e seus garotos transformaram tudo em uma brincadeira, carregando as crianças "de cavalinho" montanha abaixo.

Embora se queixassem de fome e sede, as crianças pareciam estar com boa saúde e de bom humor, e reuniram-se, felizes, a suas respectivas famílias. Foram levadas ao hospital para um rápido exame médico, de acordo com o qual todas estavam em perfeito estado. Uma fonte revelou que as crianças estavam um tanto confusas, aparentemente achando que tinham dado uma volta por uma hora ou coisa assim, tinham pouca ou nenhuma ideia de que tinham passado a noite na floresta sozinhas e ficaram genuinamente surpresas ao serem informadas de que já era terça-feira!

Mais uma prova, se é que precisávamos de alguma, da resistência e coragem dos jovens da nossa cidade! Este repórter trará mais detalhes e um artigo em profundidade sobre o caso na edição da *Gazette* da terça que vem.

[1]

Outra fonte local confirma a sequência de eventos básica dessa história e, além disso, nos dá uma pista da identidade de pelo menos uma das três crianças perdidas na floresta.

CALHOUN MEMORIAL
HOSPITAL

TWIN PEAKS, WASHINGTON
DESDE 1925

DAN HAYWARD, MD

DIA & HORÁRIO — 9/9/47 16:30

TRIAGEM INICIAL DO CLÍNICO

PACIENTE				NASCIMENTO
Margaret Coulson – apelido "Maggie"				10/10/1940

SEXO	IDADE	ALTURA	PESO
F	7	1m37	29 kg

Paciente sem queixas físicas além de fome e uma sede aparentemente insaciável. Depois da noite na floresta, ela não parece ter nenhum sintoma de exposição às intempéries – uma noite de forte veranico, em que a temperatura não chegou a menos de 14 graus, ajudou nesse aspecto.

A paciente parece estar moderadamente desidratada. Bebeu pelo menos meio litro d'água na sala de exame, o que não parece ter aplacado sua sede.

Exame físico: temperatura e gânglios linfáticos normais. Reflexos normais. Pupilas normais, sem dilatação.

Nenhum ferimento ou machucado visível, exceto por leves abrasões nos dois joelhos e cotovelos. Pele com calombos ou abrasões atrás do joelho direito, bem centralizados. Marcas avermelhadas ou irritadas que se apresentam em linhas finas e simétricas também com um padrão incomum, porém talvez aleatório, ilustrado abaixo:

RUBRICA _DH_ DATA _9/9/47_

CALHOUN MEMORIAL HOSPITAL

DAN HAYWARD, MD

TRIAGEM INICIAL DO CLÍNICO
CONTINUAÇÃO

A paciente diz que sente um pouco de dor no local, mas não se lembra do que provocou a lesão nem quando aconteceu. Pode ser um arranhão, mas é mais provável que se trate de uma leve queimadura, como se ela tivesse encostado sem querer em algo quente, embora pareça difícil imaginar em quê, dadas as circunstâncias.

Também chama a atenção o fato de a paciente não se lembrar de quase nada sobre a noite passada na floresta. Às vezes, crianças tendem a bloquear experiências traumáticas, mas o fato de que os dois meninos também relatem não ter nenhuma lembrança da noite não tem como não chamar a atenção. Outros casos similares sugerem que talvez a memória volte com o tempo.

Quando eu estava indo embora, a paciente me perguntou se eu achava que "a coruja ia voltar". Questionada a respeito, a paciente não falou mais nada. Ao que tudo indica, as crianças ouviram ou viram alguma coruja à noite na floresta, de forma que a memória já pode ter começado a voltar.

Clínico responsável: Dr. Dan Hayward[2]

COMENTÁRIO DO(A) ARQUIVISTA

As avaliações médicas das outras duas crianças não puderam ser localizadas, mas consegui confirmar suas identidades: Carl Rodd e Alan Traherne, ambos colegas de Margaret Coulson na terceira série da Escola Primária Warren G. Harding em Twin Peaks. Carl Rodd e Alan Traherne se formaram no Colégio Twin Peaks, junto com Margaret, em 1958.

* A SEGUNDA CRIANÇA

Depois de dois anos de escola técnica em Spokane, Alan Traherne se mudou para Los Angeles, onde trabalhou muitos anos como técnico de som na indústria cinematográfica e televisiva.[3]

Antes que este correspondente pudesse questioná-lo sobre este episódio de sua infância, Traherne morreu de câncer em 1988.

* A TERCEIRA CRIANÇA

Carl Rodd entrou para a guarda costeira no ano em que concluiu o segundo grau e mais tarde chegou à patente de contramestre, integrando a tripulação de um navio de patrulha que enfrentou pesado combate nos primeiros anos da Guerra do Vietnã.

Este correspondente conseguiu localizar uma fotografia de Carl Rodd durante seus anos de serviço na guarda costeira. A foto sugere que ele tinha uma tatuagem ou marca similar à que Margaret recebera atrás do joelho direito.

[2] Descobri que este dr. Hayward era pai do dr. Will Hayward, que, nessa época, frequentava o primeiro ano da faculdade de medicina na Universidade de Washington em St. Louis — TP

Em 1952, depois de concluir sua pós-graduação na Universidade de Washington em Seattle, Will Hayward assumiu o consultório médico familiar que seu pai fundara em Twin Peaks em 1925. Mais tarde, aparece com destaque nas anotações do agente Cooper sobre o caso Laura Palmer — TP

[3] Registros médicos indicam que Traherne sofria de estresse pós-traumático e há indícios de que tenha frequentado um "grupo de sobreviventes" de abdução no começo dos anos 1980 — TP

Depois, Rodd foi dado como desaparecido em serviço na costa do Alasca durante o devastador terremoto e subsequente tsunami de Anchorage em 1964. Ele foi resgatado por uma tripulação pesqueira de ameríndios, mas seu navio de patrulha e os corpos de seus colegas de tripulação nunca foram encontrados. Rodd morou por cinco meses com os aleútes que o resgataram, para recuperar as forças. Mais tarde, Rodd repetiria que, na companhia deles, passou por uma conversão espiritual que "salvou sua vida", tendo adotado o xamanismo deísta ou animista desse povo. Casou-se com uma jovem aleúte durante o período em que morou com eles, mas no ano seguinte, depois da morte trágica dela e do filho no parto, Rodd passou algum tempo vagando pelos ermos de Yukon, Colúmbia Britânica e Territórios do Noroeste.

Ele acabou se estabelecendo na cidade de Yellowknife, como guia para expedições de caça. Nessa época, ficou conhecido por escrever poesias e canções, e às vezes se apresentava como cantor folk nas cafeterias locais, tocando suas próprias composições. Também foi contratado como dublê em alguns filmes que ocasionalmente faziam tomadas em locações na área.[4]

No começo dos anos 1980, Rodd voltou à terra natal pela primeira vez em quase trinta anos e foi morar fora de Twin Peaks, em um parque de trailers recém-inaugurado. No fim, ele acabou se tornando administrador do parque e proprietário de parte dele. Aos poucos, foi adquirindo ali a reputação de homem de coração sensível, atencioso e, apesar de seus parcos meios, generoso. Até hoje ele mora no parque.[5]

[4] Confirmei que existe alguém chamado C. Rodd (*foto*) listado como dublê nos créditos de um filme de 1973 chamado *O imperador do Norte*, com Lee Marvin e Ernest Borgnine, mas que foi filmado em Oregon, não no norte do Canadá. Dois anos depois, o mesmo nome aparece também, com a mesma função, em um filme chamado *Rancho Deluxe*, filmado em Montana. Rodd era antes de mais nada itinerante – TP

3 A CAVERNA DA CORUJA

Os fatos do Incidente nº 18 do Projeto Sign apresentam muitas das características de casos de "abdução", que à época ainda não haviam sido vivenciados nem relatados em larga escala. A referência da menina a uma coruja -- a qual, na época, o médico não investigou com mais empenho -- pode indicar a presença do que agora costuma ser chamado de "lembranças encobridoras", ou seja, Margaret pode ter relatado uma lembrança construída pela mente -- ou, segundo alguns alegam, implantada por uma fonte externa -- para suplantar um encontro real e muito mais perturbador com alguma coisa que também tem olhos enormes. Douglas Milford, conforme sabemos, havia tido sua própria experiência com alguma coisa naquela mesma floresta, vinte anos antes.[1]

A presença da "Caverna da Coruja" ali perto e as diversas imagens de corujas presentes em seus pictogramas sugerem que os ameríndios da área podem ter tido experiências parecidas com essas milênios antes.

[5] O novo lar de Carl Rodd era o Fat Trout Trailer Park, fora de Twin Peaks, na direção do rio Wind, lugar que depois foi arrolado como relevante em alguma investigação do FBI em andamento no final dos anos 1980 e início dos 1990. O arquivo tem o mais alto nível de sigilo, e preciso de algum tempo até obter as autorizações necessárias para examiná-lo.

Também encontrei menções a Carl Rodd no *Twin Peaks Post* [antigo *Gazette*] do fim da década de 1980. Ocasionalmente, imprimia-se um pequeno box ao pé de colunas na seção de cartas chamado "Foi Carl que falou". Ao que parece, tratava-se de frases que ele soltava para amigos mais jovens enquanto tomavam café, das quais dou alguns exemplos abaixo — TP

FOI CARL QUE FALOU:
Tudo está conectado.

FOI CARL QUE FALOU:
O que é, é. O que foi, já foi.

FOI CARL QUE FALOU:
Só existe o agora.

---

[1] Uma série de indicadores me levam a concluir que há uma probabilidade de 96% de que o(a) Arquivista deste dossiê seja um(a) residente de Twin Peaks — TP

147

[2] Certo, encontrei literalmente dezenas de volumes com teorias e especulações sobre corujas como metáforas e símbolos — inclusive para os citados Illuminati —, "falsas lembranças" de alienígenas em casos de abdução, guardiãs do mundo subterrâneo, mensageiras do subconsciente e outras bizarrices estrepitosas. Há uma conjectura biruta de que elas aparecem como arautos de um fenômeno esquisito que nem sequer entendi o que é, chamado de "fala invertida", uma espécie de janela para as regiões mais profundas do inconsciente.

Viés pessoal: não gosto de corujas. São predadoras impiedosas que sempre me deram arrepios; já assistiu no YouTube a um vídeo de uma delas engolindo um rato inteiro vivo? Garanto que vai estragar seu apetite por um bom tempo — mas não vejo nada demais na ideia de três garotos perdidos por uma noite na floresta topando com uma coruja. Até mesmo a história de Douglas Milford, de que certa vez viu uma "coruja andante quase da altura de um homem", não me parece tão estranha

assim. Há espécies de coruja que chegam a um metro de altura ou mais, e todas arrepiam as penas para parecer mais ameaçadoras quando confrontadas. Naquela escuridão, nosso primitivo tronco encefálico pressente perigo por toda parte, nosso sistema nervoso fica tenso feito um bandolim esganiçado e nossos olhos podem nos enganar.

Às vezes, uma coruja é só uma coruja.

Além disso, o(a) Arquivista não entra em detalhes, mas é provável que a "Maggie Coulson" citada neste episódio seja Margaret Lanterman, uma famosa excêntrica de Twin Peaks que aparece com frequência nos arquivos do agente Cooper. A gente do lugar a chamava de "Senhora do Tronco".

Caso se trate da mesma pessoa, eu não ficaria surpresa se soubesse que certa vez, quando era uma criança impressionável, ela vagou na floresta uma noite inteira e mais tarde desenvolveu todo um catálogo de sintomas mentais ou emocionais debilitantes, sempre relacionados a troncos — TP

4 PROJETO GRUDGE

Poucos meses depois daquela assembleia na Base Aérea Wright-Patterson, no fim de 1947 a unidade da Aeronáutica conhecida como Projeto Sign apresentou um veredito a seus superiores. Com o título neutro de "Uma avaliação da situação", o documento terminava apresentando, em tom objetivo, uma hipótese de trabalho: os óvnis tinham grande probabilidade de ter origem extraterrestre.

"Uma avaliação" galgou toda a hierarquia do comando da Aeronáutica sem sofrer a menor oposição, até que a autoridade máxima -- o general Hoyt Vandenberg -- rejeitou frontalmente a conclusão do grupo. Como se não bastasse, determinou que todas as cópias daquele relatório fossem destruídas.

Determinou também que o Projeto Sign fosse encerrado imediatamente. Criou-se um sucessor dele, o Projeto Grudge -- cujo trabalho era em essência o mesmo, com o mesmo pessoal, porém com uma missão radicalmente diferente.[1]

O propósito expresso do Projeto Grudge era não apenas investigar e relatar, mas também desqualificar todo e qualquer avistamento de óvnis como fenômeno prosaico ou mero boato. Pôs-se em marcha um programa público de desinformação através da mídia norte-americana, que disseminou a opinião de que toda a ideia de uma vida extraterrestre cruzando nossos céus em naves terrivelmente avançadas era coisa de malucos. O Grudge era uma séria tentativa institucionalizada de desidratar a curiosidade do público sobre aqueles estranhos e cada vez mais numerosos incidentes e avistamentos.[2]

---

[1] Verificado. Posso confirmar também que, embora esse documento seja muito comentado, não se tem notícia de nenhuma cópia de "Uma avaliação da situação". Vandenberg nunca revelou seus motivos para tomar essa atitude — TP

[2] Verificado — TP

Embora o Projeto Sign -- através do trabalho de Doug
Milford e de outros -- tenha ocasionalmente se incumbido
de desestimular testemunhas, a máquina de desqualificação
montada pelo Projeto Grudge era de outra ordem de magnitude.
Futuros especialistas veriam no Grudge a Idade das Trevas da
investigação de óvnis.

Enquanto o Projeto Grudge era público e notório, dizem que
o *general Nathan Twining* -- sob as ordens do presidente
Truman -- teria ajudado a organizar e feito parte de um
grupo de eminências pardas composto de doze cientistas,
altos funcionários do governo e oficiais de alta patente
conhecido por diversos nomes, mas geralmente como Majestic
I2 (MJ-I2). Esse grupo recebeu o nível mais alto de acesso
confidencial da história militar norte-americana. Dizem que
foi deles que partiu a ordem para que a Aeronáutica adotasse
um posicionamento radicalmente diferente a respeito de óvnis.
Porém, como desde então vigorou a política de desautorizar
toda e qualquer admissão pública do MJ-I2, sua própria
existência permanece incerta.[3]

Voltaremos a Douglas Milford e ao Projeto Grudge em breve. Por
motivos que logo serão esclarecidos, cairá bem um exame mais
acurado da dinâmica subterrânea de poder e influência de sua
cidade natal.

[3] Não tenho como confirmar se um grupo de cúpula como o MJ-12 realmente existiu, não obstante suas inúmeras representações na cultura pop contemporânea. Trata-se de um assunto altamente controverso e que pode ser tão mitológico quanto um unicórnio.

Porém, vale considerar que o(a) Arquivista pode estar falando por experiência própria — TP

*** AS FAMÍLIAS ILUSTRES LOCAIS:
   Packard, Horne, Jenning,
   Hurley e Martell

I O COMEÇO

Twin Peaks possui todas as fontes de informação tradicionalmente disponíveis em qualquer cidade pequena -- biblioteca, arquivo municipal, cartório, jornal --, mas além delas existe também um recurso peculiar e ainda mais revelador chamado The Bookhouse, que explicaremos melhor no corpo do próximo documento anexado.

Intitulado *Uma barafunda sem fim!*, este volume exíguo foi encomendado pela Câmara Municipal em 1984 e redigido por Robert Jacoby, o repórter do <u>Twin Peaks Gazette</u> -- que em 1970 adotou um nome mais moderno, <u>Twin Peaks Post</u>.[1]

[1] Como esclarece o prefácio, *Uma barafunda sem fim!* foi redigido com o propósito de "registrar para a posteridade a história de nossa fundação, enquanto muitas das vozes originais dessa maravilhosa saga, mesmo que enfraquecidas pelo tempo, ainda podem ser ouvidas". Pelo serviço, segundo o recibo abaixo, obtido nos arquivos municipais, a cidade pagou a Jacoby a régia soma de 150 dólares, além dos gastos pessoais — TP

UMA BARAFUNDA
SEM FIM!

— ROBERT JACOBY —

1

OSSA HISTÓRIA COMEÇA no momento em que três famílias decidiram atrelar seus destinos ao das belas e vicejantes florestas que recobriam as montanhas e veredas virgens entre os montes White Tail e Blue Pine.

O primeiro a chegar foi James Packard, primogênito de um clã marítimo de Boston. Ele foi alertado por seu colega de quarto em Harvard — da família Weyerhaeuser — sobre a profusão de recursos naturais a oeste das Montanhas Rochosas e a norte do rio Colúmbia. Inspirado por uma visão, Packard viajou para o oeste e, comovido pela beleza natural daquelas árvores intocadas, reivindicou uma área de mais de 4 mil hectares ao redor da cascata White Tail em 1890. Quando, em Spokane, inaugurou-se uma linha ferroviária secundária para ligar a serraria de Packard ao Pacífico Norte, a Madeireira Packard se tornou a locomotiva econômica da cidade que brotara ao redor de seu próspero negócio: a cidade de Twin Peaks.

Em 1900, Friedrich Weyerhaeuser adquiriu da empresa ferroviária 400 mil hectares no estado de Washington e organizou o "Weyerhaeuser Syndicate", uma confederação de madeireiras que passou a dominar aquele novo reino. James Packard se tornou um desses parceiros, e a Madeireira Packard foi crescendo junto com o Syndicate, baluarte da indústria que atraía inúmeros pioneiros em busca de suas próprias fortunas no Noroeste.

Uma família que já residia na área não viu com bons olhos essa expansão territorial dos Packard. Os Martell, descendentes de caçadores franceses que cinquenta anos antes ganhavam a vida captu-

UMA BARAFUNDA SEM FIM!

rando os castores abundantes no local, haviam fundado sua própria e modesta madeireira junto ao rio três anos antes de James Packard pisar naquelas terras. Inferiores em capital e em astúcia, os Martell eram incapazes de competir com a operação de Packard, especialmente depois que este comprou as terras em volta da propriedade de sessenta hectares dos Martell. Nasceu aí uma rixa entre as duas famílias; as ameaças a medidas jurídicas logo evoluíram para uma infame tentativa de assassinato em outubro de 1914.

No Festival da Madeira, que acontecia todos os anos, Ersel Martell — segundo filho do patriarca Zebulon Martell — e um comparsa suspeito vindo do outro lado da fronteira, Jean Jacques Renault, chamaram às falas o filho mais velho de James Packard, Thomas, do lado de fora do tradicional baile anual de Grange Hall. Alguns dizem que eles discutiam por causa de uma garota, outros que tudo começou com uma alfinetada de Thomas sobre os "maus modos" de Renault. No fim, o saldo foi uma briga de faca atrás do celeiro e Thomas entre a vida e a morte. O agressor, Renault, pôs sebo nas canelas e voou de volta para o Canadá, onde seu estatuto de fugitivo o lançou numa espiral descendente de crime como chefe do infame Bando Renault, que logo faria fortuna traficando uísque canadense pela fronteira durante a Lei Seca. (Alguns veteranos por aqui contam que o contrabando era tão intenso que, no lago Black, era possível comprar bebida da canoa ao lado.)

Embora não tivesse empunhado a faca, Ersel Martell foi considerado cúmplice do ataque de Renault e foi a julgamento. Apesar de jurar inocência, Ersel passou três anos pagando seus pecados na Penitenciária Estadual de Washington, em Walla Walla. Nesse meio-tempo, Thomas Packard recuperou-se completamente e pouco depois se casou com Minnie Drixel, a pequena que — dizem por aí — fora o pivô da briga do baile no celeiro. Ersel voltou à cidade depois de sair da prisão, ressentido e amargurado. Naquela altura, a rixa Packard-Martell tinha se transformado numa tensão permanente.

A rixa parecia estar perto do fim no auge da Grande Depressão, em 1933, depois que a família Martell derrubou a última árvore centenária de suas terras. A fortuna dos Martell evaporava e, na primavera seguinte, no leito de morte, o velho Zebulon Martell vendeu o

ROBERT JACOBY

latifúndio e os direitos de exploração de madeira a Thomas Packard. O "Velho Zeb" faleceu em seguida, ainda com a caneta na mão e uma carranca petrificada no rosto.

Thomas Packard, magnânimo na vitória e ansioso para criar uma paz permanente, contratou todos os antigos funcionários dos Martell, e em 1939 fechou e, por fim, pôs abaixo a antiquada serraria da família adversária.

O terceiro clã a alcançar grande prosperidade em Twin Peaks no começo do século XX foram os Horne. A companhia mercante fundada pelo patriarca Danville Horne em San Francisco amealhou seu primeiro milhão durante a corrida do ouro na Califórnia. A promessa da indústria madeireira atraiu um dos filhos de Danville à região em busca da próxima fortuna da família; Orville Horne chegou em 1905 e abriu um bem fornido armazém de secos e molhados que logo eliminou a variada concorrência local — uma das lojas, diz a lenda, foi abaixo num incêndio muito suspeito. Já na década de 1920, enquanto a cornucópia da febre madeireira exibia os mais vistosos frutos, o armazém se transformou em uma âncora do distrito comercial, com três pavimentos, a Loja de Departamentos Horne's. Em pouco tempo os moradores do vale foram regalados com um sortimento de produtos comparáveis às maravilhas de Seattle, San Francisco ou até mesmo Nova York!

Representando o suprassumo da suntuosidade, os Packard e os Horne dotaram de um sentido vital de ambição aquela comunidade florescente. Juntos, se tornaram os principais investidores do projeto do Teatro de Ópera Bijou, um bibelô de 250 lugares plantado bem na praça principal da cidade. Quando foi inaugurado, em 1918, virou o centro de entretenimento e do orgulho cívico local. Além de um palco para a alta cultura — lendas da ópera como Enrico Caruso e músicos de primeiro nível como Paderewski abrilhantaram a marquise —, foi também uma casa de vaudeville do circuito Orpheum: os Irmãos Marx e um jovem malabarista chamado William Claude Dukenfield (também conhecido como W. C. Fields) foram duas dentre as muitas grandes atrações que no começo da carreira pisaram naquele esplêndido palco. No decorrer da década de 1920, o Bijou

UMA BARAFUNDA SEM FIM!

fazia jornada tripla como o primeiro cinema da cidade, e foi o primeiro da região a receber equipamento de som quando os *talkies* apareceram. No entanto, a estreia de *O cantor de jazz*, em 1929, rendeu infelizes manchetes quando um pagante idoso — o último veterano da Guerra Civil na cidade — ouviu a cantoria de Jolson sair dos alto-falantes e sucumbiu a um ricto fatal.[2]

[2] Segundo o arquivo da cidade, o ímpeto para a construção do Bijou veio em 1915, quando, durante um tour pelo interior do país, Caruso recusou-se a pôr os pés em Twin Peaks, desdenhando a cidade como um lugarejo atrasado indigno de sua presença. Três anos depois, devidamente impressionado — e com um polpudo cheque dos Packard no bolso —, Caruso cantou na noite de estreia do Bijou — TP

ROBERT JACOBY

Nas asas dessa prosperidade crescente, pouco depois os Horne criaram o primeiro hotel de luxo da cidade, o Great Northern, construído sobre o penhasco à beira da cascata White Tail, a um pulo da estação ferroviária graças à linha auxiliar. Intimidados pela grandiosidade do Great Northern, a maioria dos hotéis e pensões locais que outrora embolsavam os dólares dos turistas fechou as portas imediatamente.[3]

Mas logo vieram tempos difíceis. O povo de nossa cidade sobreviveu à Depressão com tutano, valentia e o apetite insaciável da nação por madeira. Mais tarde, assim como o resto dos Estados Unidos, Twin Peaks e o estado de Washington arregaçaram as mangas para ajudar nos esforços bélicos quando a Segunda Guerra ameaçou a paz mundial. A constante ameaça de ataques japoneses a oeste e os sabotadores alemães se infiltrando a partir do norte insuflaram as tensões. A estreia no Bijou do filme *Paralelo 49*, de 1941 — que mostra o ataque de uma tropa nazista desgarrada no oeste do Canadá — fez disparar os índices locais de alistamento e levou à formação de uma guarda voluntária que defendeu a fronteira tenazmente até a guerra ser declarada, depois de Pearl Harbor.

Chefiado pelo popular líder das forças de segurança locais, xerife Frederick Truman, o grupo que acorreu para defender nosso território tinha o nome oficial de Brigada dos Cidadãos, e em suas fileiras estavam os mais belos e bons rapazes de Twin Peaks. Pelo serviço durante os anos da guerra, eles logo entraram para a mitologia local como Bookhouse Boys, em referência ao velho salão escolar na Autoestrada 21 que o xerife Truman escolheu como ponto de encontro do grupo. (Desde que fora desativado com a chegada do primeiro estabelecimento escolar oficial da cidade, em 1918, o salão funcionou como biblioteca pública.) Quando os Estados Unidos entraram oficialmente na guerra, muitos dos Bookhouse Boys daquela geração serviram em todas as áreas militares com honra, e não poucos fizeram o sacrifício derradeiro. Os nomes dos que pereceram figuram no Memorial da Segunda Guerra na Praça Central, bem em frente ao Tronco Gigante.

Porém a rendição do Eixo não significou o fim dos Bookhouse Boys, que desde então vêm mantendo sua admirável tradição de

[3] Segundo o *Gazette*, mais uma vez — certamente por coincidência — uma semana antes da inauguração do Great Northern, seu maior concorrente pegou fogo. Abaixo, um trecho extraído do *Gazette* — TP

"Um incêndio de origem desconhecida destruiu, na terça-feira à noite, o Hotel Sawmill River, um dos mais antigos da cidade. Não há notícia de feridos, mas, enquanto seus proprietários, Gus e Hetty Tidrow, inspecionavam o desastre na fria e cinzenta madrugada, alguém os ouviu murmurar que não iriam tentar reconstruir o hotel."

UMA BARAFUNDA SEM FIM!

serviços à comunidade e o duplo ideal de justiça e educação. Dentre os orgulhosos membros da nova geração do grupo estavam os filhos do xerife Truman, Franklin e Harry — batizados respectivamente em homenagem aos presidentes Roosevelt e (sem parentesco) Truman. Twin Peaks de fato é afortunada pelos dois garotos terem decidido seguir a carreira paterna de xerife. Depois de servir com os Boinas Verdes no Vietnã, Frank voltou e assumiu o cargo quando seu pai se aposentou, e mais tarde, um cargo de agente de segurança pública no oeste de Washington, de onde provém a família de sua esposa. Seu irmão mais novo, Harry, então suplente, assumiu o cargo de Frank em 1981, garantindo com isso a continuidade da tradição de mais de cinquenta anos de um "homem de verdade" com a estrela de xerife de Twin Peaks no peito.

Há quem julgue que a conquista mais significativa dos Bookhouse Boys tenha acontecido em 1968, quando eles preencheram todas as sete vagas de titular do time de futebol americano do Colégio Twin Peaks. Com o técnico Bobo Hobson, a aguerrida equipe passou pela temporada invicta, fato inédito para nossa pequena comunidade — apesar do equívoco na velha placa da cidade — e ainda empolgou seus fãs incondicionais ao passar feito um furacão pelas eliminatórias locais, setoriais e regionais, chegando até a partida final do estado de Washington. A peleja épica terminou em uma decepcionante derrota para os Kettle Falls Cougars, por nove a seis. Assim findou a melhor e a única chance que o Colégio Twin Peaks já teve de pendurar uma faixa de campeão nas arquibancadas de Hobson Hall.[4]

Mas, afinal de contas, e quanto àquela rixa entre os Packard e os Martell? Bem, me alegro em informar que teve um final feliz. Embora ambas as casas talvez não tenham sido exatamente *iguais* em seu valor — parafraseando o Bardo —, elas acabaram, sim, por render um final de conto de fadas digno de *Romeu e Julieta*.

Em 1958, o filho mais velho de Ersel Martell, conhecido afetuosamente como Pete — vencedor de seis prêmios Lenhador do Ano na Serraria Packard —, casou-se com a filha caçula de Thomas Packard, a enganosamente doce Catherine. Depois que ela voltou para casa ao fim do seu último ano em Sarah Lawrence, os dois se

18

---

[4] Aquele time inicial, gravado em uma placa de metal ao lado da vitrine de troféus no principal corredor do Colégio Twin Peaks, inclui os seguintes nomes: Frank Truman, Harry Truman, Ed Hurley, Tommy "Hawk" Hill, Henry "Hank" Jennings, Thad "Toad" Barker e Jerry Horne, que aparentemente era especializado em chutes longos e devoluções de bola. Ben Horne está listado como o gerente do time. Ao final consta um agradecimento especial "ao nosso torcedor número um, Pete Martell".

Também encontrei uma referência cifrada em uma coluna de Robert Jacoby no *Twin Peaks Post* que insinua que aquela final teve uns lances não muito limpos — TP

ROBERT JACOBY

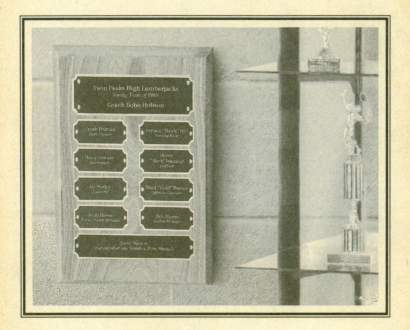

reencontraram no baile anual do Festival da Madeira, no qual, segundo dita a tradição, aquele que for coroado o Lenhador do Ano pode convidar qualquer das moças presentes a valsar com ele; Pete escolheu a graciosa Catherine, em quem, ao que parece, estava de olho fazia tempo. (Este era o *mesmo* evento, lembrem-se, onde ocorrera o ataque do pai de Peter, Ersel, contra o pai *dela*, Thomas, quarenta anos antes.) Foi voz geral que, enquanto eles pisavam em nuvens, dava para ver as faíscas de paixão até da cascata White Tail. Antes que a semana chegasse ao fim, Catherine já tinha posto de lado seus planos de passar um ano estudando na Europa, e o casal feliz anunciava seu noivado.

Quem foi que disse que amor de verdade só acontece nos filmes?[5]

[5] Na hipótese de alguém ainda não estar convencido de que essa amostra amadora de louvaminha cívica de Junta Comercial não passa de ficção, a referência a *Romeu e Julieta* por certo sepultará todas as dúvidas. Ler o que consta a seguir — TP

* Bookhouse, por volta de 1987

2 CATHERINE E PETE MARTELL

Naquela altura, uma enorme diferença de classe havia se estabelecido entre as duas famílias, dado o abrupto desnível econômico provocado pela venda da serraria dos Martell para os Packard. Se os Packard/Capuleto tinham se tornado os Vanderbilt de Twin Peaks, os Martell/Montéquio haviam involuído para algo mais próximo dos Kramden.

O casal deve mesmo ter soltado faíscas naquele arrasta-pé comunitário -- Pete e Catherine claramente tiveram uma química incrível que resultou numa quase instantânea incursão ao altar --, mas segundo todos os que os rodeavam, não demorou nada para que as faíscas virassem punhais. (Embora eles não tenham tido filhos, existiram, à época, inevitáveis boatos de um pãozinho no forno que teria tornado imprescindível o casório.)

O pacto de desamor entre esses amantes "de má estrela" merece um pedestal no museu dos fracassos matrimoniais. Qualquer afeto que tenha sobrevivido entre os dois provinha praticamente só do marido, um sujeito simples, de quem todos gostavam; Pete jogava damas, não xadrez. E Catherine só sabia jogar duro.

Apesar de seu lamentável destino, Pete nunca vacilou no amor por Catherine, mesmo décadas depois do retorno daquele investimento ter se reduzido a dor de cotovelo e, da parte dela, desprezo e mais desprezo. Os amigos de Pete se admiravam da devoção incondicional que ele tinha por sua Lady Macbeth da Serraria. Certa vez, numa lanchonete local, numa mesa perto de onde aconteceu de eu estar sentado, ele explicava a um amigo nestas exatas palavras sua fórmula para um casamento bem-sucedido:

> Se o que as partes envolvidas dão uma à outra totaliza 100 por cento, não importa muito a maneira como o casal divide isso entre si.

Pete, aliás, calculava sua parte da equação em 70 por cento, mas todo mundo que os conhecia haveria de concordar que era uma estimativa muito conservadora de sua contribuição real. Certa vez, em um raro momento de lhaneza propiciado por algumas doses de uísque single-malt, ele também chegou a admitir que "viver com a Catherine é simplesmente um inferno".[1]

[1] Então o(a) Arquivista admite ter conhecido Pete Martell pessoalmente. Isso confirma que o(a) Arquivista faz ou fazia, de alguma forma, parte da comunidade. Vamos acabar por identificar esse indivíduo — TP

A HISTÓRIA SECRETA de TWIN PEAKS

[2] Mais provas de que o(a) Arquivista tem algum nível de conhecimento dessas pessoas. Não existiam referências semelhantes nas primeiras seções históricas, o que indica que o(a) Arquivista era ou ainda é contemporâneo(a) dessa gente. Ou seria ele(a) alguém de fora da cidade, capaz de observá-la com novos olhos? — TP

[1] Confirmado. Um dentre diversos volumes encontrados naquele local, todos catalogados pelo Agente Cooper em suas anotações. Confirmei também que este foi datilografado em uma antiga máquina Underwood que fica permanentemente na Bookhouse — TP

Se Catherine Packard Martell tinha qualidades pessoais que a redimiam, ela as guardava para si. Não há como negar sua gélida beleza de Ticiano, além de um temperamento à altura, mas ela tinha herdado os instintos mais impiedosos de sua família e nem uma gota da compaixão de seu gênero para mitigá-los. Certo gaiato da cidade referia-se a ela como "Packard de nome, Médici por inclinação".[2]

Poucos anos depois de ter se casado, Catherine iniciou um affair permanente com o herdeiro do outro clã igualmente próspero e proeminente da cidade, Benjamin Horne -- à época, casado e com filhos --, com quem ela tinha em comum a sanha implacável nos negócios e no prazer.

Ela também nutria uma devoção nada saudável pelo irmão mais velho, Andrew, tomando a frente dos negócios enquanto ele fazia as vezes de simpática face pública da empresa. Os dois sempre se deram bem, mas Catherine se incomodava muito com o fato de Andrew também gostar de Pete, que ela considerava socialmente inferior a ambos. Andrew, porém, simpatizava com a despretensão de Pete, além de que o cunhado era sempre muito engraçado.

Os dois irmãos -- e Pete, o coadjuvante da cena -- ocupavam diferentes alas do Blue Pine Lodge, o complexo dos Packard às margens do lago Black, próximo à serraria. Esse arranjo perdurou por mais de três décadas, até Andrew se decidir por um primeiro e tardio casamento -- aos setenta anos --, o que virou tudo de cabeça para baixo.

3 ANDREW PACKARD REVISITADO

O documento abaixo, de autoria desconhecida, foi encontrado na Bookhouse.[1]

O
CASO
ANDREW PACKARD

15/3/89

O CASO ANDREW PACKARD   /   CAPÍTULO UM   15/03/89

Solteirão convicto, que sempre tivera diversos casos fugazes enquanto dedicava a vida aos negócios, Andrew fez, em 1983, algo completamente inesperado: apaixonou-se perdidamente por uma moça asiática durante uma viagem de negócios a Hong Kong. Andrew viajara para lá em uma missão comercial de duas semanas financiada pelo governo, cujo objetivo era vender madeira de lei a mercados asiáticos emergentes. Voltou de lá com uma noiva tímida, praticamente uma criança.

Josie Packard. Seu passaporte dizia que ela era de Taiwan, mas ela nascera e crescera em um orfanato no interior da China continental. Sua certidão de matrimônio declara que ela tinha apenas dezenove anos quando eles selaram seu compromisso. Como ela alegava não falar inglês, ninguém em Twin Peaks ficou sabendo de muita coisa a seu respeito, e não ajudou o fato de ela passar a maior parte do tempo sozinha. O único amigo que Josie fez aqui foi Pete Martell, com quem partilhava não só a ampla e vazia casa, como também a falta de uma rotina diária. (O cargo de "gerente" de Pete na serraria, pelo qual recebia um belo salário, naquela altura já tinha virado uma formalidade.)

Pouco depois da chegada da nova moradora, Pete resolveu que seu projeto pessoal seria ensinar inglês a ela. Josie adquiriu fluência tão rápido que qualquer pessoa mais curiosa que Pete teria perguntado se ela sabia mais do que tinha fingido saber no começo. O mesmo aconteceu quando ele tentou lhe "ensinar" a jogar tênis. O manejo dos mais variados tipos de raquete se revelou uma segunda natureza para sua nova cunhada, mas Pete era sempre o último a perceber qualquer coisa de obviamente errado com qualquer mulher bonita que fosse.

A verdade era que, em Josette Mai Wong -- que não era seu nome verdadeiro --, Catherine havia encontrado alguém à altura em matéria de frieza e cálculo. Que Josie tenha sido capaz de esconder suas intenções de longo alcance sob a máscara plácida de uma inocente noiva imigrante, enquanto jogava um contra o outro todos ao seu redor, fazia dela alguém bem mais perigoso do que qualquer um poderia imaginar. Até mesmo Catherine, que nunca havia confiado nela e estava sempre alerta a qualquer possível sinal de tramoia em sua rival, só percebeu os planos dela quando já era tarde demais.

Eis parte do dossiê sobre Josie que a Interpol montou em Cingapura, pouco antes de ela aparecer em Twin Peaks:

A HISTÓRIA SECRETA de TWIN PEAKS

[2] Verificado com fontes da Interpol. Creio que também é provável, dado o tom compatível com o que li de suas anotações sobre casos, que o *agente Cooper em pessoa tenha compilado este volume sem título* — TP

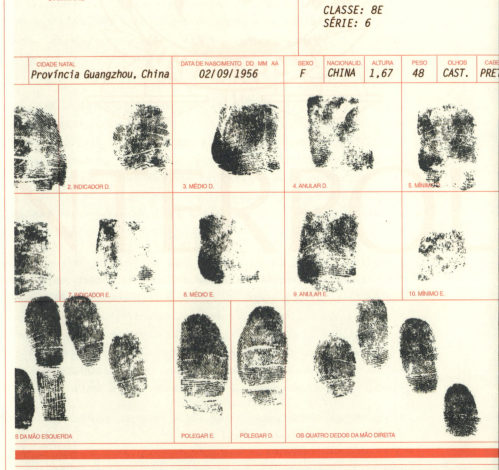

CRIMINAL — (GRAMPEIE AQUI)

ESTADO DE USO
SEGUNDO NFF
SUBMISSÃO — AMPUTAÇÃO — CICATRIZ

SOBRENOME, PRIMEIRO NOME, NOME DO MEIO, SUFIXO
Fung, Li, Chun, srta.

DIGITAL

NÚMERO DE SEGURANÇA SOCIAL
NA.
21030219720304272X
(Nº de ID chinesa)

PSEUDÔNIMOS/
NOME DE SOLTEIRA
Packard, Jocelyn "Josie"
"Pássaro Aprumado do Outono"

CRIMINAL

CLASSE/SÉRIE CRIMINAL
CLASSE: 8E
SÉRIE: 6

CIDADE NATAL	DATA DE NASCIMENTO DD MM AA	SEXO	NACIONALID.	ALTURA	PESO	OLHOS	CABE
Província Guangzhou, China	*02/09/1956*	*F*	*CHINA*	*1,67*	*48*	*CAST.*	*PRET*

2. INDICADOR D. — 3. MÉDIO D. — 4. ANULAR D. — 5. MÍNIMO D.
7. INDICADOR E. — 8. MÉDIO E. — 9. ANULAR E. — 10. MÍNIMO E.
OS DA MÃO ESQUERDA — POLEGAR E. — POLEGAR D. — OS QUATRO DEDOS DA MÃO DIREITA

172

INTERPOL, CINGAPURA   7 de junho de 1981   CASO N. XRT497

NOME REAL DA INVESTIGADA: Li Chun Fung, que pode ser traduzido livremente como "Pássaro Aprumado do Outono".

Nascida em 2 de setembro de 1956, na província de Guangzhou. (Mais tarde, a investigada alegaria ter nascido em 1962.) Pai fazia parte da força "BASTÃO VERMELHO" da tríade Siu-wong, mãe era uma prostituta de beleza lendária conhecida como "Borboleta Rendada" -- falecida por overdose de heroína pouco depois de dar à luz. Durante sua infância, seu pai ascendeu à posição de "Vice-Mestre da Montanha", ou segundo em comando, da maior tríade da região. A investigada foi criada e educada pelo próprio pai; ela estudou o crime como um menino de rua na Ópera de Pequim estuda acrobacias. Aluna brilhante, embora um tanto desinteressada, ela frequentou um exclusivo colégio interno de Xangai, onde, aos dezesseis anos, organizou e geriu sua própria quadrilha de drogas e prostituição, emboscando e extorquindo membros da administração e do corpo docente em um ousado esquema de chantagem. Com medo dos capangas de seu pai, nenhuma das vítimas quis depor contra ela, de modo que ela se formou com mérito.

Bela o bastante para trabalhar como modelo de passarela, depois de se formar ela alcançou o topo da indústria da moda de Hong Kong e fundou sua própria grife. Esta servia para encobrir as vendas de cocaína e o sistema de distribuição da droga com tentáculos em toda parte na indústria de música, cinema e entretenimento que emergia nos anos 1970. Na segunda metade dessa década, ela foi arrolada como suspeita em diversos casos de overdoses "acidentais" que eliminaram muitos traficantes rivais, além de um designer de moda com quem ela tivera uma rixa pública. Nessa época, acredita-se, ela foi iniciada na tríade do pai com pacto de sangue, fato inédito para uma mulher. A investigada era então fluente em seis línguas, mantinha meia dúzia de identidades diferentes em vários países e ainda é procurada para depor a respeito de casos importantes em todo o litoral asiático. Seu patrimônio líquido ao completar 21 anos era calculado em mais de 15 milhões de dólares. Era tão temida pela falta de escrúpulos quanto admirada pela beleza.

Em 1980, durante uma feroz guerra entre as tríades, seu pai foi baleado e morto dentro do clube noturno em Guangzhou do qual era proprietário. Quando surgiram boatos de que a investigada havia ou ordenado ou cometido ela própria o assassinato para poder herdar as operações do pai, a sorte de "Josie" chegou ao fim. Com essa violação do juramento mais sagrado da tríade -- é proibido matar o chefe --, o conselho sênior da tríade se voltou contra ela e pôs sua cabeça a prêmio.

Nessa altura, a investigada sumiu abruptamente de Hong Kong e desde então não foi mais vista por nenhuma fonte confiável.

-- 1 --

O CASO ANDREW PACKARD   /   CAPÍTULO UM   15/03/89

É aí que entra Andrew Packard. Sabemos agora que Josie tinha, na verdade, 27 anos à época em que conheceu seu futuro marido norte-americano, e não os 21 alegados. Quando os dois se encontraram durante uma festinha black tie patrocinada pelo Estado no Hong Kong Trade Center, Andrew comprou a história de que Josie era uma estudante de design e arte de uma das universidades locais e estava ali trabalhando como a hostess da noite. Ele foi enfeitiçado a ponto de também acreditar que ela se chamava Josette Mai Wong e era uma valente órfã saída das favelas de Taiwan, e não uma sociopata parricida querendo escapar de uma sentença de morte. Enquanto isso, Josie havia escondido o pouco que restava de sua fortuna de proveniência duvidosa em algum outro país, exceto pelo dinheiro vivo que lhe permitiria pôr em prática seu plano desesperado.

Para armar essa jogada e fugir da tríade vingativa antes da chegada de Packard, Josie comprou a proteção de um importador-exportador de Hong Kong, um emigrante da África do Sul chamado Thomas Eckhardt,[3] oferecendo-se a si própria como caução. Durante a viagem de negócios de Andrew, Eckhardt tentou e conseguiu se tornar o contato local de Packard em Hong Kong. Quando Packard voltou para casa, Eckhardt pensou que Josie fosse continuar com ele em Hong Kong; seu desaparecimento pareceu surpreendê-lo. Contudo, ainda que soubesse que ela fora para o Noroeste do Pacífico ficar com Packard, Eckhardt, ao que tudo indica, levou anos até encontrá-la. Este é um motivo para se suspeitar de que Eckhardt soube das intenções dela o tempo todo, como parte de um plano muito abrangente que ele e Josie haviam tramado.

Segundo Pete, Josie lhe contou que havia recusado a primeira proposta de casamento de Andrew em Hong Kong porque parecia uma atitude precipitada, mas três semanas depois batera à porta dele em Twin Peaks sem avisar e aceitara, alegando que tinha precisado de tempo para pensar. Corre que o figurino de sua chegada à meia-noite se limitou a saltos altos, um casaco de marta e Chanel nº 5.

Surpreendida por essa sedutora intrusa caída de paraquedas, Catherine pensou que seu irmão havia perdido o juízo; Andrew nem sequer falara em Josie depois de voltar de viagem. Quando ela fracassou em convencê-lo a desistir do casamento -- que ele levou adiante sem o contrato pré-nupcial que ela implorou para que ele fizesse Josie assinar --, seu choque se transformou em uma raiva surda; seu domínio sobre a fortuna dos Packard estava em perigo.

O CASO ANDREW PACKARD   /   CAPÍTULO UM

Enquanto representava à perfeição o papel de pássaro frágil e ferido, Josie mesmerizou o ingênuo Pete e, lenta e sutilmente, minou a influência de Catherine junto a Andrew. Josie também lançou seus tentáculos na pequena comunidade. Hank Jennings, um grosseirão local, sucumbiu ao seu feitiço -- claramente sem estar à altura de todo aquele charme -- e se desdobrou como um cúmplice faz-tudo.

A próxima vítima que Josie maltratou era alguém mais pragmático, e o êxito dela foi ainda mais surpreendente: o xerife Harry Truman. Difícil encontrar homem de caráter mais imaculado na região, mas o charme de Josie era de nível internacional, e Harry era um provinciano que nunca encontrara a mulher certa. A errada o encontrou primeiro. Não se sabe muito bem como começou o romance deles; creio que aconteceu depois da "primeira morte" de Andrew Packard.[4]

Como muitos de sua classe social, Andrew Packard era fanático por barcos, e seu maior xodó era uma lancha Chris-Craft Sportsman de 1936, de 40 pés, casco de mogno, que guardava em um hangar na propriedade da família Packard -- o Blue Pine Lodge -- e que foi rebatizada como "JOSIE" logo depois do casamento. Quando era temporada, Andrew costumava ser visto pilotando o barco de casaca e quepe de capitão, com sua jovem esposa ao lado. Até certa tarde de agosto de 1987 em que Josie ficou em casa com enxaqueca e JOSIE explodiu no hangar aparentemente no momento em que Andrew ligou a ignição.

A polícia local concluiu que, embora houvesse restos humanos em abundância no desastre, a explosão tinha sido tão violenta -- tinha derrubado um sólido hangar de madeira que atravessara seis décadas -- que nenhum tecido humano identificável poderia ser encontrado. Como Pete e Catherine, da janela da cozinha, tinham visto Andrew entrar no hangar momentos antes, o relatório concluiu que

[3] Thomas Eckhardt

[4] Estava esperando esse assunto ressurgir. Às vezes, a paciência compensa — TP

Edição de domingo
$2.50

PUBLICADO NO ESTADO DE WASHINGTON DESDE 1922

VOL. 65, Nº 270   TWIN PEAKS, WASHING

TRAGÉDIA NO LA

CYRIL PONS, *da equipe de reportagem*

UM ACIDENTE de barco no dia de ontem tirou a vida do empresário local **Andrew Packard**, de **75 anos** de idade. Pouco depois das nove da manhã, uma explosão abalou o hangar da propriedade dos Packard, o Blue Pine Lodge. Segundo familiares, o sr. Packard saíra de casa com o intuito de dar seu passeio matinal em sua lancha preferida. Pouco depois, ao que parece no momento em que ligou a ignição, deflagrou-se uma explosão forte o suficiente para destruir o hangar e estilhaçar as janelas da

Corte de Tarifas Reduzido agora que Prop

DOMINGO, 27 DE SETEMBRO DE 1987

GO BLACK

casa a cinquenta metros dali. Os bombeiros e a polícia chegaram de imediato, e o sr. Packard foi declarado morto no local.

Acredita-se que o sr. Packard estava sozinho na hora do incidente, e não houve outros feridos. O sr. Packard deixa a esposa, Josie, e a irmã, Catherine.

Poucas horas depois, o prefeito Dwayne Milford emitiu esta declaração: "Hoje, nossa comunidade foi profundamente abalada com o súbito e brutal falecimento de um de seus cidadãos mais notáveis. Conheço Andrew desde que ele era um menino — tive o orgulho de ser seu chefe escoteiro — e não encontro palavras para descrever meu imenso choque e sentimento de perda. Para mim, Andrew era como um irmão mais novo. Um irmão que nunca tive".[5]

Fazia tempo que um complexo de

[5] Uma declaração muito curiosa vinda de alguém que, conforme sabemos, COM TODA A CERTEZA tinha um irmão mais novo — TP

177

A HISTÓRIA SECRETA de TWIN PEAKS

DREW PACKARD / CAPÍTULO UM   15/03/89

Andrew tinha sido a única vítima. Josie sustentou que não vira a explosão, apenas ouvira o estrondo do seu quarto no piso superior.[6]

Como restaram poucas provas, a única conclusão que os investigadores do seguro puderam tirar foi a de que um vazamento na mangueira de combustível próximo à ignição ocasionou a explosão. Uma vez que estava em jogo uma apólice de seguro de vida de sete dígitos, assim como o testamento recentemente revisado de Andrew, que apontava uma nova e única beneficiária -- adivinha quem --, Josie se tornou uma figura de muito interesse não apenas para o pessoal do seguro, mas também para a enlutada, desconfiada e friamente vingativa irmã de Andrew. Preto no branco: Andrew tinha deixado a Serraria Packard, e todos os seus diversificados negócios, exclusivamente para Josie.

Josie envergou o véu de viúva pesarosa à perfeição -- desmaiou no funeral -- e nem uma única nota dissonante prejudicou seu desempenho no papel. Nunca se descobriu nenhuma ligação com seu passado criminoso na Ásia. Ela possuía uma beleza rara e etérea, quase sobrenatural, que as mulheres em geral -- à exceção de Catherine -- não tomavam como ameaça, e que a maioria dos homens sentia o impulso de proteger. A comunidade de Twin Peaks ficou de luto junto com ela. Perto do final desse período de "luto", mais ou menos quando as companhias de seguro começaram a investigar com mais afinco o acidente, Josie apanhou em sua teia o bom e decente xerife Harry Truman, como se quisesse fazer sua própria apólice de seguro.

Não foi por coincidência, portanto, que a essa altura da investigação o interesse começou a se deslocar de Josie para Hank Jennings -- o capanga que Josie contratara e pagara regiamente para provocar o "acidente" de Andrew. Josie também empurrou delicadamente o xerife Truman na direção de Hank -- um aparte aqui, uma sugestão acolá --, mas, no fim das contas, Hank havia (convenientemente) sido detido duas horas <u>antes</u> da explosão sob suspeita de homicídio no trânsito: um atropelamento seguido de fuga envolvendo o caminhão de Hank em uma autoestrada próxima à fronteira. Tudo parte do plano de Josie.

[6] Acaba de me ocorrer que o filme *Corpos ardentes*, que estreou alguns anos antes desse acontecimento, tinha uma virada muito parecida. Será que ela viu o filme? Aliás, esse é um daqueles que ainda vale a pena assistir — TP

[7] Emil era o filho da antiga testemunha de óvni Doug Milford — TP

O CASO ANDREW PACKARD   /   CAPÍTULO UM   15/03/89

Um grande advogado de Seattle -- muito acima das possibilidades
financeiras de Jennings -- barganhou com essa acusação até
reduzi-la a uma autodeclaração de culpa por homicídio no trânsito.
Hank nem sequer foi a julgamento e começou a cumprir uma sentença
de cinco anos na penitenciária estadual, sabendo que o dinheiro vivo
que Josie lhe pagara ficaria muito bem guardado até ele sair de lá.

É hora de fazer um breve resumo de como se desenvolveu a disposição
criminosa de Hank Jennings.

É tentador enxergar Hank como uma semente ruim que germinou num
fruto podre e fedorento de uma árvore genealógica torta. Seu pai,
Emil, era um pau-d'água imprestável sobre o qual nenhum morador
de Twin Peaks tem algo bom a dizer, já que ele devia dinheiro
a quase todo mundo.[7]

O tio de Emil, Morgan, faleceu em 1914: caiu de bêbado em uma rua de
Spokane depois de três dias na farra e foi atropelado por um caminhão
de cerveja. A mãe de Hank, Jolene, deu duro como garçonete do Double
R por 35 anos. Hank era filho único, de modo que Jolene se desvelava
em cuidados, enchendo o rapaz de uma autoconfiança que ultrapassava
por larga margem suas reais qualidades.

Hank cresceu forte e robusto e era um atleta mais do que competente,
o que o manteve longe de encrencas durante a maior parte da
adolescência. A ferocidade inata do futebol americano casava
bem com seu temperamento; ele logo se tornou um jogador-curinga
de destaque para os Lumberjacks do técnico Hobson no Colégio
Twin Peaks. Também foi bom para ele se tornar membro dos Bookhouse
Boys -- recrutado pelos irmãos Truman --, onde floresceu um talvez
surpreendente amor pela literatura norte-americana. (Tinha
predileção por Kerouac, Irwin Shaw e, de mais utilidade para sua
carreira posterior, pelas obras completas de Raymond Chandler
e James M. Cain.) Hank, *fullback*, e Harry, *quarterback*, foram muito
amigos nos últimos anos de escola.

O primeiro sinal de podridão moral apareceu durante a final
do campeonato estadual de 1968.

- 5 -

TWIN PEAKS
GAZETTE

DESDE 1922 · APENAS 75¢

Número 318, volume 46 — TWIN PEAKS, WASHINGTON — *Quinta-feira, 14 de novembro de 1968*

Desolado, o fullback *Jennings* (nº 80) esconde o rosto depois da perda da bola que ditou a derrota. O técnico *Hobson*, o tight end *Hurley* (nº 65) e o quarterback *Truman* (nº 45) conferenciam, consternados.

E O NOSSO CAMPEONATO MORREU NA PRAIA

Robert Jacoby,
da equipe de reportagem

PERDENDO POR TRÊS PONTOS quando faltava menos de um minuto para o fim do jogo, os Lumberjacks do Colégio Twin Peaks venciam o campo com a bola no que parecia prestes a se tornar o *touchdown* que daria o primeiro campeonato estadual à nossa escola e à cidade. Então, numa segunda tentativa de avançar até a linha de *touchdown* saindo da linha de duas jardas, o *fullback* Hank Jennings pegou o passe do *quarterback* Harry Truman e partiu para cima de um furo do tamanho de um caminhão na defesa do lado direito, furo que o *tight end* Big Ed Hurley tinha aberto com um feroz bloqueio de esmigalhar ossos...

... e, sem que ninguém encostasse nele, Hank soltou a bola oval antes da hora e a ficou olhando quicar pelo gramado, até que dois jogadores do Kettle Falls caíram sobre ela em cima da linha de uma jarda, enterrando de uma vez por todas os sonhos dourados do time e da cidade.

Jennings, que parecia fora do ar após o jogo, confirmou que nem sequer fora tocado pelos membros do time adversário. Ele explicava sem parar, a todos que lhe dessem ouvidos, que a bola simplesmente tinha "deslizado das minhas mãos feito uma semente de abóbora".

"Acho que apertei ela com força demais", disse um abatido Jennings. "Tentando proteger a bola. Tentando proteger com força demais."

"A jogada foi boa", acrescentou o *quarterback*, o Truman mais jovem. "Exatamente como o técnico tinha ensinado. Às vezes a bola simplesmente não obedece você."

Capitão do time, Frank Truman, irmão mais velho de Harry, deu apenas a seguinte declaração: "A gente estava tão perto. Faltava isso aqui pra ganhar. É quase um crime o que aconteceu nesse campo".

Alguns jogadores, além de muitos estudantes e cidadãos na arquibancada, derramaram lágrimas depois do jogo. O técnico da Twin Peaks, Bobo Hobson, em seu quadragésimo e, pelo que alguns dizem, último ano com os Lumberjacks, foi filosófico. "Eu devia ter investido no bar do meu irmão quando tive oportunidade. Quando a cidade for lá afogar as mágoas esta noite, ele vai faturar uma fortuna. E uma coisa eu garanto: eu vou estar lá também."

1 MORTO, 2 FERIDOS EM ACIDENTE LOCAL

Um homem foi morto e outros dois, hospitalizados com ferimentos graves, após o choque frontal entre dois karts na noite de sábado. Testemunhas oculares reportam uma

Os primeiros relatos de um acidente sério na pista 6F, próxima à Rodovia Parker, emergiram às 12h25, e agentes da polícia e do corpo de bombeiros responderam pronta-

O CASO ANDREW PACKARD / CAPÍTULO UM

Naquela noite teve gente da torcida que resmungou o velho mantra de que "de um Jennings só dava para esperar isso mesmo". O restante pareceu aceitar o resultado como mais uma lição sobre a agridoce condição humana em geral e sobre a vida em Twin Peaks em particular.

Alguns anos depois, abriu-se uma hipótese mais desagradável para o infortúnio de Jennings. Um frequentador do Valete Caolho, o bordel e casa de jogo do outro lado do lago Black, no lado canadense da fronteira, certa noite ouviu uma história que provocou uma reviravolta na versão oficial do acontecimento.[8]

Por acaso, esse camarada ouviu Jean Renault -- filho mais velho do falecido patriarca Jean-Jacques Renault -- se gabando em uma mesa de pôquer de que naquele jogo havia apostado uma soma substancial no azarão Kettle Falls e depois "arranjado" o resultado. Quando lhe perguntaram por que se daria a um trabalho desses só para corromper um jogo de futebol escolar, Jean deu risada e em seguida disse, num inglês com forte sotaque: "Porque eu posso".

Dada a total amoralidade de Renault, acreditar nisso é fácil, mas com essa manobra ele também investiu na futura lealdade de Hank Jennings. Passados poucos meses, depois do Natal, Hank apareceu dirigindo uma picape Chevrolet zero-quilômetro, cor de cereja, toda paramentada. Claro que perguntaram como ele tinha arranjado aquilo, e Hank explicou que tinha juntado um dinheirinho trabalhando na cozinha do Double R nas férias.

Não é preciso ser um Perry Mason para ligar os pontos.

Poucos meses depois, Hank e Harry Truman tiveram um desentendimento abrupto -- uma troca de socos que irrompeu na Bookhouse quando Harry pediu explicações a respeito da bola que caiu "sem querer". O irmão mais

[8] O Valete Caolho figura com destaque em uma investigação realizada pelo agente Cooper logo depois do caso Laura Palmer — TP

DREW PACKARD / CAPÍTULO UM 15/03/89

velho de Harry, Frank, e Big Ed tiveram que arrancar Harry de cima de Hank, senão os socos teriam matado o malfadado jogador. Será que Harry ligou os pontos sozinho? Creio que sim. Mas nenhum dos Truman contou ao pai, o xerife, de forma que a verdade ficou sepultada na Bookhouse. Hank e Harry nunca mais se falaram, e Hank apressou o desvio para o caminho do mal.

Naquele verão, Hank começou a fazer viagens ao outro lado da fronteira sob as ordens de Jean Renault, o que, em matéria de crime, vale por uma pós-graduação. Sua moralidade pessoal seguiu na mesma trajetória descendente: não demoraria nada até que o antigo companheiro de time, Ed Hurley, tivesse os próprios motivos para querer cobrir Hank de pancada.

No último ano de colégio, Big Ed e sua colega Norma Lindstrom tinham começado a namorar. Norma era a chefe do esquadrão de torcedoras e a rainha do baile, uma beldade estonteante de uma família modesta da parte mais esquálida da cidade -- isto é, a parte em que morava a maioria das pessoas cujo sobrenome não era Packard nem Horne. Os Hurley trabalhavam na Serraria Packard havia duas gerações -- o tio de Ed tinha perdido dois dedos ali --, e o irmão de Ed, Ernest, seguiu a trilha familiar, mas a obsessão juvenil de Big Ed por carros, caminhões e motocicletas prenunciava um caminho diferente. O pai de Norma, Marty Lindstrom, trabalhara para a companhia ferroviária por muitos anos, antes de se aposentar e abrir uma despretensiosa lanchonete bem no coração de Twin Peaks.

Essa lanchonete, que servia um café e uma torta excepcionais, se tornou, admito, quase uma obsessão para mim. Segue em anexo um cardápio, onde se lê um breve histórico do estabelecimento.[9]

[9] Verificado. Cooper deve ter mesmo adorado o lugar — TP

Seja bem-vindo ao Double R!!

Aberto em 1938, este restaurante era inicialmente conhecido simplesmente como Railroad Diner, por servir lautas refeições à maneira dos vagões-restaurante em que trabalhou seu fundador e proprietário, sr. Marty Lindstrom. Desde o dia em que abrimos as portas, nosso cardápio foi estrelado pelas famosas tortas da sra. Ilsa Lindstrom, que herdou da sua família sueca receitas de delícias de antigamente como a torta de groselha, a de airela vermelha e a de morango com ruibarbo. O sr. Lindstrom providenciou uma grande placa, imaginando que as pessoas logo chamariam esse lugarzinho de "Marty's Railroad Café", mas logo logo para todo mundo aqui era o Double R. Depois da guerra, Marty cedeu à voz popular e assim até hoje um grande RR de luzes de neon brilha na fachada.

Bebidas

Café ou chá	1,75
Leite	1,75
Suco de laranja	2,50
Milk-shake	3,50
Vaca preta	3,50
Cerveja	3,50
Refrigerante	2,25
Chá gelado	1,75
Batidas de limão ou laranja	2,25

Café da manhã

2 ovos — qualquer tipo	4,00
O "Double" R	7,00
Omelete com queijo	5,25
Rabanada	6,50
Panquecas ou waffles	5,75
Bife e ovos	9,95
Café da manhã completo	9,50
Mingau	4,50

Tudo acima é servido com torrada, bacon ou linguiça

Sanduíches

Cheeseburger	7,85
Hambuger especial	7,95
Turkey Club	8,49
Rosbife	8,10
Misto quente	5,95
Bacon, alface e tomate	6,75
O Redwood	8,00

Acompanhamentos

Batata frita	3,49
Onion rings	3,00
Salada	3,49
Sopa do dia	3,35

Jantar

Costelinha com molho barbecue	10,95
Carne enaltada	8,95
Bisteca	12,95
Guisado	8,49
Frango frito	10,50
Espaguete à bolonhesa	7,95
Vitela	14,40
Caranguejo-real	preço do mercado
Peixe	10,95
Peixe do dia	preço do mercado

Sobremesas

Nossa famosa torta de cereja	2,50
Torta de mirtilo	2,50
Torta de groselha	2,50
Torta de frutas vermelhas	2,50
Torta de morango e ruibarbo	3,00
Sorvete	2,00

Café da manhã • Almoço • Jantar — Servido a qualquer momento!

O CASO ANDREW PACKARD   /   CAPÍTULO UM   15/03/89

Depois de conversar com todos os principais envolvidos, creio que descobri
por que Big Ed e Norma, que estavam tão visivelmente apaixonados, jamais se
casaram. Mais uma vez, acho que Hank Jennings é o responsável. Eis o que houve:

Com os Estados Unidos envolvidos até o pescoço na Guerra do Vietnã, Ed
Hurley se alistou no Exército logo depois de se formar e saiu da cidade para
fazer o treinamento básico. Todos imaginaram que Norma e Ed se casariam
antes disso, mas Big Ed -- demonstrando sua tendência a hesitar em momentos
pessoais de suma importância, tendência que aliás nunca se manifestou no
campo de futebol -- acabou não fazendo o pedido antes de partir para o Forte
Dix. Norma ainda não havia percebido que a reticência era tão inerente a
Big Ed quanto sua incapacidade de explicar o porquê dela. Norma, uma moça
muito doce, que tivera gagueira quando criança e sofria de baixa autoestima,
simplesmente concluiu que não estava à altura dele. Naquele outono, Big Ed
saiu dos Estados Unidos para passar uma temporada de dois anos no QG de
comando da frota de veículos militares em Saigon.

Com Big Ed fora de cena, Hank -- que saíra umas poucas vezes com Norma
no primeiro ano -- começou a rondar a presa. A mãe de Hank, Jolene, fora
uma das primeiras garçonetes do Double R, e ele mesmo trabalhara ali durante
todo seu segundo grau -- onde agora Norma estava pegando turnos de fins
de semana enquanto frequentava a escola técnica -- de forma
que se conheciam desde pequenos.

Hank se aproximou como um amigo que estava tão triste quanto ela pela
ausência de Big Ed. Isso mexeu com Norma. Como qualquer sociopata de
talento, Hank conseguia simular emoções sinceras sem de fato senti-las;
"empatia" e "sinceridade" funcionavam muito bem com Norma. Hank também era
paciente e dispunha de muito dinheiro sujo e nenhum pudor de gastar para
impressioná-la. Norma começou a gostar da atenção e, por volta de novembro,
eles haviam passado de almoços semanais para ocasionais jantares,
até que Norma convidou Hank para ir à sua casa no Dia de Ação de Graças.

Mais tarde, Norma diria que as cartas diárias que vinha recebendo de Big Ed
via correio militar haviam cessado; ela teria ficado mais de seis semanas
sem receber uma única linha dele. Trata-se do mesmo período durante o qual,
conforme Big Ed depois contou, ela recebia pelo menos um bilhete dele todos
os dias, endereçados à lanchonete. Inexplicavelmente, a linda namorada nada

- 9 -

O CASO ANDREW PACKARD / CAPÍTULO UM   15/03/89

respondia. Não era da índole de Big Ed escrever aos amigos da terra natal para
saber o que se passava com Norma. Ed imaginou o pior, que _ele_ não estava
à altura dela e que os sentimentos dela haviam mudado. Acho que foi tudo
porque, naquela altura, a ficha de Hank já ostentava um novo delito: desvio
de remessas do correio norte-americano.

Big Ed deveria voltar para casa na folga de Natal, mas, como não tivera
notícias de Norma, cancelou a viagem. Escreveu uma última carta pedindo
esclarecimentos, mas Norma nunca a recebeu, de forma que, enquanto Ed afogava
as mágoas na lojinha do Exército em Saigon, Norma estava nos braços de Hank
Jennings durante a cerimônia de inauguração da árvore de Natal na praça
principal de Twin Peaks. Naquela noite, com a gente da cidade entoando canções
natalinas e uma nevada salpicando de branco o velho e imponente abeto-de-
-douglas de vinte metros de altura, Hank pôs nas mãos de Norma um presentinho,
uma pequena caixa lindamente embrulhada. Dentro havia um anel de noivado
guarnecido com um rechonchudo diamante -- sem dúvida, roubado e "esquentado".

Ela disse sim.

A carta de rompimento de Norma chegou a Big Ed três semanas depois. Big Ed
pensou mil vezes sobre como responder, mas estava tão arrasado e inseguro que
mal conseguia raciocinar e, após uma dúzia de tentativas abortadas, decidiu que
era incapaz de pôr em palavras o que realmente queria dizer. Assim, Ed hesitou,
titubeou e por fim abriu mão de qualquer atitude. Não que, como sabemos, uma
carta sua pudesse chegar a Norma, mas ao menos ele teria como dizer de boa-fé
que tinha escrito uma.

Big Ed soube do casamento depois do fato consumado, quando uma carta de Harry
finalmente conseguiu chegar a ele -- uma cerimônia íntima na Capela do Bosque,
à qual compareceram ambas as famílias e nenhum Bookhouse Boy -- mas, naquela
altura, era tarde demais. Hank levou Norma de trem a San Francisco para uma
ostentatória lua de mel; depois, em um conversível alugado, o casal desceu pelo
litoral até Los Angeles, para apreciar os pontos turísticos e assistir
a uma gravação de The Tonight Show, com Johnny Carson, que, como fazia todo
ano, transferira seu programa para a Costa Oeste por algumas semanas.

Quando voltaram para casa, Norma se dedicou a terminar o curso técnico, com
a ideia de se tornar enfermeira -- mas a vida tinha outros planos. O pai dela,

A HISTÓRIA SECRETA de TWIN PEAKS

Olá, mamãe e papai! Aqui estou eu no centro de Burbank, uma boniteza só! (haha) Los Angeles é o máximo! Hoje a gente foi conhecer um estúdio de cinema — o Hank queria que eu fizesse um "teste de elenco" falso deles, mas fiquei com vergonha! Daí ele arranjou para a gente uns ingressos para o Tonight Show! O Johnny Carson é muito engraçado e bonito! O programa foi com o Sammy Davis Junior, que cantou, dançou e contou histórias engraçadas sobre os amigos dele, e também teve um ator gordinho muito engraçado chamado Victor Buono, que leu uns poemas de rolar de rir que ele escreve! A gente está se divertindo à beça!

Muitos beijos,
Norma (e Hank!!)

Sr. e sra. Lindstrom
508 Parker Road
Twin Peaks, WA 98065

O CASO ANDREW PACKARD / CAPÍTULO UM

Marty, ficou doente do coração e a mãe deixou de lado
a lanchonete para cuidar dele. Depois foi a vez de a mãe
de Hank ficar doente -- câncer de pulmão --, e Norma ajudou
a cuidar dela enquanto assumia a gerência do Double R.
(Nessa época, Hank passava a maior parte de seus dias
"na estrada", trabalhando para Jean Renault.)

Com sua vitalidade e visão, Norma transformou uma simpática
espelunca em um lugar que até valia uma viagem. Ela renovou
o menu e abriu uma pequena padaria vizinha para fabricar
as tortas da mãe em maior quantidade, vendendo-as à parte,
às vezes por encomenda. Além disso, redesenhou o uniforme
das garçonetes -- os característicos e impecáveis vestidos
verde-água debruados de branco que elas usam até hoje -- e,
pouco a pouco, fez de um ponto de encontro no qual ninguém
prestava muita atenção um motivo de orgulho para a cidade.

(Devo reiterar que a comida, e em especial as tortas,
do Double R -- e mencionei o café? -- são de fato
espetaculares.)[10]

Norma perdeu o pai em 1978. Pouco depois, sua mãe voltou para
a lanchonete, e Norma adorava trabalhar lado a lado com ela
-- sobretudo por causa das longas e frequentes ausências de
Hank -- mas Ilsa nunca superou a perda de Marty. A perspectiva
de ser avó ainda a animava um pouco, porém sua saúde piorou e,
em certa noite de 1984, ela morreu dormindo. A cidade inteira
compareceu ao funeral de Ilsa, mas Hank não -- estava fora do
país, incomunicável, "a negócios", para variar. Nesse momento,
Norma percebeu também que nunca teriam filhos. Haviam
se habituado a uma rotina distante e sem afeto. Toda vez que
Norma pensava em pôr um ponto final na situação, Hank era bom
ou carinhoso na medida exata para manter sob controle aquela
sensação crescente de que o casamento já tinha acabado.

Assim foi por mais três anos, até que Andrew Packard virou
poeira no hangar e, poucas semanas depois, Hank se declarou
culpado de atropelamento seguido de fuga.[11]

---

[10] Definitivamente, é o agente Cooper — TP

[11] O primeiro "capítulo" da narrativa de Cooper termina aqui.

Minha primeira pergunta é: por que ele escreveu isso? Obviamente naquela altura a gente e os lugares da cidade lhe despertavam fascínio e mesmo afeto. A data do cabeçalho sugere que a redação ocorreu depois do encerramento do caso Laura Palmer, mas aparentemente antes de ele ir embora. Cooper estava com algum tempo livre, de forma que usou sua capacidade investigativa para esclarecer alguns mistérios locais, como um pianista de concerto que pratica escalas para continuar em forma.

É apenas minha opinião, mas me parece também possível que essa investigação tenha sido um gesto de amizade — uma forma de contar a seus novos amigos a dura verdade sobre as perdas e incidentes da vida deles sem ter de confrontá-los. Creio que ele pode ter simplesmente deixado essas páginas na Bookhouse na esperança de que seus amigos, o xerife Truman e Big Ed Hurley — ambos Bookhouse Boys —, um dia dessem por elas.

Ainda não há como saber se isso aconteceu — TP

[1] Verificado. Este documento foi escrito pelo braço direito do xerife Truman à época, Thomas "Hawk" Hill — TP

TOMMY HILL,
por volta de 1987

```
*4* TRIÂNGULO AMOROSO

Além de estimular o gosto pela leitura, as regras
da Bookhouse incentivavam seus membros a escrever diários.
Um segundo "diário" de uma fonte local, também encontrado
na Bookhouse -- na seção Interesse Local, na prateleira
ao lado do relatório de Cooper --, continua a história
de Big Ed do ponto em que parou.[1]
```

A BALADA DE
BIG ED E NORMA
E NADINE

HAWK HILL

MEU CHAPA BIG ED HURLEY voltou para Twin Peaks poucos meses depois da queda de Saigon, em 1975. Topei com ele lá uma vez, no outono de 1973, durante a licença em terra firme. (Eu era artilheiro de um navio-patrulha em serviço no delta do rio Saigon. Pouco suicida, não? Mas isso é outra história. Me lembre de contá-la qualquer dia. E me lembre, na próxima vez que eu esbarrar com ele, de arrebentar a cara do filho da mãe que me convenceu a ir ao centro de recrutamento em primeiro lugar, se é que eu ainda lembro quem era o cara. Hank.)

Depois de encher a caveira com uma garrafa de cerveja com 45% de teor alcoólico, Big Ed soltou a língua e confessou que ainda estava com uma puta dor de cotovelo por causa da Norma. Olha, eu amo aquele palerma FDP como um irmão, mas basta um pio sobre a Norma, que o cara entra em modo choramingo total, como uma escoteira de doze anos que perde os biscoitinhos. Agarrei-o pelos ombros, mandei tomar tento e parar de bancar o C-4 com aquele melodrama do arco da velha. Ninguém nas imediações — isto é, em um raio de 3 mil quilômetros — daria a mínima. Aquele coração partido já estava com o estatuto prescrito, e tinha um montão de garotas nas redondezas para ajudar a caixola dele a alcançar um estado permanente de amnésia em relação à fulana de tal. Ele meio que estava saindo do buraco, mas a madrugada bateu com tudo, se bem me lembro, quando uma canção melosa do Frankie Valli tocou no jukebox e Big Ed me lançou um olhar de cachorro sem dono — "Era a nossa música", disse, sem brincadeira — e foi aí que eu dei no pé. Um tiroteio no rio Mekong, no navio-patrulha, parecia até bacana perto daquele novelão todo.

Trocamos um punhado de cartas nos dois anos seguintes. Tomei o avião de volta seis meses antes do Big Ed, cortesia de um estilhaço de um vietcongue que absorvi com meu *gluteus maximus* quando um tenente BDM (gíria militar para "bicho [novato] de merda") mandou a tropa para a ramificação errada do rio e quase jogou todo mundo nos braços da Dama Branca.

Na carta seguinte que recebi dele, já em Twin Peaks, Big Ed me contou que estava prestes a se inscrever em novas missões e trilhar carreira no Exército — ele não viu muito o pau quebrar no pelotão de veículos do QG — quando obrigações familiares o chamaram de volta para casa.

Ed tinha um irmão caçula imprestável, Billy, que se machucara na serraria — uma pilha de troncos caíra de um caminhão e esmagara uma perna dele. Só para registrar, já era a terceira geração da família Hurley que se mutilava no trabalho. Era a Sina Hurley, diziam. Sabe aquelas placas de segurança que penduram em ambientes de trabalho? A placa da serraria dizia: "___ dias desde que um Hurley sofreu um acidente".

(Meu velho trabalhou 35 anos na área, para os Packard, em circunstâncias muito mais cabeludas, e nunca apareceu com uma cutícula solta sequer. Falando nisso, jamais chame esses caras de "lenhadores", ou irá deixá-los putos da vida. São madeireiros. Muitos ameríndios entraram nessa. Também construímos os arranha-céus de

Nova York, mas não porque éramos "índios destemidos". Não tinha o suficiente de brancos desesperados o suficiente para topar esses trabalhos.)

A lesão também aniquilou o espírito do Billy, ou o que restava dele. Confinado a uma cadeira de rodas, ele passou a viver de pensão por incapacidade e investia seus cheques nos botecos da cidade. Billy e sua esposa Susan tinham um filho pequeno chamado James, ainda no primário, e Susan suplicou a Ed que amparasse o garoto e a ajudasse a colocar Billy nos trilhos. Bom, Big Ed se prontificou e o Exército perdeu um tremendo mecânico.

Muito tempo atrás, durante a Depressão, Big Ed e os pais de Billy montaram uma barraca ao pé da estrada para vender ovos, frutas e hortaliças da fazenda da família. (Melhor milho da região, aliás. Vale a viagem.) Depois da Segunda Guerra, quando acabou o racionamento e os motoristas caíram na estrada, Ed, o pai do Big Ed, ajeitou umas bombas de gás e o negócio foi para a frente. (Para evitar confusão: Big Ed nasceu Ed Junior, mas era um bebê grande pacas, então começaram a chamá-lo de Big Ed desde pequenininho, não que ele tenha sido pequeno por muito tempo.)

Big Ed também saiu com um talento esquisito para entender como todo tipo de tralha funciona. Com cinco anos, volta e meia a mãe dele chegava em casa e lá estava ele desmontando a torradeira ou o aspirador de pó. Foi tanta surra que logo ele aprendeu a montar de novo a porra toda certinho. No colegial, Big Ed já era capaz de montar um Volkswagen de olhos vendados e trabalhava como mecânico-chefe na oficina que o pai dele tinha arrumado naquilo que o pessoal do lugar já chamava de Autoposto Rural do Ed. O Ed para mim era o "encantador de motores". E ainda bem que ele entendia de mecânica, porque em matéria de coração o pobre coitado não sacava nada.

Big Ed não contou a uma alma penada sequer, nem mesmo a mim, quando voltaria do Vietnã. Duas semanas depois do último helicóptero deixar o país, pus os pés na Bookhouse e topei com ele sentado lá, com uma lata gigante de cerveja numa mão e um exemplar de *Ardil-22* na outra. (Resenha lacônica de Big Ed sobre a obra-prima de Joseph Heller: "Aposto que esse cara serviu o Exército".) Por um tempo, Big Ed ficou na miúda no Autoposto Rural, dando duro, cuidando do sobrinho James. Passava as poucas horas livres que tinha na Bookhouse, tentando fazer James se interessar por leitura. Nossa, ele tentou de tudo. Twain, Tarzan, até mesmo Doc Savage. Um bom garoto, o James. Não um leitor.

Um antigo colega de trabalho, Frank Truman, que assumira o lugar do pai como xerife, tentou convencer Big Ed a se unir à força policial como agente. Após um mês de ponderação, ele decidiu permanecer no Autoposto Rural para ajudar o velho, que também tinha uma perna coxa, cortesia, claro, de outro incidente Hurley na serraria, quando era adolescente. Há males que vêm para o bem, diria algum ancião branco, pois no lugar dele Frank contratou outro colega, amigo do colégio, também membro dos Bookhouse Boys, este que vos fala.

A HISTÓRIA SECRETA de TWIN PEAKS

2 Um detalhe digno de nota: Tommy Hill era um Nez Percé de sangue puro, cujos pais haviam deixado a reserva não fazia muito tempo — tinham resolvido ir embora logo antes de a usina nuclear de Hanford entrar em funcionamento, para a sorte deles. O pai de Tommy, Henry, era um lendário e destemido escalador de árvores — o cara que sobe nas árvores mais altas com calços nas botas e poda os topos. Henry escalou árvores para a Serraria Packard a vida toda — segundo o Departamento de Estatísticas do Trabalho dos Estados Unidos, é o trabalho mais perigoso do mundo — sem jamais sofrer um arranhão — TP

3 Confirmado — TP

(Me atrevo a acrescentar que, na época, eu ainda estava um pouco ressentido com Frank, já que foi ele quem me inventou o apelido "Tommy Hawk" no segundo colegial. Naquele tempo, os brancos ainda achavam essas babaquices condescendentes engraçadas. Sabe, sátiras televisivas como *F Troop* ou selecionar um ator judeu do Brooklyn chamado Jeff Chandler para fazer o papel do líder apache Cochise.)

Eu estava pensando seriamente em me mudar para o Alasca para trabalhar em um arrastão de pesca em águas profundas — sim, alguém tinha que conferir se eu estava batendo bem, e eu sabia disso, então, por um oferecimento do Departamento de Assuntos de Veteranos, consegui uma horinha com o médico de cabeça do Exército, para resolver, digamos, algumas questões sobre Frank e minhas escolhas. Aos seis minutos do meu monólogo introspectivo, o doutor me lançou um olhar fulminante e disse: "Pera lá, você pretende trabalhar em um navio pesqueiro no Ártico? Eu sou do Alasca. Você tá maluco?". Aquilo me fez cair na real. Quero deixar registrado o meu "muito obrigado, doutor". E assim começou minha carreira policial em Twin Peaks.[2]

Embora Norma soubesse que ele estava de volta, Big Ed esperou um ano até pôr os pés no Double R para tomar um café. Calhou de eu estar no balcão naquele dia. Assim que Big Ed viu Norma no caixa, empalideceu e engoliu em seco — o peitoral dele inchou como uma bexiga d'água —, mas o Hank tinha laçado a garota, e as cordas vocais de Big Ed travaram. O coração de Norma também deve ter pulado quando Big Ed deu as caras — a vida com aquele delinquente do Hank não era exatamente um mar de rosas —, mas, como sempre, ela tentou interpretar os sinais do Ed, o Ed não deu sinal algum, então os dois ficaram lá trocando sorrisos educados, cheios de lero-lero, uma conversinha tão miúda, que sequer daria para ver em um microscópio. Uma cena tão infeliz, que pedi uma segunda fatia de torta só para desmanchar aquilo.

E a coisa estacionou. Criatura de hábitos, Big Ed começava e terminava o dia com uma xícara de café no Double R, e geralmente almoçava lá também. Até um cego seria capaz de ver que o casamento de Norma e Hank estava por um fio, e Big Ed tinha visão perfeita. Ele não pretendia tomar uma atitude, mas saber do que se passava bombeou combustível o bastante para ele manter a chama-piloto acesa por anos.

Até que, numa tarde de sábado de 1984, ele topou com Nadine Gertz.

Quando o pai de Ed faleceu, em 1983, Big Ed assumiu os negócios. Instalou uma nova fachada de neon, que ele mesmo projetou e construiu. Tinha um ovo enorme que brilhava que nem um sol, um tributo à antiga barraca da fazenda da família, e um pato-real, que segundo ele simbolizava a paixão do pai pela caça — e o Ed rebatizou o estabelecimento de Autoposto Rural do Big Ed. O sobrinho, James, que àquela altura era como um filho para ele, trabalhava nos fins de semana como frentista.

Nadine estava duas séries abaixo da gente na escola, mas eu não me lembrava muito bem dela. Talvez Big Ed se lembrasse, não sei. Ela estava levando o cortador de grama John Deere do pai para conserto, dirigindo a cerca de cinco quilômetros por

AUTOPOSTO RURAL DO BIG ED

hora. Eu tinha acabado de estacionar minha viatura perto das bombas de combustível, e James estava ali para abastecer. Big Ed estava tirando o guincho da garagem, em marcha à ré, e Nadine estava tão devagar, que ele não viu ela vindo e trombou com tudo. James e eu ouvimos o baque. O John Deere deu uma empinada, mas Nadine saltou que nem uma acrobata antes de o veículo bater de volta no chão. Ela era ginasta na escola, mas eu também não me lembrava disso.[3]

Big Ed largou o guincho e correu para socorrer a moça, consternado e apavorado, e ela viu a expressão no rosto dele e, creio, confundiu com desejo romântico ou algo assim — vai entender. Acho que ninguém nunca olhara para ela daquela forma antes. Ela desabou, e Big Ed a segurou antes de cair no chão. Então, corri para perto deles, no exercício de minha função oficial, dado que eu era testemunha ocular e a vi saltar do veículo logo antes do impacto, com uma aterrissagem perfeita. Eu sabia que ela não estava machucada. Mas Big Ed não sabia e ficou paralisado, como se tivesse aleijado ou matado a pobre coitada e mandado por água abaixo o negócio e tudo que batalhara para juntar na vida. Então, ele pôs os braços em volta da Nadine e ficou ali olhando para a cara dela, esperando um sinal de vida, quando ela abriu os olhos toda manhosa e deu com aquele homenzarrão dos sonhos hipnotizado. E ela não era de se jogar fora, não. Tinha um jeito meio exótico, felino, e estava usando umas roupas estilo beatnik, com um lenço de seda e um collant decotado.

O primeiro pensamento que me ocorreu foi, bom, já era, agora ela está apaixonada por ele. E o segundo pensamento foi, talvez isso tire a Norma da cabeça dele. Eu estava preocupado com o meu amigo, sabe? Queria vê-lo feliz. Isso foi antes de qualquer um de nós — o jovem James incluso, ali de pé — saber quem ela realmente era.

A primeira coisa que ela fez foi abraçá-lo, pois sabia exatamente quem era ele — mais tarde, descobrimos que ela tinha uma queda por Big Ed desde o ginásio, como a maioria das garotas —, e Big Ed ficou tão aliviado por ela estar viva, que a abraçou de volta. E percebi logo de cara, observando a química fluir, que, com a vitalidade dele e o físico atlético dela, aquilo logo acabaria entre quatro paredes. Sorri de orelha a orelha, feito palerma, e James me olhou com cara de interrogação. Disse que explicaria para ele depois.

Big Ed perguntou trocentas vezes se ela estava bem mesmo, e ela respondeu trocentas vezes que sim, e ele se desculpou trocentas vezes, e ela disse que tudo bem, que o cortador precisava de conserto mesmo, e então ela deu um beijo nele, impulsivamente, e ele abriu um sorrisão bobo, e vai saber a última vez que isso tinha acontecido, e na hora ele se deu conta de que tinha uma mulher em polvorosa nas mãos e todas as portas estavam abertas. E ainda não fazíamos a menor ideia de quem era ela.

Então, no exercício de minha função oficial, perguntei, "Qual é o seu nome, senhorita?". E ela disse Nadine Gertz, e isso refrescou a memória de Big Ed, e era uma boa recordação — ele se lembrava dela em um encontro de ginastas, saltando sobre um cavalo. O nome não me soou estranho, mas não consegui formar uma imagem, então prossegui e chequei os sinais vitais: o pai morava a meio quilômetro dali, ela morava em Spokane já fazia um tempo, trabalhava como costureira, por isso não a víamos muito pelas redondezas, mas ela estava pensando em voltar e abrir uma oficina, então estava hospedada na casa do pai quando notou que a grama estava alta e ele comentou que o cortador estava capenga, e foi assim que ela apareceu ali no Autoposto Rural a bordo do John Deere.

Big Ed disse para ela não se preocupar, que era culpa dele — impressionante, ele nunca havia dito *isso* antes — e ele daria um jeito no cortador por conta da casa. Então, no papel de autoridade, visto que ambas as partes estavam de acordo, declarei que não havia necessidade de registrar um boletim de ocorrência, e como ainda estavam grudados tal e qual gêmeos siameses, sugeri que trocassem dados de contato, cutuquei James e pedi para ele me ajudar a empurrar o John Deere — que nem estava tão amassado assim — até a garagem.

O que está acontecendo?, James me perguntou baixinho, espiando o tio por cima dos ombros, logo que a gente conseguiu pôr o cortador de grama para dentro. Big Ed e Nadine estavam de pé, apertando as mãos, e nenhum dos dois pretendia soltar. Eles estão sentindo o mistério, comentei. Que mistério, retrucou ele. O mistério da vida, eu disse, coisa que você entenderia melhor se lesse os livros que seu tio manda. James soltou uma risadinha, parece que estava sacando. Um bom garoto. (Pena que o livro favorito dele seja *A teia de Charlotte*.)

Ed e Nadine se amarraram três semanas depois, na Capela do Bosque. Pá pum!, desse jeito. No mesmo lugar em que Norma e Hank se amarraram.

Todos os Bookhouse Boys compareceram, menos Hank, que foi riscado da lista

AGENTE POLICIAL ANDY BRENNAN

para todo o sempre. O resto da rapaziada também parecia não se lembrar da Nadine no colégio, até que, na festa de casamento, no Grange Hall, o novo agente policial, Andy Brennan — um cara um pouco mais novo que a gente, recém-apresentado pelo xerife Truman, e mais verde que a grama — cochichou comigo que havia estudado no mesmo ano que ela e, céus, não lembra o que aconteceu na época? Respondi que não, Andy, eu estava ocupado demais no Vietnã, levando um tiro na bunda, cortesia de um tampinha de pijama preto.

Andy fez sinal para a gente sair dali, como se alguém pudesse ouvir algum cochicho no salão, com a banda cover contratada tocando os hits do Young Rascals. A mãe da Nadine, Andy contou, teve "problemas de saúde de caráter mental", e seu pai também não era lá muito estável. Um beberrão. Eles tinham vindo lá das bandas de Idaho quando Nadine estava na sétima série, e no segundo colegial ela teve "um verdadeiro colapso nervoso, sem exagero", e precisou sair da escola na primavera. Caramba, é mesmo?, respondi espiando pela janela a Nadine dançar música lenta com o Big Ed.

É sério, disse Andy, foi mandada para um daqueles lugares aonde as pessoas vão para descansar e se recompor. Perguntei, o manicômio? Não o estadual, disse Andy, uma instituição privada — os pais dela tinham uma graninha; o pai havia inventado uma espécie de retardador de chama anos antes. Quanto tempo ela ficou lá?, perguntei. Ela voltou no outono, então creio que seis meses, disse Andy, mas ninguém nunca soube detalhes. Ela vivia de boina e lenço no pescoço, e dizia para todo mundo que tinha feito intercâmbio na França. Como você ficou sabendo disso tudo?, perguntei. Andy disse, sei lá, as pessoas gostam de me contar as coisas.

(Andy, ao que parece, é faixa preta, nono grau em fofoca, essa é a melhor qualidade dele como agente policial, e eu realmente acho que ele tem um trunfo. Ou, como ele mesmo disse, "Sabe, Hawk, nunca me vejo como fofoqueiro. Me vejo mais como um historiador oral".)

Você acha que seu amigo Big Ed sabe da história de Nadine?, Andy me perguntou.

Duvido, disse eu, e foi com o coração partido que eu olhei para os dois dançando — ela estava pisando nos pés dele e ele a fazia rodopiar como se ela tivesse o peso de uma pena.

Não, Big Ed não tinha a menor noção do explosivo tiquetaqueando dentro daquela esposinha radiante. E por mais que ele se dedicasse à felicidade dela sem olhar para trás, não demorou muito para que Nadine, de uma forma ou de outra, somasse dois mais dois a respeito de Big Ed e Norma e a velha dor de cotovelo dele, e pequenas rachaduras começaram a despontar na psique dela. Ressalvas de início, depois uma torrente interminável de perguntas, seguida de explosões nervosas — algumas em público — que o faziam perder as estribeiras, já que a única culpa no cartório que ele tinha era ter vivido a vida antes de ela aparecer. E então ela passou a seguir Ed sempre que ele ia ao Double R. Só para observar Norma e ele pela vidraça enquanto ele cuidava da própria vida no balcão. Àquela altura, ele já imaginava que sua explosiva esposa talvez trouxesse escondida uma dose extra de pólvora, e, claro, ele não sabia o que fazer ou com quem conversar, então não contou para ninguém.

Naquele outono, Big Ed e o xerife Truman saíram para caçar aves, como fazem toda temporada. Para variar, Nadine seguiu Big Ed 25 quilômetros mata adentro. Será que ela achava — sabe Deus — que ele estava saindo de fininho às quatro da manhã para um encontro clandestino com Norma num esconderijo para caçar patos?

Foi quando Big Ed acidentalmente atirou no olho dela. Ele não fazia ideia de que ela estava por perto, à espreita justo na linha de tiro, e ela afugentou alguns patos, os dois caçadores se levantaram e abriram fogo, e uma bolinha de chumbo perdida, de um projétil de carabina, atingiu o olho dela. Como ele poderia saber? Uma dose cavalar de Sina Hurley. Harry estava ao lado dele quando aconteceu, então todo mundo sabe que foi um acidente inocente, até mesmo a Nadine. Mas a Nadine perdeu o olho.

Claro que Big Ed se condena, quando a única coisa que ele fez errado foi casar com a Nadine antes de uma diligência prévia, mas agora ele está grudado nela por uma culpa mais potente que cola industrial. Ele cuidou dela até ela se recuperar e desde então se dedica em dobro para fazer a mulher feliz. Mas a perda do olho deixou a Nadine com um parafuso permanentemente solto. Ela passou a usar um tapa-olho e vive com a ideia fixa de inventar algo como seu velho fez, para ajudar a salvar o mundo, e ajudar a salvar o Ed da vida de peão no Autoposto Rural. Ela não percebe que essa é a única vida que ele deseja, a vida que escolheu e construiu, e que inclui ela própria. E agora ele vai ter que carregar esse fardo.

O caso é que a gente teve uma confluência de eventos: Andrew Packard foi pelos ares no hangar, Hank foi ver o sol nascer quadrado, e dois meses depois Nadine perdeu o olho e o pé na realidade que tinha sobrado. Uma noite, então, no Double R, Big Ed estava sentado no balcão, com o peso do mundo sobre os ombros, quando Norma o viu, pela primeira vez, como já não o via há anos. Era uma noite de pouco movimento, e ela se aproximou com duas xícaras de café e um pedaço extra de torta, e os

BIG ED E NORMA NO RR

dois começaram a conversar. Conversar de verdade, coisa que tinham esquecido de fazer já tinha um tempão, pelo menos desde que Ed voltara. Solidários. Consolando um ao outro, desabafando sobre Hank, sobre Nadine. Sobre suas vidas e casamentos em frangalhos.

Lá fora estava começando a nevar, a primeira nevasca da estação, uns três dias antes do Natal, e na hora e meia seguinte, os dois se apaixonaram de novo — não, nem isso, na verdade. Os dois se deram conta de que nunca tinham se desapaixonado. Ed finalmente desabafou sobre todas as cartas que enviara do Vietnã, e ela contou que não tinha recebido nenhuma, e olhou para as cartas do dia, ao lado do caixa — onde Hank costumava trabalhar —, e ligou os pontos. Sei bem como foi, eu estava lá, numa mesa de canto, matando uma pratada depois do expediente, assistindo tudo ao vivo com um sorrisão no rosto.

Eles não fizeram nada a respeito, claro. Nada de escapulidas, nada de encontros secretos. Big Ed se mantém "leal" ao fardo. Mas eu não tenho dúvida de que ele e Norma estão juntos nisso — seja isso o que for — desde então. Ele vai à lanchonete quase toda noite, depois do horário de pico, e os dois batem altos papos. Nadine parou de seguir o marido, agora vive enfurnada na oficina lá dela, como um cientista maluco — péssima escolha de palavras, eu sei —, trabalhando noite e dia na coisa que ela inventou, "um conjunto de cortinas corrediças completamente silenciosas". E Ed e Norma acreditam que, em tempo, tudo se resolverá e eles ficarão juntos de novo.

Veremos. Se conheço bem o Ed, é capaz de ele se mexer só daqui a uns quinze anos.

5 MÉDICO E PACIENTE[1]

Depois de perder o olho, enquanto se recuperava no Calhoun Memorial Hospital, Nadine foi examinada pela primeira vez na vida adulta por um psiquiatra habilitado. O dr. Lawrence Jacoby tinha deixado a ilha de Oahu, no Havaí, e retornado a Twin Peaks em 1981, após a morte de sua mãe, Leilani, ali estabelecendo um consultório particular, além de passar a atender no hospital local.

Jacoby tinha granjeado uma reputação controversa nos anos 1960 e 70, depois de publicar uma série de artigos acadêmicos e um livro baseado em seu trabalho, intitulado O olho de Deus: psicologia sagrada na mente aborígene.[2]

Jacoby propôs uma teoria para a evolução da espiritualidade de antigos povos nativos através do uso ritualístico de plantas psicotrópicas por xamãs e curandeiros tribais. O livro resulta de mais de uma década do trabalho antropológico que Jacoby conduziu em campo, com tribos aborígenes ao redor da Australásia e América do Sul. Segundo ele admitiu sem rodeios (esse ruído que você está escutando é Margaret Mead se revirando no túmulo), esse trabalho incluiu sua própria participação nos rituais que descreve em minúcias, além de um casamento efêmero, em determinado momento, com a filha de um chefe de tribo. (A lista de drogas que as tribos compartilharam com ele, incluindo peiote, ayahuasca, diversos cogumelos amazônicos e raros venenos de sapo, seria o bastante para arremessar o córtex cerebral de qualquer pessoa a outra dimensão.)[3]

Eis um pequeno exemplo, da perspectiva da comunidade médica, do frágil galho científico sobre o qual Jacoby se equilibrou em seu livro:

---

[1] Estou tentada a visitar eu mesma a Bookhouse. Mal consigo imaginar o que encontraria naquelas estantes.
O(A) Arquivista agora retoma a história — TP

[2] Verificado — TP

[3] Verificado. São todos alucinógenos "regionais", cuja ingestão, devo acrescentar, poderia muito bem encorajar um "casamento" por impulso com uma princesa amazônica — TP

PA1156
$1.75

O OLHO DE DEUS:

Psicologia sagrada na mente aborígene

DR. LAWRENCE JACOBY

$1.75
Psico/Antrop

KURTIS
BOOKS

"Jacoby tem algo a dizer porque viveu o que diz."
— **DR. TIMOTHY LEARY**

Resultado de anos de experiência com uma vasta variedade de povos nativos e aborígenes, *O olho de Deus* conduz o leitor numa jornada de descoberta sem precedentes na moderna literatura sociológica/psicológica. Um mergulho visionário na riqueza espiritual da vida tribal, pré-colombiana, as descobertas de Jacoby oferecem um vigoroso e agudo contraponto às presunções e hábitos do mundo moderno.

"Eu senti como se estivesse lá — e quem sabe eu estava."
— **JERRY GARCIA**

"Não tenho palavras."
— **MEHER BABA**

DR. LAWRENCE JACOBY

O dr. Lawrence Jacoby é um psiquiatra de formação junguiana. Ao longo dos anos, sua vida e suas atividades profissionais se dividiram entre o Havaí e o estado de Washington. Também passou mais de uma década em trabalhos de campo, estudando povos aborígenes em três continentes. Este é seu primeiro livro.

Foto: Harvey Trufant

Kurtis Books
uma divisão da AMESLEY PUBLISHING CO.

DR. LAWRENCE JACOBY

Um dos componentes mais estranhos da farmacopeia da tribo era um composto líquido espesso que me deixaram provar uma única vez. Era reservado para o uso de xamãs veteranos, e só conquistei a confiança deles para prová-lo depois de semanas e mais semanas de estudo atento e participação em seus rituais cotidianos. Chamavam-no de *ayahuasca* e jamais revelaram para mim a fonte, mas pelo que observei enquanto preparavam-no — processo de um dia inteiro que envolvia reduzir e cozinhar o líquido — parecia conter extratos vegetais e animais. Naquela ocasião fui a única pessoa a usar a substância, com o xamã e dois aprendizes me assistindo, depois de um jejum de dois dias, enquanto o sol baixava na segunda tarde.

Em um dos locais mais sagrados da tribo, próximo ao rio, fui instruído a me despir, ficando só de tanga, e me ajoelhar, enquanto meus pulsos eram atados com diversas voltas de corda pelos dois aprendizes. A substância, servida em uma cuia, foi erguida a meus lábios pelo xamã, que entoava um canto indecifrável. Exalava um odor insuportavelmente fétido, e quase regurgitei com aquela beberagem sob o meu nariz; um dos motivos do jejum, percebi. O xamã inclinou a cuia e despejou o líquido em minha boca de uma só vez, e engoli tudo depressa, tentando com todas as forças ignorar os sinais urgentes que meu corpo me enviava para rejeitar aquilo. Dei-me conta de mais um motivo do jejum; o líquido preencheu meu corpo vazio com uma força e velocidade paralisantes. Meu sistema nervoso reagiu imediatamente como se eu tivesse ateado fogo nele, e parecia que eu estava jorrando suor de cada poro. Fechei os olhos, aterrorizado, o coração acelerado, e à medida que a substância inundava minha consciência, perdi a noção do tempo, ou mesmo a noção de estar no tempo. Acho que vomitei quase que imediatamente, mas já não tinha como dizer quão rápido foi isso, ou mesmo se aconteceu de fato.

Quando abri os olhos, aconteceram duas coisas: percebi que não estava mais onde acreditava estar e ao mesmo tempo já não sabia mais quem "eu" era. Minha visão parecia concomitantemente embaçada e aprimorada, e de certa forma registrei que aquilo que eu "via" não estava fisicamente à minha frente. Também notei que o véu da "realidade" tinha sido cindido, rasgado ou arrancado, e que eu estava diante de uma dimensão diferente, talvez mais profunda, uma dimensão subjacente à nossa, ou coexistente com ela, separada pela mais fina margem que se pode imaginar, uma dimensão que a nossa neurologia relativamente primitiva nos impede de perceber.

O OLHO DE DEUS

Conforme "enxergava" cada vez mais fundo — descrição inadequada para uma espécie de visão que envolvia todos os meus sentidos, apesar de não se dar necessariamente no plano físico —, percebia que havia seres vivos diante de mim naquele campo de energia. E conforme se aproximavam, eu percebia também que podiam me "ver" e que minha presença os interessava. Isso me alarmou um pouco, pois não conseguia discernir suas intenções. Poderiam ser criaturas angelicais ou demoníacas, talvez híbridas, e eram várias se movendo em minha direção, altas e humanoides. Percebi que seu interesse por mim era gélido, reptiliano, neutro, embora pendesse para a malevolência e a falta de compaixão.

Uma figura brilhante, muito mais alta que as demais, de repente surgiu entre elas, emitindo uma luz violenta, tão cintilante e potente, que varreu todo o restante do meu campo de visão e quase me "cegou". Honestamente, não consigo me lembrar de mais nada a respeito de sua aparência, que pode ou não ser humanoide — minha memória a concebe como uma esfera que emanava uma impressão poderosa de "beleza", mas em um sentido quase que puramente abstrato. As outras figuras pareciam louvá-la, ou recuar com medo; me ocorreu que a figura poderia ter se aproximado de mim por algum instinto protetor. À medida que as demais se afastavam, ou retrocediam, a nova figura chegava mais perto, e conforme se aproximava, todos os meus medos se dissipavam e uma calma benevolente foi descendo sobre mim, uma corrente de paz energicamente tranquilizante, seguida de uma sensação de alegria que encheu meu peito até parecer que eu estava prestes a explodir. Uma expressão completamente inadequada me veio à mente no exato momento para descrever com exatidão a experiência, e era: estou na presença da energia de "deus".

Depois só me lembro de ter acordado deitado de bruços na lama ao pé do rio, sozinho e nu, com as cordas já mais frouxas em volta dos pulsos. Amanhecia, a luz se filtrava entre as copas das árvores. Levantei-me e cambaleei de volta à aldeia, tremendo, extenuado, mas ainda tomado pelo fenômeno exultante que havia vivenciado. O xamã me recebeu na fogueira central da aldeia, sorrindo, e me cobriram com uma manta, me acomodaram na cabana do xamã e com toda a delicadeza me deixaram bebericar uma tigela de água e me alimentaram com uma pasta suave de raízes. Eu me sentia fraco como uma criança abandonada, incapaz de me comunicar. O xamã se sentou ao meu lado e sussurrou diversas vezes para mim a mesma frase, que, numa tradução precária, eu ouvi assim: "Você renasceu em um novo mundo".

COMENTÁRIO DO(A) ARQUIVISTA

Como resultado de materiais provocativos como este, o livro de Jacoby foi fortemente atacado pela comunidade médica norte-americana como carente de rigor científico, mas ele rejeitou as críticas com base em sua convicção de que os métodos e padrões tradicionais estavam ultrapassados. "Objetividade científica é uma das ilusões mais disseminadas e limitadoras", escreveu. Ele também alegou que toda e qualquer descoberta ou experiência espiritual é por definição profundamente perturbadora e particular a quem a vivenciou, e portanto é totalmente subjetiva. Para alguns sociólogos e antropólogos visionários e uma grande parcela da cultura "New Age", emergente na época, o trabalho de Jacoby se tornou uma das principais obras sobre novas maneiras de compreender a evolução psicológica humana, e até hoje tem uma aura de cult.[4]

Jacoby declarou que tinha decidido voltar à sua cidade natal sobretudo para continuar os estudos com as tribos de ameríndios da região e para cuidar do irmão mais velho, Robert, o repórter veterano do <u>Post</u>, que àquela altura havia sido diagnosticado com esclerose múltipla.

Mas, como fica evidente nessa avaliação de Nadine, o fato de o dr. Jacoby ter aceitado um trabalho convencional no hospital nunca foi *garantia* de que seus métodos se tornariam menos heterodoxos.

[4] Comigo não funcionou. Tentei me embrenhar por sua *magnum opus*, mas me pareceu mais uma enciclopédia de disparates erráticos, embora eu admita que faria muito mais sentido caso eu estivesse sob o efeito de drogas — TP

A HISTÓRIA SECRETA
de TWIN PEAKS

* Nadine, cortinas

TWIN PEAKS, WASHINGTON

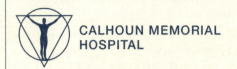 CALHOUN MEMORIAL
HOSPITAL

 DEPARTAMENTO
DE PSIQUIATRIA

PSIQUIATRA:	Dr. Lawrence Jacoby	DATA, HORA:	29/11/87 16h30
PACIENTE, ESTADO CIVIL:	Nadine Gertz Hurley, casada		
DATA DE NASCIMENTO:	25/01/1950	SEXO, IDADE: Feminino / 37	ALTURA, PESO: 1,68 m / 51 kg

Uau. A paciente está doidona, coitada. Bem no fundo do poço mesmo. O marido acertou o olho esquerdo dela duas semanas atrás -- acidente de caça, ou pelo menos essa é a versão deles da história, que tem lá suas pontas soltas, de modo que sobra muita margem para ceticismo depois que a gente começa a investigar os detalhes.

O marido é o típico patriarca viril, o clássico trabalhador de colarinho azul, caladão, honrado. Veterano do Vietnã, porém não combatente. Não quero sugerir, nem por um segundo, que ele atirou na mulher de propósito, mas alguém aqui fez uma escolha, e aposto minhas fichas em Nadine. Ela tem um lado criativo frustrado -- com bloqueios severos e adaptações neuróticas, sem dúvida produto do histórico familiar, a cujo levantamento ainda pretendo me dedicar.

Hipótese de trabalho: o olho esquerdo está conectado ao hemisfério direito do cérebro, então -- caso uma decisão tenha sido tomada de fato -- a paciente optou por desligar a via óptica para seu lado intuitivo. Uma interpretação possível seria que ela estava sentindo algo a seu redor que preferia não ver. A lesão provavelmente desencadeará um período de sofrimento intenso, pois parece que sua personalidade já era predominantemente pautada pelo hemisfério esquerdo do cérebro, e agora o lado direito está literalmente "às cegas". Visto que também sabemos que não existem "acidentes" e toda escolha negativa tem um lado positivo, podemos cortejar a ideia de que talvez ela desejasse a perda do olho para estimular um crescimento interno em seu campo de maior déficit. Todos nós escolhemos o nosso destino, ainda que -- permitam-me citar o Beatle Paul ao lado de são Paulo -- a estrada para Damasco seja "long and winding", e se ela puder ser conduzida a abraçar o que inconscientemente escolheu para si própria, talvez haja esperança para ela.

A família tem uma ficha extensa aqui no hospital. Voilá! A mãe foi diagnosticada com "transtorno maníaco-depressivo" nesta mesma instituição há cerca de dez anos e submetida aos cuidados psiquiátricos do Estado. O pai assinou a papelada. (Ela foi enviada a um antigo forte, construído em 1871 e mais tarde transformado em ala psiquiátrica, onde passou por tratamentos de choque,

página 1/3

rubrica LJ

TWIN PEAKS, WASHINGTON

CALHOUN MEMORIAL HOSPITAL / DEPARTAMENTO DE PSIQUIATRIA   página _2_/_3_

camisa de força e "hidroterapia", que envolvia esmurrar pacientes com jatos de água gelada de mangueiras de alta pressão. Tratamento mais primitivo que este para a "doença" só na era vitoriana ou no Hospital Bedlam. Inacreditável.)

E só piora: a própria filha foi admitida no hospital para "tratamento extensivo da depressão", aproximadamente dois meses depois de largarem a mãe no ninho de cobras. Nadine congelou na escola um dia, em frente ao armário. Não conseguia se mexer. Encontraram-na travada ali, no intervalo entre as aulas, e tiveram que carregá-la como um manequim até a enfermaria. Não se tratou de um colapso total, ao que tudo indica, mas foi debilitante a ponto de requerer seis semanas de tratamento, incluindo clássicos como "arteterapia", "sonoterapia" e um tiquinho de Clorpromazina. Em seguida, ela recebeu alta com orientação de passar mais seis semanas em casa com cuidados supervisionados, com o pai -- alcoólatra não diagnosticado -- como principal responsável. (Se fosse uma aldeia indígena, todo mundo teria cuidado dela em igual medida, com compaixão, noite e dia. E eles é que são os primitivos. Nem me fale.)

Nessa altura, a mãe voltou para casa. Se a gente considerar que a encheram de meprobamato até ela ficar completamente dopada e depois a mandaram fazer crochê -- na época, nas listas de prioridade dos protocolos de tratamento, "donas de casa" estavam um degrau acima de gado --, dá para imaginar a vergonha silenciosa que tomou conta daquela família, como um lento vazamento de um poço envenenado.

A mãe faleceu há cinco anos. Embora a paciente tenha tentado soltar as amarras e recomeçar a vida por conta e risco próprios em Spokane, a empreitada não deu certo, e quando ela sentiu que estava fraquejando, voltou para casa para morar com o pai novamente. O lado "maníaco" passou a se manifestar na filha também. Um casamento impulsivo, precipitado, logo resultou no ferimento ocular. Nesse momento, a paciente já estava às voltas com uma obsessão por "cortinas corrediças silenciosas", no que ela investe todo o seu tempo, tentando projetar e construir o protótipo perfeito. Ela compartilhou alguns desenhos comigo -- é um portfólio e tanto; a propósito, ela é bem habilidosa --, que ela revisa constantemente. É uma descompensação nova para mim, mas até aí, cada caso é um caso, não é mesmo?

Pensando bem, existe maneira melhor de negar e ocultar uma sensação de vergonha onipresente do que encobri-la em silêncio? De forma análoga, ela "fechou as cortinas" da via óptica do hemisfério cerebral esquerdo.

rubrica _L.J._

42p1642-P32

Tratamento proposto e prognóstico: pode levar um tempo. Começaremos com caminhadas na natureza, meditações silenciosas, muita paz e quietude. Massagens, talvez um leve tratamento com o método Rolfing para relaxar os padrões de tensão de sua fáscia. Bastante tempo observando árvores, escutando o vento. Recomendo afastá-la de analgésicos e cortinas corrediças e iniciar um processo de apresentá-la docilmente aos fatos da realidade, sob a forma metafórica/mítica. Na esperança de que, por fim, ela esteja preparada para trabalhar a dor profunda.

Reflexão final, ou melhor, um lamento: a paciente teria sido a candidata perfeita para testar meu novo sistema de integração óptica. Óculos com uma lente polarizada vermelha no olho direito e uma lente polarizada azul no esquerdo. Minha teoria de trabalho é que o espectro vermelho provoca uma ligeira redução na atividade do hemisfério esquerdo, isto é, o hemisfério lógico, ao passo que o espectro azul faz o mesmo com o lado espacial/intuitivo do cérebro. Ao usar as duas lentes concomitantemente -- o que, admito, confere à "realidade" uma tonalidade ligeiramente purpúrea --, o paciente experimenta uma interação crescente entre as duas esferas pela intensificação da atividade do corpo caloso e o estímulo ao trabalho em conjunto dos dois lados. Funciona comigo, mas isso é pregar para convertidos. Ela seria uma cobaia perfeita.

Uma pena que tenha perdido o olho.

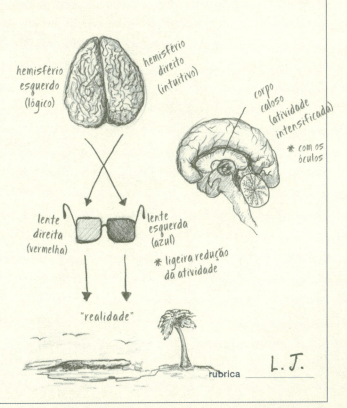

[1] A investigação do agente Cooper sobre o antigo caso Packard continua — TP

[2] Sim. *Corpos ardentes*. Mas creio que foi Andrew quem viu o filme, e não Josie. Ou então os dois viram, cada um do seu lado, e Andrew tratou de ficar esperto? — TP

6 ANDREW PACKARD REVISITADO (DE NOVO)

Agora retornaremos ao segundo capítulo da saga de Andrew Packard, também encontrado na Bookhouse.[1]

O CASO ANDREW PACKARD   /   CAPÍTULO DOIS   15/03/89

Andrew Packard não morreu na explosão do hangar. A tramoia de Josie,
com Hank no papel de capanga, fracassou. Ou Andrew recebeu um aviso,
ou farejou que Josie estava prestes a acabar com ele e escapou incógnito
do hangar naquele dia, antes da explosão.

Ele não fez nada sem um meticuloso planejamento prévio: sabemos
que restos mortais humanos foram encontrados na cena do crime,
portanto um corpo certamente estava no barco no momento da explosão.
Conclui-se que esse papel foi desempenhado por um morador de rua ou
vagabundo que Andrew dopara ou matara e largara no barco na noite
anterior. Ninguém daria pela falta dessa pessoa; Andrew fez tudo certo.

Então, como exatamente ele morreu pela segunda vez?[2]

Suponho que Andrew tenha saído ileso e se escondido. Talvez ele não
soubesse exatamente quem plantara a bomba -- embora seja difícil
imaginar que ele tivesse em mente um suspeito melhor que Josie --, mas
dali em diante ele se manteve um passo à frente dela. Suponho que ele
tenha descoberto a tramoia de antemão, com tempo de sobra para elaborar
uma fuga e juntar dinheiro o bastante para bancar um desaparecimento.
Assim que se certificou de que havia ludibriado Josie e a polícia,
criou uma nova identidade e viajou de volta para Hong Kong para apurar
a verdade sobre Josie que, da primeira vez, ele deixara passar.

Não demorou muito para ele descobrir que seu antigo "parceiro"
Thomas Eckhardt era cúmplice de Josie e se dar conta de que tinha
sido feito de trouxa pelos dois, que queriam matá-lo para ficar com
sua fortuna. Andrew esperou três anos para pôr em prática seu plano
de vingança, e não se revelou até que todos os envolvidos -- incluindo
Hank, quando este saiu da penitenciária -- estivessem em cena.

A única pessoa em quem ele confiou para ajudá-lo a efetivar o plano
foi aquela em quem ele tinha confiado por mais tempo, sua irmã
Catherine. A partir do momento em que ele percebeu que o golpe estava
por vir, tudo foi parte da armação -- o "acidente", o testamento
revisado -- para encurralar Josie. Quando Andrew saiu de cena, Catherine
se tornou seus olhos e ouvidos. Josie foi paciente, jogou uma partida

ANEXO

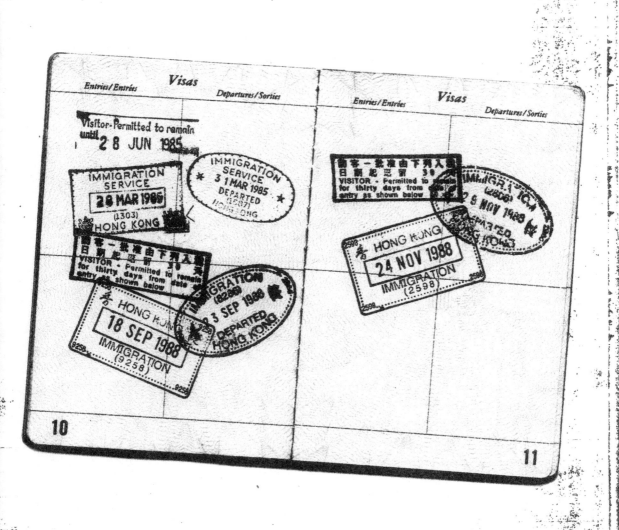

DREW PACKARD   /   CAPÍTULO DOIS   15/03/89

demorada, e esperou quase dois anos para desferir seu
ataque. Ela era esperta como uma serpente, mas depois
que Andrew se deu conta de quem ela realmente era,
ele a superou. E assim que Josie tentou vender a serraria
e as dezenas de milhares de hectares adjacentes da
floresta Ghostwood para Ben Horne e seu empreendimento
imobiliário especulativo -- pelas costas de Catherine
e de Eckhardt, "sócio" de Josie --, Andrew ressurgiu.

Andrew informou Josie de que, como ele obviamente
não estava morto, a serraria não pertencia mais a ela.
Portanto, nada de venda. Fizeram Josie de gato e sapato
por um tempo -- Andrew e Catherine --, com castigos,
humilhações e tratamento de escrava. Eram bem assim
os dois, o jeito como olhavam para as pessoas, tal e qual
crianças queimando formigas com uma lupa.

Por fim Andrew enviou uma mensagem a Eckhardt para
informá-lo do paradeiro de Josie e alertá-lo de que
ele também tinha sido passado para trás. Primeiro
Eckhardt enviou um emissário para se livrar dela, mas
Josie o matou com um tiro, em Seattle. Depois desse
episódio, ela tentou eliminar um agente do FBI que estava
em sua cola -- este que vos fala -- com a mesma arma.[3]

A chapa começou a esquentar. Andrew jogou um contra
o outro. Disse a Josie que sabia que ela havia tentado
matá-lo pressionada por Eckhardt, e a advertiu de que
as autoridades logo a prenderiam por isso e por todos
os outros crimes. Este ponto, pelo menos, era verdade.[4]

---

[3] Verificado. Durante a investigação do caso Palmer, um agressor à época não identificado alvejou Cooper em seu quarto no Hotel Great Northern. As anotações de Cooper revelam que, prevendo o atentado, ele vestia um colete Kevlar à prova de balas que salvou sua vida — TP

[4] Fim do material datilografado. Segue um texto escrito à mão na mesma página — TP

[5] Determinei uma probabilidade de 96% de a caligrafia pertencer ao xerife Truman. Dadas as manchas na carta, suponho que ele estivesse bebendo muito à época, o que explicaria a disparidade de 4%.
Truman deve ter escrito isto após encontrar os capítulos na Bookhouse, exatamente como Cooper parecia desejar que acontecesse. Provavelmente depois de Cooper ter ido embora, a propósito.
A passagem a seguir pode ter sido acrescentada por Truman ou pelo(a) Arquivista — TP

Eu estava lá, Coop. Andrew disse que a perdoava, porque não tinha como ser de outro jeito, ainda a amava, e que Eckhardt estava a caminho para levá-la embora e ajudá-la a fugir da polícia, com a bênção dele. Talvez ela tenha acreditado, não sei.

Eckhardt apareceu, e Andrew contou que Josie tinha aberto o jogo da tentativa de assassinato para ele, anos antes, que ela tinha traído Eckhardt. Como se fosse a razão de ele ter sobrevivido, para começo de conversa. Josie passou a noite com Eckhardt e então atirou nele, ali no quarto do Great Northern. Cheguei pouco tempo depois. Josie jurou de pés juntos que tinha sido legítima defesa. E como sempre, acreditei nela.

De repente, ela morreu. Como se o coração tivesse se despedaçado com as mentiras que ela sustentou anos a fio. Ali mesmo, em meus braços. A maior parte dela já havia morrido muito tempo antes. Ela era como um fantasma.

Obrigado, Coop. É melhor saber do que não saber, era o que você sempre dizia, certo? Um dia ainda concordarei com você...

TWIN PEAKS, WASHINGTON   CALHOUN MEMORIAL HOSPITAL NECROTÉRIO

 **CALHOUN MEMORIAL HOSPITAL** | **RELATÓRIO DA AUTÓPSIA** | EXAME REF. N.
1989-11/03-01
JOSIE PACKARD

Na manhã de 11 de março de 1989, foi realizada a autópsia do corpo de JOSIE PACKARD.

Ferimentos visíveis: nenhum

Ferimentos internos: nenhum

Causa mortis: indeterminada

Síntese anatômica:

CAUSA MORTIS:
Indeterminada.
Sem lesões ou ferimentos visíveis. Órgãos
internos aparentemente saudáveis e funcionais.
Ausência de drogas ou álcool no estômago
e na corrente sanguínea.

ANOMALIA CURIOSA:
O corpo pesa muito menos do que a aparência
física sugere — em torno de 11 quilos a menos.
Não tenho explicações para isso.

Ferimentos externos sexo feminino (frente e costas):

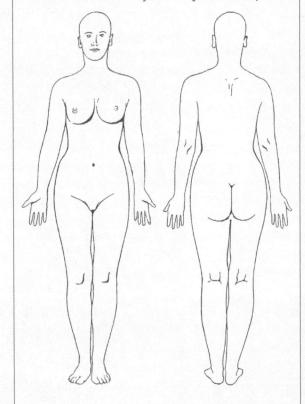

DATA E ASSINATURA DO MÉDICO RESPONSÁVEL

11/3/89   Dr. Will Hayward

76a3402-A12

COMENTÁRIO DO(A) ARQUIVISTA

Dias depois da morte de Eckhardt, um sócio apareceu em
Twin Peaks e providenciou o translado dos corpos dele e
de Josie de volta a Hong Kong, onde seria realizado o funeral.
Ninguém, nem mesmo Andrew Packard, se opôs aos arranjos.

O sócio também entregou um presente a Catherine, algo
que, aparentemente, Eckhardt deixara para ela e Andrew: uma
complexa caixa-segredo chinesa. Dentro, encontraram outra
caixa idêntica, porém menor, e dentro desta, outra ainda
menor, de aço. Quando Andrew, Catherine e Pete conseguiram
abrir a última, depararam-se com uma chave para um cofre
particular situado no banco de Twin Peaks. Eckhardt visitara
o banco antes de morrer e lá guardara algo para eles.

Pete e Andrew foram ao banco juntos na manhã seguinte para
averiguar.

A HISTÓRIA SECRETA
de TWIN PEAKS

[1] Insólito, não? O modo como as notícias eram disseminadas em veículos impressos naqueles últimos dias sem internet. Não fossem todos os assassinatos, explosões e traições atordoantes, eu diria que eram tempos mais inocentes — TP

7 Desdobramentos recentes

*** TWIN PEAKS POST [1]
28 DE MARÇO DE 1989

222

Edição Semanal
$1.00

PUBLICADO NO ESTADO DE WASHINGTON DESDE 1922

TWIN PEAKS
POST

VOL. 67, Nº 87   TWIN PEAKS, WASHINGTON   TERÇA-FEIRA, 28 DE M

EXPLOSÃO EM BANCO DEIXA TRÊS MORTOS E UM FERIDO

CYRIL PONS,
da equipe de reportagem

UMA EXPLOSÃO FATAL IRROMPEU no edifício central do banco de Twin Peaks às 9h25 da manhã de hoje. Os detalhes estão vindo à tona pouco a pouco. Equipes de polícia, bombeiros e resgate ainda não haviam se retirado do local até o fechamento desta edição. Nossos repórteres também prosseguem apurando os fatos, e o banco ainda não fez um pronunciamento oficial. Após conversar com autoridades policiais e as poucas testemunhas que conseguimos localizar, eis o que sabemos:

O estouro parece ter ocorrido no subsolo do banco, no pavimento da caixa-forte e da sala de cofres particulares. O dano estrutural mais profundo se limitou ao subsolo, embora todas as janelas do térreo tenham se estilhaçado, incitando o pânico — mas nenhum ferimento grave, felizmente — na rua principal. Uma chuva de

"Explosão" continua na pág. 18

Audrey Horne (18), ferida; Pete Martell (52), morto; Delbert Mibbler (79), morto

continuação de "Explosão" da pág. 1

dinheiro também tomou a rua, o que aumentou a confusão.

Aproximadamente às 9h15 da manhã, a formanda do Colégio Twin Peaks Audrey Horne (18), filha do proeminente empresário local Benjamin Horne, entrou no banco por razões que permanecem desconhecidas.

Aproximadamente às 9h20, uma testemunha que se encontrava na confeitaria, do outro lado da rua, viu dois homens entrarem no edifício. Um deles era Pete Martell (52), gerente da Serraria Packard. O segundo, descrito como um homem mais velho, de cabelo grisalho e paletó, a testemunha não reconheceu.

A operadora de caixa que trabalhava no andar de cima, a sra. Dorothy Doak (49), foi levada para o hospital para observação — ela se encontra severamente abalada pelo incidente, porém sem ferimentos! — e não está disponível para declarações.

Depois da explosão, a srta. Horne foi encontrada inconsciente, nos escombros do subsolo. Ela foi transportada para a UTI do Calhoun Memorial Hospital, onde permanece em estado grave. Segundo relatos de outra testemunha, enquanto a carregavam para a ambulância em uma maca, os socorristas notaram algemas em seus pulsos. Um deles mais tarde confirmou para este repórter que a srta. Horne foi encontrada próximo à porta escancarada da caixa-forte, mas que isso pode tê-la protegido, ao menos em parte, da explosão.

O socorrista também confirmou que a srta. Horne parece ter sido intencionalmente protegida por uma das vítimas do incidente, Pete Martell, encontrado deitado sobre ela. O sr. Martell foi declarado morto no local. Ele deixa esposa, Catherine Martell.

A segunda vítima, cujo corpo, conforme consta, parece ter sido encontrado nas escadarias para o primeiro andar, era o assistente administrativo Delbert Mibbler (79), funcionário de longa data no banco. Indivíduo benquisto na comunidade e neto de um dos homens que fundaram aquela casa bancária em 1906, o sr. Mibbler, ao que se acredita, estava a menos de uma semana de se aposentar formalmente, depois de 58 anos na instituição da família.

A terceira vítima, ainda não identificada, aparentemente era a pessoa mais próxima à explosão. Acredita-se que se trata do homem grisalho que anteriormente foi visto entrando no banco com o sr. Martell.

Ao meio-dia, circulavam rumores de que o homem talvez fosse Andrew Packard — que algumas pessoas juram ter visto nos corredores do Hotel Great Northern nas últimas semanas, ainda que seja de conhecimento geral que o sr. Packard faleceu em uma explosão no hangar de sua propriedade, no lago Black, vários anos atrás.

Outro rumor que corre pela cidade é que, hoje cedo, diversas agências de notícias receberam de uma fonte desconhecida o alerta de que algo grandioso estaria prestes a acontecer no banco. Equipes de reportagem estavam a caminho quando ocorreu a explosão.

O *Post* publicará uma segunda edição especial esta tarde para oferecer aos leitores todos os detalhes adicionais oriundos do desdobramento do caso.

"Logo, a

Polu
Preju
Bela

COMO A MA
projetos, as i
devem ser ve
por inspetor
Lei de Impac
(LIA), um pro
oportunidade
A primeira fa
documentos
parâmetros
Os inspetore
Do projeto e

COMENTÁRIO DO(A) ARQUIVISTA

A bomba do banco conferiu um ponto final à última frase do último capítulo da proeminência dos Packard em Twin Peaks. Thomas Eckhardt deu a última cartada, no final das contas. As autoridades nunca divulgaram a identidade da "terceira vítima" fatal do acidente; Andrew Packard deixou o túmulo apenas para ser arremessado de volta por uma segunda explosão. Visto que Cooper desvendou todo esse imbróglio e repassou as informações a Truman, as autoridades parecem ter determinado, em algum elo da cadeia de comando, que algumas verdades são simplesmente inconvenientes demais para ser reveladas.

Desta vez, Andrew permaneceu morto. A explosão foi descrita como o trágico resultado do encontro de um vazamento de gás em uma caldeira antiga com uma faísca oportunista. A Serraria Packard e todas as propriedades adjacentes foram transferidas para a posse única de Catherine Martell, a irmã enlutada -- e seu luto era genuíno, não duvide. Os sobreviventes ficam com a pior parte da tragédia, especialmente quando têm alguma parcela de responsabilidade.

Catherine passou a ser a única residente do Blue Pine Lodge e, sem herdeiros vivos ou vínculos, tornou-se uma reclusa. Ela jamais se pronunciou ou escreveu sobre o ocorrido; então uma pergunta segue sem respostas: por quem exatamente ela estava de luto? Por todos, talvez; pelo irmão Andrew, com certeza; pelo marido Pete, apesar de todas as limitações dele -- pelo menos aos olhos dela --, provavelmente; talvez até por Josie, a digna oponente que a testara como ninguém.[2]

Por sua amoralidade e gélido desprezo pelas pessoas, é difícil nutrir alguma simpatia por Catherine. Ela era, contudo, trágica nos moldes da tradição do teatro grego, uma aristocrata de muitos dotes que se tornou vítima da própria húbris.

[2] À medida que os anos se passavam e as florestas virgens eram vindimadas, a indústria madeireira da região de Twin Peaks entrou em declínio. Logo depois, Catherine fechou a Serraria Packard abruptamente — a maior empregadora da cidade no século XX — após um incêndio enigmático eviscerar as instalações centrais. Por ser a maior empregadora da cidade, o fechamento da serraria foi um baque e tanto para a economia local.

Poucas semanas depois do incêndio, Catherine vendeu a serraria e as propriedades adjacentes ao ex-amante Benjamin Horne e aos investidores do Projeto Ghostwood, plano que ele tramava fazia anos — TP

* Serraria Packard, por volta de 1989

Nome
Caixa Postal / Endereço
Cidade e Estado

TABELIÃO DE TWIN PEAKS
CX. POSTAL 451
TWIN PEAKS, WA 98065

(O ESPAÇO ACIMA DESTA LINHA É PARA USO DO ESCRIVÃO)

ESCRITURA DE COMPRA E VENDA
DE BENS IMÓVEIS

A QUEM INTERESSAR POSSA: **BENJAMIN JOSEPH HORNE** residente

de **TWIN PEAKS, WASHINGTON** em vista da soma de

TRINTA E TRÊS MILHÕES de dólares

(moeda legal dos Estados Unidos da América), paga a **CATHERINE MARTELL**

através do Banco **TWIN PEAKS** da cidade de **TWIN PEAKS**,

país **ESTADOS UNIDOS**, estado de **WASHINGTON**

por meio do presente instrumento, recebe, transfere para si e adquire os direitos sobre a propriedade do(s) bem(ns) imóvel(is) estipulado(s) neste mesmo instrumento a seguir, a saber:

**SERRARIA PACKARD, INCL., ENTRE OUTROS,
SUAS PROPRIEDADES VINCULADAS
FL. Nº 3550537
CONDADO DE TWIN PEAKS**

Assinado e registrado no dia **23** de **MARÇO** de **1989** no Livro **SB No. 333927**

Fls. **I** de **5** no supracitado cartório do Condado, no qual o citado contrato foi celebrado e

trasladado por **EXMO. SR. M. J. KAFFEE**

no condado de **TIMBER LULL** estado de **WASHINGTON**,

com a data do dia **23** de **MARÇO** de **1989**

PARA POSSE E USUFRUTO, COM PLENOS DIREITOS, do(s) supracitado(s) bem(ns), valendo o seguinte:

O Cedente declara e garante ao Cessionário que esta Escritura é uma cópia fiel e integral do Contrato de Compra e Venda. O direito do Cedente no Contrato de Compra e Venda está livre e desembaraçado de qualquer cessão e de qualquer ônus ou penhor. O Cedente goza de plenos direitos e da autoridade legal para executar e fazer cumprir esta Escritura e de transmitir ao Cessionário todos os direitos do Cedente segundo o Contrato de Compra e Venda, e nenhuma das partes do Contrato de Compra e Venda está, no presente, em falta com suas respectivas obrigações segundo o Contrato de Compra e Venda.

No ato da assinatura desta Escritura, o Cessionário assume e concorda em realizar toda e qualquer obrigação do Comprador segundo o Contrato de Compra e Venda, incluindo, entre outras, quaisquer obrigações a serem realizadas após o fechamento deste, e de indenizar o Cedente em caso de qualquer prejuízo, processo, dano ou despesa em que o Cedente venha a incorrer devido ao não cumprimento tempestivo, por parte do Cessionário, das obrigações contraídas no ato da assinatura deste instrumento.

E POR ESTAREM ASSIM JUSTAS E CONTRATADAS, as partes concordam com os termos e condições detalhados por escrito nos citados instrumentos.

Assinado, autenticado e lavrado perante:

Área para selo oficial do tabelião

MARY JO PLUTNIK
CARGO VÁLIDO ATÉ
TABELIÃ
23 DE MARÇO DE 1989
TWIN PEAKS, WA

[3] Se formos considerar o que a serraria lhe custou pessoalmente, Horne pagou um preço muito mais alto que a cifra do cheque — TP

O papel de vítima genuinamente trágica reservo aqui para Audrey Horne, de 18 anos de idade. O seguinte bilhete foi deixado para Ben Horne na recepção do Hotel Great Northern na manhã da explosão no banco.[3]

Twin Peaks · HOTEL GREAT NORTHERN · Washington

Querido papai,

Sei que você pensa que fui uma menininha
egoísta a vida toda, e tem toda a razão.
Fui terrível, tratei mal muita gente, pensei
apenas em mim. Sou muito mimada. Não vou
culpar mais ninguém por isso, e já passou da hora
de eu me responsabilizar pelas minhas ações.
Então vou tentar ajeitar as coisas a partir
de hoje, começando com esta carta.

Não posso mais ficar parada enquanto você
destrói o coração da cidade com seus planos
para fechar a serraria e transformar toda
a nossa linda floresta em condomínios cafonas
e shopping centers e sei lá mais o que você e seus
amigos gananciosos pretendem fazer. (Quem sabe
um presídio, ouvi por aí.) Papai, a vida não é só
dinheiro! Mas sei que não adianta conversar
sobre isso porque você não me escuta mais.

Não vou contar como descobri o que você planeja fazer porque não importa. E seja lá o que se passa pela sua cabeça, não é tarde para acabar com essa loucura toda e fazer a coisa certa. Então vou tentar parar você da única maneira que sei, chamando a atenção do mundo para seus planos secretos. Acredito que é a única forma de você botar a cabeça no lugar e perceber que isso tudo é errado e que seria uma traição às pessoas da nossa comunidade.

Pretendo distribuir cópias dos seus planos para os jornais, falar com as pessoas, repórteres e tal, contar tudo muito em breve. Você vai ver.

Espero que você entenda que nada disto eu faço por ódio. Nada. Também espero que um dia você perceba que estou dando este passo porque te amo muito, na esperança de ver você se tornar o homem que sei que você pode ser. O homem que acredito que você já foi um dia, que amo e admiro mais do que qualquer outro.

De todo o coração,
Audrey

COMENTÁRIO DO(A) ARQUIVISTA

O plano de Audrey para aquela manhã, aparentemente, era se algemar às grades da caixa-forte do banco -- onde seu pai mantinha bastante dinheiro -- depois de enviar notas às agências locais de notícia avisando que poderiam encontrá-la ali.[4]

Nas semanas anteriores ao acidente, Audrey andava lendo sobre protestos sociais e desobediência civil. Ela se dirigiu ao banco levando cópias de documentos com as informações que conseguira sobre os planos do pai, pretendendo compartilhá-las com fontes jornalísticas. Boas intenções, má sina. As cópias foram destruídas pela explosão antes que alguém pudesse lê-las.

Mas aquele bilhete chegou às mãos do pai no hotel -- tarde demais para que Benjamin Horne pudesse impedi-la de se machucar, como se viu, mas a tempo de torná-lo a única pessoa a par do que a filha estava fazendo no banco naquele dia. Ben Horne jamais revelou a existência do bilhete ou comentou o caso com alguém. As pessoas que o viram ao lado do leito da filha, no hospital, descrevem um homem arrasado pelo sofrimento e, agora podemos concluir também, pela culpa.

No entanto, Ben Horne não passou por nenhuma conversão instantânea. Conforme já mencionado, ele seguiu adiante com os planos e comprou de Catherine a serraria e a propriedade Ghostwood. Mas algo de fato mudou nele naquele momento.

Nos meses anteriores à explosão, Ben acompanhou com choque e horror a calamidade que recaiu sobre a família de seu amigo e advogado Leland Palmer; o assassinato da filha de Leland, Laura, deixou toda a comunidade consternada. Não demorou para que o próprio Ben tivesse uma espécie de colapso mental.

[4] Essa "dica anônima" deve ter sido a fonte dos rumores de que algo "grande" estava prestes a acontecer no banco, como mencionado no artigo do *Post* — TP

TWIN PEAKS, WASHINGTON

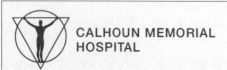 **CALHOUN MEMORIAL HOSPITAL**  DEPARTAMENTO DE PSIQUIATRIA

PSIQUIATRA:	Dr. Lawrence Jacoby		DIA, HORA:	22/03/89 14h00
PACIENTE, ESTADO CIVIL:	Benjamin Horne, casado			
DATA DE NASCIMENTO:	04/08/1940	SEXO, IDADE: Masculino / 49	ALTURA, PESO:	1,86 m / 79 kg

O paciente recentemente esteve sob meus cuidados em seu local de trabalho, o Hotel Great Northern. Consultas domiciliares diárias nas últimas duas semanas. Insisti que permanecesse recolhido em casa, sem visitas que pudessem interferir no plano terapêutico.

O paciente está imerso num complexo devaneio de que viajou de volta no tempo até a Guerra de Secessão. Ele encarnou a persona de um "general do Sul" e está tentando "reescrever" a história, isto é, conduzir os sulistas à vitória.

Na minha opinião, trata-se de uma compensação inconsciente -- visto que ele assumiu o lado cujo posicionamento moral é indefensável --, na tentativa de alterar ou apagar sua própria e duvidosa história comportamental recente.

Convoquei a ajuda da família e de alguns funcionários para "dar vida" à fantasia e direcioná-lo aos poucos rumo à "verdade" do desfecho real da guerra. Se conseguirmos induzir Ben a encenar a verdadeira "rendição em Appomattox", creio que o resgataremos do devaneio e o colocaremos no rumo da cura.[5]

página __1_/_1_   rubrica _L.J._

* Ben Horne no Hotel Great Northern

[5] Verificado. Segundo fichas posteriores do dr. Jacoby, Ben Horne "rendeu-se em Appomattox" e voltou à trilha da sanidade mental — TP

[6] Em termos cronológicos, este é um dos últimos eventos que o(a) Arquivista menciona no dossiê. Uma teoria possível é que algo aconteceu com o nosso "correspondente" logo em seguida. Estou me empenhando para descobrir o quê — TP

Contudo, a grande questão permanecia em aberto: será que o acidente sofrido pela filha serviria como um chamado adicional para que Ben se tornasse algo mais próximo do homem que Audrey desejava que ele fosse? Audrey quase morrera ao entregar a ele aquela mensagem, e sua vida seguia por um fio. Só o tempo poderia dizer se ele seria ou não capaz de escutar.[6]

8 RENAULT E JENNINGS

Duas pontas soltas se amarram nesta seção.

Jean Renault, rei do crime canadense, foi abatido em uma troca de tiros com o FBI -- em solo americano, fora dos limites de Twin Peaks -- durante uma ação conjunta com o Órgão de Combate às Drogas envolvendo narcóticos e o arruaceiro local Hank Jennings. Foi o próprio agente Cooper quem alvejou Renault durante o tiroteio.[1]

Hank Jennings foi apreendido por violação da condicional, imputação que, além de tráfico internacional, incluía agressão e tentativa de assassinato. Ele se autodeclarou culpado novamente e foi condenado a 25 anos de prisão na penitenciária estadual de Walla Walla.[2]

* Hank Jennings em seu último dia no RR

---

[1] Verificado. Operação conjunta entre o FBI e o Órgão de Combate às Drogas — TP

[2] A esse respeito, informo que três anos depois — quando o(a) Arquivista já havia parado de escrever —, Hank Jennings morreu esfaqueado na sala de musculação da penitenciária por um criminoso barra-pesada, que estava cumprindo prisão perpétua e por acaso era primo distante da família Renault. Conforme costumamos dizer na polícia e na escola dominical, tudo que vai volta.

Para limpar a consciência, Jennings emitiu no leito de morte uma confissão de seus diversos crimes, a começar pela manipulação do resultado do jogo de futebol americano e daí por diante, incluindo a participação na tentativa de assassinato de Andrew Packard. Concluiu com a mensagem abaixo, encaminhada pela penitenciária depois da sua morte — TP

[3] Depois de assinar o bilhete, segundo informantes da prisão, o último membro do clã Jennings de Twin Peaks deu seu derradeiro suspiro — TP

A meus velhos amigos

e minha ex-esposa Norma:

Todos vocês tentaram me ajudar inúmeras vezes, me colocar de volta no prumo. Sinto muita vergonha ao admitir que traí vocês inúmeras vezes. Eu sabia muito bem o que estava fazendo. Sabia que estava errado e não conseguia evitar. Nada justifica. Não me resta nada, exceto dizer que sinto muito pelas dores e sofrimento que causei. Não me cabe nem pedir perdão porque não mereço. É tarde demais agora. Amei todos vocês, à minha maneira, da melhor forma que pude, mas não foi o bastante.

Me desculpem. Me desculpem. Me desculpem.

— Hank[3]

1. *Fear and Loathing: on the Campaign Trail '72* — Hunter S. Thompson
2. *The World According to Garp* — John Irving (Dutton)
3. *Charlotte's Web* — E.B. White (Harper)
4. *The Stand* — Stephen King (Doubleday)
5. *To Kill a Mockingbird* — Harper Lee (Harper)
6. *Zen and the Art of Motorcycle Maintenance* — Robert M. Pirsig (A Bantam New Age Book)
7. *Angle of Repose* — Wallace Stegner (Doubleday)

COMENTÁRIO DO(A) ARQUIVISTA

Muito se aprende nos lugares mais inesperados. A biblioteca da Bookhouse se mostrou única em minha experiência como inestimável fonte local de recursos. Esta prateleira especial contém os livros favoritos dos membros do clube:

——————————————

1. Hawk 2. Andy 3. James

4. Lucy (incluída pois é ela quem compra todos os livros)

5. Harry Truman

6. Ed: "Li cinco vezes; na próxima vez, quem sabe eu entendo"

7. Frank Truman 8. Cooper

9. Cappy 10. Toad 11. Hank

——————————————

A boa literatura é um espelho no qual nos enxergamos com mais clareza, e é evidente que as pessoas de Twin Peaks já vivenciaram uma série de reviravoltas do destino. É hora de voltar e retomar o rastro de Douglas Milford para saber que caminhos trilhou desde que o deixamos -- em 1949 -- pelo mundo, e na cidade, até hoje.

*** A VINDA DE... QUÊ?:

Sabemos que, depois que Milford apresentou seu relatório sobre o incidente em Twin Peaks ao Projeto Sign, a "Avaliação da situação" submetida aos bambambãs da Força Aérea foi sumariamente rejeitada. Pouco depois, o Sign se tornou o Projeto Grudge, e desmentir avistamentos de óvnis entrou na ordem do dia.

O primeiro caso de que o major Milford foi incumbido pelo Grudge era de ficar de cabelo em pé. Chegou a ele por vias misteriosas e o ocupou por três anos a fio, ao fim dos quais o eixo das investigações sobre óvnis mudaria outra vez. O foco do trabalho de Milford já era radicalmente diferente.

O caso começou quando esta carta[1] chegou à Base Aérea Wright-Patterson em novembro de 1949.

[1] Esta parece autêntica, assim como a assinatura, mas não consigo localizar nos arquivos oficiais nenhuma cópia da carta ou da transcrição que vem em seguida — TP

GABINETE DO EXCELENTÍSSIMO
RICHARD M. NIXON
DÉCIMO SEGUNDO DIST. DA CALIF.

Câmara dos Representantes

PESSOAL & CONFIDENCIAL   12/11/1949

Caro General Twining,

Foi-me sugerido por membros do Estado-Maior que eu lhe escrevesse pessoalmente para tratar do assunto a seguir.

Enquanto membro do Comitê de Atividades Antiamericanas desta Casa, é de minha competência investigar organizações ou indivíduos, muitas vezes dentro de nosso próprio governo, que possam representar uma ameaça oculta à nossa segurança e modo de vida.

Ocasionalmente, em sessões fechadas, colho certos depoimentos que prenunciam graves ameaças cujo risco potencial é tão grande que é preciso investigá-las com o máximo de discrição e sensibilidade. Conforme o senhor há de verificar no decorrer da leitura deste testemunho, certos aspectos deste caso parecem pertencer muito estritamente à sua competência. Com todo o respeito, sugiro enfaticamente que encarregue dele apenas seus agentes mais experientes e confiáveis.

A transcrição em anexo traz informações que me foram oferecidas de forma totalmente voluntária por um ex-oficial da Inteligência da Marinha. Descreve um personagem escandaloso e corrupto instalado no cerne de uma organização absolutamente vital para a segurança dos militares norte-americanos.

O Laboratório de Propulsão a Jato em Pasadena, na Califórnia, fundado há muitos anos, estabeleceu-se como a instituição mais importante de pesquisa e desenvolvimento em engenharia aeronáutica. Creio que o senhor irá concordar comigo quando digo que essas alegações chocantes têm forte potencial explosivo e carecem, portanto, de investigação imediata.

Atenciosamente,

Richard M. Nixon

NÃO DEVERÁ SER PUBLICADO ATÉ A LIBERAÇÃO POR:

| Congressista Richard M. Nixon e ▬▬▬▬▬▬▬▬ | REF Nº 49-0351 |
| | DATA 17-10-49 |

TRANSCRIÇÃO DE ENTREVISTA REALIZADA NO GABINETE
DO CONGRESSISTA EM WASHINGTON, 17/10/49

* * * * * * * * * * * * * * * * * * *

CONGRESSISTA NIXON: Certo, estamos gravando. Por favor, seu nome
completo para registro, senhor.

TEN. HUBBARD: Lafayette Ronald Hubbard, Tenente da Inteligência da
Marinha. Nasci em Tilden, no Nebraska, e tenho 38 anos.

NIXON: O senhor ainda está na ativa, tenente?

TEN. HUBBARD: Deram-me baixa após a guerra, senhor, mas ainda conservo
meu posto. Pode me chamar de Ron, por favor; prefiro assim.

NIXON: Obrigado, Ron. Estou vendo aqui que o senhor foi exonerado por
motivos médicos, procede?

TEN. HUBBARD: Sim, senhor. Em meus anos como comandante de dois navios
antissubmarinos na frente do Pacífico, sofri de muitos males
relacionados ao stress do combate. Tive úlceras, conjuntivite,
bursite, diversas doenças oftalmológicas e também um problema nos pés.

NIXON: E, pelo que estou entendendo, o senhor veio aqui para nos
relatar algo a respeito de suas experiências logo depois da guerra,
procede, Ron?

TEN. HUBBARD: Isso mesmo, senhor. Desde que servi na guerra, comecei a
tentar a sorte como escritor -- de ficção, ficção científica,
geralmente contos para revistas e alguns romances que saíram por
pequenas editoras. Não sei se o senhor conhece os meus...

NIXON: Não conheço. Prossiga, por favor.

-1-

A HISTÓRIA SECRETA
de TWIN PEAKS

[2] Por incrível que pareça, esse parece ser o prolífico autor de ficção barata L. Ron Hubbard, que pouco tempo depois ficou conhecido como o fundador da controversa "religião" da Cientologia — TP

[3] Verificado que Jack Parsons — um importante químico e engenheiro — foi um dos fundadores da LPJ. Nos anos 1930 e no começo dos 1940, ele foi uma peça fundamental no desenvolvimento da ciência dos combustíveis aeroespaciais e em sua implementação pelas forças armadas durante a Segunda Guerra Mundial — TP

* L. Ron Hubbard, por volta de 1948

NÃO DEVERÁ SER PUBLICADO ATÉ A LIBERAÇÃO POR:

Congressista Richard M. Nixon e ███████████████

REF Nº 49-0351

DATA 17-10-49

TEN. HUBBARD: Eu estava morando em Los Angeles, empenhado na minha carreira de escritor, quando -- em agosto de 1945 -- uns conhecidos meus, alguns deles também escritores, me apresentaram a um grupo de pessoas que moravam em Pasadena. Esse círculo social gravitava ao redor de um homem chamado Marvel John Whiteside Parsons, que era tratado por Jack.

NIXON: Seria esse homem o químico "Jack" Parsons, cofundador do Laboratório de Propulsão a Jato em Pasadena?

TEN. HUBBARD: Ele mesmo, senhor.

NIXON: Estou razoavelmente a par do trabalho dele no LPJ.

TEN. HUBBARD: Ótimo. Bem, depois que nos apresentaram, Jack e eu ficamos grandes amigos. Como eu passava por dificuldades financeiras na época, ele teve a generosidade de me convidar para ficar na casa dele em Pasadena. Digo "casa", mas na verdade era uma mansão, sabe. Na cidade todo mundo usava um trocadilho para falar dela: era a "Parsonage".

NIXON: Entendi.

TEN. HUBBARD: Muita gente morava naquela casa, sabe, de forma que o convite não tinha nada de extraordinário. Mas o que descobri pouco depois de me mudar foi que nada era como parecia na Parsonage.

NIXON: De que forma?

TEN. HUBBARD: Descobri que Parsons tinha passado a maior parte daquela década frequentando uma espécie de culto, uma seita inventada que era chamada pelos adeptos de "Thelema".

NIXON: Confesso que nunca ouvi nada a respeito dessa seita.

TEN. HUBBARD: Eu também nunca tinha ouvido, senhor. Sabe, a Thelema foi formulada com base nos ensinamentos do amigo e mentor de Parsons, o famoso místico inglês Aleister Crowley...

-2-

NÃO DEVERÁ SER PUBLICADO ATÉ A LIBERAÇÃO POR:

drel #3

| Congressista Richard M. Nixon e ▬▬▬▬▬▬▬ | REF Nº 49-0351 |
| | DATA 17-10-49 |

NIXON: Já ouvi falar.

TEN. HUBBARD: Bem, como ponto de referência, muitas vezes me chegaram notícias desse Crowley como "o homem mais maléfico do mundo".

NIXON: Sou todo ouvidos, tenente.

TEN. HUBBARD: Sabe, Crowley, Parsons e seus seguidores têm algumas crenças muito estranhas. E promovem certas atividades incomuns na Parsonage, coisas que, francamente, são de deixar qualquer um de boca aberta.

NIXON: Dê um exemplo.

TEN. HUBBARD: As drogas correm soltas. Todo mundo ali pratica amor livre e faz umas encenações periódicas de "rituais de mágicka sexual", bem bizarros.

NIXON: Tudo isso bem no coração de Pasadena.

TEN. HUBBARD: Sim, senhor.

NIXON: Bem, o senhor alertou as autoridades competentes?

TEN. HUBBARD: Sim, a polícia local fazia frequentes visitas à Parsonage, senhor. Especialmente nas noites em que essas festinhas de embalo iam até tarde e perturbavam os vizinhos. Mas o que me aflige, e me traz até aqui, não é a perturbação da ordem, senhor, mas sim a ameaça que o sr. Parsons representa à segurança do programa aeronáutico no LPJ. Se o senhor permite, eu gostaria de submeter um relatório que preparei sobre as atividades que observei. Algo que fiz, já acrescento, inteiramente no espírito do meu dever e atribuições de ex-oficial da inteligência naval.

NIXON: Entendido e agradecido, Ron. Eu mesmo sou homem da Marinha, e ainda orgulhosamente oficial da reserva. Que seja incluído como anexo ao depoimento.

-3-

PARA RESP.
REFERIR-SE AO Nº

pág. 1/5

002-45

BASE AÉREA DA MARINHA AMERICANA

POINT MUGU, CALIFÓRNIA

LOCALIZAÇÃO: PASADENA, CALIFÓRNIA
RELATÓRIO DE CAMPO: TEN. L. RON HUBBARD, res.

ULTRASSECRETO

Não tive grandes dificuldades em travar contato com o objeto de minha investigação. Parsons é um homem naturalmente gregário e preside seu "ducado" pessoal e profissional em Pasadena com a benevolência de um senhor feudal. Com o fim da guerra, ele ficou um tanto afastado das operações cotidianas no LPJ. Sonhador por natureza e, no fundo, um "amador", Parsons dispensa a "mão na massa", embora continue a discutir com cientistas e engenheiros que faziam parte do que chamava de "Esquadrão suicida" durante sua pesquisa inovadora sobre combustíveis de foguetes avançados. Naquela época, Parsons e sua equipe eram as únicas pessoas do país a trabalhar com foguetes, e ele possuía uma perícia assombrosa para identificar e domar os produtos químicos mais combustíveis e perigosos conhecidos pela ciência, produzindo o que chama de "elixires alquímicos" -- e que nós chamamos mais prosaicamente de "combustível" --, detonadores das explosões mais poderosamente controladas e duradouras que o mundo já testemunhou. Até hoje, Parsons persiste na fé inabalável de que o caminho que desbravou nesses últimos vinte anos -- quando a comunidade científica ainda desqualificava a "ciência dos foguetes" como uma quimera, pura ficção científica -- um dia resultará em veículos capazes de levar o homem à Lua e até às estrelas.

Criado por uma rica família de Pasadena que perdeu a fortuna durante a Grande Depressão, Parsons nunca obteve um diploma universitário, por causa das dificuldades econômicas, embora tenha frequentado aulas em três universidades de primeira linha. Isso fez dele essencialmente um químico autodidata que, desde jovem, tinha uma fixação ardente -- acesa pela leitura precoce de autores como Júlio Verne e H. G. Wells -- por lançar objetos ao céu. Quando os tambores da guerra ruflaram na Europa, Parsons, valendo-se de pouco mais que audácia e entusiasmo juvenil, convenceu o California Institute of Technology (Caltech) -- a academia científica mais prestigiosa do Oeste dos Estados Unidos -- a lhe conceder uma bolsa.

RELATÓRIO DE CAMPO / pág. 2/5

Sete anos depois desse investimento, o trabalho revolucionário de Jack
Parsons resultou na criação científica de foguetes, com, desnecessário
dizer, ilimitadas e inesgotadas aplicações militares. (A "decolagem
auxiliada por jato", atualmente o padrão em caças e bombardeiros da
Força Aérea, é o benefício mais óbvio pelo qual ele é diretamente
responsável.) Quem conversa com Jack Parsons, mesmo que uma única vez,
fica com a certeza de que se trata de um verdadeiro visionário, talvez
até mesmo um gênio, nos moldes de cientistas notáveis do passado que
alteraram o curso da história humana.

Digo sem medo de errar que ele também é um doido varrido.

Com a súbita injeção de dinheiro que alavancou o LPJ, em 1943,
Parsons adquiriu uma mansão em Pasadena, na avenida Orange Grove,
mais conhecida como Rua dos Milionários, onde por acaso morou
quando criança. Ele apelidou sua nova casa de "Parsonage", um nome
que sugere um ecumenismo que não existe na prática.[4]

Parsons mora ali, porém a mansão também funciona como quartel-
-general de sua "igreja", chamada de "Thelema", mas que, a meu ver,
é mais bem descrita como um "círculo de bruxos". O interesse de
Parsons pelo oculto é posterior a seu fascínio por foguetes -- seu
primeiro contato com o pessoal da "Thelema" foi em 1939 --, mas, em
sua cabeça, a esta altura, as duas matérias estão interligadas.
Três anos depois, Parsons se tornou líder da seção ou "loja" da
Costa Oeste, e desde então, só fez se aprofundar no assunto.

A convite do próprio Parsons, passei a residir na Parsonage e,
pouco tempo depois, compareci a uma reunião da Thelema. Era uma
estranha atmosfera saturada de incenso e devassidão, povoada de
uma miríade de esquerdistas, boêmios e parasitas em geral, com a
presença de um séquito de secretárias jovens e belas do LPJ, todas
elas envolvidas naquele culto febril. Muitos dos convidados usavam
máscaras coloridas, eróticas, e alguns estavam com elaboradas
fantasias egípcias e máscaras de rostos distorcidos de animais.
Uma música atonal perturbadora vinha de algum lugar e estimulava
danças desinibidas, e não estou falando de "jitterbug". Em algum
canto escondido, sem dúvida, as drogas corriam soltas; senti
o inconfundível cheiro pungente de marijuana pelo andar de
cima inteiro e creio que o ponche que serviram pode ter sido

DOCUMENTO Nº 002-45

RELATÓRIO DE CAMPO / pág. 3/5

"batizado" com alguma substância entorpecente de fabricação caseira, talvez absinto. Muitos cômodos eram palco de estripulias sexuais sem que ninguém se desse ao trabalho de fechar as portas. Não me considero pudico, mas nunca me senti tão puritano na vida.

Apesar do currículo respeitável, Parsons tinha apenas 31 anos, e era um homem alto, forte e dono de uma beleza rústica, ostentando um bigode lápis e o ar libertino de um sibarita. Paramentado com um manto esvoaçante e um chapéu tipo fez, com uma cobra albina jogada sobre os ombros, ele reinava entre seus convidados e conduzia todas aquelas atividades ilícitas feito um flautista de Hamelin.

A certa altura, me vi a sós com Parsons em um estranho cômodo do andar de cima. As paredes estavam decoradas com espadas cruzadas, símbolos do tarô, ilustrações pagãs. As únicas mobílias eram um altar em forma de caveira, uma espécie de trono e uma inquietante estátua em tamanho natural de um sátiro bestial, que Parsons me disse ser o semideus Pã. (Nos lançamentos de teste, Parsons tem mania de recitar um poema chamado "Ode a Pã" enquanto marca o ritmo batendo os pés.) Acionei o pequeno gravador de fita espião que sempre levo comigo e aproveitei para gravar e depois trancrever, sem que ele soubesse, esta conversa:

LRH: Todas essas fotos na parede são de quem penso que são?

JP: Sim, de Aleister Crowley. "A Besta". Meu amigo e professor.

LRH: Ele faleceu recentemente, não foi?

JP: Sim. Ele desencarnou no ano passado.

LRH: Bem, ele era viciado em heroína, não era? Talvez isso tenha tido algo a ver.

JP: Ah, ele não precisava de drogas. Ele _era_ drogas.[5]

(Continua) É só você olhar em volta. Tudo é Thelema, sabe. Este foi o legado permanente que ele nos deixou, sua maior conquista, que vai durar até a eternidade.

DOCUMENTO Nº 002-45

⁴ A casa foi construída por um dos primeiros beneméritos da Caltech, um magnata madeireiro chamado Arthur Fleming. Talvez por coincidência, com madeira de alta qualidade importada da região dos arredores de Twin Peaks — TP

⁵ Crowley era, de fato, um notório viciado em drogas que expirou aos 72 anos de idade depois de décadas de abuso desenfreado de todo tipo de prazer já catalogado pelo homem — TP

⁶ Thelema é literalmente a palavra grega para "vontade" ou "intenção". Apareceu pela primeira vez como a base de uma religião anticristã em um romance satírico do século XVI escrito por Rabelais, e muito mais tarde foi apropriada por Crowley com outros fins que, definitivamente, não eram satíricos. Mas Crowley levou o crédito de ter "inventado" a coisa toda da Thelema depois de uma série de experiências místicas no Egito. Ele escreveu os princípios de sua nova religião durante uma espécie de transe e sempre garantiu que tudo veio de uma força superior. Como ópio ou haxixe, por exemplo.

Boa parte da coisa me parece inspirada — isto é, roubada — do Livro do Apocalipse, que também me soa mais como uma coleção de despautérios impenetráveis. Por um lado Crowley é uma figura meio fascinante — inglês de alta estirpe, iconoclasta, alpinista, escritor, primeiro ocidental a passar uma temporada estudando com lamas no Tibete —, por outro ele parece um vilão de James Bond, pervertido e doentio. Não o chamavam de "a pessoa mais maléfica do mundo" à toa — TP

* Crowley, sem data

RELATÓRIO DE CAMPO / pág. 4/5

LRH: Thelema?[6]

JP: "A palavra da LEI é Thelema. Faze o que tu queres, há de ser tudo da LEI. Amor é a LEI, amor sob vontade".

(Ele recita essas palavras como se estivesse se dirigindo a uma congregação, de cor, feito uma agulha riscando a vitrola. Depois, volta os olhos para mim e fala de forma mais natural.)

JP: Entende? O poder da vontade é tudo. Mas sem eros, ou ágape -- amor e sexo, conjugados --, a "vontade" é simplesmente oca, poder patriarcal sem direção nem força. O que ele nos ensinou foi que ambas as forças precisam coexistir equilibradas. Para poder se postar ao lado de Deus, primeiro você precisa rejeitar a ideia de "Deus". Só aí você vai perceber que você é Deus. Todo homem e mulher é uma estrela.

LRH: Entendi.

(Percebo que ele não para de mexer num anel no seu anular direito, um anel com pedra verde e chata, talvez jade, e uma espécie de inscrição gravada.)

JP: Foguetes e mágicka: você se pergunta, o que eles têm em comum? A transcendência de todos os limites. Atos de rebeldia contra os limites da gravidade e da inércia, contra os limites da existência humana. Não vamos ficar aprisionados neste planeta por muito tempo. São as duas faces da moeda.

(Ele retira do bolso o que parece ser uma antiquíssima moeda de prata e faz uma espécie de prestidigitação com ela; de repente, vemos duas moedas.)

JP: A alquimia não é só "química" ou transformar metais ordinários em ouro. Os filósofos e alquimistas medievais sabiam disso -- até Isaac Newton sabia --, mas esse conhecimento foi perdido até Crowley nos trazê-lo de volta. Veja bem, na verdade a alquimia diz respeito a processos internos, e a uma revolução radical em nosso desenvolvimento espiritual; transforma o "metal ordinário" do homem primitivo no "ouro" da alma iluminada. Foguetes e mágicka existem para romper

DOCUMENTO Nº 002-45

RELATÓRIO DE CAMPO / pág. 5/5

nossas limitações animais de tempo e espaço que nos impedem de alcançar todo o nosso potencial. Uma dessas trilhas, ou as duas, quem sabe, um dia vai nos levar à Lua e às estrelas. Tenho convicção disso. Mágicka é apenas o nome que sempre demos àquilo que ainda não compreendemos...

(Ele me encara por um momento com seus olhos castanho-escuros, depois se volta para a estátua de Pã e com o olhar distante murmura algo baixinho.)

JP: O mágico anseia em ver...

LRH: Como é? Não ouvi.

(Ele passa a mão ao longo de uma das paredes.)

JP: Muitas vezes senti que havia espíritos nessa floresta...

(Volta a olhar para mim, retomando o foco de repente.)

JP: Com sua licença. Preciso dar atenção aos outros convidados.

(Desaparece. Olho para os meus braços; os pelos estão todos arrepiados.)

Era quase meia-noite quando deixei a Parsonage, e a festa estava só começando. A grande atração era pular uma fogueira junto a uma pérgula. Tinha gente pelada. Note-se que era uma quinta-feira. Teoricamente, todos ali deveriam ir trabalhar dentro de poucas horas.

No dia seguinte, no LPJ -- onde o próprio Parsons não apareceu para trabalhar --, conversei com cientistas e administradores que não haviam ido à festa. Eles disseram que têm sérias suspeitas de que Parsons está prestes a ficar totalmente biruta. Eles estão subestimando a situação; creio que ele já se tornou um louco de carteirinha há anos. Sua mente científica pode ter continuado em plena forma, mas o consenso é que o que antes foi tolerado como excentricidade pessoal tomou conta do seu brilhantismo nato. Pelo que vejo, hoje ele é tão estável quanto um suflê.

DOCUMENTO Nº 002-45

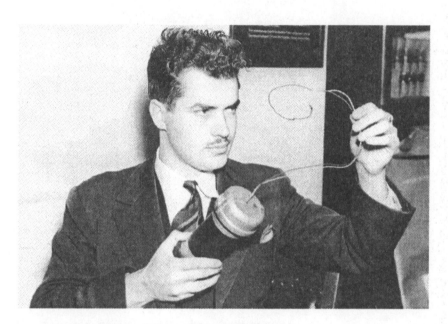
* Jack Parsons no LPJ, por volta de 1942

COMENTÁRIO DO(A) ARQUIVISTA

O relatório não esclarece por que Hubbard demorou tanto tempo para contar o que sabia às autoridades. Talvez o atraso tenha alguma relação com o fato de que, nesse meio-tempo, Ron Hubbard passou a mão nas economias de Jack Parsons e fugiu com a jovem e atraente namorada do coitado para a Flórida, onde torraram o dinheiro surrupiado num iate. [7]

Naqueles anos do pós-guerra, o LPJ se tornou um negócio multimilionário, ocupando uma posição central na indústria aeroespacial e no emergente complexo militar-industrial. Enquanto sua companhia decolava, Parsons dobrou a aposta na pajelança ocultista e acabou sob suspeita de vender segredos do programa de foguetes dos Estados Unidos para um governo estrangeiro.

Pouco depois de essas acusações virem a público -- embora ele tenha sido inocentado, no fim das contas -- o LPJ encerrou seu relacionamento oficial com Parsons. Sem fonte de renda e com a reputação profissional prejudicada, ele foi forçado a vender a Parsonage. Em meio às dificuldades financeiras, processou Hubbard para tentar reaver o dinheiro roubado, enquanto trabalhava como consultor em um programa de mísseis militares. Até que chegou a hora de renovar a autorização de acesso a informações de segurança nacional.

É por isso que, pouco depois de o citado relatório do congressista Nixon ter chegado à mesa de Doug Milford, o Projeto Grudge despachou o major para Pasadena a fim de investigar. Este é o relatório que Milford rapidamente apresentou:

[7] Confirmado. Hubbard logo se casou com Sara "Betty" Northrup, antes de se divorciar oficialmente de sua primeira esposa, acrescentando a seu acidentado currículo a poligamia. E em 1950 ele publicou seu livro de maior sucesso, *Dianética*, que claramente tomava de empréstimo várias ideias e temas da Thelema e ainda se tornaria a base da nova "religião" criada pelo autor — TP

RECLASSIFICADA
E.O. 12356. SEÇ 3.3
NLK-85-151
POR Brgtm DATA
ULTRASSECRETO

RE: PROJETO_GRUDGE
49-12-0037

PASADENA, CALIFÓRNIA, 3 de dezembro de 1949

ULTRASSECRETO

RELATÓRIO DE CAMPO: MAJOR DOUGLAS MILFORD

ASSUNTO: JACK PARSONS

Descobri que Jack Parsons vivia modestamente num apartamento próximo à praia, se revezando entre vários serviços de consultoria e pequenos trabalhos sob encomenda. Apresentei-me como jornalista de uma revista de esquerda, e ele concordou em me encontrar quando eu disse que estava escrevendo um artigo sobre "o que realmente aconteceu com ele no LPJ". Ele se entusiasmou com a oportunidade de -- nas palavras dele -- "passar essa história a limpo". Parecia mais corpulento e cabisbaixo, e seus belos traços haviam começado a se desvanecer. Havia acabado de passar por uma grande mudança em sua vida pessoal e foi nesse ponto, em uma cafeteria em Manhattan Beach, que começou nossa conversa:

DM: Ouvi dizer que você acabou de se casar de novo, Jack. Meus parabéns.

JP: (com uma leve risada) Queria que fosse assim tão simples, mas obrigado.

DM: Se não se importa de eu perguntar, o que foi que aconteceu com sua ex?

JP: Helen?

DM: Pensei que o nome dela era Sara.

JP: Ah, você está falando da Betty -- o nome do meio da Sara é Elizabeth, e todo mundo a chama de Betty. Não, nunca cheguei a casar com a Betty. Ela é a irmã mais nova da Helen -- meia-irmã. A Helen foi minha primeira esposa, mas agora ela também já está casada com outro.

DM: Uau. Parece complicado.

JP: E é mesmo. E a Betty acabou de se casar. Com ele.

01 ~~ULTRASSECRETO~~

Controle Nº 6947

NW#:26942   IdDoc:26497209

RE: PROJETO_GRUDGE
49-12-0037

DM: Ele?

JP: Hubbard, Ron Hubbard. Ele era da nossa turma de Pasadena.
Apareceu lá depois da guerra. Cara da Marinha, da Inteligência,
autor de ficção científica de segunda linha, talvez tenha ouvido
falar nele.

DM: Não que eu me lembre.

JP: O pessoal entrava e saía daquela casa quando bem entendia.
Quando o Ron apareceu, com aquelas histórias da guerra, alguma
perspicácia e um brilhantismo polímata, achei que tinha encontrado
um amigo para todas as horas. A Betty detestou o cara à primeira
vista. (Ele acende um cigarro, solta uma longa baforada.) Foi aí
que percebi que ela e eu estávamos mal.

DM: De que forma?

JP: Ah, em questão de semanas eles já estavam juntos. A Betty
grudou no Ron como se estivesse enfeitiçada. Mas ele era tão meu
amigo… e sabe, a gente não era ligado nesses conceitos burgueses de
merda do tipo monogamia. Então para mim o Ron ainda era um amigo.
Um amigo bem próximo. Eu achava que ele me entendia melhor do que
qualquer outra pessoa.

DM: Ele também chegou a se tornar membro da sua igreja?

JP: Sim, sim, ele mergulhou de cabeça. Muito entusiasmado, queria
saber tudo a respeito. A gente trabalhou junto, sem parar, por dois
anos em um, hã… um projeto muito importante.

DM: Você está falando de foguetes ou de mágica?

JP: (baixando a voz) Sabe, eram coisas sobre as quais Crowley tinha
escrito. Um ritual que ele tentara realizar na Europa -- um feito
importante --, mas ninguém nunca havia tentado por aqui.

DM: Um ritual? E o Hubbard estava te ajudando com ele?

(Ele fez que sim, com um olhar distante.)

JP: A gente viu coisas que talvez não sejam para olhos humanos.

DM: Onde isso aconteceu?

02

JP: No meio do deserto. O deserto é o local perfeito para invocações... uma tela em branco, um béquer em que, sob certas circunstâncias e com rigor e coragem, você consegue criar um elixir que invoca... chame como quiser... mensageiros dos deuses...

DM: (depois de um riso nervoso) Uau! Como é que seria isso?

JP: Ah, eles assumem várias formas. Os cinzas, por exemplo. Sabe, de Zeta Reticuli.[8]

(Continua) Mas olha só, aqueles mais altos, os tipos nórdicos, eles são diferentes. Mais benignos. Tem quem diga que estão aqui desde sempre. Parece que vêm da estrela Sirius.

(Noto que nesse momento ele transpira profusamente e seus olhos parecem mais vítreos. Me pergunto se ele estará sob o efeito de alguma droga.)

DM: A Sirius? Sério?

JP: Sério.

(Parsons dá uma risadinha.)[9]

JP: Você já foi a Roswell?

DM: Roswell, Novo México? Por acaso, já fui, sim.

JP: A gente estava lá perto. No deserto. Num lugar que chamam de Jornada del Muerto.

DM: Isso é perto de White Sands, não é?

JP: Certo. "Jornada do Morto", não é uma beleza esse nome? O jeito como a gente segue pela vida. De olhos fechados, de cabeça baixa, arrastando os pés. Morto antes da hora, na jornada até a cova.

DM: Foi bem ali que testaram a bomba.

JP: Sim. (De novo o olhar distante, os olhos sem foco.) Um terreno muito fértil para a Operação.

03

[8] Zeta Reticuli é um sistema estelar binário na constelação de Reticulum, visível a olho nu no hemisfério sul. Muito citado na "literatura" ufológica como lar de uma raça de alienígenas pequenos e cinzentos que visitam a Terra — TP

[9] Sirius é uma estrela na constelação relativamente próxima, Canis Major, ou "Cão Maior". Muito citada na tradição da ufologia como outra possível fonte de visitantes alienígenas. Isso lembra as duas raças alienígenas adversárias citadas anteriormente nos artigos da revista de Ray Palmer — TP

                                    RE: PROJETO_GRUDGE
                                             49-12-0037

DM: Como? Que Operação?

JP: O ritual. A Operação de Babalon. A invocação da Elemental.

DM: Pode falar mais sobre isso, Jack?

(Um carro buzina forte. Olho para fora, onde um velho Buick conversível acaba de estacionar. Uma estonteante ruiva em Technicolor está ao volante. Jack tem um sobressalto, sai do devaneio, consulta o relógio de pulso e sorri.)

JP: Desculpe, essa é minha esposa. A gente marcou de ir ao mercado das pulgas hoje. Enfim, o Hubbard, pois é, né. Ele era mesmo bom em apunhalar os outros. Pelas costas.

Apertamos as mãos e, depois que ele se foi, rumei para Pasadena. Eu tinha marcado um encontro com um dos antigos colegas de Parsons, um colaborador científico de longa data, um homem calmo, cerebral e sóbrio feito um magistrado. Disse-lhe a verdade, que eu estava realizando uma investigação militar confidencial, e ele só concordou em conversar comigo se fosse anonimamente. Eu, é claro, concordei. Ele trabalhara com Parsons desde meados da década de 1930, integrando seu "Esquadrão Suicida", e ainda tinha grande apreço por ele. Tinha testemunhado todo o processo de degradação daquele homem que conhecia como ninguém.

Ele me levou ao Arroyo Seco, próximo às instalações do LPJ. O Arroyo Seco é um cânion de rio ermo, assustador, de 40 quilômetros de extensão, forrado de rochas e imensas pedras trazidas há eras pela enxurrada das montanhas San Gabriel, que dominam o horizonte da cidade. Era em meio a essa desolação que Parsons e companhia costumavam testar seus combustíveis e lançar seus foguetes nos velhos dias de glória. Durante a época de temporais torrenciais típicos da região, o Arroyo Seco (cujo nome foi dado pelo explorador espanhol Gaspar de Portola no fim do século XVIII) transforma-se em uma torrente bravia. Em 1920, quando a cidade de Pasadena crescia rio abaixo, construiu-se uma represa onde uma cachoeira estrondeia na época das chuvas, para conter as enchentes sazonais. O lugar é chamado de Portal do Diabo, porque na sua base há uma formação rochosa que muitos acham semelhante à face de um demônio.

04

* O Portal do Diabo, Arroyo Seco, Pasadena

¹⁰ Encontrei uma carta de Aleister Crowley para Parsons, escrita depois que o primeiro assumiu a liderança da "loja" da Thelema em Pasadena. Ele conta que havia "pesquisado" o Portal do Inferno — sem especificar como — e concluído que era um dos sete portais do planeta para o inferno. Crowley estimula o amigo a "fazer uso dele". Entenda como quiser — TP

¹¹ Preciso admitir que, até mesmo para delírios de um louco, isso é um tanto agourento — TP

¹² "A deusa Babalon" é uma referência a uma figura que Crowley pegou emprestado do Livro do Apocalipse e reinterpretou. O Apocalipse, como se sabe, é o estranho apêndice do Novo Testamento adicionado centenas de anos depois que a estrutura bíblica tradicional já havia sido extensamente adotada. O livro é apocalíptico tanto na forma quanto no conteúdo, embora até hoje persista o debate sobre se o documento foi escrito para ser lido no nível literal ou metafórico — TP

¹³ A época desse desdobramento pode explicar a súbita urgência de Hubbard de dar seu "depoimento" ao congressista Nixon — TP

* A prostituta da Babilônia, baixo-relevo sumério

RE: PROJETO GRUDGE
49-12-0037

Confirmo que parece mesmo. Mas o nome vem de muito antes do Corpo de
Engenheiros do Exército. Os índios tongva, que moraram ali por séculos,
chamavam aquele lugar de Portal do Inferno porque literalmente
acreditavam que se tratava de um portal para o mundo inferior.

O colega me contou que Parsons usava a área para exploração particular
do que chamava de "as ciências explosivas, nas variedades literal e
metafórica" -- porque acreditava que elas iriam "abrir o portal".

Quer dizer, foi também naquele lugar que, depois da fundação do LPJ,
Parsons começou a encenar seus rituais bizarros da "Thelema". Seu
colega me contou -- de forma estritamente confidencial -- que os tais
rituais eram "uma tentativa de convocar à forma humana o espírito de
uma figura fundamental do panteão thelêmico, a deusa Babalon,
conhecida como "a Mãe das Abominações".

Perguntei-lhe o que podia ter de bom isso de Parsons fazer um negócio
que parecia que ia provocar o fim do mundo. Pálido e inquieto, dando
olhadelas nervosas para a bocarra negra de um túnel sob a "rocha
demoníaca", o homem me contou que ele não tinha ideia do que Jack
planejava, mas que o ritual exigia a presença de duas pessoas.
Contou-me também que um amigo de Jack chamado Ron Hubbard fora seu
principal colaborador durante os estranhos ritos. E descreveu Hubbard
como um escritor de ficção científica que fora parar por acaso na
órbita de Parsons. O homem com quem eu estava conversando tinha
percebido de cara que Hubbard era um golpista que não acreditava nem
um pouco no "auê sobrenatural" de Jack, mas Parsons não dava ouvidos
às desconfianças dele nem de mais ninguém sobre Hubbard. Ele também
se recordava de uma conversa em que Hubbard afirmou que o jeito mais
garantido de enriquecer nos Estados Unidos -- fora desfalcar os
amigos, suponho -- era fundar uma religião. Um ano depois de ter
começado a se insinuar na confiança de Parsons, Hubbard roubou dele
20 mil dólares e sua namorada, Betty -- irmã mais nova de sua esposa,
Helen, que ele abandonara pela cunhada em 1945.

Depois de seguir para o leste, Hubbard teve a cara de pau de usar o
dinheiro de Parsons para comprar um iate e se instalar nele com Betty,
em Miami. Quando Parsons ameaçou processá-lo para lhe devolver o
dinheiro, Hubbard reagiu ameaçando revelar que Betty era menor de
idade (tinha 17 anos) quando conheceu Parsons.

05

[14] Depois de avaliar a obra de Hubbard, posso dizer mais do que isso. Sua "história de origem" sobre aliens antiquíssimos — seres que chamou de Thetans — colonizando a Terra em cidades subterrâneas profundas sob vulcões parece em boa medida inspirada nas loucas histórias de Richard Shaver sobre os "lemurianos" subterrâneos — TP

[15] Marjorie Cameron, a segunda esposa de Parsons — TP

[16] Ele parece estar sugerindo que o ritual de Parsons de algum modo "abriu um portal" que resultou nas visitas de alienígenas em Roswell. Não estou endossando essa conversa mole, mas também fiz minha pesquisa sobre Arroyo Seco. Os ameríndios que moravam ali de fato temiam o lugar, e para eles aquele era mesmo o Portal do Inferno, onde podiam "ouvir o demônio gargalhar na cachoeira".

E chamem de coincidência se quiserem, mas, na década seguinte ao vodu de Parsons naquelas paragens, quatro crianças desapareceram em Arroyo Seco. Duas foram assassinadas por um trabalhador de construção civil que ajudara nas obras de uma autoestrada ali perto. Ele disse ter ouvido vozes que o incitaram a cometer o crime e mais tarde tirou a própria vida na prisão. A terceira e a quarta vítimas simplesmente desapareceram sem uma pista e nunca foram encontradas. Está tarde, escureceu, e estou acendendo todas as luzes em meu escritório — TP

COMENTÁRIO DO(A) ARQUIVISTA

Nos seus quinze minutos de respeitabilidade, quando publicou o best-seller Dianética em 1950, Hubbard alegou que se infiltrara no que chamava de "seita sexual" de Parsons sob ordens da inteligência militar, como oficial sob disfarce. Essa alegação é totalmente infundada. Hubbard era execrado dentro da comunidade da inteligência militar -- que ficou aliviada em vê-lo ser exonerado em 1945 -- como um sociopata fanfarrão, mentiroso e oportunista que fazia até Jack Parsons, no fulgor de suas excentricidades, parecer um escoteiro-mirim. Também está claro que Hubbard estudou a fundo a religião Thelema e tirou dali muitos princípios que se tornaram partes fundamentais do livro que o celebrizou.[14]

RE: PROJETO_GRUDGE
49-12-0037

Perguntei ao seu ex-colega se ele achava que Parsons acreditava que algum de seus rituais de "magia negra" funcionara.

"Bem", disse ele, baixo, "uma semana após aquele ritual, ele conheceu a mulher com quem é casado hoje em dia. Isso foi logo depois que ele voltou de uma daquelas viagens ao deserto, e um pouco antes de o Hubbard passar a mão na Betty e em quase toda a grana dele. Ela praticamente bateu na porta da casa dele."

Então ele me descreveu a mulher, e percebi que a vira atrás do volante do Buick na cafeteria. Parece que, agora, ela é formalmente a segunda esposa de Parsons.

Perguntei ao homem se ele sabia alguma coisa sobre Parsons ter realizado um ritual no deserto do Novo México. Ele arregalou os olhos para mim e perguntou como eu sabia disso. Respondi que o próprio Parsons havia me contado naquela manhã na cafeteria; algo chamado de "A Operação". O homem fez uma pausa para se recompor e disse que Parsons também havia lhe revelado algo do gênero. Um esforço para abrir um segundo portal que haviam encontrado no deserto e trazer para este plano uma entidade que ele chamava de "Moonchild".***

Perguntei se ele tinha alguma noção de quando teria ocorrido esse ritual. Ele disse que sabia o dia exato porque Parsons lhe pedira que alimentasse seus gatos enquanto viajava. Cruzando as datas, percebi que foi no fim de semana imediatamente anterior ao incidente com o óvni de Roswell, parte do qual eu mesmo testemunhei.

Olhei de novo para a represa, o túnel e o rosto medonho naquele rochedo. Alguma coisa fora do comum tomou conta de mim, um medo animal percorreu minha espinha, tal qual o que senti naquele dia na floresta tanto tempo atrás, sobre os lagos Pear.

*** "Moonchild" é tanto o título quanto o assunto de um romance de Crowley, publicado em 1923, sobre uma batalha entre uma "loja" de praticantes de magia negra e outra de magia branca. O motivo da briga é um bebê ainda não nascido que pode ou não ser "o Anticristo". Parece que o próprio Crowley tentou realizar esse ritual em diversas ocasiões no decorrer da vida — sem sucesso —, o que serviu como inspiração a Parsons.

06

                                          RE: PROJETO_GRUDGE
                                          49-12-0037

Conclusões: Sei que ele parece um sujeito um tanto estranho, mas
confesso que simpatizei com Jack Parsons. Ele não dá a impressão de ser
"maléfico", apenas muito confuso, um homem altamente criativo que quer
ser apreciado, mas que infelizmente perdeu a capacidade de filtrar o
que é irracional ou aqueles que não lhe querem bem.

Dito isso, este oficial, após prolongada deliberação, recomenda que a
renovação da autorização de acesso lhe seja negada e que todas as
associações de companhias ou agências vinculadas ao Exército dos
Estados Unidos, ou a qualquer outro ramo de nosso governo, com Marvel
John "Jack" Whiteside Parsons sejam imediatamente encerradas.

Major D. Milford

A REPRODUÇÃO DESTA CÓPIA É PROIBIDA
A NÃO SER QUE SEJA "NÃO CONFIDENCIAL"

RECLASSIFICADA
E.O. 12356. SEÇ 3.3
POR   -85-15
                    DATA

07   FINAL

COMENTÁRIO DO(A) ARQUIVISTA

E foi assim que, de uma vez por todas, Parsons perdeu seu lugar na ciência
que tanto contribuiu para criar. Intimado a depor a portas fechadas ao Comitê
-- onde citou alguns nomes, entre eles o de seu ex-colega mais próximo --, Parsons
insistiu que não tinha mais nenhum contato com a "Igreja da Thelema", mas fez
uma defesa eloquente de suas "crenças religiosas comuns".

FEDERAL BUREAU OF INVESTIGATION

CASO ORIGINÁRIO EM

LOCAL	DATA	PERÍODO	FEITO POR
CINCINNATI, OHIO	22/II/50	17/II/50	NJB

JOHN WHITESIDE PARSONS,
conhecido por Jack Parsons

TIPO DE CRIME

TRANSCRIÇÃO DE DEPOIMENTO EM SESSÃO FECHADA

- -

CONGRESSISTA RICHARD NIXON: O senhor poderia nos falar alguma coisa sobre suas crenças religiosas, sr. Parsons?

SR. PARSONS: Atualmente, a única religião que pratico é a religião da liberdade individual. Absoluta liberdade para o indivíduo seguir o seu próprio caminho. Ninguém pode fazer isso por qualquer outro ser humano, e cada pessoa precisa descobrir sozinha o que quer fazer da vida. A única restrição que eu acrescentaria a esse princípio seria que você tem de descobrir o seu caminho sem interferir no caminho de mais ninguém. Noutras palavras, evitar fazer o mal. Caso exista alguma coisa mais antifascista e anticomunista, e mais americana do que isto, gostaria de saber o que é.

CONGRESSISTA NIXON: Qual, então, o senhor diria que é a crença central de sua religião?

SR. PARSONS: Eu diria que é esta, senhor: que todo mundo tem um propósito e uma natureza divinos inerentes dentro de si. Que toda pessoa é um ser divino, mas se torna capaz de abrir a porta para a descoberta de seu propósito divino pessoal só quando alcança o equilíbrio entre sua vontade própria e o amor por todos os seres viventes. [17]

NÃO ESCREVER NESTE ESPAÇO

65- 59589

CÓPIAS DESSE DOCUMENTO

CÓPIA ARQUIVADA

TODA INFORMAÇÃO CONTIDA
AQUI NÃO É CONFIDENCIAL

COMENTÁRIO DO(A) ARQUIVISTA

Depois deste relatório, o HUAC -- a máquina por trás da paranoica caçada aos comunistas no governo e nas Forças Armadas americanas do pós-guerra -- começou a investigar Jack Parsons. Embora nunca tenha se filiado ao Partido Comunista, o FBI já tinha um dossiê de duzentas páginas sobre ele na época em que se tornou alvo do Comitê, centrado nos detalhes lúbricos de sua vida pessoal. Eles decidiram não processá-lo, mas se negaram a renovar a autorização de acesso, mencionando o fato de ele ser membro da União Americana pelas Liberdades Civis.

Premido por essa revogação permanente de sua autorização de acesso, Parsons se sujeitou a empregos modestos para fechar as contas, trabalhando como mecânico e enfermeiro hospitalar. Usando explosivos provavelmente improvisados, acabou encontrando um trabalho mais estável como consultor pirotécnico em filmes de guerra cheios de explosões.

Parsons seguiu na sua espiral de decadência, mas percebeu-se que ele poderia representar outra ameaça à segurança nacional, o que motivou uma última visita do major Doug Milford a Pasadena em I952.[18]

[17] É apenas uma teoria, mas provavelmente as autoridades pressionaram Parsons a citar nomes ameaçando revelar ao público que o especialista em foguetes número um dos Estados Unidos andara usando "mágicka sexual" satânica para tentar "fazer um antigo ser chamado de Moonchild encarnar num corpo vivente". A carreira de Parsons foi arruinada, mas pelo menos ele escapou da cadeia — TP

[18] O documento na página seguinte foi verificado. Mais tarde, a mulher de Parsons confirmou que eles estavam prestes a se estabelecer no México — TP

RE: PROJETO_GRUDGE
52-06-0015

PASADENA, CALIFÓRNIA, 15 de junho de 1952

ULTRASSECRETO

Cópia 3/9 de 9 cópias cada de 9 série "A"

RELATÓRIO DE CAMPO: MAJOR DOUGLAS MILFORD

A reprodução deste documento no todo ou em parte está proibida, exceto quando autorizado pela agência responsável.

ULTRASSECRE

ASSUNTO: JACK PARSONS

Encontrei Jack Parsons morando na antiga cocheira da propriedade de Cruikshank, uma das mansões da avenida Orange Grove em Pasadena, próxima ao antigo endereço da Parsonage, que já foi demolida e substituída por um prédio de apartamentos, e também não muito longe da mansão em que ele cresceu, também já demolida. A cocheira estilo Tudor é bem recuada, no fim de uma longa e serpeante entrada para carros. É um dia de verão nublado e abafado, e o ar tem o aroma de frutas cítricas, das magnólias e dos jasmins-trepadeira que se enovelam nos troncos das árvores.

Agora com 37 anos de idade, Parsons está mais parrudo que da última vez, seus belos traços descaídos e inchados, resultado, arriscaria eu, de medidas iguais de desregramento e decepção. De novo me apresento como o jornalista de esquerda, agora fazendo a suíte do artigo que escrevi três anos atrás, que ele nem sequer pede para ver. Ele se lembra do nosso último encontro e me convida para entrar. Parece distraído, ansioso.

Parsons me conta que mora ali com sua esposa, Marjorie; vejo retratos deles nas paredes e reconheço a ruiva estonteante do Buick. Ele me conta que está trabalhando para os estúdios de cinema como homem da "pirotecnia", o que quer dizer que é o cara que "explode coisas". Os filmes de Segunda Guerra Mundial são a febre do momento, e, como ele sabe criar e controlar explosões realistas, está sendo muito requisitado.

A trajetória decadente da vida de Parsons está refletida na relativa pobreza do ambiente. Parte do cômodo principal foi convertida em laboratório e está repleta de garrafas, béqueres, tubos de ensaio e barris de produtos e compostos químicos, alguns deles com uma etiqueta de PERIGO: EXPLOSIVOS. Esta área não está nem limpa, nem bem conservada, e o ar tem um forte odor de química. No centro há uma mesa de desenho pequena, na qual vejo esboços e fórmulas que me parecem relacionados a projetos de foguetes. Isso ele disfarçadamente cobre quando vê que me interessei. Quando ouço passos no andar de cima, ele me revela que tem dois pensionistas para ajudar com o aluguel, um ator e um estudante de pós-graduação. Noto que, como na visita anterior, ele está mexendo sem parar no anel de jade verde em seu anular direito.

Noto também algumas agulhas hipodérmicas descartadas em uma lata de lixo. Noutro canto, uma caixa aberta de velhos folhetos sobre a Thelema. Uma grande pilha empoeirada de revistas de ficção científica com capas berrantes está meio despencada contra uma parede. Papéis com uma série de símbolos estranhos estão pregados na parede sobre a mesa de desenho, e reconheço alguns deles como

01

RE: PROJETO_GRUDGE
52-06-0015

relacionados a Thelema. Espiando o cômodo ao lado por entre as cortinas, vejo que a parede do fundo foi pintada de rosa e o restante é dominado por uma pintura inquietante da cabeça de um demônio negro, cheia de chifres e olhos vermelhos oblíquos e mesmerizadores. Parsons não se dá conta do que eu vi.

Ele me diz que, depois de sofrer uma súbita derrocada no mundo e ver todas as portas fechadas para ele trabalhar no que gosta, cortou laços com a "Igreja da Thelema". Pelo que vi, ele parece -- se é que é possível -- ter mergulhado ainda mais fundo numa versão particular de seu trabalho "ocultista". Cansado e mal-humorado, ele está trabalhando em uma encomenda de última hora para um filme e logo me diz que precisa retomá-la. Saímos. Percebo um pequeno trailer estacionado ali perto, cheio de malas, caixas e equipamento esportivo, e pergunto do que se trata. Parsons me responde que ele e sua mulher estão quase de saída para passar férias no México. Aperto a mão dele, desejo-lhe boa sorte e vou-me embora.

AVALIAÇÃO:

Sugestões recentes de que ele talvez ainda represente um risco à segurança parecem corretas, pelos seguintes motivos:

Não há dúvida de que Parsons está precisando de dinheiro. Não há dúvida de que ele possui informações valiosíssimas e secretas sobre foguetes e combustíveis, e não há dúvida de que ele ainda atua ocasionalmente nessa área apesar de ter sido proibido por medida de segurança. Ele teve e ainda tem problemas pessoais/ emocionais que o tornam instável. Já foi alvo de outra acusação de espionagem. Embora tenha contado de forma voluntária que está prestes a sair de férias para o México, creio que talvez esteja pensando em se instalar no país de uma vez por todas, pois lá ficaria muito mais fácil fazer contato com quaisquer agentes de espionagem estrangeiros.

Este oficial é da opinião de que a natureza fundacional e arcana dos saberes científicos que ele domina, em conjunto com sua personalidade cada vez mais errática, ainda faz de Jack Parsons um grande risco à segurança. Não tenho como garantir que ele não representará riscos futuros, pelo menos enquanto não houver decorrido tempo suficiente para que suas técnicas e know-how se tornem ultrapassados.

Não cabe a mim estipular como isso deve ser efetuado, mas talvez seja cabível alguma forma de prisão domiciliar para impedi-lo de fugir para outro país.

Major Douglas Milford

A REPRODUÇÃO DESTA CÓPIA É PROIBIDA
A NÃO SER QUE SEJA "NÃO CONFIDENCIAL"
RECLASSIFICADA
E.O. 12356. SEÇ 3.3

POR _____ DATA _____

02   FINAL

*** LOS ANGELES TIMES
18 DE JUNHO DE 1952

COMENTÁRIO DO(A) ARQUIVISTA

Milford não se aprofundou no caso, mas a misteriosa morte de Parsons pede um exame mais atento. A polícia concluiu rapidamente que se tratou de uma morte acidental, resultado de uma fatalidade: Parsons teria se descuidado ao lidar com um explosivo mortífero e altamente volátil chamado "fulminato de mercúrio", do qual foram encontrados vestígios nos escombros, dentro de uma lata de café destroçada. Ao que se supõe, ele estava misturando a substância para confecção de certo artefato pirotécnico, quando a lata escorregou de suas mãos, explodindo assim que se chocou contra o chão.

A explosão pulverizou o braço direito de Parsons, do qual não se encontrou nem vestígio, quebrou ambas as pernas, provocou graves ferimentos internos e destruiu o lado direito do rosto, o que sugere que ele se abaixou para tentar pegar a lata antes que ela batesse no chão.

Por incrível que pareça, Parsons ainda estava vivo quando seus inquilinos do andar de cima o encontraram, mas os ferimentos impossibilitavam-no de falar. Mais tarde os inquilinos admitiram que, antes de a polícia chegar, eles descartaram as agulhas hipodérmicas que encontraram ali perto. Já livres da polícia, foram à sala dos fundos, que a destruição de uma parede tornou inacessível, e cobriram de tinta a cabeça de demônio pintada nela, para proteger a reputação já bem abalada do amigo.

De nada adiantou. Nos dias que se seguiram à explosão, os jornais começaram a alardear os aspectos escandalosos da vida pessoal de Parsons -- "satanista", "líder de seita de amor livre", "praticante de magia negra" e, é claro, homem ligado a Crowley. Como resultado, a percepção do público chegou a uma conclusão no estilo imprensa marrom, a de que Parsons -- mágico e cientista, como Ícaro -- recebeu a sina merecida ao estudar artes ocultas que zombavam e tripudiavam dos valores da sociedade civilizada. Essa versão sensacionalista de sua vida levou a melhor; depois disso, Parsons passou a ser excluído ou marginalizado na história da instituição que ajudou a fundar, o LPJ -- agora um conservador e respeitado pilar da comunidade científico-militar

A HISTÓRIA SECRETA
de TWIN PEAKS

norte-americana, e um dos atores centrais no programa espacial dos EUA --, tão decisivamente impulsionado pelo seu trabalho pioneiro.

Após a morte de Parsons, os mais céticos lançaram teorias que contradiziam a hipótese de acidente, embora nenhuma delas tenha se disseminado o suficiente para se contrapor à narrativa dominante.

Os colegas mais próximos de Parsons argumentaram que, mesmo com a vida pessoal em frangalhos, ele nunca perdeu a disciplina de manipulador experiente de produtos químicos e explosivos perigosos. A ideia de que ele tenha sem mais nem menos agitado e deixado cair uma lata de café com conteúdo letal -- fulminato de mercúrio -- pareceu-lhes absurda. Isso nos faz pensar na possibilidade de a morte de Parsons não ter sido acidental. E houve rumores, alguns corroborados por provas recolhidas no local, de que uma primeira explosão teria rebentado as tábuas do chão de baixo para cima e assim ocasionado uma segunda explosão de produtos químicos já armazenados naquela sala, o que sugere que talvez uma bomba tenha sido plantada e detonada no vão embaixo da casa.

Porém nenhuma teoria alternativa foi capaz de explicar de forma convincente o que de fato teria acontecido. De forma que a morte do cientista/poeta/místico Jack Parsons continua um mistério. A melhor explicação foi dada por um dos amigos mais próximos de Parsons, um autor de ficção científica que o conhecia havia muitos anos. Assim ele resumiu a trágica morte do homem que chamou de "Byron norte-americano":

[1] Base já mencionada antes no dossiê como parte do programa secreto do pós-guerra conhecido como Projeto Paperclip — TP

"Quando um mágico se posta entre dois mundos, ele se arrisca a não pertencer a nenhum deles. No fim das contas, Jack voou perto demais do sol e isso lhe custou a vida. Se ele se matou, foi ceifado por um acidente ou morreu pelas mãos de alguém, não vem ao caso. Creio que Jack Parsons invocou um demônio do fogo."

Após a Segunda Guerra Mundial, dezenas de cientistas alemães que contribuíram para o esforço de guerra nazista escaparam à condenação no tribunal de Nuremberg aceitando trabalhar ao lado do governo norte-americano no desenvolvimento de foguetes, aeronaves, sistemas armamentistas e no que viria a ser o programa espacial dos Estados Unidos. Tudo foi conduzido em sigilo absoluto na Base de Mísseis White Sands, no Novo México.[1]

Na história oficial, alguns desses cientistas do Eixo -- Wernher von Braun, por exemplo -- ainda são amplamente creditados pelo sucesso obtido por esses programas. O norte-americano Jack Parsons, que ajudou a formular a ciência que fundamenta a maior parte desses êxitos, mal é mencionado, em razão, supõe-se, de sua vida pessoal confusa e de suas incursões no ocultismo.[2]

O caso de Parsons representou uma verdadeira virada para Doug Milford e para os esforços investigativos da Força Aérea sobre o fenômeno ufológico, então em expansão. O capítulo seguinte aos poucos os deixaria mais perto da verdade, do perigo real e imediato, e levaria de volta ao lugar onde talvez tudo isso tenha começado.

[2] Posso dar notícias de um dos aspectos desse histórico: não faz muito tempo, os Donos do Poder restituíram a Jack Whiteside Parsons seu lugar de direito nas narrativas sobre a história aeroespacial. Hoje em dia ele é mencionado, ainda que marginalmente, nos documentos de relações públicas do LPJ.

Em 1972, três anos depois de os foguetes fabricados nos Estados Unidos pelo LPJ terem levado astronautas norte-americanos à Lua pela primeira vez, uma protuberante cratera lunar foi batizada com o nome dele. Você nunca poderá vê-la, no entanto, e nem mesmo a Nasa podia até seus satélites terem mapeado a superfície lunar inteira. Ela fica, apropriadamente, no lado escuro da Lua.

E agora, o que acontece com o programa de óvnis? E o que será que Doug Milford vai fazer, borrifar veneno na barba de Fidel Castro? Embarcar num disco voador com o Elvis? Matar JFK? — TP

*** P R O J E T O B L U E B O O K :

Em 1948, a mais alta patente do Exército dos Estados Unidos rejeitou oficialmente as descobertas iniciais do Projeto Sign -- de que óvnis não aparentavam ter origem terrena. Conforme já observado, o programa sucessor do Sign, o Projeto Grudge, foi orientado pelo Pentágono a desqualificar com explicações triviais todo e qualquer avistamento ou encontro com óvnis não solucionado. A imprensa e os meios de comunicação norte-americanos foram acionados para essa finalidade.

Após três anos de pesquisas displicentes, tendenciosas e pouco convincentes, o Grudge ofereceu como ementa pública oficial a negação categórica do fenômeno ufológico, na melhor das hipóteses, como manifestação branda de "histeria generalizada" ou, na pior, como evidência de psicopatologia entre as testemunhas civis, ou mesmo pura e simples fraude para atrair holofotes.

[1] Verificado — TP

Reação do público: ira, frustração e descrença. Parece que os milhares de cidadãos que vivenciaram "experiências ufológicas" não gostaram de ser expostos ao ridículo, e por meio de cartas e da mídia deixaram isto claro para as autoridades.[1]

Em 1952, uma ala governamental de menor porte -- composta sobretudo por supostos membros da suposta força-tarefa do presidente Truman responsável por óvnis, a Majestic 12 -- se impôs e encerrou o Projeto Grudge em favor de um novo programa mais furtivo que prometia estudar o avolumamento contínuo das evidências civis de forma mais aberta, admitindo o método científico sem um viés negativo predeterminado.

De acordo com a testemunha ocular major Doug Milford, presente na primeira reunião daquilo que logo viria a ser anunciado ao

A HISTÓRIA SECRETA
de TWIN PEAKS

[2] Atesto que esta seção manuscrita apresenta 99% de compatibilidade com amostras reconhecidas da caligrafia do major Milford — TP

[3] Certifico que "os Homens Sábios" várias vezes foi outro nome para o suposto mistério cabal Majestic 12, ou MJ-12. A referência a um "maçom", ao que tudo indica, diz respeito ao presidente Truman, maçom graduado que supostamente aprazou a MJ-12 em primeira instância.

A "outra trilha", seguindo a lógica interna da mensagem, possivelmente remete a uma "sociedade secreta" divergente, i.e., os Illuminati etc.

O(a) Arquivista admite ter acesso aos documentos privados de Milford, o que estabelece uma conexão pessoal irrefutável entre ambos. Não sei ao certo quem é "M" nesses registros, mas provavelmente é uma referência ao "informante da Casa Branca" mencionado acima pelo(a) Arquivista.

Daqui para a frente, a história fica ainda mais bizarra. — TP

[4] O avião Lockheed Super Constellation, que por casualidade era o modelo utilizado pelo presidente Eisenhower à época, foi apelidado de "Connie" antes de ficar conhecido como "Air Force One" — TP

público como Projeto Blue Book, o oficial no comando, General Charles Cabell, propôs a seguinte diretriz: "Fui ludibriado com mentiras e mais mentiras. Quero uma mente aberta. Com efeito, exijo uma mente aberta, e quem não mantiver a mente aberta pode se retirar agora! Quero uma resposta para os discos voadores, e quero uma boa resposta".

O major Doug Milford acabou por fornecer uma boa resposta, mas isso lhe custou dezessete anos de trabalho em campo, e no fim o que ele tinha a dizer era justo o que ninguém estava disposto a ouvir. Como integrante original do Blue Book -- com experiência em campo certificada desde Roswell --, nas duas décadas seguintes Milford se destacou como o investigador responsável pelos avistamentos de maior visibilidade, e foram dezenas deles.

Ele também tinha a fama de farejar casos de que o Blue Book nem desconfiava, o que levou algumas pessoas a crer que ele contava com um informante de alto escalão na Casa Branca de Eisenhower.

A seguir, uma passagem do diário pessoal de Milford, datada de 1958.[2]

Divagações de uma quinta-feira à noite

Mais um telefonema de M hoje. Ainda se recusa a produzir um relatório oficial. A mensagem: "Os Homens Sábios" operam nas sombras. Sequer sei dizer se Ike está a par dos planos deles. Capaz que tenham sido iniciados por um maçom, mas parece que agora seguem "A outra trilha".

Ainda tentando seguir a pista de M sobre o suposto acidente de 1955 na Base Aérea de Holloman. Rumores de uma filmagem da aproximação e o pouso da nave persistem, mas nada de filme ainda.

Confirmei que Ike "desapareceu" da vista do público por conta de uma "excursão para caçar perdizes" na Geórgia durante aproximadamente 42 horas. Uma fonte de Holloman, devidamente validada, jura que Ike visitou a base nesse espaço de tempo. Também constato que, nesse período, ele recebeu ordens para "desligar todos os radares". Quando indagou o porquê aos superiores, disseram-lhe que os "radares avariavam os sistemas deles, como em Roswell". Reporta-se ainda que "uma nave pousou em uma pista fechada longínqua", próxima ao local onde "Connie" havia parado após o pouso.

Nenhuma testemunha ocular corrobora os rumores de que a tripulação de uma nave tenha se transferido para a outra. M ficará decepcionado. Um caça relata que algo trocou de mãos — algo mencionado em um memorando confidencial como "O Livro Amarelo". Catalogado como um "visualizador" tecnológico avançado que mostrava imagens de objetos no espaço sideral.

Uma fonte alega que Ike recusou a "oferta" — os "tipos nórdicos" aparentemente dariam o presente em troca da promessa de que os Estados Unidos abririam mão de armas nucleares. A segunda reunião — horário e local não especificados — prosseguiu com os "cinzentos", que não fizeram exigências do gênero e ofereceram seu aparato tecnológico em troca de acesso a "material genético". Segundo a fonte, a oferta foi aceita. Anexa a seguir, uma cena do suposto filme da suposta chegada da nave.

COMENTÁRIO DO(A) ARQUIVISTA

Aí está, Milford estava trabalhando abertamente para o Projeto Blue Book, mas nunca deixou de flertar com a obscuridade. O "incidente em Holloman" nunca foi oficialmente confirmado, é claro. Entretanto, dizem que serviu de inspiração para a sequência final do filme de Steven Spielberg Contatos imediatos do terceiro grau, de 1977.

Quanto a "M", o privilegiado contato de Milford na Casa Branca, dez anos depois surge uma ideia mais clara de sua possível identidade.

Ao longo da década de 1960, Milford manteve a reputação de agente de campo mais ético, fleumático e confiável da história do Projeto Blue Book, apesar de o programa ter sofrido com anos de liderança autocrática e irresponsável após a morte de JFK, que demonstrava forte interesse no assunto.[7]

Mais uma vez os agentes direcionaram o Blue Book para um empenhado trabalho de desqualificação em um período em que avistamentos ainda envolviam milhares de cidadãos por ano, perfeitamente conscientes de que não estavam mentindo, não eram loucos nem queriam chamar a atenção.

À época Milford foi promovido novamente -- embora seus registros militares, por alguma razão, sigam indisponíveis via Lei de Liberdade de Informação --, alcançando a patente de tenente-coronel.[8]

Após a posse de Richard Nixon, no início de 1969, o coronel Milford acompanhou o consultor científico sênior do Projeto Blue Book, J. Allen Hynek, em uma sessão confidencial no Salão Oval com o presidente recém-eleito.[9]

Segue o relato de Milford sobre a reunião, dessa vez extraído de seu diário "oficial":

[5] Confirmo que os rumores de um "Livro Amarelo" persistem — talvez o Steve Jobs estivesse vindo do futuro oferecer a eles uma versão beta do iPad; juntando as peças, o quadro geral parece sugerir que esse foi o primeiro momento "Leve-me até seu líder" da história americana.
A bizarrice só aumenta — TP

[6] Imagino que seja supérfluo dizer que não encontrei confirmação oficial em lugar algum acerca de quaisquer detalhes dessa declaração — TP

[7] Verificado. JFK era abertamente interessado pelo espaço em geral e pelo fenômeno ufológico em particular — TP

[8] Verificado. A promoção de Milford ocorreu em 1966 — TP

[9] O dr. J. Allen Hynek era um astrônomo e professor de física da Universidade do Estado de Ohio que — assim como Milford — trabalhava nos projetos Sign, Grudge e Blue Book. Embora, no começo, fosse declaradamente cético, décadas de contato com testemunhas críveis de óvnis — inclusive muitos colegas astrônomos — abriram sua mente para possibilidades mais vastas. Mais tarde, com investimentos privados, começou suas próprias investigações sobre óvnis e serviu de conselheiro científico — e também fez uma ponta — no filme supracitado Contatos imediatos do terceiro grau. (Para quem acredita em óvnis ou não, um clássico) — TP

DEPARTAMENTO DA FORÇA AÉREA
FORÇA-TAREFA MJ-12

PROJETO BLUE BOOK
69-02-0024
Ten.-Cel. Milford

24 de fevereiro de 1969

Antes da reunião, já sabíamos que Nixon nutria havia décadas um forte interesse particular por óvnis. Ele havia sido vice-presidente durante oito anos, no mandato de Ike, e pressionava o titular para também receber cópias de todos os nossos relatórios e atualizações rotineiras. Em vão. Ike o deixava de fora.

Em 1966, outro ano marcado por dezenas de avistamentos e encontros de alta visibilidade inexplicados em todo o país, o Congresso nomeou um comitê para uma investigação completa do fenômeno -- sob a tutela de uma universidade neutra, com uma perspectiva científica mais profunda. O objetivo era definir se o governo deveria continuar monitorando os fenômenos ufológicos.

Nasceu assim o Comitê Condon na Universidade do Colorado -- na época queridinha da Academia da Força Aérea, localizada próxima a Colorado Springs --, sob a direção do renomado físico americano Edward Condon. O Comitê ganhou acesso ilimitado aos arquivos dos projetos Sign, Grudge e Blue Book, bem como a quaisquer novos dados relacionados a avistamentos recentes. Depois de dois anos de estudo a um custo de 500 mil dólares para o governo, o Comitê entregou seu relatório à Força Aérea em 1968. Este foi divulgado ao público às pressas em janeiro de 1969 -- na forma de uma brochura de quase mil páginas --, e em fevereiro, assim que assumiu o mandato, Nixon nos convocou a uma reunião para discutir os resultados.

Para que tudo fique mais claro, abaixo vai o trecho do relatório que concentra o cerne das constatações do Comitê:

> A conclusão geral é que nada de relevante para o conhecimento científico emergiu do estudo de óvnis nos últimos 21 anos. Uma análise minuciosa dos documentos à disposição nos leva a concluir que um estudo mais extensivo dos óvnis não se justifica pela expectativa de que novos avanços científicos

01

T52-ISENTO (I)

DEPARTAMENTO DA FORÇA AÉREA  ULTRASSECRETO

FORÇA-TAREFA MJ-12

possam surgir daí. O problema com que se depara a comunidade científica é que cabe a cada cientista analisar os documentos por conta própria, e que esta recomendação contrária a investigações complementares talvez não se aplique a todos os casos. Agências governamentais e fundações particulares hão de ser mais receptivas a propostas de pesquisas sobre óvnis de uma perspectiva ampla e sem preconceitos, e cada caso individual há de ser cuidadosamente avaliado com base em seus méritos próprios. Portanto, não recomendamos a criação de nenhum programa governamental para estudar mais a fundo relatos de óvnis.[10]

O relatório final incluía análises de apenas 59 dos casos inexplicáveis mais perturbadores investigados até então, uma pequena fração do nosso corpo de trabalho. E embora tenham desqualificado todo e qualquer avistamento, os membros do comitê sequer foram capazes de fornecer uma explicação rudimentar para mais de um terço dos casos em questão. Com efeito, eles reconheceram que, entre os milhares de casos de nossos arquivos conjuntos, pelo menos um terço permanece "inconclusivo". Ainda assim, Condon escreveu o prefácio do relatório -- transcrito acima -- e desqualificou o fenômeno ufológico como indigno de interesse científico -- em flagrante contradição com a conclusão do próprio relatório. Infelizmente, a maior parte do Congresso não se deu ao trabalho de ler mais do que essa introdução desdenhosa.

O professor Hynek, o primeiro a falar a pedido do presidente, expôs nosso descontentamento com o relatório: era um documento particularmente tendencioso, e estava claro para nós que Condon não entendera o caráter e o escopo daquilo que fora solicitado a estudar.

Ademais, Condon se limitou a trabalhar com <u>a ideia de que os óvnis são um fenômeno puramente extraterrestre</u>, e quando não conseguiu encontrar suporte científico para essa única

[10] Verificado. Citação precisa do relatório Condon — TP

A HISTÓRIA SECRETA
de TWIN PEAKS

DA FORÇA AÉREA

PROJETO BLUE BOOK
69-02-0024
Ten.-Cel. Milford

interpretação, rejeitou o fenômeno como um todo. Me atrevo a dizer que o professor Hynek é um dos cientistas mais notáveis que já conheci, e ele se encontrava extraordinariamente afiado naquela ocasião, de modo que me surpreendi quando Nixon levantou a mão para interrompê-lo. Não para refutar os argumentos do professor, mas para dar vazão a um contundente ataque pessoal à credibilidade de Edward Condon e sua liderança no comitê. Ele revelou que, vinte anos antes, Edward Condon -- como físico nuclear com alto nível de acesso a arquivos governamentais, envolvido no Projeto Manhattan -- fora suspeito e testemunha extremamente hostil diante do Comitê de Atividades Antiamericanas da Casa, onde Nixon atuava como jovem congressista californiano. Eis por que a inimizade de Nixon com esse homem desconhecia limites. A torrente de epítetos que ele desferiu para descrever Condon não soaria deslocada em uma caldeira da Marinha. O presidente então se levantou e atirou o relatório do Comitê Condon contra a parede.

Isso chamou nossa atenção. O presidente é muito mais alto pessoalmente do que aparenta em fotografias, e tomado pela ira fica ainda mais imponente.

Ele agradeceu ao dr. Hayek pela presença e ordenou que se retirasse. Em seguida, me pediu para permanecer na sala e, assim que ficamos a sós, iniciou a conversa confidencial mais surpreendente que já tive na vida. O presidente estava, claro, completamente a par do meu trabalho no ramo desde Roswell, e fazia anos que mantínhamos contato, mas essa foi a primeira vez que nos encontramos pessoalmente.[11]

Ele disse que, dentre todos os relatórios de caso que examinava pessoalmente, sempre achava os meus os mais abrangentes e confiáveis. Até onde sou capaz de recriar -- me atrevo a acrescentar que fui abençoado com uma memória quase perfeita e aprimorei essa habilidade com o passar do tempo -- o que segue é uma reprodução exata da conversa que tivemos:

[11] Isto parece sugerir que Nixon era "M", o contato de Milford na Casa Branca nos anos 1950. Talvez "M" se referisse a Milhous, seu nome do meio — TP

[12] Verificado. O programa Viking foi bem-sucedido em pousar um módulo em Marte em 1976 — TP

ULTRASSECRETO

DEPARTAMENTO DA FORÇA AÉREA
FORÇA-TAREFA MJ-12

PROJETO BLUE BOOK
69-02-0024
Ten.-Cel. Milford

PRESIDENTE NIXON: O relatório de Condon é uma merdalhança de proporções épicas, com o perdão do palavreado. A averiguação, o momento, tudo -- apressaram a divulgação pública, sabe, assim que eles viram que bicho ia dar na eleição, para soltar tudo antes da minha posse.

EU: Por que o senhor acha que fizeram isso?

PRESIDENTE NIXON: Porque o Condon sabia que comigo o relatório ia para a lata de lixo. Ele me despreza, e é mútuo. Se aquela pilha de estrume tivesse passado pela minha mesa, ninguém mais ia tomar conhecimento. Um trabalho negligente, intelectualmente preguiçoso, arbitrário e adulador -- onde foram parar as investigações inteligentes? Cadê a objetividade? As conclusões dele estão em total desacordo com os fatos. Temos aqui o mistério mais supreendente, perturbador e quem sabe até o mais importante que já apareceu na história da humanidade, e o Condon descarta tudo com uma gesticulaçãozinha pomposa, como se fosse a porra de um conto de fadas -- típica baboseira daquela torre de marfim de Berkeley.

EU: Como posso ajudá-lo, senhor?

(Ele ficou mais calmo nesse momento. Foi até um armário no canto da sala e nos serviu uma bebida -- uísque Cutty Sark e água mineral com gelo -- em taças de cristal lapidado da Casa Branca.)

PRESIDENTE NIXON: Mandaremos um homem para a Lua ano que vem, coronel. E ainda enviarei ao Congresso pedidos de financiamento para pousar nossas espaçonaves em Marte em cinco ou seis anos.[12]

(Caminhei até ele e ele me entregou a bebida.)

PRESIDENTE NIXON: Esta é a política internacional mais avançada -- "espaço afora". Era para ser um item da minha agenda, pode acreditar. Mas Condon e aquele comitê duma figa nos empalaram até os cotovelos. Não vou conseguir espremer um centavinho lustroso sequer de Washington para dar continuidade ao trabalho de vocês. O Projeto Blue Book será encerrado em questão de meses, talvez semanas. Eu teria compartilhado estas informações com o professor, mas francamente, ele é um acadêmico.

04

DEPARTAMENTO DA FORÇA AÉREA
FORÇA-TAREFA MJ-12

PROJETO BLUE BOOK
69-02-0024
Ten.-Cel. Milford

Com todo o respeito, uma vez cê-dê-efe, sempre cê-dê-efe, se é que você me entende, coronel, então mantenha tudo debaixo dos panos. Sei que você é um homem capaz de guardar segredos.

EU: Espero que meu histórico fale por si só, senhor.

PRESIDENTE NIXON: Você também é um homem que faz acontecer. É a minha opinião, e é disso que preciso agora. Tenho uma biblioteca particular com mais de cem livros sobre o assunto e já li todos eles.

(Creio que, naquele momento, olhei ao meu redor, por reflexo, na expectativa de encontrá-los numa estante.)

Não, aqui não. Céus, se eu guardasse esses livros aqui, pensariam que sou uma espécie de maluco. Bem, não sou maluco.

EU: Não, senhor.

(Ele se aproximou, cresceu para cima de mim, baixou a voz, e senti toda a força de sua formidável presença.)

PRESIDENTE NIXON: Vamos mergulhar de cabeça nisso. Quando jogarem a merda no ventilador do Blue Book, você passará a responder a mim, e a mais ninguém. Pensaremos em algo juntos, fora do radar, uma força-tarefa particular, interagências, para não deixar a peteca cair.[13]

EU: Em que posso servir?

PRESIDENTE NIXON: Permaneça na surdina. Recrute uma equipe, pense bem em quem você gostaria de acionar, o melhor de cada órgão ou agência do governo, e trace um plano para proceder da maneira mais eficaz possível — e seja lá o que você fizer, mantenha a CIA à distância. Eles jogam um jogo próprio, com regras próprias, independente de quem estiver no comando. Esteja a postos quando eu chamar. Preciso intimidar algumas pessoas primeiro, arrumar uma sala de operações — isto é um jogo de poder; sei como o sistema funciona, mas leva tempo —, e então descobriremos exatamente o que esses "Homens Sábios" da Skull and Bones escondem na manga.[14]

EU: O senhor poderia dar mais detalhes?

05

DEPARTAMENTO DA FORÇA AÉREA
FORÇA-TAREFA MJ-12

PROJ
69-0
Ten.

PRESIDENTE NIXON: Fizeram você de bobo, coronel, todo o seu programa. Puseram o Blue Book para fazer papel de bode expiatório diante do público sem contar a você nem metade do que eles sabiam de fato. O órgão executivo, a mesma coisa. Tem uma porrada de imóveis militares de fachada, por trás das conexões com o governo. Esses filhos da puta estão brincando com fogo há vinte anos. Ike nunca me contou o que sabia -- muitos anos de academia militar na corrente sanguínea do velho, que Deus o tenha, sempre seguindo ordens --, mas ele sabia de algo, e meu palpite é que era coisa pesada. Dizem que Kennedy estava tentando descobrir o que Ike sabia, mas estava ocupado demais correndo atrás de rabos de saia para dar a devida atenção ao caso. Lyndon B. Johnson tem uma mente sagaz, mas a curiosidade de um besouro rola-bosta, sempre ocupado demais acertando contas mesquinhas para poder olhar para as estrelas. Quero mudar isso tudo. Tenho mais umas perguntas.

(Ele fez uma pausa, me lançou um olhar inquisitivo e sorriu.)

PRESIDENTE NIXON: O que você acha que eles são, coronel?

(Organizei os pensamentos. Senti que muita coisa dependia da minha resposta.)

EU: Nada eles não são.

PRESIDENTE NIXON: Prossiga.

EU: Não acho que sejam apenas uma coisa, senhor. Alguns podem até ser -- mas creio que não todos, exclusivamente -- "extraterrestres".

PRESIDENTE NIXON: Seja mais preciso.

EU: Me parece que essas criaturas estão entre nós há mais tempo do que imaginamos, assumindo diferentes formas em momentos diferentes. Creio que algumas ou todas elas

06

[13] Parece uma referência ao início de sua própria versão de um Majestic 12 — TP

[14] Referência que conecta o grupo "Homens Sábios/ MJ-12" à "sociedade secreta" de Yale, que em diversos momentos foi vinculada, em teorias da conspiração, a organizações globais como os Illuminati ou o Conselho de Relações Exteriores — TP

DA FORÇA AÉREA

PROJETO BLUE BOOK
69-02-0024
Ten.-Cel. Milford

talvez sejam "extradimensionais". É uma ideia que a física de águas profundas está começando a investigar, não que eu seja algum tipo de especialista. E eu poderia especular que são redondas ou planas, mas a meu ver há evidências para amparar ambas as teorias. A esta altura, nenhuma possibilidade deve ser descartada. Ambas podem ser verdadeiras.[15]

PRESIDENTE NIXON: Estamos falando de tempo ou espaço?

EU: Ambos, provavelmente.

PRESIDENTE NIXON: Honestamente, você acredita que a Força Aérea ou essas investigações que você fez chegaram perto da verdade?

EU: Se a Força Aérea chegou lá, vai esconder o ouro. O senhor já ouviu falar da Diretriz 200-2?

PRESIDENTE NIXON: Do que se trata?

EU: A diretriz proíbe a divulgação de quaisquer informações sobre óvnis, a não ser que antes sejam positivamente identificados como objetos familiares ou conhecidos.

PRESIDENTE NIXON: Ardil-22.

EU: Agora se o senhor me perguntar se cheguei perto da verdade por conta própria, a resposta é sim.

PRESIDENTE NIXON: Prossiga.

EU: Posso atestar que vivenciar um "contato" do tipo é uma experiência epifânica. Comparável, em alguns aspectos, à maneira como as pessoas costumavam descrever uma "conversão religiosa". Depois de cruzar a linha, é difícil voltar.

PRESIDENTE NIXON: Com base em sua experiência, você acha que existe alguma maneira real ou eficaz de conter esse negócio?

---

[15] Esta é a primeira menção a algo relacionado a "extradimensões" dentro deste tópico e, como Nixon, eu gostaria de saber mais detalhes. Empenharei meus esforços em uma pesquisa — TP

[16] Vixe. Milford ataca novamente — TP

DEPARTAMENTO DA FORÇA AÉREA
FORÇA-TAREFA MJ-12

PROJETO BLUE BOOK
69-02-0024
Ten.-Cel. Milford

EU: Eu fiz as contas. Temos em média de 3 mil a 5 mil avistamentos domésticos por mês. Por conta da maneira desdenhosa e por vezes brutal como as testemunhas são tratadas publicamente, acreditamos que menos que 3 por cento dos avistamentos ou contatos são relatados de fato. Não podemos esquecer também que se trata de um fenômeno global; acontece no mundo inteiro, todo mês. Ainda que 95 por cento dos casos tenham explicação, isso nos deixa com estatísticas alarmantes.

PRESIDENTE NIXON: (Breve pausa; acho que ele estava fazendo as contas.) Acredito em você, coronel.

EU: Nesta vida eu já cansei de ver coisas estranhas e desconhecidas, senhor.

(Pouco depois ele sorriu novamente, satisfeito.)

PRESIDENTE NIXON: Você nunca me decepciona.

(Ele apertou minha mão e me conduziu até a porta.)

PRESIDENTE NIXON: Fomos da cidade de Kitty Hawk para a Lua em menos de setenta anos. Mas é lógico que — parafraseando o Bardo — lá fora há mais coisas do que sonha a nossa vã filosofia.

EU: É o que meu chefe escoteiro sempre dizia.

PRESIDENTE NIXON: Isso é sabedoria. Boca fechada. Manterei contato.

Apertamos as mãos e vi que o professor Hynek me esperava do lado de fora. Quando deixamos a Casa Branca, ele me perguntou o que eu e o presidente Nixon havíamos discutido. Pesca, respondi.[16]

COMENTÁRIO DO(A) ARQUIVISTA

Exatamente como o presidente Nixon havia previsto, em 1969 todos os fundos militares para o Blue Book foram cortados, e o projeto todo, desmantelado. Em julho daquele ano, os astronautas Neil Armstrong e Buzz Aldrin deixaram as primeiras pegadas humanas na Lua. Antes e depois desse evento, diversos astronautas do programa Apollo alegaram ter visto óvnis enquanto estavam no espaço, mas -- assim como todas as testemunhas da época -- não abriram o bico.

Na semana seguinte ao primeiro pouso na Lua, Doug Milford voltou para casa, em Twin Peaks, onde contou a todos que, agora que estava com sessenta anos de idade, resolvera se aposentar de sua longa carreira militar itinerante. Ele contou aos amigos mais próximos que planejava se dedicar a pesca com mosca e pintura a óleo, nesta ordem, mas em questão de semanas, após a morte do editor Robert Jacoby, Milford comprou uma participação majoritária no Twin Peaks Gazette.[17]

Douglas tomou medidas imediatas para modernizar tanto as operações quanto o visual do jornal, e também mudou o nome para Twin Peaks Post. Naquele outono, seu irmão mais velho, Dwayne -- o antigo farmacêutico que jamais deixara a cidade --, venceu sua quinta eleição para prefeito.

[17] O(A) leitor(a) há de se lembrar que, muitas luas atrás, na década de 1920, Milford chegou a "juntar os trapos" com a filha do então proprietário do *Gazette*, Dayton Cuyo. Ao que parece, ela viveu o bastante para lhe vender o jornal — TP

[18] A seguir novas revelações sobre o relacionamento deteriorado dos dois — TP

Douglas escreveu e publicou um editorial na primeira página endossando a candidatura do irmão. Aquelas acabaram sendo as últimas amabilidades que Douglas dirigiu a Dwayne em palavras ditas ou em texto impresso.[18]

O presidente Nixon bem pode ter se comunicado com Doug Milford durante seu primeiro mandato, mas Milford não deixou nenhum registro escrito; o contato seguinte entre eles, que Milford detalha em seu diário, só viria a acontecer quatro anos depois.

Na época, Nixon havia de fato "arrumado uma salinha de operações"; sua reeleição em 1972 contra o democrata George McGovern foi a maior lavada da história presidencial americana. Também é possível, ainda que difícil de verificar, que durante esses quatro anos Milford tenha começado a montar uma equipe investigativa interagências secreta, conforme solicitara o presidente. Documentos indicam que ele viajou inúmeras vezes para a Costa Leste -- sobretudo Washington e Filadélfia -- nesse período, quando teoricamente era um militar aposentado que aproveitava o tempo livre para tocar um jornal de cidade pequena.

Eis que na noite de 19 de fevereiro de 1973 Milford foi intimado a comparecer a um complexo particular conhecido como a Casa Branca da Flórida, em Key Biscayne, Flórida, a pedido do chefe de gabinete da Casa Branca, para uma sessão com o recém-reeleito presidente Richard Nixon.

Essa reunião nunca foi divulgada, e o que segue é, mais uma vez, um relato deixado por Milford em seu diário particular.

DIÁRIO PARTICULAR DO
TENENTE-CORONEL MILFORD

19 DE FEVEREIRO DE 1973, KEY BISCAYNE, FLÓRIDA

Dia 12 de fevereiro, cheguei a meu condomínio em Fort Lauderdale para meus costumeiros trinta dias de distância da melancolia da região noroeste. Já havia curtido uma semana prazerosa de pescaria e ansiava pelo início dos jogos da pré-temporada de baseball. Uma semana depois, na tarde do dia 19, recebi um telefonema de um velho amigo de Tacoma, Fred Crisman, que me contou que recebera uma ligação de seu velho amigo H. R. "Bob" Haldeman -- o chefe de gabinete de Nixon -- solicitando que eu me apresentasse no complexo de Nixon em Key Biscayne, e que chegasse o quanto antes, conforme lhe fora instruído.[19]

Além da presença habitual do Serviço Secreto, o complexo parecia vazio. Um agente me escoltou até as repartições privadas de Nixon, onde fui recebido de braços abertos pelo presidente, em trajes de golfe. Aparentemente ele tinha acabado de voltar de uma partida vespertina, seguida de um jantar. Fui apresentado ao outro ocupante da sala, que dispensava apresentações; fiquei abalado ao reconhecer de cara o mundialmente famoso comediante ████████ -- o meu preferido desde sempre --, companhia de Nixon no campo de golfe naquele dia, em um torneio beneficente. Os dois bebericavam coquetéis -- e não era a primeira rodada, eles já estavam meio altinhos --, e me juntei a eles tão logo o presidente se prontificou a me servir um também. Salvo algum lapso de memória, a conversa que se seguiu foi esta:

PRESIDENTE NIXON: Estávamos no 15º buraco hoje, e olha que já havíamos conversado sobre isso em outras ocasiões...

████████: Toda vez que jogamos.

PRESIDENTE NIXON: De uns anos para cá. Bem, o campo de golfe é o único local em que não há ouvidos. E posso afirmar com segurança que é um assunto pelo qual compartilhamos uma paixão, não é mesmo, ████████?

████████: Minha biblioteca especializada talvez seja a única maior que a dele -- digo, a única coleção particular. Mais de 1700 livros.

-- *P A R T I C U L A R* --

PRESIDENTE NIXON: Você não faz ideia, (ele se refere ao convidado pelo primeiro nome o tempo inteiro) não só leu a maioria dos livros que li, como construiu uma biblioteca em forma de espaçonave.

███████: Só para registrar, o saguão é redondo -- como a casa inteira é redonda -- simplesmente porque acredito que isso produz uma acuidade mental aprimorada, entre outras qualidades benéficas.

PRESIDENT NIXON: Porra, ele batizou o lugar de "Nave-Mãe", você quer mais o quê?

(Os dois riram. Quando olhei ao redor, notei que as estantes estavam completamente preenchidas por livros sobre óvnis -- a maioria eu já havia lido, muitos eram baseados em casos que eu investigara pessoalmente. Então era essa a "biblioteca particular" que Nixon mencionara quatro anos antes.)

███████: Verdade, tudo verdade, senhor presidente. Se cultivar um fascínio pelo mistério mais extraordinário que desafia a humanidade hoje for crime, tenho culpa no cartório.

PRESIDENTE NIXON: A vida me ensinou que o que faz de algo um crime é quem é prejudicado.

(Outra risada. Presidentes arrancam muitas risadas.)

PRESIDENTE NIXON: Brincadeiras à parte, ███████ insiste que devo tomar as rédeas, fazer alarde, abrir a caixa e oferecer ao público um vislumbre do que sabemos.

███████: Se existe alguém que pode e deve fazer isso, acredito que seja o senhor, presidente. Se entendi direito, coronel, você trabalhou nisso a vida inteira, então o que acha da ideia?

EU: Antes de abrir qualquer caixa, eu me certificaria de que não pertenceu a Pandora.

[19] Acredito que seja aquele mesmo Fred Crisman, o suposto agente de operações sigilosas da CIA que desempenhara um papel central no incidente da ilha Maury em 1947. Também é sabido que Crisman tinha uma relação próxima com E. Howard Hunt, espião sênior conhecido pelo fiasco do roubo de Watergate em junho de 1972, que só então começava a se desenhar para a opinião pública como um "problema da Casa Branca" — TP

-- *PARTICULAR* --

██████: Você não acha que o público tem o direito de saber o que se passa lá fora?

EU: Não sou pago para expressar opinião sobre essa questão, senhor.

██████: Surpreendentemente evasivo, coronel, mas você deve ter uma opinião, não?

(Olhei para o presidente, que sorria para mim de uma maneira que só consigo descrever como maliciosa.)

EU: Eu me sentiria mais à vontade para expressar minha opinião se a "sugestão" viesse dele.

PRESIDENTE NIXON: O que foi que eu te disse, ██████? Um bom homem. Boca fechada não entra mosquito.

EU: Mas agora vocês me deixaram curioso. Isso é algo em que o senhor realmente vem pensando?

(O presidente descansou seu copo vazio para estudar as estantes, e percebi que estava usando um anel verde no dedo anelar da mão direita.)

PRESIDENTE NIXON: Creio que, no caso de um tópico vital como este, o povo americano tem o direito -- o direito fundamental -- de formar uma opinião por conta própria. Impossível fazer isso sem mais informações. A pergunta a ser feita antes é o que deve ser dito sobre o que já sabemos, se é que algo deve ser dito, e em caso afirmativo, cabe a nós determinar o quanto as pessoas podem saber, visto que é uma questão de segurança nacional.

(Ele olha para mim novamente, com um aceno de cabeça.)

PRESIDENTE NIXON: Vá em frente, coronel, responda à pergunta de ██████.

EU: Já estudei a possibilidade sob todos os ângulos. Minha opinião pessoal, senhor, é que, enquanto eu e meus colegas investigadores do Blue Book passamos vinte anos para cima e para baixo rastreando casos, a Força Aérea e o Exército detinham -- desde o início,

-- *PARTICULAR* --

e a coisa ainda não parou -- muito mais evidências do que estavam dispostos a compartilhar conosco. Também é preciso ter em mente que todos os outros órgãos conduziram investigações próprias e estão igualmente relutantes em compartilhar descobertas entre si.

██████: Que pé no saco!

PRESIDENTE NIXON: É assim que funciona o mundo, senhores.

EU: Independente do que sabia de <u>fato</u>, a Força Aérea usou os projetos Grudge e Blue Book como uma colherzinha de chá para a opinião pública -- para dar uma <u>aparência</u> de investigações significativas sobre o tema, bem como cobertura política, sem intenção alguma de revelação pública. O Relatório Condon era mais do mesmo, e ele foi usado para pôr o último prego no caixão. Interesse intelectual de cidadãos esclarecidos como o senhor à parte, está claro para mim que o principal objetivo da comunidade de inteligência militar sempre foi anular, desqualificar e desestimular a curiosidade civil geral, ao passo que, o tempo todo, levaram adiante sua própria investigação numa trilha completamente à parte e obscura, que nada tem a ver conosco. Isto é específico o bastante, senhor?

(██████ acendeu um cigarro, tentando entender.)

██████: Isso é chocante, coronel.

EU: É apenas uma opinião, senhor.

(Nixon tirou o telefone do gancho e discou um número.)

PRESIDENTE NIXON: Traga o carro pelos fundos, por favor, Luis... Não, o outro... Não, prefiro que não comunique a eles, por favor... se perguntarem, diga que está apenas levando o sr. ██████ de volta para casa. Obrigado, Luis.

(Ele desliga e se volta para nós. Tem um brilho acentuado nos olhos.)

PRESIDENTE NIXON: Na política, segredo é poder e poder é moeda, mas se você não gastá-la com algo útil, não vale nada. Corrói por dentro, como um câncer. Todos nós buscamos respostas para as grandes perguntas. Sempre fui da opinião de que decisões políticas precisam ser baseadas em visões novas,

-- *PARTICULAR* --

o que por vezes só se obtém por meio da opinião especializada que se forma fora da densa névoa de influência institucional. É preciso ter perspectiva histórica numa hora dessas. Eu me senti assim com a China, me senti assim com a détente, com o tratado nuclear com os russos. (Pausa para deliberar sobre algum ponto.) Quero que vocês dois deem uma volta de carro comigo. E preciso que os dois jurem sigilo.

Nós dois concordamos prontamente. Sob as ordens do presidente, deixamos a biblioteca em silêncio rumo aos fundos do complexo, onde um veículo sedã sem adornos nos aguardava em uma via de serviços. Já passava das 21h00, a noite estava úmida e amena, e a única luz cálida sobre as águas vinha da meia-lua que despontava. O carro tinha um motorista, mas nenhuma presença adicional do Serviço Secreto. Sentei-me ao lado do motorista, enquanto o presidente e ██████████ se ajeitavam no banco de trás. Deixamos o complexo pelo portão de serviço. Os dois homens conversaram em voz baixa, baixa demais para a minha capacidade auditiva, ao longo do trajeto de cerca de meia hora.

Por fim chegamos ao destino, que notei ser a entrada lateral de uma instalação militar que eu já visitara, a Base Aérea de Homestead. As sentinelas de plantão aparentemente estavam à nossa espera e imediatamente autorizaram a nossa admissão pelo portão. Seguimos até os fundos do complexo, estacionamos do lado de fora de um grande hangar, saímos do sedã e caminhamos até uma entrada próxima. Todas as luzes exteriores haviam sido apagadas, provavelmente para que ninguém soubesse quem estava ali, e um único soldado nos aguardava na porta. Eu o reconheci como o general ██████████, com quem eu me encontrara em outras ocasiões, e que, segundo rumores, fazia parte do Majestic 12. (Ele não deu sinais de que me reconhecera, mas acho difícil imaginar que, naquela circunstância, não soubesse quem eu era.)

Poucas palavras foram trocadas. O general nos conduziu ao interior do complexo, e notei que as entranhas do hangar foram transformadas em um grande e intrincado bunker de concreto. Seguimos até um elevador -- cujo funcionamento dependia de uma chave que ele carregava consigo -- e descemos até o terceiro subsolo. Senti uma carga crescente de tensão, que os demais claramente compartilhavam comigo; uma fina camada de suor cobria o rosto do presidente, e ██████████ estava pálido e ansioso. O general saiu do elevador e nos conduziu até a extremidade oposta de um longo corredor de concreto com portas dos dois lados. Através das janelas, notei uma série de dependências que pareciam laboratórios ou salas blindadas. Ele nos encaminhou a uma dessas salas, um amplo espaço vazio.

05

-- PARTICULAR --

Misteriosos fragmentos metálicos, de tamanhos variados, estavam dispostos em círculos no centro do piso; pareciam destroços coletados pela Administração Federal de Aviação, quando os investigadores tentam recriar o formato do avião acidentado. Nesse caso a montagem em nada se assemelhava a um avião ou jatinho. Era mais triangular do que circular, com uma envergadura de aproximadamente nove metros. Nem o general nem o presidente ofereceram qualquer explicação. Ficamos olhando para aquilo um tempo. ████████ e eu trocamos olhares. Senti que ele estava me perguntando se eu achava que aquilo era "autêntico". Discretamente dei de ombros; "não temos como saber". Sem uma análise mais aprofundada, eu podia arriscar que eram restos de um Pontiac Firebird esfacelados e rearranjados.

Sem uma palavra, o general nos conduziu de volta pelo corredor até que chegamos a uma porta de aço com travas de alta segurança e aguardamos enquanto ele digitava um código em um teclado numérico. A porta se abriu, atravessamos outro corredor, viramos em uma porta à direita e adentramos uma singela sala retangular coberta de painéis. De um lado, algumas cadeiras e um extenso console de madeira; do outro, uma janela da extensão da sala, coberta por uma persiana. Nenhum outro funcionário estava presente. O general diminuiu as luzes e indicou que deveríamos nos sentar. Ao sinal do presidente, o general pressionou um botão do console e a cortina começou a subir.

Tínhamos diante de nós uma sala bem pouco iluminada, que parecia vazia. Mais ou menos no centro da sala, notei uma pequena figura pálida que parecia estar sentada ou de cócoras, de costas para nós, mostrando apenas as costas esqueléticas, de um tom branco-esverdeado-acinzentado. Então desapareceu por completo. Momentos depois, reapareceu como se uma camada de sombra -- ou a capa de um mágico -- tivesse simplesmente passado por cima dela. Mas ela não se movera, e eu não conseguia discernir se era inerte ou animada. O que quer que fosse, entrou e saiu do meu campo de visão uma segunda vez. O general virou uma chave no console e deu duas batidinhas no microfone, o que pudemos ouvir através de uma caixa de som tal e qual era reproduzido na sala.

Vi a figura reagir, enrijecer. Ela se virou e olhou em nossa direção, através da janela -- provável que fosse um vidro espelhado -- e por um breve momento a forma de seu rosto se tornou visível. Foi só o tempo de um vislumbre e logo ela desapareceu novamente, e não sei muito bem o que vi, além de uma vívida impressão de dois grandes olhos negros ovais -- tão próximos entre si, que boca e nariz pareciam inexistentes -- e uma cabeça lisa em forma de bulbo. E então sumiu.

-- *PARTICULAR* --

Mas o que resistiu mais que a persistência da imagem foi a sensação visceral que parecia emanar da figura; uma onda acre e nauseabunda de pura malevolência insólita se agarrou a meu estômago e minha nuca, e por um segundo achei que perderia a consciência. Um medo paralisante invadiu as partes mais primitivas do meu cérebro e não consegui me mover, exceto para espiar ███████ com o canto dos olhos, e imediatamente percebi que ele estava tão atônito quanto eu; pálido e coberto de suor.

Em seguida, a criatura sumiu e não reapareceu. A sala ficou escura. O general e o presidente não reagiram -- imagino que já haviam visto aquilo --, embora Nixon tenha secado o suor do buço. Momentos depois, a cortina baixou novamente. Eu sabia muito bem que aquilo que tínhamos acabado de ver poderia ser conjurado para nosso proveito com um simples jogo de espelhos e fumaça. Quando criança, vi o truque dezenas de vezes em feiras e festivais. Mas a sensação persistiu. Eu estava trêmulo e nauseado. ███████ segurou as costas de uma cadeira para manter o equilíbrio. Nenhuma palavra foi dita. O general e o presidente saíram da sala. Momentos depois, ███████ e eu fomos atrás deles. Subimos o elevador de volta em silêncio.

Quando saímos do complexo, avistei meu carro à espera na pista, próximo ao sedã preto. O presidente apertou minha mão e murmurou que nos falaríamos em breve, então ele e ███████ entraram no carro novamente. ███████ não me olhou mais; parecia estar em choque. Eles deram a partida e os segui através do mesmo portão pelo qual entramos. Assim que voltamos às ruas, eles fizeram uma curva e tomaram outra direção, enquanto eu voltava à estrada que me levaria para casa.

Não tive notícias do presidente nas três semanas seguintes. Embora tivéssemos combinado de conversar novamente, nunca mais vi ███████ em pessoa, então não sei se ele continuou favorável a que o presidente divulgasse o que vimos. Não imagino que ele o faria. Até hoje, não compreendo muito bem as motivações do presidente naquela noite: será que ele estava mesmo querendo saber a nossa opinião sobre uma eventual divulgação, ou será que quis nos aterrorizar para garantir nosso silêncio? Até onde sei, ███████ nunca falou sobre isto com ninguém; nem eu, evidentemente.

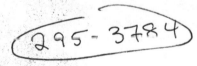

COMENTÁRIO DO(A) ARQUIVISTA

Se o presidente ainda cogitava vir a público com o que quer que soubesse -- permanece em aberto se aquele foi mesmo um "autêntico" contato do terceiro grau --, os problemas que ele estava prestes a enfrentar no mundo real logo se sobrepuseram a todos os demais aspectos de suas ambições. Em um mês, sua tentativa de acobertar o caso do ano anterior, o "roubo de quinta categoria" no quartel-general do Partido Democrata no complexo Watergate, foi por água abaixo. Embora nenhuma evidência de que Nixon tenha dado a ordem inicial para o serviço tenha vindo à tona nas subsequentes audiências do Congresso -- ao que tudo indica, ele não deu ordem nenhuma --, suas ações para tentar conter os danos e obstruir a investigação decorrente foram claramente criminosas. Em um ano, isso fez com que ele caísse em desgraça e renunciasse à presidência, o que maculou para sempre seu nome na história.

Uma das poucas gavetas dos cinco anos e meio de mandato de Nixon que não foram reviradas foi o destino que o coronel da Força Aérea Doug Milford, prestes a se aposentar, deu ao serviço que Nixon lhe passara.[20]

[20] Contudo, deixaram uma pista da identidade da pessoa não identificada presente naquela noite na Base Aérea de Homestead. Os algarismos rabiscados nessa entrada do diário de Milford — que imagino que ele anotou logo após essa experiência como parte dos planos de "manter contato" — correspondem a um número telefônico não registrado de 1973, da cidade de Hialeah, na Flórida. Se os registros da época forem precisos, o número pertencia ao ator e comediante Jackie Gleason. Hoje mais lembrado por seu trabalho no antigo sitcom que ele mesmo criou, *The Honeymooners*, nos anos 1960 Gleason era um titã do mundo do entretenimento, se revezando no cinema, na televisão e na música.

Também confirmei que, poucos anos antes da reunião, Gleason de fato construiu uma casa circular em Peekskill, Nova York, a que em mais de uma entrevista ele se referiu como "Nave-Mãe".

continua

Igualmente comprovada é a existência dessa imensa biblioteca particular especializada em óvnis e ocultismos diversos; a coleção foi doada pelo espólio de Gleason à Universidade de Miami após sua morte, em 1987.

Anos mais tarde, a esposa de Gleason à época do incidente mencionou o contato imediato na Base Aérea de Homestead em um livro de memórias jamais publicado, comentando que Gleason chegou a compartilhar com ela alguns dos detalhes inquietantes de "algo" que ele vira naquela noite ao lado do presidente. O evento teria provocado uma depressão incapacitante que durou semanas. A pedido do marido, ela nunca publicou o livro, mas vazaram boatos sobre o incidente de Homestead. O próprio Gleason fez uma menção oblíqua ao episódio em uma entrevista pouco antes de morrer.

Não sei você, mas para mim isso confere todo um novo sentido ao bordão da velha série de tevê de Gleason: "À lua, Alice!" — TP

Até onde sabemos, apesar das crescentes dificuldades jurídicas, Nixon conseguiu fazer jus à sua promessa para Douglas Milford, destinando uma fonte indetectável de fundos -- tática conhecida em círculos de inteligência como "carve-out" -- a seus planos de realizar uma investigação mais independente e mais aprofundada sobre o fenômeno ufológico, sem nenhuma supervisão ou envolvimento do Exército ou do governo. Milford tirou proveito de suas quatro décadas de discreta experiência interagências para estabelecer contato com um pequeno número de indivíduos de diferentes campos e organizações em quem depositava confiança.

O último contato direto entre Milford e Nixon de que se tem notícia ocorreu às vésperas da renúncia. Na noite de 24 de julho de 1974, Nixon telefonou para Milford em sua residência em Twin Peaks, em uma linha telefônica segura, diretamente do Salão Oval. A passagem a seguir, extraída do diário pessoal de Milford, é uma reprodução da conversa entre eles:

DIÁRIO PARTICULAR DO
TENENTE-CORONEL MILFORD

24 DE JULHO DE 1974, 20H30, HORÁRIO DE VERÃO DO PACÍFICO

EU: Alô?

PRESIDENTE NIXON: Você garante que a linha está segura do seu lado?

EU: (reconhecendo a voz instantaneamente)
Sim, senhor, garanto.

PRESIDENTE NIXON: Sem nomes. Só Deus sabe se algum membro da
Inquisição me grampeou -- solicito varreduras todo santo dia --, mas
é um risco que precisamos correr. E pode acreditar em mim, esta é
uma conversa que eu definitivamente não estou gravando.

(Espero. Ouço o ruído de cubos de gelo tilintando em uma bebida;
parece que ele está bebendo bastante; pelo menos é o que minha
experiência anterior me sugere.)

PRESIDENTE NIXON: Você ouviu as notícias, imagino.

EU: A Suprema Corte.

PRESIDENTE NIXON: Derrubou nossa prerrogativa de foro privilegiado.
Oito a zero. Eu mesmo nomeei três daqueles sacanas para a bancada,
e é assim que agradecem. Só Rehnquist se recusou. Fornecemos ao
Congresso todas as transcrições -- mais de 1200 páginas --, mas,
não, isso não é o bastante para eles. Agora querem as fitas e
estão se preparando para votar no processo de impeachment.

EU: Sinto muito por ouvir isso, senhor.

PRESIDENTE NIXON: Bem, não dá para simplesmente enfiar a cabeça na
terra. Eu me meti com as pessoas erradas -- é uma conspiração
global, coronel. Se você tentar descobrir os segredos deles, eles
passam a jogar com munição de verdade. E já estou quase sem balas.

01

-- PARTICULAR --

EU: Em que posso ajudar?

PRESIDENTE NIXON: Escute aqui, é pior do que pensávamos. Pior do que jamais pude imaginar. Não me contaram nem metade dos planos deles -- e era o que pretendiam desde sempre, com o Blue Book. Você acertou na mosca, coronel, o Blue Book nunca passou de uma dissimulação, nada além de um artifício barato para chamar a atenção e aplacar o furor público. As ações concretas começaram em 1953 -- não sei dizer se Ike estava por dentro, mas se estava, nunca me contou --, chamavam o projeto de Gleem na época. Em 1966 o nome mudou para Aquarius, um belo de um vai-se-fuder para os hippies, acho, e a coisa continua.

EU: O que é?

PRESIDENTE NIXON: Um programa paralelo, na cola do Blue Book, em vigor desde o início. Os Homens Sábios estão no controle da situação agora -- e não se dão ao trabalho nem de fingir interesse público. Eles tinham acesso total aos nossos arquivos; entre os casos que despontavam, aqueles que realmente se destacavam eram enviados a eles. Usaram você para filtrar o grosso da porcaria. Truman ou Ike provavelmente configuraram o processo assim por questão de segurança, mas o resultado líquido é que em momento algum os Homens Sábios precisaram responder ao órgão executivo, ainda não precisam, e agora isto está fora do controle. Até onde sei, nunca responderam a ninguém.

(Ele aproxima o aparelho do rosto e baixa a voz, como se houvesse alguém na sala ao lado.)

PRESIDENTE NIXON: E sei dizer exatamente por que encerraram o Blue Book -- porque já haviam travado contato, e temiam que alguém a jusante da cadeia de comando -- alguém muito esperto, coronel, como você -- descobrisse e botasse a boca no trombone. Eu não sabia disso na época, ou jamais teria lhe mostrado Homestead, mas acabei de descobrir e pensei... Bem, já não importa mais o que penso.

EU: Por que fariam isso?

PRESIDENTE NIXON: (Ele baixa a voz até um leve sussurro.) Não eram apenas corpos em Roswell. Havia uma nave. Teve outro desastre em

-- *PARTICULAR* --

1949, e um terceiro em 1958. Com um sobrevivente. Foi isso que você viu; era real, Milford. Desde então estão tentando submeter à engenharia reversa a tecnologia que encontraram nesses locais, em segredo.

EU: Quem?

PRESIDENTE NIXON: O grupo Gleem/Aquarius. Como eu disse, agora eles atendem por diversos nomes: Homens Sábios ou Grupo de Estudo, e por vezes apenas "Grupo". Encabeçado por alguém que chamam de Responsável.[21]

Não faço a menor ideia de quem seja. A CIA está na cola deles desde o início -- Jim Forrestal comandava o Departamento de Defesa na época, ele fazia parte do negócio desde o começo, durante o mandato do Truman --, mas não estava gostando do rumo que a Agência tinha resolvido dar para a empreitada e tentou pôr a boca no trombone. Você sabe que fim teve Forrestal, coronel?

EU: (Hesitei alguns instantes antes de responder.) Sim, senhor.

PRESIDENTE NIXON: Pois é, eles é que ditam as regras agora, e são capazes de qualquer coisa para deixar tudo trancado a sete chaves. Não é só aquela criatura que mostrei a você. Ouvi dizer que há mais de um tipo, diferentes espécies, talvez até seis. Não sabemos o que querem. Céus, capaz que algumas estejam só de passagem. Mas outras vieram com propósitos. Ouvi toda sorte de ideias, desvarios, que construíram bases, complexos gigantescos, tudo debaixo da terra. Aqui, em Nevada, no estado de Washington, em Dulce, Novo México, pelo menos uma na Austrália, chamada Pine Gap, no meio do deserto. Nem a porra de um canguru seria capaz de encontrar uma base num lugar desses.

EU: Quem construiu essas bases?

PRESIDENTE NIXON: Gente nossa, dizem. Os infiltrados, os Homens Sábios.

EU: Com que propósito?

03

[21] Confirmei que se trata de sinônimos bem conhecidos de Majestic 12 — TP

A HISTÓRIA SECRETA *de* TWIN PEAKS

[22] JESUS. Já sabíamos que Dick Vigarista estava entrando em parafuso no fim da vida, mas isso é nível Humpty Dumpty. Como Doug Milford alega ter citado a conversa de cabeça, claro que não há como verificar o conteúdo. Contudo, o fato de alguém estar paranoico não descarta, necessariamente, um perseguidor... Ah, já ia me esquecendo: James Forrestal. O primeiro secretário de Defesa do país, nomeado por Truman em 1948. Segundo rumores, um dos membros originais do Majestic 12, que pode ou não ser real e pode ou não estar por trás daquilo que Nixon chamou de Projeto Gleem. Forrestal renunciou um ano depois, em 1949, e logo em seguida, apesar de não estar mais no Exército, foi confinado à ala psiquiátrica do Hospital Naval Bethesda por "exaustão nervosa". Num quarto conhecido como "suíte VIP", no 16º andar. Seis semanas depois, encontraram uma janela aberta do outro lado do corredor, de frente para o quarto, e o corpo de Forrestal vestido de pijama no telhado da cozinha do terceiro andar. O laudo aponta suicídio, mas havia abrasões severas no pescoço, além de cacos de vidro no quarto, o que sugere a possibilidade de luta. Ele tinha 57 anos — TP

-- *PARTICULAR* --

PRESIDENTE NIXON: Isso é com você. A partir de agora, não posso mais ajudá-lo. Os capitães afundam com seus navios. (Ele baixa a voz novamente.) Tudo que posso dizer é que essas criaturas fazem parte de algo maior, algo antigo e arraigado, que sempre esteve aqui. Nos observando. Mais do que isso. Manipulando. Estamos tão imersos em nossas próprias preocupações mesquinhas, que não conseguimos ver as garras que nos seguram pelo colarinho. Estamos latindo para o poste errado. E, vai por mim, esse sempre foi o objetivo deles. Distrair todo mundo com ninharias para ninguém notar que, a bem da verdade, estão fodendo com a gente.

EU: O que posso fazer? Por onde começo?

PRESIDENTE NIXON: Você precisa escutar. Aos poucos, no tempo certo. Nos lugares certos. Seja esperto. Vai fundo. Mas, pelo amor de Deus, vai devagar, não esquece que eles podem estar o observando, e sempre na moita, por favor, porque tudo leva a crer que eles estão mesmo de olho em você.

EU: Em quem posso confiar?

PRESIDENTE NIXON: (Pausa.) Tem um cara no FBI, aquele que comentei com você.

EU: Eu tenho o contato dele.

PRESIDENTE NIXON: É só ele. Dê um tempinho e então marque uma reunião. Cara a cara. Nada por escrito, nada por telefone. Até mais, coronel. Daqui pra frente, é com você. Todos eles têm codinomes, aliás, os membros da cúpula do Aquarius. Aves. Ouvi dizer que o apelido do responsável é Corvo — (Ouço uma pancada forte.) Merda, alguém bateu na porta. Desejo a você toda a sorte do mundo, coronel. Nunca mais nos falaremos.

(Ele desliga abruptamente.)[22]

300

COMENTÁRIO DO(A) ARQUIVISTA

Três dias após a última conversa de Milford com Nixon, o Congresso aprovou o primeiro de três processos de impeachment contra o presidente, por nove atos de obstrução de justiça. Menos de duas semanas depois, Nixon renunciou ao cargo e se recolheu em sua casa, em San Clemente, Califórnia, de onde ele raramente emergia. O presidente Gerald Ford, o vice-presidente escolhido a dedo que o sucedeu, perdoou Nixon no ano seguinte, mas mais de quarenta assessores e aliados seus foram parar na cadeia. O presidente Ford, que anos antes havia tentado expandir a investigação sobre óvnis, enquanto ainda era um congressista de Michigan -- o estado se notabilizou por vários avistamentos perturbadores; Ford, dizem, teve seu próprio contato imediato --, deixou essa responsabilidade nas mãos do novo secretário de Defesa, Donald Rumsfeld, e do homem que ele acabara de escolher como chefe de gabinete, Richard Cheney.[23]

Doug Milford também ficou na moita. Depois de aguardar mais de um ano, conforme aconselhara o presidente, cautelosamente retomou o trabalho. Nesse período, ele desvendou a estranha história das imediações de sua cidade natal -- que constitui as primeiras seções deste dossiê -- incluindo os relatos de suas próprias experiências de juventude na floresta ao redor de Twin Peaks.

Também confirmo que os fundos para o programa secreto que Milford discutira com o presidente foram aprovados -- e aparentemente depositados em contas bancárias offshore não rastreáveis, nas ilhas Cayman.[24]

[23] E imagino que, provavelmente, essa foi a última vez que alguém de fora ouviu falar disso — TP

[24] Isso implica que o próprio Milford fez a pesquisa inicial do dossiê, e por alguma razão o repassou para o(a) Arquivista, que — aparentemente em resposta ao trabalho de Milford — escreveu todos os comentários intersticiais. O(A) Arquivista também alega ter conhecimento das verbas secretas de Milford. Acho que ele só pode ter conseguido essa informação com o próprio Milford.

Mas Nixon encarregou Milford exatamente do quê? E como ele levou a cabo a missão? — TP

*** A BUSCA POR VIDA INTELIGENTE

I MONTANHA BLUE PINE

Não é fácil se livrar de hábitos de sigilo adquiridos em décadas de trabalho com inteligência ultrassecreta. Ao que tudo indica, Doug Milford fez contato, em torno do fim da década de 1970, com o agente do FBI que o presidente mencionara naquela última conversa. Em paralelo, talvez seguindo uma pista do FBI, ou de seus contatos da Força Aérea, ele abriu também uma segunda frente operacional em 1982.

Um jovem oficial destacado na Base Aérea Fairchild, na cidade vizinha de Spokane, mudou-se com a família para Twin Peaks naquele ano em uma missão especial. Segue a pequena nota que Milford publicou na seção editorial da tiragem de 15 de julho do Twin Peaks Post:

Bem-vindos à cidade!

DOUG MILFORD, *editor*

CASO VOCÊS TENHAM NOTADO "brigadeiros" azuis pela cidade ultimamente, há uma boa razão para isso, e não está no cardápio do Double R. A Força Aérea dos Estados Unidos acabou de expedir um de seus melhores e mais brilhantes consultores para o nosso aeródromo local, o Campo de Unguin, para nos ajudar a modernizar as pistas e sistemas de comunicação e segurança — sinto muito, Charles Lindbergh, a *milk run* do correio matutino não aterrissa mais aqui! É uma satisfação saber que o Campo de Unguin logo será um aeroporto regional e, como tal, uma fonte de orgulho para toda a comunidade. Portanto, se vocês virem um homem vivaz e elegante, vestido de azul, de bobeira pela cidade — ou sua adorável esposa, Betty, e seu filho de doze anos e olhos cintilantes, Bobby —, façam-me o favor de cumprimentar o major Garland Briggs e sua família com um caloroso aperto de mão ou uma sóbria continência. Bem-vindos a Twin Peaks; estamos contentes por tê-los conosco!

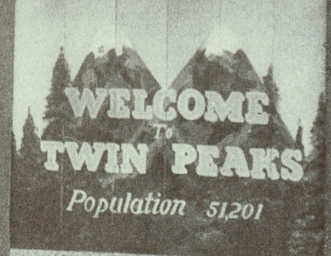

A HISTÓRIA SECRETA
△△ *de* TWIN PEAKS

[1] Rodd parece estar sugerindo que a estirpe dos "Illuminati" subsiste até hoje, sob a forma da Bohemian Grove, uma "sociedade secreta" de 150 anos localizada perto de San Jose, Califórnia. No amplo e altamente protegido complexo no meio da floresta acontece a reunião anual dos membros, um elenco que inclui um número impressionante de figurões, ex-presidentes, homens de Estado, líderes militares e tubarões industriais. Todos os anos, eles fazem um retiro de verão, que começa com uma grande fogueira conhecida como "a Cremação das Aflições", levada a cabo diante de uma estátua gigante de uma coruja com chifres. Essa sociedade inspira, talvez por motivos justos, uma longa lista de teorias da conspiração. Segue fotografia — TP

[2] O leitor há de se lembrar de Carl Rodd como uma das três crianças supostamente "abduzidas" no incidente testemunhado por Doug Milford anos antes, em 1947.

Nessa época, o irmão de Doug Milford, Dwayne — farmacêutico e antigo chefe escoteiro —, já cumpria o sexto mandato como prefeito de Twin Peaks — TP

COMENTÁRIO DO(A) ARQUIVISTA

O motivo da vinda desse novato, você já deve ter inferido, tinha consideravelmente menos a ver com as modernizações do Campo de Unguin -- embora elas tenham de fato ocorrido, funcionando como um conveniente "ganha-pão" de fachada -- do que com o verdadeiro propósito de sua missão.

O trabalho no Campo de Unguin foi avançando devagar -- bem devagar, propositadamente --, e um esquadrão de funcionários de tempo integral foi transferido para as obras de uma instalação muito menor, ultrassecreta, na montanha Blue Pine. A área, uma seção remota de 25 acres da Reserva Nacional de Ghostwood, fora desapropriada em segredo pelo Exército. Esse detalhe nunca saiu no jornal, embora um vizinho bisbilhoteiro tenha escrito a seguinte carta ao Post, publicada só porque o editor estava viajando a negócios naquela semana:

306

"Recebemos cartas!"

CARTAS AO EDITOR

Carta aberta ao prefeito Dwayne Milford:

Não sei o que vocês acham que está acontecendo por aqui, mas posso dizer com convicção que é muito pior do que imaginam. Toda manhã e toda noite, dou minha caminhada de rotina pela floresta, faça chuva ou faça sol, e venho escutando barulheira de construção montanha acima o tempo todo. É íngreme pra dedéu ali. Luzes estranhas à noite! Motoniveladoras por toda parte, abrindo novas vias. Jipes e helicópteros pretos e um monte de caminhão de cimento! Claro, está tudo cercado, com placas de "não ultrapasse" e coisa e tal, como se a reserva fosse deles para fazerem o que bem entendem, mas ela é nossa! Guardas armados também, então qualquer zé mané seria capaz de dizer que é uma empreitada militar, mas ninguém anda com insígnia nenhuma por ali. Não, senhor. Não sei se são os Cavaleiros de Colombo, os Cavaleiros Templários, os Illuminati ou a Comissão Trilateral — não importa, é tudo farinha do mesmo saco, sempre foi, só muda a fantasia. Já pararam para pensar por que o símbolo da Bohemian Grove é uma coruja? Uma estátua gigante de uma coruja erguida na floresta, como uma antiga divindade suméria? [1]

Desde que o mundo é mundo, se não soubermos quem está de fato no comando, jamais compreenderemos como estão nos apunhalando pelas costas. E posso dizer por experiência própria que já tem muito lance estranho na floresta sem aqueles espiões de coturno despejando cimento. Bem, o preço da liberdade é a vigilância. Então, o que faremos a respeito, senhor prefeito?

Atenciosamente,
[2] **CARL RODD,**
Gerente do Fat Trout Trailer Park

Como mantenh

Sou um hom
idade e tenh
frequentem
devid

A HISTÓRIA SECRETA
de TWIN PEAKS

CORUJA DA BOHEMIAN GROVE,
por volta da década de 1930
— TP

COMENTÁRIO DO(A) ARQUIVISTA

A primeira coisa que Doug Milford fez quando voltou da viagem de negócios, após descobrir que a carta tinha sido publicada, foi demitir o editor- -assistente que mandara a edição rodar sem avisá-lo. A segunda coisa que fez foi visitar o irmão, o prefeito. A tensão entre os dois vinha crescendo desde que Douglas se aposentara e retornara à cidade -- ou, para ser mais preciso, desde que Douglas nascera. Este editorial, que Douglas publicou um dia depois de Nixon renunciar à presidência, em 1974, não ajudou muito:

VOL. 52, Nº 221   TWIN PEAKS, WASHINGTON

NIXON É DERRUBADO

DOUGLAS MILFORD, *editor*

A CARREIRA POLÍTICA DE UM grande estadista americano pereceu hoje, lançada aos ares junto com a bomba de sua própria moralidade fungível, sem dúvida, mas também, e talvez em maior proporção, vítima de uma vendeta política ressentida e malévola.

Apesar do que a percepção pública

Depois de dois anos de debate público

A HISTÓRIA SECRETA *de* TWIN PEAKS

E assim por diante -- dá para ter uma ideia, não? Pode não ter sido exatamente uma tomada de posição inteligente ou popular, dada a própria relação de alto risco, encoberta, entre Doug e Nixon -- embora dê para pensar que, do ponto de vista das técnicas de espionagem, para quem busca ocultar a afiliação a César, não existe estratégia melhor que elogiá-lo na mídia impressa, em vez de sepultá-lo junto com os filhos da mãe infames com quem ele tivera de aguentar uma longa convivência amarga e conflituosa.

De qualquer forma, o tumulto local gerado pelo editorial de Doug durou poucos dias, mas seu irmão Dwayne, o prefeito perpétuo -- democrata de carteirinha, fã de Roosevelt -- jamais o perdoou. Daquele dia em diante, Dwayne não podia requisitar a compra de um lápis para o gabinete sem que Doug o açoitasse no jornal por gastar o dinheiro suado dos contribuintes, ao passo que Dwayne praticamente fundamentava sua campanha bienal no fato de que o Post e seu "editor metido a besta" irracionalmente o desprezavam. A instigante rivalidade fraternal virou uma das principais fontes de entretenimento local, oferecendo matéria-prima infindável e imperdível para a indústria da fofoca na barbearia, no bar e no Double R. Em outras palavras, assim como grande parte da política moderna, as pessoas levavam isso tão a sério quanto luta livre televisionada.

Em resposta à carta de Carl Rodd, Dwayne publicamente prometeu uma investigação meticulosa sobre as questões que ele levantara acerca do misterioso projeto de construção na montanha Blue Pine. Para a surpresa de Dwayne, quando Douglas apareceu em seu gabinete poucos dias depois, foi para oferecer seus serviços voluntários e facilitar o inquérito. Ele se dispôs até a contatar o FBI pessoalmente, e Dwayne aceitou a proposta. Poucos dias mais tarde, um supervisor regional e um agente especial do FBI fizeram uma visita a Dwayne e permaneceram alguns dias na cidade para conduzir, conforme prometido, uma "investigação minuciosa". Uma semana depois, enviaram uma cópia do seguinte relatório ao prefeito Milford:

3 Verificada a autenticidade da carta. Confirmado que a suposta conexão com a Iniciativa Estratégica de Defesa foi usada como pista falsa. Como isso envolve diretamente um dos meus oficiais superiores, estou em busca de verificação independente no Bureau — TP

Departamento de Justiça dos Estados Unidos

Federal Bureau of Investigation

SECRETO

Resposta. Favor se referir ao
Arquivo n.

Washington, D.C.
28 de maio de 1983

Para o prefeito Dwayne Milford:

Este comunicado destina-se SOMENTE À SUA APRECIAÇÃO e foi classificado como "SECRETO".

Após três dias em campo, conseguimos confirmar diversos relatos de testemunhas de que um projeto de construção patrocinado pelo governo está de fato em curso nos declives mais elevados da montanha Blue Pine.

Conversamos diretamente com o supervisor do projeto, o Major Garland Briggs, e com os seus superiores da Base Aérea Fairchild e do Pentágono. O projeto em questão conta com a instalação autorizada de um radar e um centro de meteorologia de ponta em propriedade legítima do governo, controlada pelo Estado.

O centro está diretamente ligado à recém-divulgada Iniciativa Estratégica de Defesa (IED) do presidente Reagan.

Assim, o projeto foi classificado como confidencial/ultrassecreto, e nenhum detalhe adicional deve ser ou será revelado ao público no futuro. Por favor, estenda nossa gratidão aos apreensivos cidadãos locais cuja curiosidade perfeitamente natural e responsável chamou a atenção da agência para o caso. Esperamos que estas informações satisfaçam o caráter patriota de seus questionamentos.

Atenciosamente,

Diretor regional do FBI Gordon Cole

Agente especial Phillip Jeffries

SECRETO
ENTROU EM SIGILO COM G-C
SAIU DE SIGILO COM CADR

[105-335-639-12]

A HISTÓRIA SECRETA de TWIN PEAKS

4 Isso aponta quase que diretamente para o então diretor regional Gordon Cole — que, conforme observei há pouco tempo, é um dos meus superiores — como o "cara do FBI" inicialmente recomendado a Doug Milford por ninguém mais, ninguém menos que o próprio Dick Vigarista. Admito que isso me preocupa, mas a exortação do diretor Cole para mim foi "Siga o rastro, não importa aonde ele vai levar você".

Quanto à inclusão do "agente especial Phillip Jeffries" na carta, encontrei somente as seguintes informações nos arquivos oficiais do FBI:

Ele passou pelo treinamento da agência na academia de Quantico ao

continua

COMENTÁRIO DO(A) ARQUIVISTA

A resposta imediata e segura do FBI permitiu que a cruzada do prefeito Milford em busca da verdade tivesse um rápido desfecho. Em outras palavras, Dwayne mordeu a isca com anzol e tudo. O projeto Blue Pine pôde seguir em frente sem mais intromissões de tagarelas locais, e o centro entrou em operação em novembro de 1983. Entretanto, isso nada tinha a ver com a Iniciativa Estratégica de Defesa -- ou "Guerra nas Estrelas", conforme os grandes veículos de comunicação ironicamente se referiam a ela.

O projeto oficialmente conhecido como TELESCÓPIO SETI 7-I -- ou, conforme os envolvidos costumavam chamá-lo, Posto de Escuta Alpha (PEA) -- era na verdade a peça central dos esforços ultrassecretos ex officio de Doug Milford, pós-Nixon, para se aprofundar no miasma de investigações ufológicas pós-Blue Book.

O que o centro abrigava, na verdade, era a estação multiespectral de busca e recepção de sinais espaciais mais avançada já construída. E por meio da fachada da Iniciativa Estratégica de Defesa, completamente plausível, engendrada por Doug Milford e seus colegas do FBI, a estação operou completamente fora dos registros, sem qualquer supervisão governamental ou militar desde que entrou em funcionamento, no fim de 1983.[4]

Com o major Briggs como único oficial in loco, o trabalho prosseguiu no PEA até a segunda metade da década de 1980 -- lento, metódico e extremamente técnico; vasculhando o palheiro do espaço atrás de agulhas, buscando sinais de vida inteligente no universo ao léu. Sob a direção de Doug Milford, o sofisticado telescópio do PEA também se voltou para a direção oposta, para os arredores de Twin Peaks.

A essa altura, a cidade principiou a ser palco de uma série de eventos trágicos que, à primeira vista, pareciam nada ter a ver com a questão -- até que por fim lançaram uma luz sobre o quadro geral. Coisas estranhas acontecem até hoje.

lado de Gordon Cole, onde se formaram como os dois melhores agentes da turma de 1968. Depois de vinte anos de uma carreira notável, Jeffries desapareceu sem deixar rastros durante uma missão em Buenos Aires, Argentina, em 1987. Também encontrei uma vaga referência, em uma folha de ponto da agência daquela época, a uma súbita reaparição de Jeffries em 1989 – aparentemente na Filadélfia – seguida de outro desaparecimento, que perdura até hoje. Para obter mais detalhes, preciso solicitar relatórios que agora são confidenciais e estão fora do meu alcance nos arquivos do vice-diretor.

Começo a me perguntar se poderei mostrar isso a alguém sem ser demitida. O mundo de Doug Milford é como um jogo de espelhos. Francamente, preciso de um drinque – TP

313

2 MARGARET LANTERMAN

*** TWIN PEAKS POST
28 DE OUTUBRO DE 1986

Edição semanal
$1.00

PUBLICADO NO ESTADO DE WASHINGTON DESDE 1922

TWIN PEAKS
POST

VOL. 64, Nº 301   TWIN PEAKS, WASHINGTON   TERÇA-FEIRA, 28 DE OUTUBRO DE 1986

SE A FLORESTA FALASSE...
e, acredite se quiser, às vezes ela fala

ROBERT JACOBY, *editor*

TALVEZ VOCÊ A ENCONTRE caminhando em muitas das trilhas que ela aprecia entre as montanhas e florestas das redondezas — trilhas que ela ajudou a abrir, sabia? Talvez você a reconheça das diversas assembleias comunitárias no Grange Hall, uma presença constante, acendendo e apagando as luzes para garantir que comecem e terminem conforme agendado. No restante do tempo, ela fica em sua casa, no bosque — é um bombeiro florestal extra, por assim dizer — observando e ouvindo o entorno como um lobo, alerta para toda e qualquer ameaça ao nosso meio ambiente e — você logo notaria — jamais hesitante ao soar o alarme. Talvez você descubra que ela está logo ali no balcão do Double R, saboreando uma fatia da torta da Norma à noite — bem, você não vai poder se sentar na banqueta ao lado dela, porque ela come por dois, por assim dizer. Está sempre na companhia de um tronco.

Estou falando, é claro, de minha querida amiga há mais de quarenta anos Margaret Lanterman. Você provavelmente a conhece como Senhora do Tronco.

Toda cidade tem a sua, é capaz que você diga, tentando explicar Margaret a um forasteiro. Uma solitária, alguém fora

Para o psiquiatra, Margaret Lanterman "é o ser humano mais são que já conheci".

do comum, que não faz questão de se conformar à opinião coletiva, acomodada, a respeito de como pessoas "normais" devem conduzir suas vidinhas. Há algo de inquietante em uma pessoa que nos oferece atenção exclusiva, que olha nos olhos com uma franqueza impassível, que claramente não se importa com o que pensamos dela — ou de seu tronco — e que se interessa, ao que parece, por uma coisa apenas: proferir verdades profundas e ponderadas.

Estou numa altura da vida em que tampouco dou a mínima para o que as pessoas pensam ou dizem a meu respeito. E uma das principais tarefas da minha lista de incumbências é esclarecer a história de Margaret. Ouvi tudo quanto é maluquice a seu respeito ao longo dos anos — há mais versões disparatadas de sua história do que variedades de condimentos Heinz. É uma bruxa, dizem, do tipo que teriam queimado numa fogueira em Massachusetts trezentos anos atrás, caso conseguissem derrubá-la da vassoura. Não, não é isso, é uma doente mental que fugiu do sanatório, largou os medicamentos, e agora comunga com as árvores, falando com seu onipresente companheiro de madeira e ouvindo o que ele tem a dizer. Bem, permita-me citar o que meu irmão diz dela — isto é, o dr. Lawrence Jacoby, único psiquiatra habilitado da cidade, caso já não o conheçam: "Margaret Lanterman é o ser humano mais são que já conheci".

Por um acaso concordo com ele.

Mas com a diferença vem a incompreensão, o que leva a pressuposições, o que tende a nos transformar em boçais. Portanto, permita-me, enquanto guardião veterano do quarto poder local, esclarecer a história.

"A floresta" continua na pág. 22

Os familiares do falecido

Continuação de "A floresta" da pág. 1

Maggie Coulson era uma jovem garota alegre, vivaz e curiosa, sempre alta para a sua idade — por vezes desengonçadamente alta — quando nos conhecemos na terceira série, na turma da srta. Hawthorne, na Escola Warren G. Harding. Mais alta que eu, sem dúvida, e eu me sentava atrás dela, até que um dia ela me viu esticar o pescoço para ler o quadro-negro e gentilmente se ofereceu para trocar de lugar comigo. Obviamente inteligente, um pouco reservada talvez — prefiro pensar nela como decorosa —, mas não muito diferente de nós todos. Ela buscava a felicidade e, como todas as crianças, a aprovação das demais em igual medida.

Num belo dia de 1947, durante uma excursão da escola, Margaret e outros dois colegas de sala desapareceram na calada da noite. Foram encontrados no dia seguinte, sãos e salvos, mas não inalterados. Ela não falou sobre o que havia presenciado — nenhum deles falou — e se tornou mais quieta ainda em seguida, dentro e fora da sala de aula. Não tão brincalhona. Mais observadora e introspectiva. Ela não se abria comigo sobre o que vira ou ouvira lá fora — e éramos bons amigos —, mas senti que ela se lembrava de mais detalhes do que estava disposta a compartilhar.

Continuamos amigos no colégio, mas Maggie se diferenciava de uma maneira que é difícil descrever. Ela não era antipática, porém enquanto todos nós enfrentávamos a turbulência da adolescência, ela parecia incólume, contida, atenta e demasiado séria. Seu foco, imagino, nunca eram angústias internas, mas sim o mundo lá fora. Observando, sem ansiedades ou julgamentos, sempre observando. Saímos algumas vezes na época do colégio, um filme ou outro no Bijou, com direito a hambúrgueres no Double R na sequência. Ela achava difícil se envolver com entretenimento artificial, como se não tivesse o desejo de "escapar" da realidade, e vivia intrigada com a necessidade que os outros tinham de fazer isso. Mas ficou profundamente impressionada com um filme inquietante de ficção científica chamado *Invasores de Marte*. Passamos horas conversando, refletindo sobre a ideia de vida em outros planetas — ou como ela dizia, "vida em outros lugares" — e nos perguntando que interesse *eles* teriam, se é que teriam, em nós.

Por casualidade foi a última vez que vi Maggie durante um bom tempo. Minha família tinha se mudado para o Havaí quando eu era pequeno — meu pai era um oficial do Exército destacado em Pearl Harbor. Meus pais se divorciaram logo em seguida, e me mudei de volta para Twin Peaks com o meu pai, que fora realocado à Base Aérea de Spokane, ao passo que minha mãe e meu irmão ficaram no Havaí. Não nos vimos durante a guerra, mas assim que ela acabou me juntei a eles em Honolulu, onde cursei o último semestre do colegial, de modo que perdi a formatura — mas aprendi a surfar um pouco. (Àquela altura, meu irmão caçula, Lawrence, surfava como um golfinho.) Depois daquele verão memorável, retornei a Washington para a faculdade (Gonzaga, jornalismo), e quando voltei a Twin Peaks com um canudo embaixo do braço, já haviam se passado cinco anos.

Maggie — então ela já preferia Margaret — havia estudado silvicultura na Universidade do Estado de Washington e pretendia trabalhar para o Serviço Florestal dos Estados Unidos. Ela havia se tornado uma mulher bela, alta e forte, e sua devoção à floresta e recursos naturais do nosso estado a definiam de forma marcante e positiva. Margaret foi a primeira pessoa que conheci que desenvolveu uma consciência ecológica sobre o futuro do mundo natural. Tomando um café no Double R uma noite — já no início dos anos 1960, uma década antes do primeiro Dia da Terra —, ela me convenceu de que o maior perigo que o planeta enfrentava não era a guerra nuclear, mas a ameaça humana ao meio ambiente. Ela me pediu para contribuir com vinte mangos para uma causa justa relacionada, dinheiro que, como um jornalista que lutava para sobreviver, eu não tinha para dar, mas mesmo assim não titubeei em abrir a carteira. Paguei o café também. Jamais conseguiria dizer não a Margaret.

Parece loucura? Pois é, também não acho.

"... sua devoção à floresta e recursos naturais do nosso estado a definiam de forma marcante e positiva."

Passei a vê-la esporadicamente pela cidade. Ela havia se inscrito para trabalhar no Serviço Florestal, mas tudo que ofereciam às mulheres na época eram vagas de secretariado. Você se surpreenderia se eu dissesse que Margaret também poderia ser considerada uma das primeiras feministas, antes mesmo de o termo ser cunhado? Sentar-se a uma mesa para ficar datilografando cartas de burocratas não era de seu interesse — ela queria servir em campo, entre as árvores —, então ela deu as costas ao Serviço Florestal, garantindo que trabalharia melhor que qualquer homem que fosse aceito ali. Recuperou uma picape Ford e passou a trabalhar na biblioteca da cidade enquanto angariava fundos para a associação ecologista Sierra Club.

Foi quando ela conheceu Sam Lanterman. Sam era dez anos mais velho que nós, uma lenda estabelecida nas redondezas. Certa feita ele foi o lenhador mais jovem da história da Serraria Packard, e bastava uma olhada nele para saber por quê. Tivesse nascido um século antes, poderia ser Paul

Bunyan ou Pecos Bill. Como todo bom herói folclórico, ele era um colosso: 1,95 metro, 110 quilos. (Seu nome mesmo era Samson — seus pais foram um tanto clarividentes quanto a quem ele viria a ser — embora ninguém nunca o chamasse assim.) Era a terceira geração de madeireiros da família; os Lanterman viviam e trabalhavam entre as árvores desde que a indústria começara. Eram todos tipos robustos, grandalhões, mas Sam — o mais velho de cinco irmãos — representava a coroa da árvore genealógica. As coisas que era capaz de fazer com um machado e uma serra desafiavam a imaginação. Ele começou a participar de competições de lenhadores aos quinze; três anos depois, detinha todos os recordes registrados; em dez anos ele se propôs a ficar como hors-concours para que outra pessoa pudesse vencer alguma categoria. Sam e seus irmãos foram os primeiros da família a estudar, pois a lei exigia, mas aconteceu algo curioso: Sam se apaixonou por poesia. Isso alimentou e nutriu o lado sensível de sua alma robusta. Acrescente uma mandíbula quadrada, traços cinzelados e uma barba bem aparada, e não é de admirar que Margaret tenha se apaixonado à primeira vista, pela primeira e última vez na vida.

Eles se conheceram no Depósito de Madeira do Haw, no delta do rio, em um dia de primavera. Margaret estava selecionando uma leva de peças de cinco por quinze centímetros, para as calhas da primeira cabana que ela construiu — ela economizava em aluguel para poder dedicar tempo ao trabalho voluntário. Sam, que não costumava ir muito à cidade, estava entregando um carregamento de madeira reaproveitada, que ele e seu irmão haviam recuperado de um armazém. Sam já havia construído duas casas sozinho na propriedade da família na montanha Blue Pine. Ele viu Margaret carregando sua camionete e, cortês

que era, naturalmente ofereceu uma ajudinha. Seus irmãos costumavam dizer que sabiam que Sam fora fisgado no momento em que trocaram olhares. Ele não era exatamente inexperiente no campo de companhias femininas, e recitava Wordsworth e Yeats de cor e lindamente, mas a imagem de Margaret erguendo um feixe de madeira recém-cortada com seus fortes tendões o deixou sem chão. Margaret conduziu a conversa naquele dia, segundo os irmãos, e Sam a seguiu como um cachorro babão. Ela estava calma e serena como sempre — mesmo sabendo que acabara de conhecer o amor de sua vida — e antes que Sam se desse conta, Margaret já havia marcado o primeiro encontro, fazendo parecer que era ideia dele.

Um cortejo digno do século XIX se seguiu. Margaret não tinha família; ela era filha única, e seus pais morreram jovens. Acreditava que as coisas importantes da vida precisavam ser feitas de certa maneira, e embora ela já tivesse trinta e tantos anos, e amor e casamento não estivessem no topo de sua lista de prioridades, ela sabia que tudo tinha seu tempo e lugar, e aí estava. Sam deveria ir até a casa dela aquele sábado em tal horário, e um banho prévio era obrigatório, não opcional. Topei com eles um bocado de vezes durante o ano do cortejo, e estavam sempre tão comportados que parecia que ao lado tinha alguém invisível, segurando vela, mas não restavam dúvidas de que eram completamente feitos um para o outro.

Eles ficaram noivos um ano depois do dia em que se conheceram e marcaram a data do casamento para um ano adiante. Margaret me contou que Sam a pediu em casamento em um lugar especial da floresta, acima do lago Pearl, perto do bosque Glastonbury, que ela chamava de "O Coração da Floresta".[1]

"A floresta" continua na pág. 24

---

1 O mesmo local onde Margaret viveu o estranho contato noturno testemunhado por Doug Milford — TP

"Uma chance para Peaks"

uma comunidade florescente que tem muito a oferecer. Além da vívida paisagem e do diversificado comércio local, a história rica e pitoresca de Twin Peaks já basta para "espeakaçar" o interesse de qualquer um,

Continuação de "A floresta" da pág. 23

A pequena e simples cerimônia na Capela do Bosque contou com a presença dos familiares de Sam e alguns amigos do casal, eu inclusive. A profundidade do sentimento entre eles naquele dia estava muito além do romance, e se eu entrar em detalhes, acabarei aos prantos, mas uma coisa é preciso dizer: já fui a muitas cerimônias de casamento ao longo dos anos, mas nunca vi um casal tão clara, sincera e inabalavelmente apaixonado. Caso você não saiba o que aconteceu em seguida, é capaz que verta lágrimas junto comigo.

Uma tempestade se dirigia à área naquela tarde e foi anunciada por trovões durante a cerimônia. Tinha sido um verão seco, e um raio no alto da montanha iniciou um incêndio que varreu a cordilheira em direção a Blue Pine, uma região da floresta que não queimava havia décadas, desde o incêndio no rio. Sam, bombeiro voluntário, correu para ajudar quando o alarme soou, ainda durante a festa. A camionete do casal estava carregada e decorada, pronta para a lua de mel — eles estavam prestes a partir para o Grand Hotel do lago Louise. Sam tirou seu único paletó, disse a Margaret que não demoraria e seguiu com o pai e os irmãos para enfrentar o fogo. Jamais me esquecerei da expressão nos olhos de Margaret no momento da despedida, não enquanto estiver vivo. Ela sabia, tenho certeza, o que viria a acontecer. Também sabia, dadas as circunstâncias, que Sam seria tão capaz de ficar ali parado quanto de criar asas e voar.

Na manhã seguinte, chegou a notícia de que ele havia perecido — uma lufada selvagem de vento, um inferno, uma nuvem-funil de fogo que se ergueu e derrubou Sam de uma colina, ravina e fogaréu abaixo. Margaret, que trabalhara vestida de noiva a noite toda no Grange Hall, onde os refugiados buscaram comida e

Resultado do incêndio que matou o marido de Margaret

"Jamais me esquecerei da expressão nos olhos de Margaret no momento da despedida, não enquanto estiver vivo. Ela sabia, tenho certeza, o que viria a acontecer."

abrigo, aceitou tudo com serenidade — de novo, suspeito que de alguma forma ela já soubesse. Ela não disse nada, retirou-se por um segundo, guardou o vestido em uma mala que estava ao pé da porta e voltou para ajudar a servir o café da manhã. Quando ofereci minhas condolências, ela simplesmente assentiu e sorriu, sem dizer uma palavra, e retomou o trabalho. O incêndio se dissipou no dia seguinte, quando veio outra tempestade. Recuperaram o corpo de Sam da ravina — foi a única fatalidade —, e Margaret o sepultou dois dias depois, em um terreno atrás da casa que construíram juntos durante seis meses, na montanha.

Dizem que ela foi visitar o Coração da Floresta novamente no dia seguinte. Embora dezenas de acres tenham sido dizimados ao redor, o pequeno arvoredo de plátanos ainda estava de pé ali. Nas imediações, um magnífico abeto-de-douglas ancião caíra durante a conflagração. Quando Margaret desceu a montanha de volta, levou consigo um pedaço da grande árvore, que segurava nos braços como um recém-nascido. Ela soube exatamente que pedaço extrair da grande criatura — a árvore lhe indicou, disse ela —, e daquele dia em diante Margaret e seu tronco tornaram-se inseparáveis.

Ao longo dos anos, fiquei firme para contar tudo o que sei, à medida que a nossa geração envelhecia, reduzia o passo e ia embora, à medida que o tempo desgastava o tecido da nossa narrativa — esta tem sido a vocação da minha vida, é possível dizer —, e já vi muita gente jovem que não conhece a história de Margaret. Já ouvi as teorias mais frívolas, risos entredentes pelas costas, piadas crudelíssimas sussurradas — por vezes em sua presença — às suas custas; esse é o preço que ela paga por ter sobrevivido a uma perda impensável: da única maneira que ela poderia fazê-lo, sem se importar com o que os

EFEITOS DA CRISE ATINGEM COMÉRCIO LOCAL

outros pensam dela. Acredito que esse menosprezo juvenil não a incomode, de maneira alguma. Sua cabeça está voltada para outras questões.

Mas me incomoda tremendamente.

Como seria a vida, pergunto a você, se todos nos comprometêssemos a ver, ouvir e dizer a verdade? Digo, a nossa verdade íntima, sobre como nos sentimos, e sobre o que vemos e ouvimos ao nosso redor. Pois, digo eu, seria impossível sustentar tamanho esforço sem aprender a se importar com o bem-estar do próximo. Se aprendi uma coisa nesta vida é que há muitas formas de saber, não só aquelas que nos ensinam na escola e na igreja, ou que vemos na televisão ou lemos nos livros. Acredito que Margaret tenha entendido que a arte de saber chega tão perto quanto qualquer outra qualidade humana de constituir o propósito da vida. Ela abraçou esse propósito mais plenamente do que todos que já conheci. Uma tragédia que teria deixado a maioria das pessoas em estilhaços abriu seu coração e sua alma para uma verdade mais profunda. O luto pode levar à loucura, mas também pode levar à iluminação. Não importa se ela vem na forma de um matagal em chamas, um poste de luz na beira da estrada ou a voz de um tronco. O que importa é se escutamos ou não. E, claro, é preciso agir.

O precioso tronco de Margaret, do qual ela é inseparável.

Imagem: cortesia de Margaret Lanterman.

Mas por que estou contando tudo isto? Vocês têm todo o direito de perguntar. Fazer a crônica das histórias de vida das pessoas da nossa cidade tem sido para mim uma honra e privilégio há quase cinquenta anos. Gosto de pensar que levei a responsabilidade a sério; no entanto, creio que já era passada a hora de esclarecer a história de Margaret Lanterman, e por conta disso, sinto mais do que um leve remorso. Espero deixar uma boa impressão. Contudo, também é hora de contar as minhas próprias verdades, sem medo.

Esta é minha última coluna para o *Post*. Enfrentarei dificuldades pessoais nos dias por vir, relacionadas ao destino final para o qual todos nós compramos passagem só de ida. Conversei sobre isto com Margaret recentemente e, pelo que ela me disse, não tenho nada a temer. Não duvido que ela saiba quando será sua hora, e que saber disso não a incomoda nem um pouco. Tentarei, com todas as minhas forças, estar à altura do seu exemplo. Parece que não importa quanto tempo se vive, porque, perto do fim, todo mundo diz a mesma coisa; que tudo passou muito rápido, água escorrendo pelos dedos. Não há respostas. Viva agora, é o único conselho que deixo. Parto contra a minha vontade, e assombrado pela ideia de que o meu trabalho — escrever histórias, testemunhar a nossa jornada mútua pelo tempo e espaço — está longe do fim. Mas mesmo neste momento sombrio eu me conforto com a verdade que sou forçado a aceitar: para os contadores de histórias, as histórias não acabam, o que acaba é o tempo. O trabalho cabe a outra pessoa agora.

Em afetuosa memória de
ROBERT JACOBY

Advogados querem rever

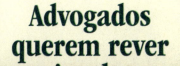

COMENTÁRIO DO(A) ARQUIVISTA

Três semanas depois de publicar esta coluna, Robert Jacoby faleceu em decorrência de complicações de esclerose múltipla. Seu irmão, o dr. Lawrence Jacoby, falou no serviço fúnebre que presidiu na Capela do Bosque, onde compareceram mais de duzentas pessoas, antes de lançar as cinzas de Robert sobre a escura superfície azul do lago Pearl. Com os congregados reunidos à margem, Margaret Lanterman pediu para dizer algumas palavras. Segundo os esforços de memória deste correspondente, eis o que ela disse:[2]

[2] Isso quer dizer que o(a) Arquivista estava no funeral naquele dia. Estou tentando localizar o registro de visitantes da igreja, que talvez contenha os nomes de todos os que compareceram ao serviço fúnebre — TP

[3] Enfim tenho em mãos uma amostra, creio, da caligrafia do(a) Arquivista, e talvez impressões digitais também — estou rodando o programa —, o que até agora não havíamos conseguido localizar no dossiê. Cotejarei os nomes com o registro e buscarei amostras. Acredito que a descoberta da identidade do(a) Arquivista se dará em breve — TP

A FAMÍLIA MANIFESTA
SUA GRATIDÃO

Em nome da família, gostaríamos de manifestar nossa gratidão pela generosidade demonstrada em ações e palavras e pela presença no velório.

Margaret Lanterman abraça seu tronco e olha ao redor, olha de verdade, antes de falar:

"Este é o 'agora', e o agora jamais será novamente. Céu azul, ar fresco e florestas verdejantes. Montanhas, lagoas e corredeiras. O vento, o vento. Água, terra, ar e fogo; vermelho, amarelo, púrpura e branco. Viemos dos elementos e retornamos a eles. Há mudanças, mas nada se perde. Há muito que não podemos ver — ar, por exemplo, a maior parte do tempo —, mas saber que nosso próximo alento seguirá o último, sem falha, é um ato de fé. Não é? Tempos sombrios sempre virão, assim como a noite sucede o dia. Uma era de sombras testará a todos nós, cada um de nós. Confie e não trema diante do desconhecido. Não há de ser desconhecido por muito tempo. Robert sabe disso agora, assim como todos nós saberemos quando andarmos pelo vale."

Organização
Capela do Bosque

Um serviço sensível e respeitoso
Doyle Road, 112, Twin Peaks, WA 98065
Donald e Donna Mulligan, proprietários

3 LAURA PALMER

A "era das sombras" que Margaret mencionou chegou mais rápido do que imaginávamos. Suas primeiras sementes germinaram em 1988 em um condado a oeste de Twin Peaks, na comunidade de Deer Meadow, Washington, com o assassinato de uma jovem chamada Teresa Banks. Deprimida cidadezinha de classe operária, arrasada pelo declínio da indústria madeireira, Deer Meadow era tudo o que Twin Peaks se recusava a ser: tristonha, decadente e hostil. Dois agentes do FBI foram despachados para lá por Gordon Cole -- na época, chefe do escritório da Agência na Filadélfia -- para investigar: o agente especial Chet Desmond e o especialista forense Sam Stanley. Mas fica a questão: por que despachar agentes do FBI da Filadélfia para investigar um assassinato no leste de Washington?[1]

Apesar da presença do FBI, a investigação sobre o caso Teresa Banks deu pouco resultado. Um dos únicos achados importantes: os agentes descobriram que um anel de jade verde muito característico, que Teresa fora fotografada usando próximo à data de sua morte, tinha desaparecido. Também descobriram que, depois de morta, Teresa teve uma pequena letra "T" impressa inserida sob a unha do anular da mão direita.

Em seguida, uma calamidade: certo dia, no decorrer de sua investigação em Deer Meadow, o agente especial Chet Desmond desapareceu sem deixar vestígios. O agente especial Dale Cooper foi enviado a oeste para encontrá-lo, mas não havia nenhum rastro de Desmond, as investigações estavam num beco sem

---

[1] Os nomes desses agentes também aparecem em uma breve lista de um documento deletado que recuperei de um servidor seguro no escritório do FBI na Filadélfia. Fiz uma busca pelos nomes de Desmond e Stanley e apareceu o seguinte:

Gordon Cole
Phillip Jeffries
Chet Desmond
Sam Stanley
Windom Earle
Dale Cooper
Albert Rosenfield

Não consigo identificar o dono do computador onde isso se encontrava. Não havia mais nada na página. Só esses nomes. Não tenho a menor ideia do que isso significa ou pode sugerir. Vou tentar descobrir agora mesmo – TP

saída e Cooper voltou de mãos vazias. O caso Banks permaneceu oficialmente aberto. Depois de também voltar à Filadélfia, o especialista forense Sam Stanley sofreu uma espécie de surto ou colapso indeterminado -- talvez relacionado a alcoolismo -- e foi obrigado a tirar uma licença administrativa. Não encontro registro algum de sua volta à ativa.[2]

Vocês devem se lembrar de que, como já mencionamos, o agente especial Phillip Jeffries desaparecera em Buenos Aires em circunstâncias igualmente inexplicáveis dois anos antes. Um duplo número de desaparecimento que desafiava explicações. Pouco tempo depois, o agente especial Windom Earle -- um agente veterano, condecorado, que numa fase anterior de sua carreira fora mentor e parceiro do agente Cooper -- sofreu seu próprio colapso mental; ele assassinou sua esposa, Caroline, atirou no agente Cooper e foi confinado em um hospital psiquiátrico para doentes criminosos.[3]

Um ano depois do assassinato de Teresa Banks, o agente especial Dale Cooper, plenamente recuperado, retornou a Washington para investigar o assassinato de outra jovem, dessa vez em Twin Peaks, a moça chamada Laura Palmer. Naquela altura, o circo estava pegando fogo.

Um relatório sobre o caso Palmer, escrito pelo profissional de saúde mental que cuidava da família, assim resume o que houve:[4]

[2] Confirmado — TP

[3] Confirmado. Podemos concluir que fazer parte dessa lista não é uma coisa muito boa. Mas o que será que ela significava? Se for uma lista de agentes que tiveram tristes sinas pessoais, Gordon Cole e o especialista forense Albert Rosenfield continuam sendo exceções notáveis; ambos estão em plena saúde e listados como servidores ativos. Tem que haver outra coisa em comum — TP

[4] Confirmei a veracidade das declarações a seguir — TP

Dr. Lawrence Jacoby
ESTADO DE WASHINGTON
PSIQUIATRA

LAURA PALMER, OBSERVAÇÕES FINAIS SOBRE O CASO
DR. LAWRENCE JACOBY,
PRINCEVILLE, KAUAI

19 DE MARÇO DE 1989

Como na frase de abertura de um estrondosamente popular e torturantemente manipulador romance da década de 1970 — parafraseio aqui, pois a insuportável "heroína" dessa história era um pouco mais velha —, o que se pode dizer de uma moça de dezoito anos que morreu?[5]

Estou observando os vagalhões varrerem a baía de Hanalei em um fresco, mas nublado dia primaveril. Aqui e ali, espia o azul do céu. Os alísios estão soprando. Golfinhos se alimentando a pouca distância da costa. As cinzas de minha mãe foram espalhadas a menos de cem metros da varanda onde estou. Eu também trouxe comigo alguns dos "crestos mortais" do meu irmão Robert — eis aí um divertido novo termo híbrido —, e logo ele se juntará a ela na baía em que tanto gostava de surfar, assim que eu colocar minha velha *longboard* na água, depois que a brisa arrefecer.

Reza o relato factual que seu pai a matou. Leland Palmer, 45 anos de idade. Orgulho e filho único de uma rica família de Seattle. Colégios particulares. *Summa cum laude*, Universidade de Washington, 1966, presidente do *Jornal de Direito* dos alunos. Carreira profissional exemplar, culminando em oito anos como advogado principal da Corporação Horne, o motivo da vinda dos Palmers à cidade. Nada de drogas, alcoolismo, ficha na polícia nem histórico de doença mental. Casado e feliz há 21 anos com Sarah Novack Palmer, de 44 anos de idade. Ela, especializada em ciência política. Juntos desde a faculdade.[6]

Filha única, Laura. Rainha do baile. A garota de ouro ali do lado que a cidade inteira adorava. Incluindo eu.

Morta aos dezoito.

Reza o relato factual que, a seguir, Leland matou também a prima em primeiro grau de Laura; sua sobrinha Madeleine Ferguson, de Missoula, Montana, por parte de mãe. Não há dúvidas de que Laura — de mais de uma forma, por diversos motivos — flertou com o diabo e pagou um preço terrível. Madeleine era uma inocente que veio ajudar a família logo depois da morte de Laura. (Leland também asfixiou um vilão chamado Jacques Renault que havia feito mal à sua filha, um ato que presenciei inadvertidamente como paciente cardíaco, sedado em uma cama próxima.)[7]

* Laura Palmer

[5] Aqui, Jacoby está fazendo referência ao romance *Love Story* — TP

[6] Verificado — TP

[7] Verificado. Palmer era suspeito do assassinato de Renault, mas nunca foi acusado formalmente — TP

Dr. Lawrence Jacoby

E então, quando foi preso e estava sob custódia, confrontado com a gravidade dos crimes que de início alegou não lembrar, Leland se suicidou.

Francamente, eu havia perdido o interesse em clinicar antes de Laura aparecer na minha vida. Os anos que passei entre povos autenticamente nativos haviam me deixado terrivelmente entediado com as neuroses lugar-comum do "norte-americano moderno". As dificuldades de adaptação de donas de casa descontentes e adolescentes hostis para mim eram sintomáticas de um distúrbio social maior, coletivo — certo, lá vai o resumão de prova para vocês: ganância corporativa cada vez maior — possibilitada pela corrupção institucional, impulsionada e distorcida por dinheiro sujo — leva a um materialismo desmedido e generalizado, à ignorância militante, ao triunfalismo militar e à perda universal de autenticidade espiritual. Eis o que minava os alicerces da nossa cultura.

Não estou tentando me desculpar de minha própria negligência: ninguém me obrigou a pendurar a tabuleta de doutor só para depois desistir dos meus pacientes. Essa escolha foi inteiramente minha e, no fim das contas, a verdade é que eu estava fazendo um desserviço para aquela pobre gente. Claramente, depois do falecimento do meu irmão Robert — meu último parente vivo —, meu motivo para continuar em Washington se evaporara. Eu sabia que meu tempo na minha cidade natal estava chegando ao fim. E aí ela bateu na porta do meu consultório.

Eu tratei de Laura em segredo — e, a pedido dela, sem que seus pais soubessem — por seis meses antes de ela ser assassinada. (Ela veio me ver pela primeira vez no dia seguinte ao seu 18º aniversário — ponto a partir do qual ela seria tratada como adulta, sem que eu tivesse obrigação legal de informar seus pais; isto não foi por acaso. Laura era brilhante.) O que veio à tona não se apresentou imediatamente como um caso de abuso sexual pelo pai, embora seja isto que os fatos — e seu explosivo diário — nos dizem que aconteceu. Sou treinado para reconhecer esses sinais. Passou-se muito tempo sem que eu os notasse. E eu deveria ter notado. Eu me responsabilizo por tudo o que aconteceu depois. Emocional, circunstancial e legalmente. Quanto a se o Conselho de Revisão do Estado de Washington, que está deliberando sobre esses fatos e outros igualmente vexatórios, concorda comigo — e se vai suspender meu registro médico —, logo saberemos.

O resultado não importa. Tenho consciência do que fiz, do que deveria ter feito, do que não fiz para ajudá-la. Mal sobrevivi ao ataque do coração que isso já me custou. Qualquer que seja a decisão do Conselho, passar o resto da minha vida sabendo o que sei será, eu garanto, punição suficiente.

Realizei uma avaliação preliminar com o pai pouco depois da morte de Laura. Alguns rompantes maníacos eram os únicos sintomas palpáveis, que atribuí à dor

Dr. Lawrence Jacoby

da perda. Isso foi tudo. A mãe dela começou quase imediatamente a afundar no alcoolismo e no abuso de remédios. Pode ter havido algum trauma em sua vida que gerou uma vulnerabilidade — isso é apenas uma teoria —, mas será que o que aconteceu com sua família já não bastava? Será possível sobreviver a esse tormento? Eu fui incapaz de frear a derrocada daquela pobre mulher e também de responder sua pergunta lancinante: por quê? A pergunta que há de assombrar o resto de seus dias e dos meus.

Pesadelos assim não criam raiz em lares ameríndios. *Nunca.* Já em famílias norte-americanas urbanas e afluentes é, cada vez mais, uma especialidade. Que estranho, não? Todas aquelas "dádivas" que costumamos encarar como vantajosas e que somos socialmente programados para querer, o "sonho" que ninguém questiona, porque parece tão sedutor. Porém meus preconceitos e presunções atrapalharam tudo. Eu nunca vira de perto uma anomalia como a família de Laura antes. Olhei, mas não vi. Até agora estou convencido de que não sei a história verdadeira.

Por que é mais difícil de responder. Parte está incrustado na cultura. Temos andado tão orgulhosos, tão investidos de "progresso", "otimismo", "esperança". "Fazer acontecer" faz parte de nosso DNA, refletindo o que queremos ver em todos os ângulos da galeria de espelhos que habitamos. (Isso também é algo endêmico na profissão médica.) Quando algo assim indizível acontece, condenamos o indivíduo, indiciamos a sociedade, nos distanciamos com um "isso não aconteceria aqui". Agora, está claro para mim que o problema já começa aí. Quando vem a tragédia, precisamos sentar e nos embalar, gemer e lamentar, ou nos pôr de quatro rangendo os dentes como fazem os povos nativos, nos entregar à dor. Abraçar a dor, incorporá-la à alma até que ela te quebre e te faça de novo. Não existe consolo duradouro a ser encontrado na fuga da dor. É um processo primal e é melhor você dar conta disso até que a coisa tenha terminado. Você saberá o momento. E nesse ponto, você precisa dizer: foda-se a análise.

E ainda assim.

Leland falou em "possessão". Laura escreveu em seu diário sobre uma entidade que chamava de "BOB", em maiúsculas. Um ser malévolo que ela alegava "ver" — no lugar de seu pai — sempre que ele a atacava. Leland não lembrava de seus atos até bem perto da morte. Lembranças encobridoras de ambos, eis a etiqueta prescrita pela minha "formação profissional", uma maneira de suas mentes se protegerem da verdade insuportável. Estavam dançando na beira do precipício.

Um pajé tomaria as alegações de ambos ao pé da letra, acreditando na história contada e tratando-a de acordo. *Possessão*. Por uma entidade. Por que isso seria

Dr. Lawrence Jacoby

menos plausível do que a baboseira segura, higienizada e pré-fabricada de um diagnóstico puramente cerebral? Isso não passaria de um escudo erigido para nos defender do terror absoluto de nos enxergarmos como realmente somos: criaturas sem origem definida, cativas do tempo, pregadas em um rochedo hostil a rodopiar por um espaço indiferente e infinito, estúpidas, violentas e condenadas a morrer?

Os fatos não são toda a história de Laura. Há coisas que não podemos ver ou ouvir. Há alguma agulha envenenada escondida nesse palheiro. Só tem um jeito de encontrá-la. Os xamãs com quem trabalhei sabem como ver além da membrana de nossa mal percebida "realidade" compartilhada. (Eles usariam a palavra "ilusão".) Eles me mostraram, vivenciei isso com eles, olhei além, e viajei pelo mundo em busca desse conhecimento. Dediquei minha vida a essa busca, pessoal e profissionalmente.

Mas a verdade é que a morte de Laura me devastou. Meu sistema de crenças pessoal, a fantasia de que eu seria capaz de manter esses dois mundos em equilíbrio — a vida interior e a realidade externa — e aproximar a verdade de um da verdade do outro, como um Prometeu hippie e livre-pensador, se estilhaçou. Que enorme tolo que eu fui. Ações tem consequências. Seja lá o que acontecer daqui em diante, seja lá o que os "caretões" resolverem sobre o meu futuro profissional, se eu puder sobreviver a essa tribulação, se encontrar forças para sair desse buraco, faço este voto: chega de mentiras. Só verdades agora. Na cara. De todos.

Mas por onde começar? "Medice, cura te ipsum." Médico, cura-te a ti mesmo. Não posso curar o mundo sem antes me curar. Há médicos nativos com que cresci aqui que agora são anciãos. Vou pedir ajuda a eles.

Somos seres de luz e sombra, capazes de barbaridades e crueldades, e também de amor, de riso e da criação das belezas mais sublimes. Somos estas duas coisas, mas qual delas somos mais? Não sei a resposta. Será que o "mal" é algo palpável — uma coisa fora de nós — ou será uma parte essencial de quem somos? Não sei a resposta.

A vida não passa de um sonho do qual poucas vezes somos capazes de despertar. O que quer que ela signifique, está além de palavras. Elas perdem o sentido quando você as contempla por muito tempo. "Deus." "Ciência." "Sentido." Tudo se dissolve no silêncio.

Os alísios sossegaram. O mar não está mais encapelado e o sol bate sobre a água. Estou indo sepultar meu irmão agora.

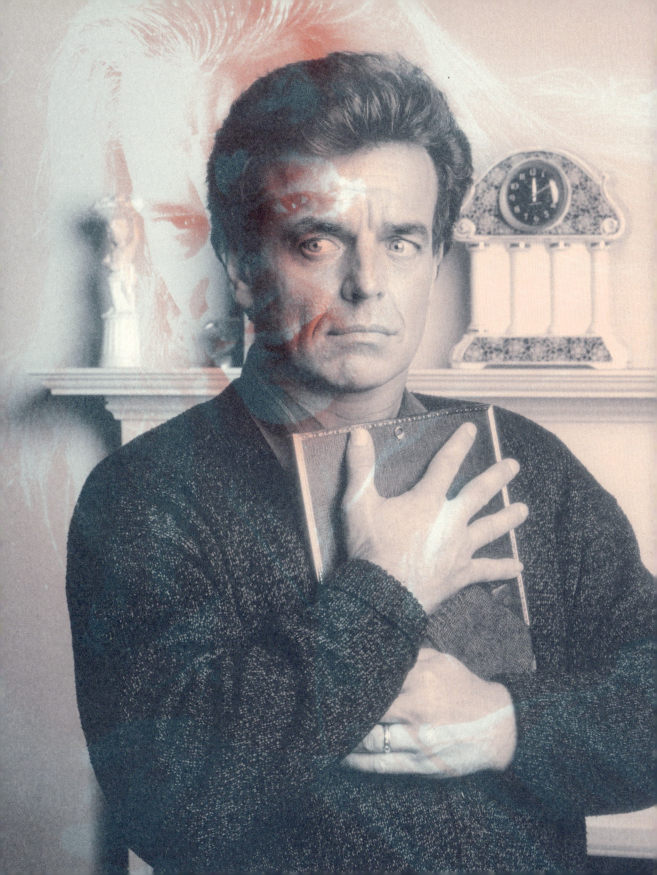

A HISTÓRIA SECRETA de TWIN PEAKS

[8] Verificado. Depois de ser forçado a deixar a carreira de médico, Lawrence Jacoby resolveu se fixar no Havaí e começar a escrever suas memórias — TP

COMENTÁRIO DO(A) ARQUIVISTA

Pouco menos de uma semana depois, o dr. Jacoby recebeu sua resposta:

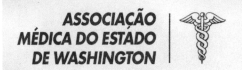

ASSOCIAÇÃO MÉDICA DO ESTADO DE WASHINGTON

26 de março de 1989
Associação Médica do Estado de Washington
Estrada Israel, 243, SE, Tumwater, WA, 98504

Prezado senhor,

Após estudar o seu caso, o Conselho Estadual de Revisão Médica decidiu suspender indefinidamente sua licença para praticar medicina psiquiátrica no estado de Washington.

Sublinhamos que qualquer violação desta revogação, ou qualquer tentativa posterior de praticar medicina sem uma licença estadual válida, será levada ao conhecimento da polícia.

Favor acusar recebimento desta carta imediatamente para este mesmo endereço.[8]

Atenciosamente,
███████████████ presidente

AMEW ESTRADA ISRAEL, 243, SE, TUMWATER, WA, 98504

4 CORONEL DOUGLAS MILFORD

Todo homem tem suas fraquezas. No final da década de 1980, conforme os membros de sua geração começavam a deixar o planeta em maior número, foram restando poucos cidadãos vivos na cidade que se recordassem da juventude transviada de Doug Milford ou até mesmo das décadas passadas longe de Twin Peaks no desempenho da carreira militar.

A maioria das pessoas o conhecia como o simpático, bonachão e um tanto excêntrico proprietário e editor do jornal local. Ele costumava ser visto pela cidade dirigindo um conversível Morgan verde-floresta de dois assentos -- um antigo carro de corrida britânico --, sempre de cachecol, óculos protetores, chapéu de piloto e luvas. Conforme foi ficando velho, Doug foi perdendo o cabelo, usou uma peruca horrenda por algum tempo, depois esqueceu a vaidade, jogou fora o topete falso e acabou adotando uma garbosa boina. Sua política conservadora, especialmente durante os anos Reagan, pouco a pouco foi se aproximando do centro, ou talvez eu esteja mais perto de acertar se disser que o centro foi se aproximando dele.[1] Sua longa carreira sob disfarce como figura central na sombria história da inteligência da Força Aérea e da investigação de óvnis, ou seu período posterior, ainda mais estranho, como agente independente na supervisão de uma missão secreta de que fora encarregado por um ex-presidente caído em desgraça, continuavam sendo um segredo que ele guardava de toda e qualquer pessoa que encontrava.

Menos uma. Falarei mais disso muito em breve.

Segundo as aparências, Doug Milford era um homem de posses. Morava em uma casa grande em um terreno de dois hectares fora da cidade. Era proprietário de uma pequena frota de automóveis de luxo -- inclusive o citado Morgan -- que ele guardava em uma garagem personalizada. Figura sofisticada, urbana, vestia roupas feitas sob medida segundo a última moda e deixava gorjetas

[1] Significativo o(a) Arquivista estar falando na primeira pessoa agora — TP

* Prefeito Dwayne Milford, 1989

consideráveis nos restaurantes locais. Ninguém sabia de onde provinha sua fortuna -- bem maior do que alguém imaginaria para um coronel aposentado da Força Aérea -- ou, mais misteriosamente ainda, como ele conseguira preservá-la apesar de quatro divórcios. (Como falei antes, todo homem tem suas fraquezas.) Ao fim da década de 1980, Douglas havia se convertido em baluarte da comunidade, e a curiosidade despertada por sua aparente fortuna diminuiu.

Isso valia para todos, menos, é claro, para seu irmão Dwayne, o eterno prefeito, que continuava convencido de que Doug obtivera seu quinhão de alguma trapaça das baixas, ou talvez do mercado de ações, o que, na cabeça de Dwayne, significava a mesma coisa. (Conforme foi ficando velho, Dwayne fez o contraponto à virada à direita do irmão, aproximando-se gradativamente do que costumava chamar de "social-liberalismo", o que tornava o conservadorismo público de seu irmão, assim como seu estilo de vida pródigo, ainda mais antipático.)

Em 1989, Doug estava se aproximando de seu octogésimo aniversário. Exceto pelo ano que passara morando com Pauline Cuyo no fim da década de 1920, nunca tivera, segundo ele mesmo admitia, um relacionamento íntimo longo ou duradouro com nenhuma mulher; costumava mencionar os quatro casamentos fracassados em seu currículo para comprová-lo, três só no período em que voltara a residir em Twin Peaks. Mas depois de sua desventura mais recente, com uma comissária de bordo boliviana -- casamento que acabou anulado depois de apenas três semanas --, ele jurou de pés juntos que finalmente havia aprendido a lição. Daquele ponto em diante, Doug fez um voto de que nunca mais se daria a ninguém, só se emprestaria.

Seu iminente octogésimo aniversário -- e sabe-se lá que pensamentos, sentimentos ou lapsos que lhe tenham ocorrido nesse marco -- trouxe consigo, no departamento matrimonial, o que podemos denominar piedosamente de uma última recaída na falta de discernimento.

O nome da moça era Lana Budding; ao menos, esse era o nome em sua carteira de habilitação de motorista. Ela alegava ter dezenove anos, embora depois uma investigação mais apurada em seus registros tenha situado o verdadeiro número seis dígitos acima. Lana era nova na cidade -- seu sotaque dizia que era do sul, e a habilitação dizia Geórgia, mas fora isso ela nunca entrou em detalhes -- e caíra aqui de paraquedas -- ninguém se lembrava exatamente de quando fora, mas era algo recente. As formas de Lana eram sua sina: ela tinha pernas de corista, o dorso de um sedoso gato selvagem e um rostinho situado precisamente entre o vivaz e o provocante.

Pouco depois de conseguir um emprego no Banco de Twin Peaks -- dá para imaginar que ela deu uma olhadela no saldo de Doug --, Lana mirou nele feito um míssil Hellfire assim que se conheceram. Ela começou a realizar o tipo da campanha ferrenha para abater sua presa que um Doug Milford mais jovem teria reconhecido, apreciado profissionalmente e evitado feito a dengue. Porém esse não era o jovem Doug Milford.

O encontro deles foi "coisa de cinema", como se costuma dizer por aí, e aconteceu numa visita ao cofre particular dele. Houve uma confusão com as chaves, e Lana e Doug acabaram trancados na caixa-forte do banco por uma hora -- e quando os funcionários conseguiram abrir a porta de novo, já era. Não demorou muito e o casalzinho dava seus giros pela cidade a bordo do Morgan, arrulhando à beira de coquetéis nos nichos mal iluminados do Saguão Waterfall do Great Northern. Até quem já estava a par da predileção de Doug pelo belo sexo ficou estarrecido com sua abrupta capitulação ao charme de Lana. Seu refinamento, senso de dignidade e compostura -- qualidades que conservara ao longo de todos os fracassos anteriores -- foram abandonados feito foguetes auxiliares após queimado o combustível. Até ele próprio reconhecia o absurdo da situação. "Velhos só servem para fazer papel de bobos", disse-me ele certa vez, com um sorriso maroto enquanto observava o suave rebolado de Lana saindo do quarto.

Não sei que raio era o magnetismo erótico que Lana exercia sobre ele -- creia-me, Doug não era em absoluto a única vítima de tais efeitos -- mas a maioria de seus amigos do sexo masculino achou difícil invejar um homem no crepúsculo da existência que dedicara a vida a servir com disciplina o seu país e agora embarcava em uma última missão pessoal e, para citar o próprio Doug, "adoçava um pouco essa minha velha seiva".

Bem, acho que sei quem estava sugando a seiva de quem nessa história. Depois de um cortejo-relâmpago -- que não passou, se tanto, de três semanas --, Doug anunciou seu noivado no velório de Leland Palmer; bastante desagradável na hora, mas, em retrospecto, mais do que apropriado. (Além disso, a notícia quase levou a uma briga física com Dwayne.) A verdade é que Doug Milford amava o romance mais até do que a própria vida, e com certeza mais do que amou qualquer uma de suas esposas. Desde sempre um viciado em endorfina, ele simplesmente acabava de ter sua última e espetacular recaída no vício.

A HISTÓRIA SECRETA
de TWIN PEAKS

Uma semana depois, Doug e Lana trocaram alianças no Great Northern. Seguiu-se uma grande soirée, mais uma parte inevitável do ciclo da drogadição. (Os casamentos dele eram um negócio tão garantido que o hotel sempre lhe concedia o que chamava de "desconto Milford".) Lana estava encantadora. Doug estava encantado. (Dwayne estava apoplético.) As últimas palavras que Doug trocou comigo naquela noite, com um dos sorrisos que eram sua marca registrada e uma piscadela, pouco antes de se retirar com Lana para a suíte nupcial: "Que bom que deixei o número do pastor na discagem rápida".

* Doug e Lana no dia do casamento

338

$1.00

PUBLICADO
NO ESTADO DE
WASHINGTON
DESDE 1922

VOL. 67, Nº 72　　　　　TWIN PEAKS, W

TEMPE
A GRA
NORTE

UMA GRANDE TEM
deslizamentos e alag
a noroeste na quarta
sem energia cente
e deixou duas mulhe
Peakes, autoridades
mando.

Twin Peaks entr
10 centímetros de
grande parte de dez
ano e Seattle també
a chuva em dezem
diz o Instituto Naci

O serviço inform
Twin Peaks e que n
ington, onde todos
estado de emergên
receberam a maior

O recorde de ch
buracos em diversas
fez com que rios inu
e fechou rodovias e
terceiro dia foi o p

ELE VIVEU E MORREU A TODO VAPOR

HOJE, TODA A CIDADE de Twin Peaks está de luto após o súbito falecimento do proprietário e editor-chefe do *Post*, Douglas Raymond Milford, aos 80 anos.

Pouquíssimas horas após a feliz cerimônia do seu casamento, pela manhã descobriu-se que o sr. Milford havia falecido durante a noite, placidamente, enquanto dormia, de causas naturais, anunciou o proprietário do Great Northern, Ben Horne.

O sr. Milford será lembrado não apenas por ter servido altruisticamente a nossa comunidade e feito diversas obras de caridade, mas também por sua longa e notável carreira como oficial sênior da Força Aérea. Ele deixa a viúva, Lana Budding Milford, e seu irmão mais velho, Dwayne Milford, prefeito de nossa cidade. A dor deles é também a nossa. O horário e o local do funeral ainda não foram definidos.

A HISTÓRIA SECRETA
△△ _de_ TWIN PEAKS

COMENTÁRIO DO(A) ARQUIVISTA

Noutras palavras, Lana foi dormir recém-casada e acordou viúva. Depois de ter sido levado para ver o corpo do irmão na suíte nupcial naquela manhã -- nu e sorrindo de um jeito que nenhum preparador de cadáver ousaria modificar --, Dwayne tentou convencer o xerife Truman a registrar sua acusação de que teria sido homicídio, alegando que um exemplar do Kama Sutra encontrado no local seria a arma do crime. Aquilo era dor disfarçada de bravata; pessoalmente, creio que Dwayne, apesar de todas as suas ruidosas diferenças, amava de verdade o irmão. É claro que a conversa de Dwayne sobre homicídio nunca deu em nada. Se tanto, conforme foi se espalhando a notícia sobre as circunstâncias da morte, disseminou-se -- entre seus amigos homens -- uma inveja universal por Doug Milford ter encenado a saída perfeita dessa caravana de tolos que chamamos de vida. Conforme um deles -- não vou dizer qual -- me confidenciou naquele dia: "Se isso foi homicídio, também quero".

Quem me lê pode não se surpreender de que Doug não tenha insistido em assinar nenhum acordo pré-nupcial. Se enriquecer era mesmo a meta de Lana, ela faturou a cota máxima. Mas vamos dar uma colher de chá para a viúva Milford; ela continuou na cidade quase seis meses depois da morte de Doug, até o inventário terminar, e parece que nesse meio-tempo ofereceu (aham) grande consolo e apoio emocional ao nosso triste prefeito. Assim que o cheque bateu, é claro, ela sumiu do mapa feito o Hindenburg. (Mas não sem antes dar um show que a cidade não esqueceria tão cedo: ao som de jazz, fez a "contorcionista exótica" no Concurso de Miss Twin Peaks.) Houve boatos de que ela fugiu para os Hamptons e namorou um tempinho um barão do ramo imobiliário com um corte de cabelo bizarro antes de se casar com um gestor de fundos de hedge -- é bem capaz.

Também surgiu em minha cabeça, solitário, um pensamento à toa que nunca consegui nem comprovar nem abandonar completamente: que "Lana" pode ter sido contratada como assassina por figuras

2 O(A) Arquivista está falando aberta e claramente em sua própria voz. Foram para o espaço quaisquer pretensões a objetividade ou distância jornalísticas. Estamos prestes a ficar sabendo o que nos determinamos a descobrir aqui — TP

340

* A viúva Milford

obscuras do passado de Doug para silenciar alguém que sabia mais que demais. Não tenho como oferecer provas dessa suspeição intuitiva, mas, caso seja verdade, ela com certeza foi bem paga pelos serviços prestados. Como qualquer um que tenha estudado o dossiê até este ponto pode atestar, já aconteceram coisas mais estranhas na vida de Doug.

Seguindo as instruções do testamento, após o funeral, espalhamos as cinzas de Doug no alto da montanha, próximo ao velho local de acampamento nos Lagos Pearl, não muito longe da entrada para a floresta Ghostwood e o bosque Glastonbury, onde, ainda rapaz e escoteiro, ele encontrara o duradouro mistério que o fizera trilhar o caminho de uma vida inteira, mais de sessenta anos antes.[2]

*** P O S T O   D E   E S C U T A   A L P H A :

I   R E V E L A Ç Õ E S

A morte de Doug Milford marcou o fim de uma era. Ela indica
também uma transição abrupta na narrativa dos diversos mistérios que
ele procurou elucidar com seu trabalho. A partir de então
essa incumbência caberia a mim e somente a mim.

Eu sou aquele que o coronel Milford, na qualidade de comandante
do Posto de Escuta Alpha, escolheu a dedo para sucedê-lo.
Ele me trouxe para cá para que eu construísse, desenvolvesse
e gerisse o Posto de Escuta Alpha, mas sem me dizer, de início,
qualquer coisa a respeito dele. Meu nome é major Garland Briggs,
da Força Aérea Norte-Americana.[1]

No começo, eu também acreditava que nosso trabalho aqui fazia parte
da Iniciativa Estratégica de Defesa, de forma que um perfil de
alta segurança tinha toda a razão de ser. Só depois que a construção
estava pronta, com toda a tecnologia e equipamento instalados e
prontos para operar, que vim a perceber o real intento da missão.

Doug vinha me treinando para a missão desde o começo do processo,
de uma maneira que às vezes parecia aleatória ou descuidada;
soltando observações "casuais" mas alarmantes, largando documentos
em lugares onde sabia que eu os encontraria, esperando para ver
o que eu faria quando os achasse. Tudo como teste para saber se eu
merecia continuar o seu trabalho.

Chegou, então, um dia fatídico, não muito depois de o trabalho ter
terminado -- dia 17 de maio de 1985 --, quando nós dois estávamos
degustando charutos cubanos e um delicioso Bordeaux tinto que ele
trouxera para comemorar, num pátio de concreto do lado de fora da
sala de controle, com vista para os lagos Pearl.

Sem que eu soubesse, Doug gravou nossa conversa. Encontrei essa
fita no dia de sua morte, onde ele a deixara para mim. Incluo aqui
a transcrição desse ponto de nossa conversa em diante.

[1] Aí está. Encontramos nosso(a) Arquivista — TP

* Minha fiel Corona

MILFORD: O desconhecido, Garland. Respeito pelo desconhecido. Todo mundo sabe o que sabe. A maioria das pessoas teme ou ignora o resto. Mas se é a verdade que você busca, você tem que se aproximar do desconhecido. Se jogar. Esperar até ele falar com você. Você está disposto a dar esse passo adiante?

BRIGGS: Admito que meu caráter é um pouco reticente. Um pouco esquivo, talvez.

MILFORD: Por que você acha que é assim?

BRIGGS: Por hábito. Vinte anos de farda. Hesito em questionar decisões vindas do comando.

MILFORD: Sem dúvida, uma qualidade valorizada no serviço militar; ordem dada, ordem cumprida. Muito valorizada em oficiais de carreira nos postos convencionais. Você acredita que é por isso que eu te escolhi para esse destacamento?

BRIGGS: Imagino que não.

MILFORD: Me fala a verdade. No fundo, não é assim que você é, não é?

BRIGGS: (pausa) Bem, vou confessar que, se por um lado consegui me apresentar assim aos meus superiores...

MILFORD: E foi recompensado por isso. Prossiga.

BRIGGS: No fundo eu sempre conservei, quase obstinadamente, certa independência mental.

MILFORD: Aí está. E a que você atribui isso?

BRIGGS: Em parte aos meus queridos pais, já falecidos...

MILFORD: Fale mais deles.

BRIGGS: Católicos, mas, no fundo, boêmios. Ele era violinista de concerto, e ela, uma professora de colégio do método Montessori, nascida em Paris.

MILFORD: Ótimo. Contradições. Ajuda muito. Então você frequentou escolas católicas?

BRIGGS: Onde minha educação jesuíta me inculcou o valor da fidelidade a uma ordem estabelecida conjugada à lealdade privada à verdade.

MILFORD: Precisamente. Excelente. Uma natureza espiritual.

BRIGGS: É por essa lente que eu vejo o mundo. Em particular, é claro.

MILFORD: Os católicos, os de verdade, são fãs incondicionais de mistérios.

BRIGGS: E quanto a você?

MILFORD: Por estranho que pareça, sou um homem bem pé no chão. Fatos. Números. Aquilo que posso ver com meus próprios olhos. Mulheres, por exemplo. Quanto a mistérios, tem a dar com pau por aí.

BRIGGS: Como assim? Pensei que você tivesse dito que...

MILFORD: O verdadeiro valor deles provém do poder de gerar espanto e curiosidade em nós. Isso, somente isso, nos impele a buscar entendimento das verdades supremas.

BRIGGS: Discordo. Para mim, os mistérios são a própria verdade; eles são a _essência_ de nossa existência, e não necessariamente são para ser compreendidos de todo.

MILFORD: Então estamos destinados à ignorância, é isso?

BRIGGS: Não. Mas essa última barreira só pode ser rompida através da fé.

MILFORD: (rindo) Isso é só a alça do seu sutiã católico aparecendo, Briggs.

BRIGGS: Como assim?

MILFORD: A verdade pode ser vista. Bem de frente. A questão é: você está disposto a aceitar o que ela tem para te dizer?

BRIGGS: Me dê um exemplo.

MILFORD: Você já teve um contato imediato.

BRIGGS: Como você sabe disso?

MILFORD: Não seja ingênuo. Pode me contar.

BRIGGS: (pausa) Voo de reconhecimento de rotina sobre o oeste de Montana, em agosto de 1979. Eu estava de copiloto de um F4 Phantom e avistei uma nave prateada desconhecida em uma formação de nuvens distante sobre a serra Bitterroots. Primeiro no radar, depois visualmente. Eu a observei por cerca de vinte segundos, com sua forma de lua crescente, pairando, oscilando um pouco, e por fim ela desapareceu verticalmente, em uma velocidade tremenda, feito um foguete. O meu piloto também a viu. Nós não a perseguimos, e ele aconselhou que não reportássemos nada a respeito. Seria muita papelada, muita pergunta, disse ele. E além disso coloca você no radar deles.

MILFORD: Interessante.

BRIGGS: Não perguntei a quem exatamente ele estava se referindo, mas o tom de voz dele foi mais arrepiante do que o contato em si.

MILFORD: Contato imediato de primeiro grau. Você fez o que ele mandou?

BRIGGS: Eu obedeci à ordem dele, mas alguma coisa dentro de mim rechaçou esse código de silêncio. Então, pouco depois acabei fazendo anonimamente um relatório à Mufon e pensei que a história terminaria aí.[2]

MILFORD: E isso colocou você no _meu_ radar.

BRIGGS: Então foi você o responsável pela minha transferência para Fairfield?

MILFORD: Você cumpria todos os requisitos. Eu já estava procurando alguém fazia tempo. Estudos em engenharia estrutural e arquitetura na Academia. Grande experiência de voo. Seu contato imediato. E o mais importante: mente aberta e disposição para questionar autoridades. É comum que contatos imediatos tenham esse efeito, sabe. Em matéria de impacto à personalidade, eles chegam bem perto do que costumávamos classificar como "experiências religiosas".

BRIGGS: Você não era como eu imaginava.

MILFORD: Eu sou o coelho branco e estou te puxando para a toca do coelho. E, como o coelho, estou atrasado para um encontro muito importante. Você é o meu substituto, Garland. Você vai ser o próximo Vigilante da Floresta.

(O coronel dobrou a manga da camisa, exibindo uma série de três marcas ou tatuagens triangulares na parte interna do antebraço.)[3]

COMENTÁRIO DO(A) ARQUIVISTA

Ele começou me relatando, à sua maneira sofisticada
e distanciada, as muitas experiências estranhas que tivera
no bosque que nos rodeava quando era um jovem escoteiro.
Atraindo-me pouco a pouco, foi deixando para mim uma trilha de
migalhas de pão saída dos Irmãos Grimm -- que, depois vim
a saber, se inspiraram em acontecimentos reais nos seus próprios
bosques sombrios --, até que, quando o sol se pôs, percebi que
eu já o seguira até o coração da floresta.

Ele me explicou em detalhes suas façanhas de arrepiar os
cabelos com os diversos órgãos investigativos da Força Aérea
norte-americana. Me mostrou dados brutos sobre os diversos casos
aqui incluídos, de Roswell a Nixon. Me passou o dossiê que havia
compilado sobre a história da cidade. Ao entregá-lo a mim, disse:
"Agora é com você".

Não respondi, aturdido. Um ligeiro arrepio foi o sinal de que
a noite caía, mas ainda assim eu não conseguia me mexer. Ficamos
sentados em silêncio. Em algum lugar, em alguma árvore, uma
coruja piava.

Por fim ele falou: "Me faça duas perguntas sobre tudo isso que
lhe confiei. Atenção para fazer as perguntas certas".

Pensei um pouco e perguntei: "Foi você que escolheu essa vida,
ou ela que escolheu você?".

Ele abriu um sorriso. "Tive uma juventude louca, desregrada. Isso
por causa dos problemas emocionais originados pelas experiências
perturbadoras que tive ainda criança nessa floresta. Eu não sabia
nem como começar a lidar com o que eu tinha visto e sentido,
de forma que tentei beber para esquecer. Passei metade de uma
década vivendo praticamente como vagabundo. A guerra e o
Exército me deram uma estrutura, e nela pendurei a minha vida.

"Como fruto desses anos desperdiçados, eu tinha desenvolvido o
que poderia chamar de talento para dissimular. Isso chamou a

[2] Mufon — Mutual
Unidentified Flying Object
Network — é o maior grupo
de entusiastas de óvnis
amadores e civis do mundo.
Mantém e investiga um
banco de dados internacional
gigantesco de avistamentos
e informações — TP

[3] Creio que podemos
concluir a partir disso que,
ainda rapaz, Milford
vivenciou sua própria
abdução na floresta
Ghostwood — talvez com
a "coruja andante" —,
semelhante às das demais
vítimas — TP

A HISTÓRIA SECRETA
de TWIN PEAKS

atenção de um superior meu, que, em vez de me mandar para o bailéu -- o que poderia muito bem ter feito, se seguisse o manual --, me recomendou para trabalhar na inteligência; e pronto, ali eu me encontrei. Quando a notícia de avistamentos perturbadores nos céus começou a cruzar as fronteiras do Novo México -- onde, à época, o Projeto Manhattan era nossa prioridade de segurança número um --, me mandaram para lá sob disfarce. Coisa do destino. O que testemunhei em Roswell me conectou a acontecimentos que vivenciei aqui. Meu desempenho lá me rendeu uma promoção e um serviço mais significativo: o de seguir os discos. Eu tinha encontrado meu caminho, ele se abriu à minha frente e eu não o questionei. Nunca. Em outras palavras, creio que ele me escolheu."

Muitas das experiências do coronel acabaram indo parar nas seções intermediária e final deste dossiê, acompanhadas das minhas modestas tentativas de interpretá-las. Contribuímos juntos para as seções modernas sobre os habitantes de Twin Peaks.

"Por que estou contando isso para você?", ele continuou. "Um segredo só é segredo enquanto está guardado. Se você conta para alguém, perde todo o poder -- para o bem ou para o mal -- como segredo, é só mais uma informação. Porém, um mistério de verdade não pode ser solucionado, não completamente. Está sempre fora de alcance, como uma luz bem perto de nós; você pode ter um vislumbre do que ele revela, sentir seu calor, mas não pode chegar ao cerne dele, não de verdade. É isso que faz dele algo tão valioso: não pode ser decifrado, é maior que eu e você, maior que tudo que conhecemos. Aqueles figurões engomadinhos podem guardar segredos, eles não contam. Meu jogo é alto, amigo, o mistério sempre vai me acompanhar. E sua segunda pergunta?"

"Qual é a nossa missão aqui?"

"Monitorar nossos equipamentos para detectar sinais de vida não humana inteligente não apenas no espaço sideral, mas também aqui na Terra, em nossas imediações. Tentar distinguir suas intenções e ficar de olho em possíveis sinais de ataque iminente."

Fiquei completamente pasmo e, ao mesmo tempo, dominado pelo senso de responsabilidade. Levei adiante essa tarefa solitária com toda a dedicação e nunca me pronunciei a respeito da verdadeira natureza do trabalho. Nada

350

falei para os meus superiores em Fairfield, tampouco para os muitos amigos que fiz em nossa nova comunidade. Sequer minha família pôde saber de alguma coisa. Por quase cinco anos, nada de mais apareceu nos dados que coligi. Uma ou outra anomalia ocasional se revelou, mas nada parecia justificar a despesa e o esforço que fizéramos para criar o PEA naquela época. Fiquei desanimado, e o próprio coronel pareceu perder o interesse; ele aparecia cada vez menos na montanha.

Minha carreira ficou num limbo. Em Fairchild, oficiais mais jovens do que eu começaram a receber promoções que, dado o tempo e a qualidade do meu serviço, deveriam ter vindo para mim. Comecei a me perguntar se eu não teria cometido o erro mais grave da minha vida. Chegar a coronel, coisa que um dia eu tinha achado que era questão de tempo, parecia um sonho distante. O desespero tomava conta de mim, e fui me afundando cada vez mais em uma rotina que me parecia sem sentido. Dedicação ao dever, sem questionar seus propósitos, esse é o lema do oficial, eu repetia sem parar.

Até que certa manhã acordei e tive a percepção de que essa lida havia me distanciado e alienado da vida do meu filho já adolescente; naqueles anos cruciais em que ele tanto necessitava de meu apoio e orientação, fiquei me escondendo no alto daquela montanha, trabalhando até tarde da noite. Minha mulher tentou tudo o que pôde para me alertar sobre a fase complicada do Robert, mas ainda assim fiquei caçando desculpas -- ele era bom aluno, quarterback do time de futebol americano -- e me recusando a enxergar o que estava bem na minha frente. Uma deplorável tragédia teve que acontecer para eu tomar tento.

O assassinato de Laura Palmer, então namorada do meu filho, mudou tudo. De início, quando as suspeitas giravam ao redor do Robert, senti tanta culpa e responsabilidade pelos anos em que o negligenciei que me vi à beira de um colapso. Embora ele tenha sido inocentado, nosso alívio durou pouco, porque logo ficamos sabendo que Robert tinha se metido com drogas e andava com gente do mundo do crime. Nosso filho se tornara um estranho para nós, e seu futuro, assim como a sua própria vida, corria perigo. Minha esposa e eu nos sentimos mais impotentes e apreensivos do que nunca.

2 O AGENTE ESPECIAL DALE COOPER

A chegada de um aliado inesperado nos prestou um auxílio que nunca havíamos procurado: o agente especial do FBI Dale Cooper veio investigar a morte de Laura; um homem leal, confiável, de caráter forte, mente e natureza obstinadas. Embora ele tenha se concentrado na resolução daquele horrendo crime, logo percebi que o âmbito do interesse de Cooper pelo que se passara em nossa comunidade era muito maior.

O coronel Milford confiou a mim a informação de que a presença de Cooper na cidade -- e sua associação com aliados secretos do coronel -- significava que nossa missão acabara de ficar mais séria. Nossa zona estava fervilhante; de repente, os dados que eu monitorava subiram como se fosse de zero para cem. Estranhos fenômenos -- do gênero dos que o coronel encontrara durante toda a sua vida -- começaram a acontecer com regularidade, deixando registros sísmicos na minha instrumentação. Desde o começo, o próprio Cooper vivenciou fenômenos turbulentos: avistamentos na floresta, contatos misteriosos, sonhos perturbadores. Levantava-se uma onda sombria que ameaçava nos engolir a todos. Meu ramerrão foi agitado por um inesperado propósito; talvez por fim as respostas que vínhamos buscando estavam ao alcance.

Digamos resumidamente que, no sentido convencional, Cooper "solucionou" o crime; Laura fora assassinada pelo próprio pai, Leland Palmer. Violências indescritíveis precederam esse ato desprezível; no fim das contas o homem, desesperado, cometeu suicídio. Esse ato vil produziu, como por contágio viral, uma teia maligna que se espalhou por toda a nossa comunidade, um leviatã sinistro erguendo a cabeça. Mas com o desfecho trágico de Leland, a febre que tomava a cidade de assalto pareceu ceder. Aos poucos, o leviatã submergiu.

Durante essa provação, e logo depois dela, travei amizade com Cooper. Tivemos muitos debates amigáveis -- sem que nenhum de nós revelasse as conexões secretas de que compartilhávamos -- e encontramos conforto um na companhia do outro.

Certa noite, pouco tempo depois, sem qualquer aviso, houve um tremendo progresso no PEA. Uma mensagem cristalina em meio ao balbucio e à estática que passavam pelos meus instrumentos. Três palavras em bom inglês num mar de sinais aleatórios:

Cooper... Cooper... Cooper

Segui o sinal até a fonte, atônito em constatar que não provinha da vastidão do espaço, e sim de algum lugar na imediação, em meio à floresta Ghostwood. Eu queria contar a Cooper sobre essa mensagem -- clara quebra do meu pacto, mas quando falei dessa ideia para o coronel Milford, ele concordou de bom grado.

Ele também me disse que, agora, o PEA passaria a ser de minha responsabilidade apenas, até que meu novo controle chegasse. Tinha encontrado uma última chance para ser feliz naquele novo casamento e pretendia agarrá-la. Ele não tinha nenhuma ilusão sobre aquela jovem ser o grande amor de sua vida, mas sabia que com toda a certeza ela seria o último.

Procurei Cooper e dividi com ele a mensagem recebida -- desapaixonadamente, inquisitivamente, como um homem de ciência --, e nesse espírito ele ouviu. Como sinal de amizade, convidei-o para ir comigo acampar e pescar em Ghostwood e ele aceitou. Fomos naquela tarde mesmo. Tarde da noite, durante uma agradável conversa ao redor da fogueira, ele foi responder ao chamado da natureza. Antes que ele voltasse, o leviatã veio ter comigo.

Minhas lembranças desse acontecimento são até hoje desconexas e nebulosas: luz branca ofuscante partindo de uma massa ou objeto acima de mim, uma silhueta silenciosa envolta num manto escuro fazendo gestos para eu me aproximar. Paralisado de terror, parece que me movi como que teleguiado até outro local. Sozinho mas na presença de uma força poderosa, dominadora, como se a gravidade tivesse sido aumentada em cem vezes. Um jorro de palavras varreu minha mente, palavras que não eram minhas, nem de nenhuma língua que eu conhecesse, em uma voz metálica, rangente e desagradável. Apesar do terror, eu sentia que aquilo era conhecimento de alguma espécie, de alguma ordem vibracional maior que a minha capacidade de processá-la, insólita, talvez de natureza eletromagnética e nem remotamente humana.

A HISTÓRIA SECRETA
de TWIN PEAKS

Mas o que <u>era</u> aquilo? O que será que estava tentando me mostrar? Não sei bem o que eu tinha que encontrar naquela floresta para onde me mandaram, mas o fato é que depois de tanto tempo foi essa coisa que me encontrou primeiro -- e me deu uma lição pior que uma surra no cais à meia-noite. Essa presença, fosse o que fosse, nada tinha de benigno ou benevolente na forma ou no conteúdo; era só uma pressão gélida, esmagadora e calculada. O próprio tempo parou, como se o lugar a que tivessem me transportado estivesse situado fora dele. Em meio àquela tribulação, agarrei-me a uma esperança vaga: se eu sobrevivesse, será que esse teste continha alguma promessa de revelação? Temi não somente pela minha vida, mas também pela aniquilação de minha alma.

Eu vi muitas coisas de que não me lembro. Ouvi outras vozes de que não recordo. Ao meu redor, as cores passeavam por todo o espectro, de azul a verde, de vermelho a violeta, preto a branco. Ora eu me sentia como um boneco de pano sem nada no interior, ora uma dor excruciante perpassava minha carne com sádica facilidade. Eu via olhos a me vigiar e sentia uma pressão na minha mente, como se pensamentos estivessem sendo inseridos nela à força. Tenho razoável certeza de que fui e voltei no tempo, e que observei seu desenrolar como se fosse uma *gravação* enorme e fantástica.

Depois, me vi de volta na floresta, sozinho. Não muito distante de nosso acampamento, a fogueira apagada, ninguém à vista. A luz ainda pálida, que a minha mente, voltando a si, reconheceu: a aurora. Aquele pequenino fragmento de experiência humana foi meu salva-vidas, e me agarrei a ele para voltar ao que eu costumava encarar como sendo a realidade. Descansei algum tempo, inerte e exausto. Encontrei um riacho e bebi de sua água, molhei o rosto, inspirei ar puro de novo, senti o sol em meu rosto e constatei: estou vivo.

Não sei como, mas consegui descer a montanha depois de um dia inteiro. Ao cair da noite, cheguei cambaleante à minha própria casa, encontrando minha mulher e meu filho. Eu

[1] As anotações de Cooper atestam que tanto a excursão para acampar, quanto o desaparecimento posterior de Briggs aconteceram — TP

354

estava agradecido por ver o rosto deles de novo e determinado a nunca mais deixá-los em segundo plano na minha vida. Minha esposa me contou que eu tinha desaparecido por três dias. Cooper voltara à cidade e iniciara uma busca. Estavam começando a ficar com medo de nunca mais me localizarem. Comi, não muito, e quase de imediato caí no sono, profundo e sem sonhos.[1]

Dormi dezesseis horas direto, e ao acordar descobri que tinha voltado a me situar no tempo, sentindo que ele infundia de novo seus ritmos familiares em minha pele. Comi vorazmente, feito um animal faminto. Eu sentia uma dor latejante e inespecífica atrás da nuca. Betty identificou marcas, que estavam mais para símbolos, entalhadas, marcadas a ferro ou a fogo em minha pele. Eram triângulos entrelaçados.

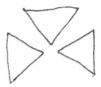

Eu já vira aquelas marcas antes. Nos corpos de outros "abduzidos" -- as três crianças que se perderam naquela floresta: Margaret Lanterman, Carl Rodd e outro menino que se mudou da cidade e depois faleceu. E Doug Milford. Agora, essa força ou ser, fosse o que fosse, tinha gravado sua marca em mim. Sim, pensei, sentindo a determinação voltar, eu tinha descoberto aquilo que o coronel havia me convocado para encontrar. A própria fonte também me "escolhera". Agora eu precisava contar para ele.

Então fiquei sabendo que o coronel Milford havia falecido no Hotel Great Northern três noites antes. Quando voltei ao PEA, naquele mesmo dia, encontrei uma mensagem criptografada à minha espera no computador, escrita e enviada na noite em que desapareci:

Faço votos e preces de que você logo retorne em segurança para poder ler isto. Embora eu tenha apreciado imensamente a sua incansável dedicação a nosso projeto, nesta noite sinto-me tomado de culpa por tê-lo envolvido nele. Eu nunca tive filhos, e nem mesmo uma esposa para valer ao meu lado, mas você é um homem de família, Garland, da cabeça aos pés, e sua esposa e filho precisam de você mais do que eu, mais do que este trabalho. Digo isto agora que olho para trás e vejo meus próprios 45 anos de trabalho estéril, sem família nem amigos de verdade -- embora eu pudesse considerar, Garland, você e só você como um amigo --, e para quê? Não sei responder, mas cheguei à conclusão de que lhe devo, no mínimo, a verdade na íntegra assim como eu a entendo hoje, caso você chegue a ler isto algum dia.

órgãos do governo a que ambos servimos com orgulho nos decepcionaram. Eles mentiram, guardaram segredos, agiram em nome dos próprios interesses escusos às custas de seus cidadãos. E não acredite em ninguém que disser que tudo isso começou em Roswell, em 1947. Hoje estou convencido de que, seja lá o que eu tiver vislumbrado ou testemunhado e passado a vida a procurar, está conosco desde que o ser humano desceu das árvores. Não é nada que esteja "lá fora" -- para usar as palavras do presidente. Eles podem muito bem ter sido nossos "vizinhos" de alguma estrela distante, mas eu, pessoalmente, creio que estavam aqui desde antes de nós. Creio que, se fôssemos capazes de contemplar a fundo a totalidade da história humana, veríamos que eles sempre estiveram aqui. Creio que eles vêm observando, ajudando, assombrando, atormentando e nos provocando desde o início dos tempos por motivos inteiramente deles. Creio que são uma multidão, e que sua verdadeira natureza é peculiar e energética, não física, evoluída à sua maneira anos-luz além de nossa possível compreensão; por isso, nossa limitada e linear percepção do tempo não quer dizer nada para eles. Alguns poucos fomos escolhidos, por algum estranho desígnio, para aprender mais coisas sobre eles. Ou quem sabe para outra coisa.

Creio que a presença deles não preenche somente os céus e esta floresta; eles são a raiz de todos os fenômenos extranormais ou paranormais que nossa espécie já registrou: religiosos, espirituais, científicos, fantasmagóricos, beatíficos, angelicais e demoníacos. Desde a sarça ardente até Fátima e Lourdes, de "vampiros" a povos celestes, monstros, abduções noturnas, Roswell, Homestead, e todas aquelas luzes e aeronaves estranhas vistas por milênios a fio em tantos céus diferentes, creio que todos esses fenômenos que nossos egos inflados e mentes pequenininhas insistem em tentar rotular, categorizar, desvendar e compreender, tudo mana dessa mesma fonte extranatural. Essa é a matriz de todos os "outros", e se fôssemos capazes de fixar os olhos em sua verdadeira natureza, a acharíamos tão alienígena, incompreensível e indiferente a nós como a nossa pareceria a bactérias nadando em uma gota d'água.

Que você nunca se esqueça destas verdades essenciais: somos profundamente incapazes de compreender suas verdadeiras intenções, e suas verdadeiras intenções podem não ser benéficas para nós. Talvez estejam aqui para nos guiar ou até mesmo nos ajudar em nossa evolução; é igualmente possível que importemos para eles tanto quanto os protozoários aleatórios em nossa água encanada importam para nós. Noutras palavras, segundo nossas míseras definições morais, eles tanto podem ser "bons" quanto "maus", e essas nossas preciosas distinções podem nada significar para eles. Pode até ser que nós, a raça humana, sejamos o joguete de um lado "bom" e outro "mau"!

Apresso-me em acrescentar que espero que eu esteja errado, que esse trabalho -- e ter sido "escolhido" para ele -- tenha me perturbado a cabeça, mas, Garland, acho que infelizmente tenho razão e estou no meu são juízo. As corujas podem não ser o que parecem, mas mesmo assim têm um papel fundamental: elas nos lembram de ver na escuridão. Sejam quais forem as medidas que você venha a tomar daqui em diante, não aja sozinho: espere o seu próximo controle aparecer.

Seu amigo de verdade,
DOUGLAS MILFORD

9h50, 15 de março de 1989

A HISTÓRIA SECRETA
de TWIN PEAKS

Se eu não tivesse vivenciado tão pouco tempo antes meu próprio pesadelo na floresta, as últimas palavras do coronel não teriam feito grande sentido para mim. Agora elas ficaram gravadas a fogo em minha alma.

Doug não deixou instruções em seu testamento sobre o que fazer de seus restos mortais -- creio que, no fundo, ele acreditava que viveria para sempre. Seu irmão Dwayne sugeriu cremá-lo e espalhar suas cinzas próximo aos lagos Pearl, onde, não muito tempo antes, tínhamos levado Robert Jacoby para descansar em paz. Foi, portanto, o que fizemos, num pequeno grupo de pessoas próximas, viúva "inconsolável" não incluída.

Depois, me dirigi ao PEA e cuidei de proteger o dossiê que Doug e eu havíamos confeccionado. Fabriquei um estojo protetor sob medida e preparei um esconderijo para ele. Escrutinei as últimas palavras de Doug para mim; ele fora meu "controle", e agora que tinha partido, um novo controle apareceria. Um aliado que sabia como a banda toca. Porém, eu não tinha ideia de quem poderia ser, nem de onde poderia vir.

Na manhã seguinte, acordei antes do amanhecer com uma revelação brutal e surpreendente. Durante a noite, meu subconsciente tinha feito uma descoberta, vasculhando os destroços caóticos de números e línguas estranhas e tempo perdido na floresta até que tudo se encaixou naturalmente e eu senti, com imediata e plena certeza, que sabia como caminhar até as respostas que Doug estava tão convicto de que jamais seríamos capazes de encontrar. Noutras palavras, a resposta -- da melhor forma que posso descrever -- havia sido "baixada" na minha mente durante a minha "abdução", e ali fora deixada para que eu a organizasse. O que, contra todas as probabilidades, eu fizera.

De forma que despertei sabendo que a identidade do meu "controle", da pessoa de que eu precisava para concluir minha missão, estava bem na minha frente, na mensagem misteriosa que eu já recebera:

Cooper.

É claro. Faz todo o sentido. Só pode ser Cooper. Os astros todos em posição. Por que mais Gordon Cole o teria mandado para cá? Talvez Cooper não estivesse ainda plenamente ciente dos porquês e para quês, mas eu já sabia muito bem que acontecimentos "casuais" podem se revelar

358

providenciais, e me convenci de que seria com o agente especial Dale Cooper que eu continuaria este trabalho.

Entrei em contato com ele naquela mesma manhã. Liguei para o quarto dele no Great Northern. Ninguém atendia. Tentei o posto policial. Lucy me informou que Cooper saíra com o xerife na noite anterior em algum tipo de missão floresta adentro. Alarmado, pedi-lhe que me ligasse com eles pelo rádio. Ela fez o que pedi. Truman não queria revelar o objetivo de sua excursão pelo rádio, mas me contou que, depois que chegaram, Cooper desaparecera durante a noite. Não tinham ideia de aonde ele fora e ainda estavam esperando por ele. Não estavam muito longe de onde Cooper e eu tínhamos ido acampar, um local chamado bosque Glastonbury. Aquela notícia e o ligeiro tremor em sua voz me alarmaram além do que seria racional.

Agitado, lancei-me ao trabalho no PEA, preparando nossos elaborados protocolos de "S.O.S.". Naquele dia, no escritório, recebi uma ligação de Truman me contando que Cooper por fim retornara ao mesmo ponto onde os deixara. Ele não dissera o que lhe acontecera nesse meio-tempo -- não creio que ele soubesse --, mas de qualquer modo o estavam levando de volta ao Great Northern. Cooper dissera que precisava descansar.

Imensamente aliviado, pedi ao xerife Truman que mandasse o agente Cooper entrar em contato comigo em casa assim que possível. Eu queria mostrar este dossiê a ele e apresentar o panorama geral dos meus pensamentos. Caso ele reagisse como eu esperava, eu o levaria ao PEA e partilharia com ele as minhas descobertas.

Minutos atrás, enquanto eu redigia o trecho anterior, Cooper ligou, conforme eu lhe pedira. Ele está vindo para cá agora mesmo -- a campainha tocou, ele já chegou. Betty abriu a porta...

12h05 28 DE MARÇO DE 1989

Ele acaba de ir embora. Alguma coisa deu errado. A mensagem contém a resposta, bem como eu pensava, mas eu a interpretei mal. Os protocolos estão em ordem. Preciso agir rápido.

Estou indo sozinho ao PEA.

*S*O*S*

O DOSSIÊ TERMINA
AQUI

FEDERAL BUREAU OF INVESTIGATION
Filadélfia, Pensilvânia

PÁG. _1_ de _1_

Não sei o que aconteceu nem com o major Briggs, nem com o agente Cooper depois disso. Há um arquivo sobre Briggs, tanto no FBI como na Força Aérea, e sobre o Cooper no FBI, ambos assinalados como vários níveis acima de ultrassecretos. Fora do meu alcance. Levei minha análise tão longe quanto possível. As instruções que recebi foram claras: devo entregar o dossiê com minhas descobertas à diretoria e aguardar a resposta. O prazo está terminando.

Suponho que se, e somente se, acharem o trabalho que realizei até agora aceitável, vão me deixar analisar o restante dos dados, aos quais até então não tive acesso.

O resto não é comigo. Ainda estou listada na folha de serviço desta missão, mas, segundo posso ver, estou fora de atividade até que se decida o meu destino. Conforme o diretor Cole me disse certa vez, quando me levou para tomar um café, grande parte deste trabalho — e, por que não dizer, da própria vida — consiste em esperar pelo momento certo.

AGENTE ESPECIAL TAMARA PRESTON

Tamara Preston

RUBRICA _TP_   DATA _/ /_

"AS CORUJAS PODEM NÃO SER O QUE PARECEM,
MAS AINDA ASSIM TÊM UM PAPEL FUNDAMENTAL:
elas nos lembram de olhar para a escuridão."